1€

W0333540

FOLIO POLICIER

Jean-Jacques Reboux

Poste mortem

Gallimard

Cet ouvrage a été précédemment publié aux Éditions Baleine
dans la collection « Instantanés de polar ».
© Éditions Baleine, 1998.

Né en 1958 à Madré (Mayenne), Jean-Jacques Reboux a été instituteur, ouvreur de cinéma, postier, puis éditeur. Il se consacre actuellement à un grand roman-feuilleton populaire, *Les aventures extraordinaires de Moulard le menteur*, dont le premier épisode a paru en janvier 2000 aux Éditions de l'Aube.

Il a reçu le Trophée 813 du meilleur roman francophone 1996 pour *Le massacre des innocents* et le prix du Salon du polar de Montigny-les-Cormeilles 1998 pour *Poste mortem*.

a Simone Dubois
sans qui ce livre n'aurait pu exister

aux Emmuré(e)s de Rouen
promo juillet 1985

aux valeureuses brigades Castagnary-Bréguet
de la Carte Bleue de la Poste (1987-1993)
qui savent ce que je leur dois
et plus particulièrement
à Nicole Ferrier et Philippe Brélivet

à Sylvie Picard
et Michel Chevron

Un grand merci
à Sylvie Picard pour « Serial victime »
à Michel Chevron pour « Fille de sang »
à Nathalie Juignet pour « la mère Sadique »
à Bernard Larouelle pour « Nono »
à Jean-Bernard Pouy pour « l'Entropie »
à Daniel Riberac pour « la course d'autruches »
à Michèle Witta, Dominique Strauss-Kahn
et François Mitterrand
pour leur participation involontaire mais précieuse
à Régis Blanchot pour son aide logistique

Je suis né dans un p'tit village
Qu'a un nom pas du tout commun
Bien sûr entouré de bocages
C'est le village de Saint-Martin

FRANÇOIS BÉRANGER
Tranche de vie

Un mal qui répand la terreur
Mal que le ciel en sa fureur
Inventa pour punir les crimes de la terre
La peste (puisqu'il faut l'appeler par son nom),
Capable d'enrichir en un jour l'Achéron
Faisait aux animaux la guerre.

LA FONTAINE
Les animaux malades de la peste

AVERTISSEMENT AU LECTEUR

Quel auteur serait assez fou pour avouer : « Voilà, ce livre que vous tenez entre vos mains, ce n'est pas moi qui l'ai écrit » ? Aucun. Aucun éditeur ne laisserait publier une chose pareille. Le mien a accepté, et je lui en rends grâce. Je vous dois la vérité : ce *Poste mortem*, ce n'est pas moi qui l'ai écrit. Enfin, pas *seulement* moi. Car ce livre est avant tout une histoire vraie. Romancée, certes, mais une histoire vraie tout de même. Celle de Simone Dubois, postière de son état. Une drôle de femme que j'ai rencontrée le 6 août 1985. Et ce livre est aussi le sien.

Reçu au concours des PTT avec le grade de contrôleur, frais émoulu d'un mois de formation, je venais de prendre mes fonctions au Centre de Chèques Postaux de Rouen, place des Emmurées, service des GV — imaginez une salle de plus de soixante mètres de long, dotée d'un ingénieux système de boulisterie et pourvue de longues tables métalliques où s'affairent huit à dix employées, sous l'œil infaillible d'une surveillante. Chacun d'entre nous était, durant son apprentissage, « chaperonné » par une monitrice. La mienne s'appelait Simone Dubois. C'était une petite femme brune d'une quarantaine d'années, à la peau mate, plutôt bien de sa personne, vive comme un poisson et vêtue d'une blouse pêche qui jurait avec le bleu ciel insipide de ses collègues. Le travail n'était pas folichon, j'en conviens, mais il offrait cet avantage indéniable que le papotage ne nuisait pas à la qualité de son exécution. Et l'arrivée massive d'éléments masculins aux GV, jusque-là exclusivement féminins, incitait évidemment au caquetage.

Le papotage, Simone Dubois ne crachait pas dessus, mais elle était un peu « décalée » par rapport à ses consœurs. Ce n'est qu'à la pause qu'elle se libérait. Ayant pris l'habitude de l'accompagner à la cafétéria, je constatai vite à quel point les apparences étaient trompeuses : sous des dehors affables, Simone Dubois était en réalité une vraie peste, une sournoise qui ne vivait que pour dire du mal de son prochain. Pas une « chéquarde » ne méritait grâce à ses yeux. Il y avait toujours quelque chose qui n'allait pas. Trop grosse, trop maigre, trop moche, trop belle. Ce n'était pas de la jalousie. C'était bien pire. De la haine pure. La haine était sa drogue. La haine et son corollaire : la folie. Car Simone, je mis du temps à le comprendre, était folle à lier. Mais que celui qui n'a jamais péché me jette la première pierre : ses vacheries étaient un excellent antidote à l'ennui ambiant. Et je l'écoutai, fasciné par son abattage et la jouissance qu'elle éprouvait à médire. Les histoires qu'elle me racontait étaient épouvantables, et son imagination sans bornes. Au bout de quelques mois, mon petit carnet était rempli des ragots les plus abominables, des crimes les plus odieux, des vengeances les plus ignobles qui se pussent imaginer. Et puis un jour, elle me fit cette terrible révélation, sous le sceau du secret : toutes ces horreurs, elle les avait *réellement* commises. Tout ça, c'était *sa vie*. Je ne la crus évidemment pas, la prenant pour une douce mythomane. Dès lors, ses histoires ne m'amusèrent plus. Je pris mes distances. Muté à Paris, au Centre Carte Bleue de la Poste, puis aux Chèques Postaux, les frasques d'autres personnages hauts en couleur me firent oublier Simone Dubois.

Dix ans plus tard, en congé de la Poste et libéré de toute réserve morale, je décidai — petite coquetterie graphomane, vous savez ce que c'est — de coucher sur le papier une petite saga chéquarde. Et tout naturellement, Simone Dubois revint hanter ma mémoire. Le grand témoin, ce serait elle et personne d'autre. J'appelai Rouen Chèques et appris qu'ayant eu quelques petits problèmes, elle avait quitté les Chèques depuis belle lurette et que, « là où elle était, elle ne ferait plus de mal à personne ». Intrigué, je menai l'enquête. J'appris qu'elle avait commis des actes irrémédiables que la morale réprouve et que la justice punit. Cédant à ses fantasmes morbides, Simone était allée jusqu'au bout de sa fascination pathologique : elle était passée à l'acte. Elle était devenue une tueuse. La lecture des journaux aidant, l'énormité de la chose m'apparut : tous ces crimes que Simone m'avait racontés avec force détails, elle les avait bien réellement commis. J'en étais malade. Mais je voulus en avoir le cœur net. Et c'est ainsi que je me retrouvai, un matin poisseux de janvier 1997, sonnant à la porte de l'hôpital psychiatrique de Cadillac où elle avait échoué. Car si la justice l'avait condamnée, les psychiatres, malgré — ou à cause de — la gravité de ses crimes, l'avaient jugée irresponsable. Me faisant passer pour un parent, je réussis à la rencontrer.

Dès que je la vis apparaître au bout du couloir, toute chétive, les bras croisés sur la poitrine comme si elle portait une camisole, un terrible remords m'assaillit. Mais il était trop tard. Elle courut vers moi, ouvrit ses bras, me serra la main en riant et finit par m'avouer qu'elle me croyait mort. Me prenait-elle pour un autre ? Pendant les six heures que nous passâmes ensemble — elle, me racontant ses misères, moi, l'écoutant —, je me demandai si elle m'avait reconnu. Peu avant de la quitter, elle me demanda si je travaillais toujours aux Chèques, et comme un imbécile, je lui avouai la raison de ma visite — je ne sais pas mentir. Elle se tut un long moment puis éclata en sanglots. Elle me fit promettre de renoncer à ce livre en s'accrochant à moi de toutes ses forces, me griffant la joue. Les infirmiers durent s'y mettre à trois pour nous séparer. Je ne me suis pas retourné. Je savais déjà que je ne tiendrais pas ma parole. Et qu'elle n'était pas dupe.

Dès que j'ai écrit la première phrase de ce bouquin, j'ai su que je faisais une grosse connerie. À chaque fois que j'allumais l'ordinateur, j'entendais les cris de Simone qui hurlait : « *Tu n'as pas le droit de trahir mon secret, espèce de vrai dégueulasse !* » Vrai dégueulasse, c'était son expression à Simone. Mais j'ai tenu bon. Et aujourd'hui que le livre est écrit, je mesure la portée de mon acte. Je me suis conduit comme un vrai dégueulasse. Mais j'assume. À quoi bon geindre : « *Simone, si tu lis ces lignes, pour l'amour du ciel, ne va pas plus loin, referme ce livre indigne. Et si tu le lis jusqu'au bout, pardonne-moi !* » Si jamais Simone tombe sur ce bouquin, je sais qu'elle boira le calice jusqu'à la lie. Et que le pardon n'est pas dans ses cordes. Comment pourrait-elle me pardonner, moi qui lui ai volé son histoire ? Qu'importe que j'aie changé son nom. Sa colère est juste. Je n'avais pas le droit de la trahir comme ça.

Il y a quelques jours, lâchement, j'ai appelé le directeur de l'hôpital psychiatrique de Cadillac, je lui ai tout raconté, le suppliant de ne pas laisser entrer *Poste mortem* dans la bibliothèque de son établissement. Il m'a répondu qu'il était navré mais ne pouvait hélas rien pour moi. Simone venait de s'évader après avoir défenestré une infirmière et pris un gardien en otage. Les journaux n'en ont pas parlé, mais les journaux ne disent pas tout, vous savez bien.

Maintenant que la boîte de Pandore est ouverte, je sais que Simone lira ces lignes. Et que nos chemins vont de nouveau se croiser. C'est inéluctable. Parce qu'elle ne va pas être contente du tout, Simone, mettez-vous à sa place ! À l'heure qu'il est, elle me cherche. Et s'il devait m'arriver malheur, amis lecteurs, je ne vous demande qu'une chose : soyez magnanimes, pardonnez à Simone.

J.-J. R.

PREMIÈRE PARTIE

PETITE TUEUSE TRANQUILLE

Le dernier alinéa de votre lettre est faux, je suis resté à l'hôpital 2 ans 1/2, ma femme vous avait prévenu, je n'ai vu personne et même pas un mot pour la soutenir, et je suis paralysé depuis 5/88 et maintenant dans un fauteuil...

Émile Erhardt
chèque de 100 francs
à l'ordre de l'Amicale Stalag VB

Train Corail Caen-Paris, 8 heures 27.

— *Allô ! Je suis bien sur le téléphone portable du brigadier Marielle ?*

— Affirmatif. Qui êtes-vous monsieur ?

— *Je vous appelle du hameau La Genestais, à Saint-Martin-des-Besaces...*

— Oui... Et que se passe-t-il au hameau La Genestais ?

— *Il se passe de drôles de choses, brigadier...*

— Mais encore ?

— *Des choses pas très belles, brigadier...*

— Oui, bon, ça va ! C'est une farce ou quoi...

— *Meuh non c'est pas une farce qu'est-ce tu crois !*

— Allô ! Qui est à l'appareil ?

— *C'est-u-ne-sur-pri-seuh...* chantonna la voix.

— Qui est à l'appareil ? Qui vous a donné mon numéro de portable ?

— *Vous parlez trop, brigadier... Il se passe tout simplement que je viens de prendre quelqu'un en otage, brigadier.*

— Vous venez de prendre quelqu'un en otage !

— *Je parle pas français ?*

— Et qui avez-vous pris en otage ?

— *C'est-u-ne-sur-pri-seuh !*

— Bon sang, mais qui êtes-vous à la fin ?

— *À votre place, je descendrais à la prochaine gare et je rentrerais dare-dare à Saint-Martin, brigadier !*

Et la voix énigmatique fit place à un bip sonore.

Le brigadier pianota aussitôt un numéro sur son portable et prononça ces fortes paroles :

— Jousseaume. Marielle à l'appareil. Allez faire un saut à La Genestais, mon vieux. Je viens de recevoir un coup de fil bizarre sur mon portable. Un drôle de type avec une voix bizarre. Il prétend qu'il vient de prendre quelqu'un en otage… Ça m'a tout l'air d'une blague, mais on ne sait jamais.

— À vos ordres, chef !

— Je vous rappelle d'ici une demi-heure.

Le brigadier rangea son téléphone portable dans sa poche revolver et croisa le regard noir de sa voisine d'en face, une jeune fille aux longs cheveux ficelle dont les fines mains pâles tenaient un roman policier de la Série noire.

Le brigadier se tordit le cou pour déchiffrer le titre. Ça s'appelait *La Clef des mensonges*.

— Il est bien votre bouquin ? se crut obligé de demander Marielle.

La jeune fille haussa les épaules en soupirant et se replongea aussitôt dans son livre.

La Clef des mensonges ! Tu parles d'un titre à la con ! fit le brigadier in petto.

10...
Jean-Paul Bousquet (1996)

Quand Patou-je-sais-tout a lancé à la cantonade : Les filles, les filles ! *Il* est mort... on a éclaté de rire sans attendre de connaître le nom du malheureux élu. C'est pas qu'on veuille du mal à notre prochain, mais la Marie-Gala, on la connaît sur le bout des ongles, une fois par semaine, faut qu'elle fasse son cirque. Mireille Dumas maquée avec un travelo, Patrick Bruel s'entichant d'une marchande de poisson, Lady Di qui s'empapaoute avec Jean-Paul Gaultier, on a tout eu... Mais Patou, elle donne pas seulement dans le bonheur en majesté, de temps en temps elle y va de sa petite ferveur nécrologique. Elle nous a déjà assassiné quelques éléphants du PS, autant de mirontons du RPR, plus une palanquée de rouleurs de mécanique qui font la roue à la télé. Le pompon, c'est Jack Lang, qu'elle déteste, je sais pas pourquoi, et qu'elle a déjà fait calancher trois fois : victime d'un chauffard place des Vosges, d'une pâmoison funeste avec un conservateur de musée, et d'une crise cardiaque à Solutré, avec l'incruste.

Bref, les filles elles étaient habituées. En rigolant, Marlène a demandé qui c'est, c'coup-ci ? Patou s'est affalée sur son bureau, et elle a dit : *Mitterrand... Il est mort ce matin.*

On savait bien que le vieux allait pas fort, mais quand même, on se demandait si c'était du lard ou du cochon. À ce moment-là, Luc, un vacataire asiatique, a ôté le baladeur qui lui sert de perruque, et il a dit :

— C'est vrai, ils viennent de l'annoncer à la radio.

— Et il pouvait pas le dire, ce petit con ! a fait Nelly, la grosse Antillaise, en mimant une taloche de mère marâtre. Quand même, y'a des limites, Mitterrand, c'est Mitterrand !

Le petit Viet a remis son casque, pas concerné, et cette gourde de Nelly a commencé à pleurnicher. C'est ça, ma grosse, pleure. Là-dessus il s'est abattu un froid à filer des engelures à un Esquimau. Même Lucienne qui en pince pour Le Pen s'est arrêtée de pointer. Un murmure étouffé, suivi d'un court silence, coupé par Marie-Paule-qui-n'en-loupe-pas-une qui a ricané que Tonton allait enfin pouvoir tailler le bout de gras avec son copain Bousquet… J'ai croisé le regard noir de Nelly, sans les circonstances, c'était parti pour un crêpage de chignon, et malgré moi j'ai blêmi.

Bousquet ? Hein… quoi, Bousquet…

— Mais c'est qu'elle l'aimait, son tonton, la mère Simone ! a rugi Patou, trop heureuse de son coup.

Me dire ça à moi, pétasse !

— Moi j'crois plutôt qu'elle en pinçait pour Bousquet, a péroré Marie-Paule en nous sortant son hi-han préféré de baudet du Poitou. Pas vrai, Simone ?

L'espace d'une seconde, j'ai eu la trouille de ma vie. Elles me regardaient toutes comme une bête curieuse. Ça changeait pas beaucoup des autres jours, mais quand même, je me suis sentie tout à coup très conne.

Et puis je me suis raisonnée.

Comment cette nunuche de Marie-Paule aurait-elle

pu savoir que l'homme que j'avais tué la veille au soir dans un pavillon de Villemonble s'appelait Bousquet ?

Jean-Paul, pas René.

Joli garçon. Intelligent. Mais un peu trop entreprenant.

Mais c'est pas pour ça que je l'ai tué. Simone elle est fêlée mais pas bégueule. Les hommes, je les aime aussi quand ils sont vivants. Si je l'ai tué, c'est à cause de la Peste, tout simplement. Comme celui d'avant. Et tous ceux qui l'ont précédé. *La saleté de Peste*. C'est à cause d'elle que je suis devenue une criminelle, tu comprends… Et ça fait vingt-deux ans que ça dure, mon chéri, alors tu vois…

Patou, je lui ai juste tiré la langue, à cette cloche, et je suis allée fumer un clope avec Renée au 36. Avant de claquer la porte du module, j'ai levé l'index bien haut, et je leur ai dit d'aller se faire mettre bien profond, à ces pleurnicheuses, et que j'étais bien contente que Mimi-Pétain il ait mis les bouts. Mitterrand, j'ai jamais pu le piffer, et j'ai pas attendu de connaître son passé nauséabond pour en arriver là. En 81, j'étais pas des cocus, j'ai voté Giscard. Ça m'a fait mal aux seins, mais l'autre, avec ses clignements de paupières de jésuite qui se les touche sous la chasuble, il me débectait. La classe ouvrière, mon œil avec ! il s'en tamponnait comme de sa première cagoule, le faux-cul de la France tranquille ! Fallait bien qu'il prenne sa revanche sur le grand Charles, tu veux rire ! ah, c'est pas beau la jalousie ! Mais je suis pas là pour te parler de ça, mon chéri… N'empêche, dans ma tête, j'ai pensé qu'il était mort *quasiment le même jour que mon Bousquet à moi* et ça, vois-tu, ça m'a mise de bonne humeur pour le restant de la journée. Je suis comme ça, je suis une fille sensible.

Quand je suis arrivée au 36, l'ouragan Tonton avait fait des ravages. Les quatre Endives étaient plantées au beau milieu du couloir, la mine défaite, t'aurais dit des pleureuses du PC le jour de la mort de Staline. Y compris celle qui prend le thé avec la mère Tiberi, dis donc, il avait un philtre ou quoi, Mitterrand ! Les filles jacassaient, le nez en l'air, toujours ça de pris au patron, mes cocottes ! La moitié d'entre elles avaient quitté leur poste et s'étaient regroupées au fond de la 36.1. Même Renée avait quitté sa boulisterie. J'ai foncé sur le tas et cette pintade de Judith m'est tombée dessus à bras raccourcis. Elle a ses chaleurs ou quoi, ta copine ! elle me fait en hennissant. Je me suis retenue de lui filer une baffe, ç'aurait pas été la première, remarque, et je me suis frayé un passage dans la marée chéquarde. Il y avait une fille évanouie par terre, la crise, et c'était ma Renée ! Deux paquets de clopes par jour, une poigne d'enfer, quatre mômes infernaux, un mari diabétique qu'elle martyrise, un amant mené à la baguette, mais je tourne de l'œil à l'annonce de la mort de Mitterrand, c'est tout Renée, ça !

Elle, elle l'adorait, Tonton. Elle disait qu'il avait redonné de l'espoir au peuple. Moi je lui répondais taratata, le populo, l'espoir, il a posé son cul dessus, je vais pas te faire un cours d'anatomie, fondement, prostate, machin, tout ça c'est cousin germain, cherche pas plus loin pourquoi le crabe au président il s'est niché là ! Et excuse-moi si je suis vulgaire ma Renée, mais Simona elle est comme ça, on se refait pas. Combien de fois on s'est engueulées à cause de ça ! Mitterrand par-ci, Mitterrand par-là. Elle en avait plein la bouche de Mitterrand. Quand on s'engueule c'est *toujours* à cause de Mitterrand. Je peux vraiment pas le blairer ce chaud lapin, j'en ai la chair de poule tellement je peux pas… Je me suis tirée aussi sec. Renée, j'étais pas d'humeur à te tenir la main ce jour-là.

Jean-Paul Bousquet, c'est le dernier sur ma liste, c'est pour ça que je commence par lui. Le dernier *avant toi*, mon chéri. Ça te fout la trouille ? Remarque, je te comprends, dans ta situation, le fusil pointé sur les choses, un bâillon sur ta petite gueule d'illustre, t'es vraiment pas à ton avantage, entre parenthèses ! Et tu peux toujours faire ces yeux-là, moi j'ai trucidé ma douzaine de bonshommes tranquille, alors… Et c'est pas pour me vanter, peuh, j'en ai rien à cirer de ton opinion. Tu me prends pour une barge ? Beuh, je m'en fous, je suis rôdée. Ce qu'il faut que tu saches, c'est que t'es le prochain sur ma liste. Après, fini, Simona elle prend sa retraite, elle en a un peu marre de semer la mort…

Quoi, qu'est-ce que tu renaudes encore ! j'entends rien avec l'Albuplast… *Pourquoi* je les ai tués, c'est ça qui t'inquiète ? T'écoutes quand on te parle ! *À cause de la Peste*, je t'ai dit. Tu me crois pas ? Non, mais t'entends ça : y m'croit pas ! Ben c'est tant pis pour toi, mon chéri, qu'est-ce que tu veux que j'te dise ! Tu seras bien obligé de me croire quand je t'aurai raconté la suite, mais je te préviens, ça risque d'être un peu long. Peuh, on a tout notre temps, on est bien tous les deux, pas vrai mon chéri, et c'est pas ces bons à rien de pandores qui m'en empêcheront. De toute façon, s'ils mettent les pieds ici, pan, pan… alors là, tu repars les pieds devant, t'as ma parole. Et quand j'aurai fini, je te dirai *pourquoi* j'ai soulagé toutes ces canailles, oui, mon ange. Comme ça au moins, tu partiras moins vide dans ta tête. Tu comprends ? Secoue la tête si t'as compris… Oui, comme ça… Bon, je crois que t'as compris… Tu vois, tu vas t'habituer. Tu crois pas que c'est mieux pour tout le monde, dis ! C'est pas parce que je vais te tuer qu'on doit se faire la guerre, non ! On n'est pas des sauvages, quand même…

Qu'est-ce que je pourrais te dire sur Jean-Paul Bousquet, moi ? Brigade boulangère à Austerlitz depuis dix ans, ancien ambulant, 40 ans et des brouettes, marié, deux enfants, séparé de sa femme. Porté sur la bibine, forcément, au Tri, si t'as pas la volonté, c'est bienvenue au club de la cyrrhose ! Porté sur la bagatelle aussi. On a fait connaissance au grand show VTT de Bercy. Le nouveau bouffe-fric de la Peste, le VTT. À la Peste ils ont un problème, au lieu de donner le pognon à des p'tits jeunes qui cherchent du boulot, ils engraissent des boîtes de com'. Les têtes d'œuf, au ministère, ça y va ! Ces abrutis, ils ont claqué des milliards avec un canasson boiteux, ensuite ils ont remis ça avec leur bateau à la con qu'a pas été foutu de gagner une régate, c'est tout juste si l'équipage savait nager, et comme ils avaient encore du fric à jeter par les fenêtres, pour faire jeune, ils l'ont englouti dans un machin encore plus con que le foot… VTT : Vélo Très Taré. Comme dit mon copain Nono, une équipe La Peste sur le Tour de France avec Virenque et Jalabert en facteurs de luxe, ça aurait une autre gueule que ces macaques courts sur pattes casqués comme des footballeurs américains ! Non mais t'appelles ça un sport, toi ! Faut croire que le vrai vélo c'est trop gaulois pour ces crânes de piaf… Ah, j'te jure, quelle bande d'empaquetés ! Bon, arrête de te faire du mal, Simona… *Arrête !*

Bousquet, je l'ai rencontré à Bercy, au milieu de tous ces gueulards. On était côte à côte dans les tribunes. Moi, le VTT je m'en foutais, j'étais venue accompagner Renée qui avait gagné des places, elle avait trouvé le poids d'un VTT, une connerie comme ça... À un moment, tous ces débiles ont fait une ola pour saluer un pue-la-sueur, et je me suis retrouvée dans les bras d'un grand type. Il m'a tout de suite draguée, il était beau comme un dieu. Moi, les derniers temps, j'étais plutôt au régime sec, alors tu sais c'que c'est, je me suis laissée aller. On a couché ensemble le soir même. Ensuite on l'a refait cinq ou six fois chez lui, à Villemonble. Il habitait dans un pavillon en meulière tout tristounet. Sa femme avait emporté tous les meubles, il lui restait plus qu'une table, deux chaises et un canapé clic-clac à moitié défoncé. Le frigidaire, elle lui avait laissé, mais elle avait bousillé le moteur, la salope. Plus rien aux murs, elle avait lacéré les papiers peints, c'était d'un gai ! C'est là-dessus qu'on faisait l'amour, le clic-clac, pas le frigidaire. Je sais pas si c'est à cause du VTT, mais question biroute il était top guidon ! Mais fallait pas qu'il ait bu. Justement, l'autre soir, quand je lui ai fait sa petite fête, il avait liquidé une bouteille entière de J & B, et il s'est endormi pendant la cérémonie, cet idiot. J'ai essayé de le réveiller, et quand j'ai vu qu'il réagissait pas, j'ai continué à lui cogner la tête contre la ferraille du canapé, c'est venu comme ça, j'ai cogné, cogné, cogné... Et puis voilà, c'est toujours pareil, j'ai pas pu m'arrêter, c'était plus fort que moi, ça me faisait jouir et ça me faisait rigoler en même temps, je pouvais plus m'arrêter. J'avais picolé pas mal, je bavais, je mouillais, je riais comme une possédée. Quand je me suis arrêtée, tu comprends, il était trop tard. Non, tu comprends pas. *Il peut pas comprendre, le chéri.* Il était tellement bourré qu'il s'est rendu compte de rien. Il est mort comme ça, en dormant. Dire que je voulais pas le tuer, ce serait peut-être exagéré, mais quand même, pour une fois que je prenais bien mon pied, ça fait bizarre. *Tu peux pas comprendre, Dominique...* Je suis partie en laissant tout en plan. Que les flics trouvent mes empreintes, ça risquait pas. Avec Bousquet, j'ai jamais quitté mes gants blancs de première communiante. Je lui avais inventé un bobard, comme quoi je pouvais pas jouir les mains nues, une superstition, un truc qui remontait à l'enfance, que c'était à cause de ma maman, qu'il fallait pas m'en vouloir, *m'en veux pas, maman*, et cet imbécile, je sais pas si ça le faisait fantasmer ou quoi, mais il a gobé tout cru, et le troisième coup, il s'est radiné avec une paire de socquettes blanches, il disait que ça ferait joli avec les gants... Moi je lui ai dis, dis donc mon chéri, je suis pas ta Lolita, t'as de la chance que je sois bien vissée sans ça je te les faisais bouffer, tes socquettes, moi... Il comprenait vraiment rien aux femmes, ce con! Qu'est-ce que tu veux faire avec ça!

Bon, avant de continuer, mon chou, faut que je fasse les présentations...

Ah, ça, ça serait pas du luxe...

Je m'appelle Simone Dubois, je mesure 1 m 52, je pèse 46 kilos, j'ai les cheveux blonds, les yeux vert pomme, mais bon, tu m'as bien matée et t'es pas daltonien. J'aime pas du tout ma bouche, je la trouve trop charnue. Au début je me pomponnais tous les jours, mais ça fait longtemps que j'ai arrêté, je garde ça pour les grandes occasions. Je dis toujours, c'est quoi, les cosmétiques? Des illusions. Tu engraisses la Liliane Bettencourt et c'est pas ça qui t'empêche de décatir, beuh-tiens... Mais pour toi j'ai fait une exception, j'ai du savoir-vivre. Je me suis mis une ligne de rimmel et un peu de fond de teint, ça te plaît ?

Oui, c'est... je trouve que c'est assez joli... C'est vrai, elle est loin d'être moche, elle a quelque chose...

T'es gentil mais moi je me trouve moche. Moche, pas laide, nuance. N'empêche que je fais grimper les hommes aux rideaux, je sais pas pourquoi. Marlène, elle dit que c'est à cause de ma bouche, que ma bouche, elle est drôlement érogène, où est-ce qu'elle va chercher ça ! Elle dit que j'ai la même bouche, pulpeuse et tout, que la petite actrice... zut, comment qu'elle s'appelle, déjà... tu sais, celle qui fait la cuisine à poil dans *37,2° le matin*. Ben celle-là, tu peux la mettre dans ta vidéothèque, mon chéri, elle est vraiment trop, cul nu sous son tablier, tu trouves pas ? Moi je l'aime bien, cette gosse, et en plus, je trouve qu'elle se débrouille bien, la môme. Grande gueule comme Arletty, pas sainte-nitouche comme toutes ces parigotes qui jouent dans les bluettes de maintenant... Et puis moi, qu'est-ce que tu veux, je suis comme Jean-Benoît, les nanas qui fauchent des bijoux, ça me botte ! Là, par contre, les bijoux, j'aime bien, ça habille une femme, les bijoux, tiens, mes petites boucles d'oreille, deux cents francs au BHV, c'est pas la mort, et t'as vu comment qu'elles me vont... Ah, ouais, ça me revient... Béatrice Dalle, elle s'appelle. Marlène elle dit qu'elle s'est fait siliconer les lèvres mais je crois pas. La Béart, je veux bien, mais pas la p'tite Dalle. Sa bouche à elle, elle lui va trop bien, c'est la nature. Moi aussi, ma bouche charnue c'est la nature, mais tu sais, je trouve que ça me va pas du tout. Les bouches goulues, c'est bon pour les jeunes, tu trouves pas ? Par contre, je suis assez satisfaite de mes nibards, je les trouve proportionnels, et tout... C'est important les nibards, non ? Moi, tous les matins je me durcis les tétons devant la glace, ça me rend moite tu peux pas savoir... Eh ben, t'en fais une tête ! Je te choque peut-être ? Il est pas habitué, le pauvre chéri ! Tu préfères peut-être que je te parle de mon état civil ? J'ai compris, mon chéri, tu préfères qu'on parle état civil... Il est vraiment trop mignon avec ses mimiques, beuh, t'as d'bonnes joues, dis donc...

Mais elle me fait mal cette conne...

Bon, c'est parti... Je suis née le 28 octobre 1944 à Saint-Martin-des-Besaces, dans le Calvados, le même jour que Mitterrand, tu parles si ça m'enchante ! Scorpion ascendant scorpion, et le premier taré qui me dit que mon côté lunatique vient de là, il prend le poing de Simona sur la gueule. Horoscope mes fesses : moi, je sais très bien pourquoi je souffre, j'ai pas besoin de chercher Vénus en Saturne... Mon père était boucher, ma mère couturière. Quand mon père est rentré du stalag, en juin 1945, après quatre ans de captivité, j'avais pas un an. Ma mère m'a placée en nourrice chez une cousine à Bayeux. Seulement, tu sais c'que c'est les petits villages, les gens jasent, mon père a fini par se douter de quelque chose. Ma mère venait me voir en cachette une fois par semaine, elle profitait du marché pour venir en autocar. Mon père, cette histoire de gamine, il y croyait pas, il pensait que ça cachait un amant. Un jour, fatalement, il l'a suivie, et il a découvert le poteau rose. Il était comme fou. Ils se sont disputés, ça a tourné au vinaigre. Et... il l'a massacrée, *ma pauvre maman...* Maman elle a reçu douze coups de couteau. Moi j'avais trois ans, tu comprends, elle est morte sous mes yeux, ça m'a bousillée. Après s'être acharné sur elle, il a levé son couteau sur moi, il était fou furieux, il avait du sang partout, sur les mains, le visage, on aurait dit un ogre, c'était horrible, je me suis mise à hurler, et là, c'est un vrai miracle, il a laissé tomber le couteau, et il s'est couché sur le corps de maman en éclatant en sanglots. Tu vois, je reviens de loin… Moi, j'ai couru dehors comme une folle, je me souviens que j'ai fait pipi dans ma culotte aussi. Ma nourrice a jamais dit à la police que j'avais assisté à la scène, et elle a continué à m'élever comme sa fille. Là-bas tout le monde croyait que c'était elle ma mère. Tu les comprends maintenant, mes antécédents?… Tu vas me dire, c'est pas une raison pour zigouiller tous les mecs qui te tombent sous la main! Mais c'est pas ça, mon vieux, *c'est pas ça du tout*, qu'est-ce que tu crois! Si je suis devenue une criminelle, c'est *juste* à cause de la Peste. La Peste. P.E.S.T.E. *Pesteuh-pesteuh-pest'-euh…*

T'en fais une tête, mon chéri, tu comprends plus rien… Tu veux boire un coup peut-être? C'est ça, il veut boire un coup. Attends, je vais te chercher une paille… Parce que si tu comptes sur moi pour t'enlever ton cache-nez, tu t'fais des idées… Mais dis donc, t'es en nage! Regardez-moi ça comme il est en nage, le petit bonhomme! Allez, je suis gentille, je vais te chercher à boire…

Mon Dieu… mais qu'est-ce-que-c'est-que-cette-folle…

Tiens, prends, j'ai que ça, c'est du Coca. Ça va te rincer l'intérieur, crois-moi…

Allons, allons, arrête de bouger, tu veux. Comment veux-tu que je glisse la paille dans ta bouche si tu bouges tout le temps... Si je te dis que c'est pas à cause de ça que j'ai tué des bonshommes, il faut me croire, tu sais... Bon, mon père c'était un assassin, mais il a été jugé, condamné et guillotiné. C'est pas de lui que je tiens ça. C'est à cause de la Peste, oui. La saleté de Peste !...

Mmmppfff, bouark...

Allez, stop, t'as assez bu comme ça, mon chéri... Allez, donne ! Voilà, c'est ça... Sage comme une image, voilà... Ça t'a plu ? Non ? T'aimes pas le Coca-Cola ? C'est ça, et pour le même prix je t'essuie le menton, sinon ça va te chatouiller dans le cou... Hop-hop-hop ! on remet l'Albuplast s'il vous plaît ! J'ai pas envie de t'entendre. Pas pour le moment... Voilà, comme ça, gentil. Il a intérêt à être gentil, sinon Simona elle se fâche... Remarque, si mon père avait pas tué maman, elle serait peut-être jamais entrée à la Peste, Simona, elle aurait peut-être pas passé le concours. Et si elle était pas entrée à la Peste, elle aurait pas eu tous ces malheurs... Et toi tu serais pas là, couillon ! *Et me regarde pas comme ça, ça me donne envie de te baffer...*

C'était quand même marrant, la coïncidence avec Bousquet, tu trouves pas ? Ouais, je dis ça, mais sur le coup, ça m'a pas fait rire... J'ai bien mis deux jours à m'en remettre. J'avais la migraine de la parano quelque chose de mignon ! De voir la tête du Mitterrand dans tous les journaux, je peux pas dire que j'étais pas contente, ça, j'étais pas mécontente de les voir chialer, tous ces hypocrites. Et l'autre jésus-christ socialiste de mes deux, alors, t'as vu ça un peu ? La messe en grande pompe à Notre-Dame, comme de Gaulle. Beuh vous faites pas chier les curés ! Beuh vous gênez surtout pas ! Vous voulez pas le canoniser non plus ! Et Chirac, ce couillon, comment il pignait ! Tu vas pas m'dire qu'il a pas rigolé, tu vas pas m'dire... Et les deux bonnes femmes qui se soutiennent au cimetière, avec la Mazarine au milieu. Tonton, c'est un veinard, pour le même prix, il a eu le beurre, l'argent du beurre et la margarine, c'est balèse, tu trouves pas ! Y paraît que les Américains, ça les a choqués ! Remarque, ça m'étonne pas, les Américains, c'est que des gros tas, les Américains ! Tu te rends compte que la Danièle, pendant quatorze ans, elle a fait semblant ! Tous ces voyages à l'étranger, toutes ces apparitions à côté du président, rien que pour les caméras, tu parles d'un cinéma ! C'est une sainte, je dis, moi, une sainte, parfaitement ! Nono, mon copain du 33 qui a serré la louche de tous les grands de ce monde, je pourrais t'en raconter des bien bonnes sur Nono... Nono il dit que c'était un sosie, il dit qu'une femme de caractère comme Danièle Mitterrand elle aurait jamais accepté ça, mais moi je crois pas. Moi je dis que c'est une sainte Danièle Mitterrand ! C'est pas pour dire, mais Rocard quand il a divorcé, il s'en est pas caché, lui, c'est comme Jospin... même Juppé il s'en est pas caché, alors tu vois... Beuh, c'est pas le mauvais cheval, Rocard, moi je l'aime bien... Bon, je comprends pas tout ce qu'il dit, ça c'est sûr. C'est comme le coup où il a pris le pouvoir devant les députés, le voilà qui commence à parler de repeindre les cages d'escalier, et tout à coup, paf ! procrastination, machin... Tu savais c'que c'était la procrastination, toi ? Beuh, c'est pas du jeu, t'es instruit ! J'ai que l'certif, moi, et encore j'ai failli le louper vu que je voulais pas chanter *la Marseillaise...* Ouh-dis-donc, Rocard, si tu veux décrasser la Nation, c'est pas de la peinture qu'il te faut, c'est un Karcher. Je regarde mon Petit Larousse : *procordé... procréateur... procrastination...* Que dalle ! Beuh-dis-donc il se fait pas chier Larousse il fait de l'apartheid ou quoi ? Le lendemain je fonce à la bibli des Chèques, j'ouvre le Robert, et pof ! procrastination : tendance à remettre au lendemain ce qu'on peut faire le jour même. Fastoche, le Rocard ! Dommage qu'il se soit fait piquer la place par le Pharaon qui cligne, tu trouves pas ? Parce que dans la catégorie cocus du 10 mai, il descend les Champs-Élysées quand il veut, Rocard !... Bon, j'ai compris, monsieur l'Illustre il s'en fout... Pourquoi je te parle de Mitterrand, moi ! *Je peux pas le saquer et j'arrête pas d'en parler, ça fait chier à la fin !* Mince, Simona, tu déconnes ! Ah oui, à cause de mon Bousquet à moi ! Pauvre petit Jean-Paul qu'il était mignon. Il a pas eu de chance de me rencontrer, le biquet. Mais bon, je suis quand même pas la seule responsable, tout ça, c'est écrit... Bousquet, ce qu'il lui manquait, c'était l'envergure. L'était trop tâcheron, Jean-Paul. Pas assez entreprenant, tu comprends ? S'il en avait eu un peu plus dans le citron, sa gonzesse l'aurait pas plaqué aussi malproprement.

Non, je ne comprends pas ! Je ne comprends rien à ce qu'elle me raconte. Je ne comprends rien à rien, bon sang. Je ne sais même pas qui est cette femme. D'où sort-elle ? Comment a-t-elle réussi à... C'est incroyable, je n'ai rien vu venir. J'ai dormi, je ne sais pas combien de temps, mais j'ai dormi longtemps.

J'ai l'impression d'avoir dormi plusieurs jours de suite. Elle a dû me faire une piqûre, un truc comme ça... Si ça se trouve, elle met quelque chose dans le Coca-Cola. Et en plus je déteste cette saloperie... Il faut que je fasse attention, elle est dangereuse, elle est armée, elle a l'air déterminée... Le mieux que j'aie à faire pour le moment, c'est encore d'attendre. La laisser parler. Elle finira bien par m'ôter mon bâillon, cette folle... Elle finira bien par se fatiguer de parler... Là au moins, je pourrai lui parler, elle sera bien obligée de m'écouter, ne serait-ce qu'une petite minute. De dissiper le malentendu... Et Anne qui doit se faire un sang d'encre... Bon, calmons-nous. CALMONS-NOUS ! CALME-TOI VIEUX si tu veux t'en sortir... Je me calme, je me calme. Et c'est pas facile avec cette folle qui ne me quitte pas des yeux, avec le fusil...

Dis donc, tu m'écoutes quand je parle ! Simona elle a horreur de ça, c'est pas poli. Je suis comme Amadeus, moi, j'aime les gens *at-ten-tifs*. Amadeus, il dit que si les gens étaient un tant soit peu plus attentifs aux paroles de leur prochain, le monde n'irait pas si mal. Le prochain, le prochain ! il me fait bien marrer Amadeus ! Le prochain malade qui se prend pour le Messie, genre Hitler ou Le Pen, ça va bien, ouais !... Tu sais pas qui c'est, Amadeus, évidemment ! Mais non, pas Mozart, je m'en fous de ton Mozart, mon pauvre chéri ! Remarque, j'ai rien contre la musique classique, un coup madame Leblanc elle m'a traînée à un concert à la salle Pleyel... Quand j'ai vu les musiciens déguisés en manchots, je me suis dit, ouh-la-la, gratter la guitare en queue-de-pie, ça doit pas être commode, mais ça c'est rien, ce qui m'a foutu les ganglions, c'était la musique, j'avais l'impression d'être à un enterrement, j'ai pas arrêté de chialer, et à la fin, y'a même des gens dans la salle qui me faisaient chut, si on peut plus exprimer son émotion, quels abrutis, j'te jure !

Amadeus c'est un bouliste, si tu veux savoir ! Un Antillais avec une barbe blanche et des beaux yeux bleus. Toujours le mot gentil, Amadeus. Un philosophe. Et très croyant, ouh-la ! Et puis partageur... Toujours un petit morceau de bon Dieu à te refourguer. Avec lui, c'est l'eucharistie à toute heure, moi je l'appelle Émile Bondieu il aime pas ça du tout... *Ouais, bon, ça te fait pas rire...* C'est ton droit, après tout. On a pas le même humour tous les deux, on vient pas de la même société. Mais tu devrais rire plus souvent, l'Illustre. Tu serais moins coincé si tu t'éclatais plus souvent. Tu vas me dire, les Antillais, au rayon grenouille de bénitier, y'a pas pénurie, mais Amadeus, c'est pas pareil, c'est pas un calotin. Je sais pas comment te dire... Amadeus, quand il te parle, en plissant le front, avec son gros rire chaleureux qui t'enveloppe, son regard bleu tout plein de bonté et son front qui se ride que tu dirais Chirac quand il regarde un ordinateur, t'as carrément l'impression d'avoir à faire au bon Dieu, que le bon Dieu il s'est glissé dans sa peau, par le fait. Moi, il me tétanise, Amadeus. Je l'aime bien, je lui dis toujours bonjour, comment ça va, le temps, les enfants, la bistouquette et tout ça, non, la bistouquette, j'en parle pas trop avec lui, il est assez prude... N'empêche que je me méfie, ça peut finir mal ce genre de truc. Quand j'étais chez les Emmurées, à Rouen, il y a un type qui est passé de l'autre côté comme ça. Il avait arrangé un tabernacle dans les casiers du tri, et il nous faisait la communion tous les matins, bon, d'accord, les hosties c'était du saucisson qu'il faisait glisser avec de la bière de garde, mais quand même… Au début on croyait qu'il faisait ça pour déconner, on buvait une petite bière avec lui, mais pas du tout, il y croyait dur comme fer. Un jour, je lui dis que j'ai pas soif, et tu sais ce qu'il me répond ? *Mais qui te parle de soif, malheureuse ! Il est question de partager le corps du Christ, et tu me parles de soif…* Il faisait des grands gestes avec ses bras, t'aurais dit Gilbert Bourdin, mais si, tu sais, le taré qui dézingue les aéronefs, çui qui viole les petits garçons… Tu vois pas ! Ben mon pote, qu'est-ce que tu fais de tes dimanches ! Faut sortir de ta boutique, t'aérer l'esprit, sinon il va sentir le renfermé, l'Illustre ! Et tu sais ce qu'il a fait, le gus ? Tu vas pas me croire : il m'a excommuniée ! Si-phon-né !

Tu vois où ça nous mène, tes histoires ? Tu me fais perdre le fil ! Je te préviens qu'on va pas rester là jusqu'à la prochaine dissolution, mon p'tit vieux… Où j'en étais, bordel ?! Ah ouais, Bousquet… Mais j'en ai marre de te parler de lui, je l'ai assez vu, ce peigne-cul, il me rappelle Mitterrand… Celui d'avant, c'était quand même un ton au-dessus. Régis, il s'appelait. Régis Toucan, comme l'oiseau. Au début, j'ai eu du mal à me faire à l'idée qu'il faudrait un jour m'en séparer de celui-ci. C'est vrai, quoi, un petit jeune, un artiste qui peint des aquarelles, on a des scrupules. Par contre, question bagatelle, c'était plutôt l'embrouilla-mini-minet, le petit Régis. Mes scrupules m'ont pas étouffée bien longtemps, pour dire la vérité…

Train Corail Paris-Caen, 9 heures 15.

— C'est pour me faire chier que vous le laissez sonner ?

Le brigadier Marielle sursauta. Il s'était assoupi. Il croisa le regard assassin de la fille à la Série noire et réalisa qu'elle parlait de son téléphone portable, dont la sonnerie intempestive commençait à irriter plus d'un voyageur.

— Vous savez à qui vous parlez, mademoiselle ? répliqua-t-il en saisissant l'appareil dans la poche revolver de sa veste.

— Brigadier Marielle. Trois coups de fil en vingt minutes, je suis pas sourde ! On peut pas vous louper avec votre tenue ! On devrait interdire ces trucs-là dans les trains !

— Vous n'êtes pas très tolérante, mademoiselle !

— Tolérance mon cul ! glapit la fille. Vous pouvez pas aller aux chiottes pour donner vos coups de fil ? J'arrive pas à lire avec vos conneries.

— Je suis désolé, balbutia le gendarme en songeant que le prestige de l'uniforme n'était plus ce qu'il était. Et il se décida enfin à prendre la communication.

— C'est pas trop tôt ! commenta une vieille dame derrière lui.

— Brigadier Marielle, j'écoute...

— *Alors, toujours pas descendu du train, Marielle ?*

La même insupportable voix nasillarde.

— C'est encore vous ?

— *Je te dérange pas, au moins !*

— Non... Qui êtes-vous ?

— *Parce que si je dérange, tu le dis, je raccroche... Mais faudra pas venir pleurer sur le sort de mon otage, après ça !*

— Qu'est-ce que c'est que cette histoire d'otage ? J'ai envoyé deux hommes à La Genestais, ils n'ont rien vu...

— *Eh ben, ils sont pas finauds, parce que moi je les ai vus, tes lascars !*

— Que voulez-vous, monsieur ?

— *Je serais toi, je ferais demi-tour et je viendrais chaperonner ta brigade. Parce que dans pas longtemps ça va péter la poudre, ici ! Ton train arrive à Évreux dans dix minutes. Tu peux choper le Paris-Caen de 9 heures 35. Ça te met à Caen à onze heures moins le quart. À bon entendeur, salut...*

L'inconnu avait raccroché.

Le brigadier fixa son portable muet pendant une bonne minute puis composa le numéro de la brigade de Saint-Martin.

— Jousseaume ? Marielle. Je viens d'avoir notre « preneur d'otage » au bout du fil. Je n'aime pas ça du tout... Il faut tirer cette affaire au clair. J'ai décidé d'annuler mon voyage à Strasbourg, tant pis...

— Vous voulez que je les prévienne ?

— S'il vous plaît, Jousseaume... Venez me chercher à la gare de Caen à 10 h 45.

*

— Vous allez pouvoir terminer votre livre tranquillement, mademoiselle, ironisa le brigadier. Je descends à Évreux.

— De toute façon, je viens juste de le finir, répondit la jeune fille avec un sourire mutin. Vous êtes vraiment gendarme ?

Le ton s'était radouci des deux côtés.

— Pourquoi me demandez-vous ça ?

— Non, comme ça... Ça m'a l'air bien glauque votre affaire !

Le brigadier éluda. Il se leva, lissa sa moustache, prit sa valise dans le porte-bagages et la posa sur son siège. La fille posa son livre sur la valise.

— Tenez, je vous le donne.

— Vous êtes sérieuse ?

— Je l'ai fini, j'vous dis. Je garde jamais les bouquins.

Le brigadier jeta un œil décontenancé sur la couverture.

— Vous aimez pas les romans policiers, peut-être ?

— C'est pas ça, mais... Y'en a que pour les policiers, justement. Nous autres les gendarmes, on est la cinquième roue du carrosse, alors...

— Eh ben, pas celui-là ! *La Clef des mensonges*, c'est une histoire de gendarme ! Prenez-le, vous verrez !

— Une histoire de gendarmes, je demande à voir.

— Vous allez voir, c'est très rigolo.

— C'est vraiment gentil à vous, mademoiselle.

Le brigadier Marielle empocha le roman, salua

maladroitement la lectrice et s'éloigna dans la travée centrale. Cinq minutes plus tard, il descendait en gare d'Évreux.

9…
Régis Toucan (1995)

Régis, je l'ai rencontré à l'enterrement de madame Bobo. Madame Bobo, son vrai nom c'était Dorothée Pradinel, mais comme elle avait toujours un bobo sous le coude, on l'appelait madame Bobo, enfin sous le coude, j'ai jamais vu une fille avec les coudes aussi lisses, c'est une façon de parler. Si encore elle gardait ses misères pour elle, mais elle était partageuse, et elle parlait que de ça ! Comme elle était agent de liaison au 42, c'était une vraie diarrhée de mots, les filles l'écoutaient plus, elles l'appelaient Nodule 42, et à la fin elle parlait toute seule, elle faisait les questions et les réponses, elle finissait par devenir vraiment malade. Sans déconner, si t'avais le malheur de lui demander comment ça va, c'était pire qu'une toile d'araignée. Au 42, on dit plus *comment ça va ?* on dit *comment ça nodule ?* C'est devenu un réflexe, Jean-Benoît il dit c'est comme ça que le langage évolue, et que c'est de l'entropie, machin, il est drôlement calé Jean-Benoît… Dorothée Pradinel elle était abonnée aux spécialistes, une vraie collectionneuse, constipation, palpitations, bouffées de chaleur à la demande, souffle au cœur, pertes blanches, conjonctivite, insomnies, migraines, mal au dos, le cou coincé, le nez qui coule, la bouche qui fuit, la hanche qui se déboîte, le genou qui glisse, la cheville qui dévisse, le talon qui suit, et c'est comme ça que tu finis par te péter la gueule dans le trou de la sécu ma fille ! Le pire c'est qu'elle se porte comme un charme, madame Bobo... Le jour où elle se pointe à la Peste avec un vrai cancer, personne la croira, c'est ça le drame. Beuh t'es idiote Simone, vu que maintenant elle est partie ! Et tu sais comment elle est morte, madame Bobo ? Elle a pris une balle perdue pendant un hold-up au Crédit agricole de Montgeron, on a jamais su si c'était les flics ou les truands qui avaient tiré... Non, je déconne, je sais bien, je devrais pas, mais elle nous a tellement bassinés... Dorothée, elle est morte bien plus connement, elle a avalé trois tubes de Tranxène et un litre de vodka en écoutant le Concerto d'Aranjuez, c'est le facteur qui l'a trouvée dans son petit studio de la rue Lepic, vu qu'elle vivait seule avec ses maladies dans sa tête. Finalement elle a fait comme tout le monde, la pauvre, elle est morte de la maladie de la Peste. *La saleté de Peste, il restera rien sur son passage...* Après l'enterrement, avec Patou et Marie-Paule, on est allées boire un verre au Wepler, et c'est là que j'ai rencontré Régis. Il était assis tout seul à une table, il faisait des crobarts sur un carnet. Il arrêtait pas de nous regarder tout en dessinant. Nous on se demandait laquelle de nous trois il pouvait bien croquer. On se marrait comme des baleines, on ricanait avec le coude, on prenait les paris. C'était pas un luxe après l'enterrement. Tout à coup, le mec se lève et vient poser le dessin sur la table. Patou et Marie-Paule, c'est pas des tops, mais y'a pas photo, elles sont plus mignonnes que moi, enfin, c'est surtout qu'elles sont plus jeunes, les veinardes. La gueule qu'elles ont fait quand elles ont vu que c'était Simona la croquée ! Là-dessus, tu le crois pas, le mec il se barre sans dire un mot. Simona elle attrape le dessin, c'était vachement ressemblant, et elle lui court après. Le pauvre, tout timide, il savait plus où se mettre. Pour le remercier, je lui ai payé une assiette de fruits de mer chez Charlot, et hop ! Deux heures après on était au plumard dans sa piaule, dans un foyer pétos du XVᵉ. Tu te rends compte, je branche un inconnu et je tombe sur un mec de la Peste, si ça continue je porte plainte pour harcèlement, moi ! Je l'ai pas enduré longtemps, Régis. Il m'a vite tapé sur le système. Deux semaines. Et encore on s'est vus quatre fois en tout et pour tout. C'était vraiment un naze, Régis. Au début je lui trouvais du panache, il me faisait penser à Jean-Benoît avec ses pinceaux, mais j'ai vite déchanté. Tout ça, c'était qu'une écorce. Ça tournait trop rond dans sa tête, ça se ressentait dans sa peinture, c'était trop cartésien par le fait. Par contre il me prenait la tête avec la Peste quelque chose de mignon, ouh-la-la, les concours, les échelons, machin. J'ai fini par le pousser dans la Seine, mon vieux ! Je l'avais traîné au dernier James Bond un samedi soir à l'UGC Odéon, à peine sortis il m'incendie, comme quoi James Bond c'était de la daube pour les crétins, et puis t'as vu l'air niais de Timothy Dalton ! Moi, je l'ai pris de haut, dis donc, p'tit mec, insulte pas Timothy Dalton, il a fait Shakespeare, qu'est-ce que tu crois, si tu veux coucher avec une cinéphile, le quartier Latin est tout près, te gêne pas, mais j'te préviens, avec ton look de Poulbot, j'ai comme l'impression que les petites pimbêches de la Sorbonne elles vont te bouder la bite ! Régis il me traite de vulgaire, ben voyons, c'est maintenant que tu t'en aperçois, crétin toi-même… On arrive quai de

Montebello en s'engueulant gentiment, comme dit Renée, qui baise bien châtie bien ! Mais là, je sais pas si c'est d'être à côté du fleuve, les nerfs me craquent, Simona elle éclate en sanglots. Régis il me prend la main, il commence à gazouiller *heyyy Niagara, je t'en prie ne pleure pas... tu vas faire pleurer la Seine...* Et il me fait un petit bisou, oh qu'il est mignon ! Et aussi sec ce salaud il me pelote comme un soudard et il se remet à chanter *tu vas faire pleurer la Seine... avec tes larmes de crocodile...* Et il éclate de rire ! Oh, l'autre ! C'est bien joli de faire son Julien Clerc mais si tu me respectes pas, tu vas pas me prendre les nerfs longtemps !

— Tu connais Séraphine, mon Régis ? je lui demande.

— Parafine ? il rigole. Pour les confitures ?

— Eh ben, si tu connais pas Séraphine, tu vas faire sa connaissance, mon chéri !

J'ai pensé à Séraphine, je me suis dit qu'est-ce qu'elle aurait fait à ta place ? et hop, un coup de coude, à la baille, va faire ton cinoche aux poissons, joli cœur ! Ça, je l'ai pas loupé, le p'tit Régis. Il s'est débattu dans l'eau, il savait pas nager, il a crié deux ou trois fois et il a coulé presque aussitôt. Il est remonté une première fois à la surface, il a recoulé, il est remonté, et il est reparti au fond, ça mon coco, la troisième apnée ça pardonne pas, c'est *La rivière sans retour*, c'est Gentiane qui a un amant pompier qui me l'a dit. Y'avait vraiment pas de quoi jouir, mais ça m'a pas rendu triste non plus. J'étais pleine d'électricité. J'ai entendu la voix de Séraphine qui me disait *reste pas là tu vas prendre un court-jus*, et je suis partie en courant...

Et tu sais qui je croise en prenant le métro ? Lino Ventura ! Tu me crois pas ? Tu me prends pour une menteuse ? Qu'est-ce que tu peux être cloche, va ! Lino Ventura, pas l'acteur, évidemment ! Il était mort depuis longtemps, le pauvre. Tiens, à propos, tu sais que Nono il a trois autographes de Lino Ventura ? Même qu'un jour, Lino lui a payé un verre au Negresco, tu le crois pas, ça ! Il était avec son épouse. Gentil comme tout, Lino, il m'a dit Nono. Moi je te parle de l'autre, celui de la Peste. Quand même, ça m'a foutu un choc. Pendant un instant je me suis demandé s'il n'avait pas deviné ce que je venais de faire tellement il me regardait d'un air bizarre…

Lino Ventura, on l'avait eu comme chef de division aux Litiges pendant cinq ans, chef de division, ça veut dire qu'il commande les Endives. Son vrai nom, c'était Charles Venturelli. Un Corse, un célibataire. Déjà que les Corses, je peux pas les braire, ces ânes, avec leurs cagoules de Rambo… Lino, c'était un taciturne, un sévèrement burné. Jamais un sourire. Le genre à te serrer la main en fixant le plafond, mais dès que t'as le dos tourné, tournez manège, y'a le feu au popotin ! Mais ça, c'est les hommes, c'est que des chiens. Venturelli, on l'appelait pas Lino Ventura à cause de l'acteur, mais à cause du linoléum. Il avait dû glisser sur une plaque de verglas quand il était petit parce qu'avant de mettre un pied devant l'autre il faisait toujours gaffe. Il marchait à petits pas, un peu comme les Japonaises. Devant le bureau des Endives, aux Litiges, il y avait une bulle d'air sous le lino, une grosse qui fait splotche quand tu marches dessus, et ça, Lino, ça le foutait en rogne. À chaque fois qu'il allait gratter avec les Endives, il passait bien cinq minutes à essayer d'aplatir la cloque. Avec le talon, la pointe du soulier ou le plat de la semelle. Un jour, il s'est carrément accroupi, il a sorti un maillet et une sardine de son paletot, et il a tapé, j'te jure. Ça a fait pschittt, mais rien à faire, la cloque était toujours là. Il s'est relevé doucement, il a rangé son matos de campeur et il a traversé la pièce, vexé comme un pou. On était toutes bidonnées. Florence a fait pipi dans sa culotte, Florence, soit elle rigole, soit elle pleure. Et dans les deux cas elle s'inonde. Pas beaucoup mais quand même, ça doit pas être très agréable. Florence, c'est une vraie boule de nerfs, j'espère que son mari a un paratonnerre à la maison. Heureusement pour elle, Marlène faisait une doublure aux Litiges, elle lui a prêté un change. Marlène, elle est incroyable, c'est une vraie mercerie-pharmacie ambulante. Soutifs, culottes, bas, collants, Tampax, Spasfon, Aspirine, Ventoline, capotes, fil, aiguille et dé à coudre, elle en a sauvé plus d'une, tu peux me croire. Qu'est-ce qu'on se marre avec elle ! En plus de ça, c'est une sacrée nana, Marlène. Le lendemain matin, à la place de la cloque, il y avait une armoire. Monsieur Lino a pondu une note de service pour expliquer ça et il a passé la moitié de la journée à faire le poireau avec les Endives cloîtrées dans leur bureau paysager.

Quand je l'ai croisé, vingt minutes après avoir poussé Régis Toucan dans la Seine, j'étais pas fière. J'ai fait semblant de pas le reconnaître, mais ce vicieux il a hurlé mon nom, et il m'a couru après. Heureusement, j'ai réussi à lui échapper. J'ai pris un tacot qui passait par là, jusqu'à la station de métro Saint-Michel. J'ai passé le week-end dans mon petit pavillon de Charenton, j'étais dans un état… J'avais qu'une trouille, c'est que Lino Ventura il fasse le rapprochement avec moi et le cadavre de Régis. Si on le retrouvait, son cadavre, mais bon, on sait jamais. Et puis je me suis dit que Lino il devait être de passage à Paris, vu qu'il avait pris sa retraite sur l'île aux Gogols en cagoule… J'ai passé le week-end à picoler. Je me suis passé des cassettes. Des westerns, des thrillers et des pornos. Les westerns, je les enregistre à la Dernière Séance d'Eddy Mitchell. Les pornos, je les achète par correspondance, parce que ceux de *M6*, ils sont gnangnan et pas très bandants. En général, je suis pas portée porno, je préfère la pratique, mais de temps en temps ça change. Et puis quand tu regardes un porno, tu peux toujours faire guili-minou, c'est pas interdit… *Ben qu'est-ce que t'as, mon chéri ?* T'as jamais vu de pornos, peut-être ? Allez, tu peux tout me dire, tu sais… Si tu veux, avant que je te… tous les deux, on pourrait s'offrir une petite douceur… *Allez… je te charrie !* Tu me prends pour qui ? Ça me ferait bien mal aux seins de baiser avec un petit pisseux comme toi.

Pisseuse toi-même…

Quoi ! ?

Je… non, rien…

Bon, le lundi matin qui a suivi la mort de Régis, j'étais de brigade du matin. Je suis allée bosser avec 39 de fièvre, j'avais la migraine, une sinusite des familles à faire pâlir madame Bobo. Je tenais debout je sais pas comment, j'avais gardé ma nuisette sous ma robe, je m'étais pas coiffée, je devais avoir l'air d'un zombi. Les filles m'ont regardée passer dans la travée en ricanant. J'ai failli m'affaler sur la feuille de présence tellement ça chavirait. L'Endive de service de la Une, c'était la Diligence, qu'on appelle comme ça parce qu'elle court tout le temps, le jour où elle clamsera d'une embolie, celle-ci, faudra pas s'étonner, les Endives c'est les CT-Div, les contrôleuses divisionnaires, autrefois on disait les surveillantes, Endive, je trouve que c'est plus poétique, et puis ça finit en « dive », je ferme la parenthèse, excuse-moi, mais si je te mets pas les points sur les i, tu vas être largué, mon chéri… La Diligence, donc, elle m'a jeté un regard noir. Au fond de la Deux, aux Réclames, Patou et Marie-Paule ont pouffé, l'air de dire, t'as encore fait la foire avec le petit Poulbot de Montmartre, ma cocotte. Si elles avaient su, les poulettes ! J'ai crié « salut les greluches » et je suis allée m'asseoir à ma place. J'étais de pointage à la Une. Nelly la pleurnicheuse est venue me voir aussi sec, avec un café, cadeau, elle a dit, pour te requinquer, greluche toi-même, et elle m'a demandé pourquoi je prenais pas un jour maladie. Un « jour », moi ? j'ai gueulé. Je suis pas à l'article de la mort, quand même ! J'ai dû gueuler vachement fort parce que la Une et la Deux se sont arrêtées aussi sec. J'ai pas eu besoin de lever le nez pour surprendre les regards en biais et les petites toupies qui tournent au coin du front… Je sais bien ce qu'on dit dans mon dos. Que je suis folle, que je pète les boutons, que je suis une salope, que j'ai pas de copine… Que même Renée elle me prend pour une givrée. Si elles pouvaient savoir comment je m'en tape ces pimbêches. Et combien je m'en tape, beuh alors, elles se croient supérieures, peut-être. Jamais heureuses, toujours à se plaindre, toujours fatiguées… *T'avais qu'à pas te tuer au stretching, Jane Fonda !* J'en connais qui se prennent leurs deux jours ragnagnas par mois tranquille, pas gênées les filles, et bien contentes que la mère Simona se tape le boulot à leur place. Moi, je m'en fous, le travail m'a jamais fait peur. Mais quand même, y'a des limites. Et quand c'est pas pour les douleurs, c'est le mari dépressif, le mouflet qui tousse, la bronchiolite de la pisseuse, la crise de claustro ou le chien qui aboie la nuit. Ils ont bon dos, les mouflets… Pourtant, quand elles les montrent, ils pètent la santé les p'tits chiards, ils ont la quenotte vigoureuse, la risette areu-areu et le caca facile ! Moi, les jours baigneurs, je suis dispensée, j'ai jamais pondu. Les jours ragnagnas non plus j'en prends pas. J'en ai jamais pris, c'est pas maintenant que je vais m'y mettre. Pas que je sois plus courageuse ou que je fasse la fière, beuh, je suis une femme aussi. Mais c'est que j'ai jamais… J'ai jamais eu mes règles, voilà tout… Voilà, tu sais tout, t'es content, à présent ! *Et j'aime pas qu'on m'emmerde avec ça, peau d'bête ! Alors s'il te plaît, la ramène pas, ou ça va barder pour ton matricule…*

Mais je n'ai rien dit, moi. Qu'est-ce qu'elle a à hurler comme ça ! Je n'ai strictement rien dit. D'ailleurs, je ne vois pas comment je pourrais parler avec ce truc sur la bouche… Qu'est-ce qu'elle a à s'énerver comme ça. Et quelle vulgarité ! Dieu, quelle vulgarité… Enfin ! S'il n'y avait que ça… Elle me fiche la trouille avec son fusil. J'ai vraiment cru qu'elle allait tirer… Son index s'est crispé sur la gâchette comme si… Mon Dieu… Il était moins une. Il faut que je fasse attention, que je fasse attention… Ne rien laisser apparaître… Comme pour les endives tout à l'heure… Elle lit dans mes pensées, c'est pas possible…

T'as rien dit mais t'en penses pas moins, peau d'bête ! C'est écrit sur ta figure, Dominique… Pourquoi tu recules ? Tu crois que je vais te filer un gnon ?

T'as raison de t'inquiéter mon chéri, moi quand je cogne, je cogne… J'ai perdu le fil avec tes conneries, c'est malin… De quoi je parlais ? Ah oui, Régis. *Le pauvre petit bonhomme…* Elle était pas mal sa peinture à Machin. Un peu académique, mais bon… Et mon portrait non plus il était pas mal. Il m'avait rajeunie, en plus, le mignon ! Il me rajeunit et moi je le raccourcis, où est la justice ! Enfin, bon, on va pas pleurer, ça vaut vraiment pas le coup…

De toute façon, règles ou pas, je viens au boulot, comme ce matin-là, et je suis pas la seule. J'en connais dans les modules qui préféreraient mourir plutôt que de louper un jour de taf. J'en connais même qui en sont mortes, si tu veux savoir… Moi, ça risque pas d'arriver. Simona c'est une tueuse, pas une moureuse, eh dis donc ! C'est pas les combines qui manquent. C'est l'avantage du pointage, le boulot est tellement con que si tu t'occupes pas l'esprit avec des trucs encore plus débiles, t'es bon pour l'hachepé. Le Nonkitu, tiens, ça, c'est un truc bien éclatant, c'est mon jeu préféré à la Peste, le Nonkitu… Une invention de Colette Landais. Facile, tu prends ton paquet de chèques, et pendant que tu fais ta vérif' de forme, signature, concordance des sommes, machin, tu lis les noms sur la souche. Dès que tu en trouves un rigolo, un nom qui tue, quoi, tu dis NONKITU et tu lis ton nom tout fort. Par exemple, Paul Popote, Clothaire Grossepièces, Eudoxie Labeauté, Éloi Plu, Estelle Sinoquet, Édouard Balladur, ça c'est des noms qui tuent… Chaque fois que t'en sors un, tu marques un point. Évidemment, à force d'en voir défiler, tu peux te faire ta réserve, je pourrais t'en réciter par cœur des centaines, moi, Prybysnée Terre, Waldeck Rochet, Docteur Courage, Petit Robert, Célestine Rumain du

Rumain née de la Ruée de Dieu, madame Gibier née Lion, Mouchard née Lamouche, Labouille née Derien… Après c'est comme au menteur, la copine en face, si elle a un doute, elle peut dire AKSATUPA et vérifier ton chèque, et si tu lui as vendu Paul Martin pour Mauricette Flambard, là, mon coco, tu morfles, et elle te pique tous tes points, tu comprends… Bon, y'a d'autres trucs marrants aussi aux GV, y'a les gens qui mettent des petites douceurs au dos des chèques, ou des engueulades, y'en a qui s'écrivent des vraies lettres, écrit en tout petit, y'en a même qui correspondent comme ça, beuh tiens, ils paient pas de timbres, vu que les lettres pour la Peste, c'est gratis… Un coup, « Et qu'ça brille », elle m'a engueulée parce que je photocopiais un mot doux derrière un chèque. Elle me sort t'as oublié ta prestation de serment, Simone ? Et ton devoir de réserve ? Ces trucs-là ça doit pas sortir du Centre, c'est très grave ce que tu fais Simone ! Moi je lui colle le chèque sous le pif, je lui fais y'a pas écrit secret défense, Et qu'ça brille ! Et puis quoi encore !

Ce jour-là, j'ai passé une partie de la matinée à jouer au Nonkitu avec Yolande, ça m'a empêchée de sombrer. Et à dix heures, direction l'infirmerie. J'en pouvais vraiment plus. Simone, elle a fait un gros dodo jusqu'à midi, c'est bon pour le cerveau.

Train Corail Paris-Caen, 9 heures 52.

— Contrôle des billets, s'il vous plaît !

Le brigadier Marielle sursauta. Confortablement installé dans un wagon de première classe quasiment désert, il s'était assoupi.

— Ah, contrôleur, vous tombez bien ! Je suis monté en catastrophe à Évreux, je n'ai pas eu le temps d'acheter mon billet. (Marielle baissa la voix :) Je suis un militaire en mission, vous pouvez m'arranger ça ?

— Vous avez un ordre de mission ?

— C'est-à-dire que… J'ai été contraint de faire demi-tour et de changer de train… C'est un peu, hum, compliqué…

— Dans ce cas, je suis obligé de vous faire payer votre billet, monsieur. Vous aurez aussi un supplément. Plus une amende forfaitaire de 130 francs.

Le contrôleur ouvrit son livre de bord et commença à remplir un bordereau.

— Une amende forfaitaire ? Mais…

— Tout voyageur qui achète son billet dans le train doit aller au-devant du contrôleur, récita le contrôleur en remplissant un bordereau de procès-verbal.

Sinon c'est l'amende ! Article 7 du règlement de la SNCF.

— Oh, dites ! Un ton au-dessous, s'il vous plaît ! Vous savez à qui vous parlez, jeune homme ?

— Si vous n'avez pas d'ordre de mission, je ne peux rien pour vous, désolé, répliqua le contrôleur sans lever le nez de son formulaire.

— Vous parlez au brigadier Marielle, commandant la brigade de gendarmerie de Saint-Martin-des-Besaces !

— Marielle, comme l'acteur ?

— Oui, et je m'appelle aussi Jean-Pierre.

— Jean… Pierre… Marielle… Désolé, monsieur, mais le règlement, c'est le règlement.

— Enfin, vous voyez bien que je suis en uniforme !

— L'uniforme ne m'intéresse pas, monsieur. Si vous n'avez pas d'ordre de mission, je ne peux rien pour vous… Vous allez à Caen, c'est ça ?

— Oui, je vais à Caen !

— Évreux… Caen… Voilà, ça fait 204 francs, je suis désolé mais c'est comme ça… La somme sera majorée si vous ne réglez pas à bord… Vous réglez en chèque ou en liquide ?

Le contrôleur tendit le procès-verbal au gendarme. Marielle rafla le formulaire et porta la main à la poche intérieure de sa veste, excédé.

— Vous entendrez parler de moi, jeune homme… Bon sang, qu'est-ce que j'ai fait de mon portefeuille, ça alors !

Il farfouilla dans toutes ses poches, en vain.

— La vache, elle m'a volé mon portefeuille !

— Ben voyons, fit le contrôleur, narquois.

— Mais il me croit pas, en plus !

— Écoutez, monsieur, moi, ce qui m'intéresse,

c'est de savoir si vous êtes en mesure de me régler mes 204 francs ! Le reste…

— Mais puisque je vous dis qu'on m'a volé mon portefeuille !

— Vous êtes donc dans l'impossibilité de me payer l'amende.

— Évidemment, puisqu'elle ma volé mon portefeuille !

— Qui vous a volé votre portefeuille ?

— Une jeune fille dans le train Caen-Paris…

— Parce que vous étiez dans le Caen-Paris ?

— Mais oui, je vous l'ai dit, bon sang ! Une jeune fille, 1 m 72 environ, brune, cheveux longs, type européen, le genre un peu paumée, si vous voyez… Bon sang, elle… elle lisait un roman de la Série noire !

Marielle porta la main à la poche de sa veste et tendit le livre au contrôleur.

— *La Clef des mensonges*, vous voyez bien que je ne vous raconte pas de conneries, quand même !

— C'est ça ! Et ce livre s'est retrouvé comme par miracle en votre possession… Vous me prenez pour un imbécile ?

— Elle me l'a donné quand je suis descendu du train…

— Elle vous a donné un livre et elle vous a volé votre portefeuille, vous allez vous foutre de ma gueule encore longtemps comme ça ?

— Je ne vous permets pas, jeune homme !

— Bon, eh bien, puisque vous n'y mettez pas du vôtre…

Le contrôleur sortit un téléphone portable de sa sacoche et composa un numéro.

— Lisieux ? Jean-Michel Roland, contrôleur sur le

Paris-Cherbourg 2452. J'ai là un contrevenant extrêmement excité. Pas de papiers d'identité. Il est habillé en uniforme de gendarme et prétend s'être fait voler son portefeuille dans le Caen-Paris. Vous pouvez le réceptionner en gare ? Voiture 17. Merci.

— Qu'est-ce que vous faites, nom de Dieu ! cria Marielle.

— Vous raconterez tout ça à vos collègues de Lisieux, fit le contrôleur.

*

— Albertini ? Marielle de Saint-Martin-des-Besaces à l'appareil… Oui, tu vas bien ?… Écoute, j'ai un petit pépin, mon vieux… Je suis dans le train Paris-Caen, j'arrive à Lisieux d'ici vingt minutes… J'ai là un petit branleur de la SNCF qui me cherche des noises, il m'a collé une prune et comme je ne peux pas payer, il veut me faire alpaguer, ce petit con, non, mais tu te rends compte ?… Non, rien de grave… Je me suis fait, enfin, j'ai perdu mes papiers, je te raconterai… Tu vas recevoir une demande d'intervention de la part de la gare SNCF de Lisieux… Rien de grave, je te dis… Alors, voilà… Tu vas gentiment envoyer balader ces petits cons, j'ai deux gars qui m'attendent à la gare de Caen à 10 heures 45 et j'ai pas du tout envie de passer pour un couillon… Ah ça oui, Albertini, comme tu dis ! SNCF, Savoir Nager Comme Fernandel !… T'es sympa, Albertini, je te revaudrai ça, t'inquiète !

*

Marielle rangea son portable, sous l'œil haineux du contrôleur. Il attendit que celui-ci ait quitté le wagon pour appeler sa femme sur son portable. Déconnecté. Alors il se rabattit sur le bouquin de la voleuse.

8...
Robert Dussidour (1994)

Le mardi matin, scotchée au plumard, Simona ! Les fois où j'ai été arrêtée, je les compte sur les doigts de la main en pliant le pouce, mais là, j'étais vraiment trop hachesse. Renée s'est occupée de moi, elle m'a envoyé son toubib de la rue Basfroi, un jeunot style Julien Clerc, mignon comme tout. *Broncho-pneumonie*, il me fait. *Vous avez passé le week-end sur un bateau-mouche ou quoi ?* Et aussi sec, Simona dans les pommes ou quasi-comme ! Quand je suis revenue à moi, Julien Clerc me pianotait les joues comme s'il jouait la sonate de Schubert. *Ce n'est rien*, il me chante, ah non, il commence à me courir, Julien Clerc ! Ce n'est rien, ce n'est qu'une broncho-pneumonie, ne vous en faites pas, on va vous soigner ça... Le jeudi matin, ça a commencé à aller mieux. J'ai quand même eu mal aux cheveux toute la semaine. Renée venait me faire des petits bouillons après le boulot. Elle restait pas longtemps, le temps de me faire manger, les derniers ragots de la Peste, un petit bisou sur la bouche, et elle repartait. Renée et moi on s'embrasse sur la bouche, ça fait jaser, à la Peste ! Je sais pas comment elle fait, Renée, entre son mari, son amant et ses mouflets... Et toujours super pomponnée, avec ça… Moi, j'avais pas le courage de m'habiller. Je traînassais. Je passais mes journées en nuisette, je bouquinais, enfin, si on veut, parce que j'avais du mal à me concentrer sur un bouquin. Par contre, j'en ai profité pour rattraper mon retard question travaux pratiques, mes petits découpages, mes activités antipouffe, comme je dis… Ça tombait bien parce que j'avais pris pas mal de retard… Rien que dans la semaine, j'ai découpé cent vingt bons de commande dans ma collection de revues. Chez moi, c'est un vrai kiosque, je t'ai pas dit ?

Des activités antipouffe ? Qu'est-ce qu'elle va encore inventer… Je commence à être ankylosé, moi, à force d'être attaché sur cette chaise. J'aimerais bien bouger un peu. Sans compter que je commence à avoir envie de pisser…

Mes activités antipouffe, à l'époque elles étaient dirigées contre la mère Bénimachair, si tu veux savoir, mon chéri. Les bons de commande, je les remplis à son nom, je me suis fait faire un tampon avec son nom et son adresse, ça va vite. Je mets le bon dans une enveloppe, sans cacheter, et le tout dans une grande enveloppe que j'envoie à une copine de Pantin Principal. Sylvette elle recopie les adresses sur les enveloppes, comme ça je suis tranquille… Ensuite elle les fait poster des quatre coins de la France par des copines. Tu vois, Simona elle est pas méchante, mais si on la cherche on la trouve. La mère Sadique, ça fait quatre ans qu'elle est partie en retraite mais je l'ai pas oubliée. Faut qu'elle paie. Comme je suis pas chienne, je lui envoie aussi l'addition pour les dizaines de filles à qui elle en a fait baver, cette pouffe. Je pourrais la tuer, note bien, mais ce serait trop facile. Quand t'es morte, forcément tu oublies, tandis que là, elle risque pas d'oublier. Si tu veux emmerder quelqu'un, le coup de bons de commande, je te conseille, et ça, c'est une invention de Simone… Évidemment, j'avais bien pensé aux coups de fil anonymes en pleine nuit, mais ça risquait de la faire crever, et moi je veux pas la faire crever, la mère Sadique, je veux qu'elle continue à en baver. Et puis les flics, maintenant ils sont outillés, j'ai lu ça dans un roman policier, ils ont des appareils sophistiqués, les types se font toujours coincer. Alors moi, toutes les semaines je découpe des bons de commande dans les journaux et je les remplis à son nom. Je lui commande de tout. Des trucs gratuits et des payants. Quand c'est payant, je mets un numéro de carte bleue avec des vrais numéros, je les trouve sur les tickets que je ramasse dans les DAB, comme ça, ça fout un peu plus la merde… Bon, ça te fait pas rire… Mon copain Jean-Benoît, qui est un vrai anar, ce genre de truc ça le fait hurler de rire. Il appelle ça l'entropie, il dit que si tout le monde faisait comme moi pour régler ses problèmes, ça bloquerait très vite la machine de la société, ce serait drôlement poilant, il dit, Jean-Benoît, dommage que la plupart des gens se laissent plumer comme des veaux, il a de ces expressions… Lui, son truc, c'est d'enlever les contraventions sur les pare-brise, comme ça les gens payent pas, c'est toujours ça de moins pour les militaires et ça fout le bordel. Il le fait systématiquement, et de temps en temps il fait un petit paquet, il envoie deux cents PV au ministre des Finances et ça lui fait sa semaine, il a des joies simples, Jean-Benoît. Quand c'était Charasse le ministre il glissait des fientes d'oiseau dans l'enveloppe, parce que ce gros sac il pouvait vraiment pas le saquer. Moi c'est pareil, rien que d'imaginer la gueule de la mère Sadique quand elle reçoit les centaines de saloperies que je lui commande depuis cinq ans, je pisse dans ma culotte, Marlène, au secours ! Elle a eu droit à tout la garce. Et pendant ma broncho-pneumonie, je l'ai soignée. J'ai commencé par des revues, des cassettes porno, fallait bien commencer par quelque chose n'est-ce pas, des godemichés, des vibromasseurs, des guêpières de super-salope, des machins en cuir, des fouets, tout l'attirail des sex-shops. Après j'ai continué dans le soft. Je l'ai abonnée à des dizaines de journaux... Tiens, tu m'crois pas, tu veux voir la liste, peut-être ? Regarde, je note tout ça dans mon petit carnet à spirale. Ça fait des années que je le tiens à jour. *Intimité*, *Le Chasseur français*, *Points de Vue-Images du Monde*, *Le Pèlerin*... Tu vois ! Tu vois ! Y'en a trente pages comme ça ! Tiens, je te le prête, tu vas bien t'marrer... Elle commence à me brûler les pattes la Bénimachair...

Mais elle est pas bien ! Pourquoi elle me le met dans la poche ! J'en veux pas de votre carnet, moi !

La Bénimachair, c'est la pire des peaux de vache de la Peste, même ton boucher il en voudrait pas de cette carne. Et pourtant, Dieu sait si j'en ai vu défiler des Endives acariâtres, des cheftonnes siphonnées du bulbe, des mal vissées chroniques, des jalouses-parce-que-tu-baises, des qui-grince-des-dents-quand-tu-sors-la-minijupe, des rouspéteuses et des faiseuses de crasses... En trente ans de Peste, j'ai eu le temps de me faire mon petit catalogue raisonné, comme dit Jean-Benoît qui est un artiste. Les chefs, y'a pas plus con, c'est sûr, mais bon, y'a pas qu'à la Peste... Maintenant attention, tous les chefs sont pas des sadiques, y'a des exceptions ! Mais quand même... faut les chercher... *Ben quoi, l'Illustre, t'as la trouille !* Tu sens le roussi sur tes roubignoles ? Bravo mon chéri, c'est la preuve que tu suis... Sans dec', la mère Sadique, tu dirais qu'elle est venue au monde pour emmerder le peuple. Elle s'occupait des nonaff, cette peau de vache. Fais pas cette bille, mon chéri, « nonaff », ça veut dire « non affectés », c'est les brigades volantes, tu devrais savoir ça, mince ! Tous les matins, tu te pointes au bureau des nonaff, tu signes la feuille de présence où c'est mis pour quel service tu en croques. Tout ça sous l'œil de la Bénimachair-à-Canon, la SuperEndive des Nonaff. Une biquasse avec des tifs en casque de salon de coiffure, un regard d'aigle et une voix coupante comme une lame de rasoir... Malheur à toi si t'avais une minute de retard. La salope ! La pouffe des pouffes ! J'ai mal au bide rien que d'y penser. Ah, quand même, des fois je me dis que j'ai été bien conne de pas l'éliminer, celle-ci. Elle terrorisait tout le monde. Moi j'arrive toujours à l'heure, je suis même en avance, c'est pour te dire, mais quand j'étais nonaff, rien que pour la faire chier je traînassais dans les modules avant d'aller signer pour arriver en retard. Tous les jours j'arrivais en retard. Et tous les jours elle m'engueulait. *Madamoiselle Dubois, vous rattraperez ! Madamoiselle Dubois, trois minutes ! On a eu une panne d'oreiller, madamoiselle Dubois ? Vous le faites exprès, madamoiselle Dubois ?* Et elle insistait lourdement sur le *madamoiselle* pour bien m'humilier, surtout quand il y avait des petites jeunettes dans la pièce. Moi je fermais ma gueule. Docile, Simona. J'ai jamais perdu mon calme avec cette bourrique. Sauf une fois, tiens, c'était le lendemain de la mort de Robert Dussidour, un monsieur des beaux quartiers que j'avais levé en boîte, je te l'ai pas raconté celui-là... J'avais pas fermé l'œil de la nuit, j'étais pas à prendre avec des pincettes. J'avais dormi toute habillée, pas maquillée, l'haleine chargée et tout. Ce jour-là, bizarrement, j'étais à l'heure, mais cette conne, c'est plus fort qu'elle, elle a un chien de Pavlov coincé dans la gorge, dès qu'elle m'a vue entrer, elle s'est mise à bramer. *Madamoiselle Dubois, ce n'est plus de votre âge, les boîtes de nuit !* Comme le Robert, je l'avais ferré en boîte, j'ai cru qu'elle lisait en moi, l'ultrapouffe, j'te jure ! Je suis devenue blême, comme l'aut'e coup avec Bousquet. Et tu sais c'que j'lui ai dit ?... *Mêlez-vous de vos fesses, ho ! Ma vie privée, c'est personnel !* Attrape ma pouffe ! Et je sors du bureau tête haute, en lui faisant un doigt long comme l'obélisque. Elle se lève comme une folle en faisant tomber sa chaise. *Ah mais cette fois ça ne se passera pas comme ça, madamoiselle Dubois, je vais chercher le chef de Centre de ce pas...* Simona elle lui fout la montre sous le nez, et là, tout de suite calmée ! Deux jours après : rayée des nonaff, mutée au 36. Remarque, j'y suis pas restée longtemps au 36, vu qu'il y avait ma Renée et que l'Endive du coin elle pouvait pas nous blairer ensemble dans son potager... Bénimachair elle était contente de se débarrasser de moi, mais on se débarrasse pas comme ça de Simona, ce serait trop facile ! Ça faisait déjà un bout de temps que je lui envoyais des saloperies par la Peste, mais là, j'ai mis le turbo. Pour commencer, j'ai téléphoné à une dizaine de sectes, genre Église de Scientologie, j'ai fait celle qui était au bout du rouleau, j'ai laissé son numéro. Elle peut changer de numéro tant qu'elle veut, on la fait pas à Simona, j'ai des potes aux Telecom qui demandent qu'à me rendre service ! Si elle veut être tranquille, la Bénimachair, elle a qu'à demander l'asile à Sainte-Anne…

Robert Dussidour, je l'ai rencontré dans une boîte de la Bastille où Luigi m'avait emmenée danser le tango. Luigi, c'est un de mes meilleurs potes, il bosse au Départ à Bourseul. C'est un Réunionnais, un beau musclé tout chocolat, je mentirais si je disais qu'il me fait pas un certain effet, ce grand caramel. Seulement, comme il est homo et pas du genre girouette, ça risque rien. Beuh, Simona elle a rien contre les phoques. Les homos, les lesbiennes et moi, on a un point commun : on est pas très portés sur la progéniture. Moi, les mouflets, j'en ai jamais voulu. C'est pas les occasions qui ont manqué, pourtant. Étienne, par exemple, il aurait bien voulu me faire un enfant. Un jour je lui ai dit à Étienne : Je te préviens, la prochaine fois que tu me parles marmaille, je vais acheter une boîte d'allumettes et tu me revois pas avant l'an 2000 ! Sur le coup il a rien dit… Mais bon, ça, c'était il y a très longtemps, *avant qu'Étienne il perde complètement la boule, avant qu'il devienne fou furieux…*

Étienne, tiens, c'est nouveau… d'où elle le sort, celui-là ?

J'ai rien contre les enfants, note bien, mais chez les autres. Les couches pleines de merde, les murs noircis de crayon feutre, les courses de caddie au Auchan, les animaux martyrisés et les moutards gogolisés devant la télé, merci bien ! Autant élever un chat, c'est plus propre, aussi affectueux et c'est moins emmerdant.

Remarque, je dis ça, mais un animal, j'en ai jamais eu. Les animaux en appartement, je suis contre. J'ai juste eu un perroquet, une fois, cadeau de Renée pour mes quarante-cinq ans… Tu parles d'un cadeau ! Cet imbécile, comme il m'entendait tout le temps râler contre Mitterrand, il répétait sans arrêt Mitterrand, Mitterrand, Mitterrand ! S'il le disait pas mille fois par jour il le disait pas. Dès que je rentrais de la Peste, qu'il entendait la clef dans la serrure, il se mettait à gueuler *Mitterrand-Mitterrand-Mitterrand !* Y'a que la nuit qu'il la fermait. C'était intenable. Quand j'en ai eu marre du psittacidé, je l'ai porté à la SPA de Gennevilliers… Enfin, je voulais, parce que dans le métro j'ai rencontré une petite Tzigane qui faisait la manche, une Roumaine qui alignait pas vingt mots de français, et quand elle a vu mon beau perroquet, elle a eu la larme à l'œil, alors moi je lui ai dit que si elle le voulait il était à elle, l'oiseau, et je lui ai donné Mitterrand, avec un billet de cent francs, je lui ai dit qu'avec un oiseau pareil elle ramasserait beaucoup plus d'argent. Au début elle me croyait pas, elle croyait que je me fichais d'elle, mais j'ai fini par la convaincre… Eh ben tiens, pas plus tard que la semaine dernière je l'ai revue, la môme, à Opéra, avec le perroquet, et c'était l'oiseau qui faisait la manche pour elle… Ça, c'est des gens qui se démerdent, les gitans… Mais bon, elle m'a pas reconnue… *Dis, tu m'écoutes ou quoi ?*

Mum-mumph. Oui, je vous écoute. Je ne fais que ça, vous écouter. Qu'est-ce que je pourrais bien faire d'autre, franchement !

Eh ben, franchement, on dirait pas que tu m'écoutes, Dominique ! Ou alors tu me prends vraiment pour une conne ! Tu crois que Simone elle est assez dégueulasse pour abandonner un pauvre perroquet, comme ça, dans le métro… Mitterrand, tu sais c'que j'en ai fait ? Tu devines pas ? Je l'ai donné à ma Renée, elle qui l'aimait tellement son Tonton, comme ça elle pourra le câliner tous les jours. Je lui ai donné l'oiseau le jour où Tonton est entré à Cochin. Elle était heureuse comme tout, ma Renée ! Elle me dit ça va lui porter bonheur. Seulement voilà, ils en ont vite eu marre de l'entendre gueuler Mitterrand-Mitterrand toute la sainte journée, et mon psittacidé il a fini pipelette avenue de Choisy…

Pourquoi tu lui parles pas de Robert Dussidour, ma Simona ?

Ouais, bon, ça va !… Ce soir-là, comme je te disais, j'étais partie guincher avec Luigi, j'avais mis ma robe fendue en lamé, je m'étais fait un chignon, à l'époque j'avais encore les cheveux longs. Luigi il disait que j'étais belle comme Dalida, il adorait Dalida, Luigi. Mais ça c'est les phoques, Dalida, c'est leur maman, cherche pas à comprendre, c'est génétique. On a dansé le tango deux bonnes heures. Luigi était aux anges. Danser avec Dalida, le bonheur ! Et puis il est parti retrouver son ami Jérôme dans une fête, et là j'ai croisé le regard de Robert Dussidour. Un grand brun avec un complet d'alpaga noir et des mocassins à bout pointu, il avait une fine moustache et un drôle d'accent, très élégant, tout ça… Ça faisait un bail qu'il me regardait danser avec Luigi et, dès que Luigi est parti il m'a invitée. Il dansait encore mieux que Luigi. Il conduisait à merveille. Il me roucoulait des mots doux à l'oreille chaque fois qu'il me déhanchait. Déjà que le tango c'est chaud, mais alors là, c'était plus-que-sexuel. Dès que je l'ai vu, j'ai compris qu'on allait coucher. Il m'a emmenée dans sa chambre d'hôtel, à l'Holiday Inn de République. Il parlait presque pas. Pour ce qui est de la conduite en chambre, je m'attendais à la « classe affaires », et je suis tombée de haut. Il voulait me fouetter, le bellâtre, dis donc !

Je suis sûr que t'aurais aimé ça, Simona...

Non-mais-ça-va-bien-dans-ta-tête ! Qu'est-ce que tu racontes ?

Je... mais... je n'ai rien dit, moi...

Ah bon, j'avais cru... *Beuh, c'est encore cette peste de Monique qui me joue des tours !* Ce salaud, il avait tout un attirail dans une valise, des fouets, des harnais, des menottes, des poires à lavement, j'en passe et des meilleures. J'avais l'impression de passer commande pour la mère Sadique. Naturellement j'ai joué la comédie, j'ai l'habitude, tu sais !

Jouer la comédie, jouer la comédie... Ça te déplaisait pas, Simona...

Bon, ça suffit, Dominique, tu vas pas t'y mettre !

Mais qu'est-ce qui lui prend à gigoter comme ça !

J'ai fait celle qui aimait ça, je me suis déshabillée, j'ai fait un strip-tease langoureux en lui chantant *Il venait d'avoir dix-huit ans* et j'ai profité de ce qu'il vidait sa vessie dans la baignoire de la salle de bains pour l'étrangler avec le fouet, ce pervers... Raconté comme ça, ça n'a l'air de rien, mais faut pas croire... Je lui avais attaché les mains dans le dos avec les menottes pendant qu'il faisait pipi dans la baignoire, ça le faisait marrer, Dussidour, c'est même lui qui me l'avait demandé ! Je suis sûre que dans le civil il était ambassadeur ou un truc comme ça... Quand je lui ai serré le kiki avec le fouet, il s'est drôlement débattu, il aurait bien aimé changer de disque, ce cochon de bourgeois. Mais il pouvait toujours courir, des chiens comme ça, faut pas les laisser croître…

Quand j'ai raconté ça à Luigi le lundi matin, il voulait pas me croire, il m'a dit t'étais encore bourrée de mezcal, Simona, tu prends de mauvaises habitudes… Le mardi, à la pause, on est allé faire un flipper chez Pierrot, le bistrot[1] de la rue d'Alleray où on prenait la pause, et là je lui ai montré *le Parisien*. Il y avait une demi-page sur mes exploits dans le journal. Là il s'est incliné, Luigi, il se sentait un peu responsable. Il culpabilisait de m'avoir abandonnée dans la boîte à tango, surtout qu'il s'était pris la tête avec Jérôme. Tout juste si c'est pas moi qui lui ai remonté le moral. Pourtant j'étais pas dans mon assiette. Même si personne m'avait vue entrer ni sortir de l'hôtel avec Dussidour, je crevais de trouille. J'avais peur que les flics remontent jusqu'à moi par la boîte. Toute la semaine j'ai dévoré le journal, mais heureusement l'affaire est tombée dans les oubliettes. J'ai du bol dans mon malheur, on peut pas dire…

La vache, qu'est-ce que j'ai envie de pisser… J'espère qu'elle va abréger, la dingue !

1. Le Relais des postiers, 18 rue d'Alleray, 75015 Paris. La quiche lorraine est excellente, l'accueil parfait.

Gare de Caen, 11 heures 02.

— Vous avez fait bon voyage, chef?

— Ah! C'est pas le moment, Jousseaume! Je me suis fait faucher mes papiers par une pickpocket! En plein jour! Et dans un train bondé, vous vous rendez compte! Et après ça, ce petit con de contrôleur SNCF qui appelle les collègues de Lisieux parce que je n'ai pas de billet! C'est tout juste s'il ne m'a pas accusé d'avoir volé mon uniforme, ce salopard! Heureusement que le major Albertini est un copain, je vous jure! Résultat: dix minutes de retard! Ah, je peux vous dire qu'il a été bien reçu par les collègues, le petit enfant de Socrate! Et tout ce cinéma pour me piquer mon portefeuille! Je me demande quand même comment ils ont eu le numéro de mon portable!

— Vous parlez de qui, là?

— Des délinquants qui m'ont mené en bateau, pardi. Pas mal, le coup de la prise d'otage à La Genestais, fallait y penser. Plus c'est gros et mieux ça passe! Et comme un con, j'ai couru. Non, mais quel con tu fais, Jean-Pierre!

— Pourquoi vous dites ça, brigadier?

— Parce que le type qui m'a appelé était aussi dans le train, tiens !

— Vous croyez ?

— Ben tiens ! Il m'appelle sur mon portable, il me raconte ses conneries pour me distraire, et pendant ce temps-là, sa complice me chourave mon portefeuille…

— Y'a quelque chose que je comprends pas, chef.

— Qu'est-ce que vous ne comprenez pas, Jousseaume ? Qu'est-ce que vous ne comprenez pas !

— Votre type, là, s'il était de mèche avec votre voleuse… Il avait pas besoin de rappeler la brigade.

— Il a… rappelé la brigade ?

— Ça fait à peine dix minutes. Courcière vient de me l'apprendre.

— Vous pouviez pas le dire plus tôt, Jousseaume ?

— Vous m'avez pas laissé le temps, chef.

— Tiens donc. Et qu'est-ce qu'il voulait ?

— Il voulait savoir si on était bien parti vous chercher à la gare de Caen.

— Nom de Dieu… Mais qu'est-ce que c'est que ce givré !

— Je sais pas ce qui se trame, chef, mais Courcière, il dit que c'est pas un homme.

— Comment ça, pas un homme ?

— Courcière est formel. Il dit que c'est une femme.

— Une femme ?… C'est quand même pas ma voleuse qui… Non, ça peut pas être elle…

— J'ai l'impression qu'on a mis les pieds dans une drôle d'affaire, brigadier…

— Bon, ça va, Jousseaume. Pas la peine d'en rajouter.

— Comment vous allez faire pour la déclaration de vol de vos papiers, brigadier ?

— Les collègues de Lisieux s'en occupent, ne vous

inquiétez pas… En tout cas, elle a intérêt à se tenir à carreau, la môme, parce que j'ai ses empreintes digitales, moi !

— Comment vous avez fait votre compte, chef? demanda Jousseaume, admiratif.

— Secret défense, mon vieux, secret défense… Dites, vous attendez quelqu'un, Jousseaume ?

— Non, pourquoi ?

— Alors, qu'est-ce que vous attendez pour démarrer, nom d'un chien !

— Où est-ce qu'on va, chef?

— À votre avis ?

— À La Genestais ?

— Non, Jousseaume, on va faire un bowling à Riva-Bella !… Évidemment qu'on va à La Genestais, où voulez-vous qu'on aille !

7...
Éric Blin (1993)

Luigi, après ça, il m'a eue dans les pattes toute la semaine. J'étais tout le temps fourrée au Départ. Ça tombait pile sur sa semaine de paris. Je t'ai pas dit, mais Luigi il a deux casquettes à la Peste. Il fait le tri au Départ, et le bookmaker pour son plaisir. Il a des antennes un peu partout, à Montpar, à Auster et dans la plupart des centres de tri de la Peste, les paris de Luigi, c'est une institution. C'est ses potes réunionnais qui centralisent tout. Ils ont des portables, des petites annonces bidon codées qu'ils affichent à la coopé, genre «*cause croissance, vends blouson de cuir état neuf*», ils sont super bien organisés. C'est comme les mecs à la Bourse, par le fait, sauf qu'eux ils font crever personne. Tu sais c'qu'il dit, Jean-Benoît? Jean-Benoît il dit ces mecs-là, tu les enfermes dans la Bourse, tu craques une allouf, et on serait un peu moins dans la merde!... Ben mon pote, fais pas cette tête!...

En général, Luigi, il fait ça entre midi et deux, au changement de brigade. Au Départ, ils sont pas trop emmerdés avec les Endives. Les chefs, ils savent, ils passent l'éponge. Luigi, il fait pas ça pour l'argent, il fait ça pour le fun. Mais ça rapporte quand même, sinon il s'emmerderait pas. Luigi, il fait partie d'une association de sapeurs du XVIIe, il est toujours bien nippé, il a un certain train de vie, son petit salaire de la Peste lui suffit pas, tu comprends... Il prend des paris sur tout, il a pas de restrictions. Sur la Diligence qui court tout le temps, pour savoir combien de temps elle jonglera avec l'infarctus. La maladie de Mitterrand, les maîtresses de Mitterrand, y paraît qu'il en avait plus que le commissaire Maigret, dis donc... Grâce à Nono, qui est au courant des potins du Tout-Paris, nous, ça faisait longtemps qu'on savait pour Margarine, tu parles ! On avait même son adresse, à Anne Pingeot, je pourrais t'en raconter une bien bonne si tu veux... Bon, Luigi, il prenait aussi des paris sur les élections présidentielles, le foot, le tennis, le tour de France. Et de quel sexe sera le bébé de Yolande ? Et qui sera la prochaine à tomber enceinte du troisième étage ? Et pour la semaine du tant : couleur de la petite culotte de rechange dans le réticule à Marlène ? Et qui sera la prochaine à l'utiliser ? Et qui sera le prochain amant de Julie Dutertre ? Et combien de temps ça va durer ? Et la prochaine à péter les plombs ? Et la prochaine à être mutée ? Et est-ce que Sophie Deloing va battre son record de congé maladie ? Ils se marraient bien, les cousins. Comme dit Renée, pendant ce temps-là, au moins ils picolent pas. Enfin pas trop, faut pas pousser non plus. Quand un gars du Départ gagne le pactole, ils font la nouba. Les Antillais apportent le planteur. Amadeus, il participe pas, il boit pas. Amadeus, il est absthème, il supporte pas le vin, c'est pour ça qu'il a pas pu être prêtre, le pauvre... Tu vois, il s'en passe des choses passionnantes à la Peste, mon chéri... Mais-dis-donc, kesta toutakou ? T'as l'air tout cramoisi ! T'as un besoin urgent ? Envie de pipi ? Hoche la tête si c'est ça ton problème, allez, reste pas planté sur ta chaise, hoche, mon vieux, hoche !

Muh-mumh, muh-mumh-mumh... Mon Dieu, j'ai honte. Qu'est-ce que je ne dois pas faire. Qu'est-ce qu'elle me fait faire, cette folle. Et comment va-t-elle s'y prendre... Il faut me détacher, madame, s'il vous plaît, détachez-moi... Tout de même, vous ne pouvez pas me traiter comme ça, je ne suis pas un bébé...

Attends, bouge pas, je vais t'accompagner aux vécés. Lève-toi, mets-toi debout, doucement, tu vas voir, la chaise est pas lourde. Viens, je te montre le chemin… Je vais te déboutonner, mais ça s'arrêtera là nos amours, t'es pas mon genre ! Allez, lève-toi, c'est ça, amène-toi, mon joli… Dépêche-toi, voyons… Et je te préviens que si tu fais la moindre connerie, ce soir y'aura des burnes au petit plomb au menu ! BON ! IL ARRIVE NOTRE AMI DOMINIQUE !

Je viens, vieille folle. Bien obligé. J'ai tellement envie. Et tellement honte. Oh mon Dieu si vous saviez comme j'ai honte ! Si Anne me voyait ! Et Lionel ! Je préfère ne pas y penser...

Eh ben voilà ! Tu t'débrouilles très bien, mon chéri… Allez, on ramasse la viande… *Je suis pas comme Séraphine, moi...* Pauvre chou, va, je vais pas t'manger, elle m'intéresse pas ta viande…

Ouf, fini. Ouf, quel soulagement. J'ai cru que j'allais me pisser dessus. Assis, comme ça, avec la chaise dans le dos, ce n'est vraiment pas commode. Heureusement qu'elle m'a un peu aidé, tout de même. Mon Dieu, quelle honte ! Je suis vraiment ridicule. Ça a l'air de l'amuser follement cette situation, bon sang. C'est ahurissant. Je suis sûr qu'elle prend son pied, elle est vraiment malade, cette femme. Je ne sais pas à quoi elle joue. Je n'ose pas imaginer jusqu'où elle peut aller. Elle est prête à tout. Ça peut aller très loin ce genre de conneries. Il vaut mieux ne pas y penser... Eh ! ma braguette ! S'il vous plaît, madame, ça vous ennuierait de remonter ma braguette, c'est... Bon, tant pis. Elle s'en fout, elle n'a pas fait attention. Après tout quelle importance... Pas facile de marcher avec cette chaise qui me rentre dans les côtes... Bon. Terminé la récréation. Retour à la case départ. Je me demande où nous sommes. Le papier peint est un peu vieillot mais ça ne veut rien dire. Et puis, cette lampe à crémaillère... On doit être à la campagne. Oui, c'est ça, on entend des oiseaux, on doit être à la campagne... J'ai faim, moi, je mangerais bien un petit quelque chose... Et elle ? Elle aussi elle doit avoir faim, non ? Je me demande à quoi elle pense en ce moment. Elle a l'air de tourner en rond... J'ai l'impression qu'il y a quelque chose de changé en elle, je ne saurais dire exactement quoi, mais... Ça y est, j'y suis. Le fusil. Elle a oublié le fusil aux chiottes. Je crois qu'elle ne s'en est pas rendu compte. Si au moins je pouvais faire jouer mes liens, mais elle a serré comme une vache...

Bon, tu vois que tout s'est très bien passé. Fallait pas en faire un fromage. Alors, ça va mieux, maintenant ? T'es bien rassis ? Attends, mon chéri, je te remonte ta braguette, voilà, comme ça... c'est quand même plus convenable... *Parce que si Séraphine elle voit toute cette viande...* Bon, où j'en étais, moi ?

Robert Dussidour… Celui-là, rien que d'y penser, avec son côté tortionnaire chilien, j'en ai la chair de poule. Ça, on peut dire que j'ai eu chaud avec Dussidour…

Bon, celui d'avant, ça va être plus cool. Comment il s'appelait déjà celui d'avant ? Zut, j'ai un trou de mémoire… Blin, Éric Blin. Pas confondre avec Gérard, le comédien, ça s'écrit pas pareil… Tu penses que Gérard Blain, un beau mec pareil, j'aurais bien aimé le rencontrer ! Je suis certaine qu'on se serait bien entendus, tous les deux. Et Bernadette Lafont… Ouh-la-la, Bernadette Lafont ! Quelle femme ! Que je l'aime, celle-ci. Je vais voir tous ses films. Même le dernier avec Godard, j'y suis été. J'ai rien pigé mais bon, du moment qu'il y a Bernadette moi je suis contente. Elle pourrait repriser des chaussettes pendant une heure, je m'en fous… Et Pauline, alors, oh-la-la, quel malheur… À propos, tu sais que Pauline elle a travaillé à la Peste ? Juliette Binoche elle a travaillé au BHV, mais Pauline elle a travaillé à la Peste ! Tu savais pas ? T'as pas vu *Poulet au vinaigre* ! ? Et *Promotion canapé*, tu l'as pas vu, non plus ? Meuh, c'est nul, *Promotion canapé*, ça vaut pas un coup de cidre ! Mais si t'as pas vu *Poulet au vinaigre*, t'es vraiment un blaireau ! J'aime mieux te dire que si toutes les guichetières de la Peste étaient roulées comme Pauline Lafont dans *Poulet au vinaigre*, DHL et Federal Express, ils nous feraient pas chier longtemps, moi j'te l'dis ! Du balai les Ricains… À la niche *Terminator*, euh-dis-donc ! Pauline Lafont, elle était lumineuse… Tu vois, avec tes simagrées, tu m'fais pleurer, espèce de… *T'es vraiment qu'un mufle, Dominique !*

Éric Blin, je l'ai connu par Cécile Portier. Une drôle de fille, Cécile Portier. Elle me tapait sur les nerfs, et en même temps je l'aimais bien. Ça remonte à 93, Cécile. Je l'ai pas revue depuis qu'elle a quitté la Peste. Depuis la mort d'Éric Blin, par le fait. Tiens, ça me fait penser, j'en ai une bien bonne à te raconter à propos de Cécile, ça va te faire marrer... Cécile elle avait une grande copine qui s'appelait Ghislaine. Elles étaient arrivées le même jour à la Peste, elles s'étaient retrouvées aux Réclames dans la même alvéole. Elles sortaient tout le temps ensemble, enfin, sortaient ensemble, c'était pas des goudous, hein ! Elles allaient au ciné, au restau, en boîte, elles aimaient bien draguer ensemble en boîte. Rémi, le petit Mauricien des Méthodes, il pourrait t'en parler mieux que moi vu qu'il les a sautées toutes les deux... Ensemble, j'en sais rien, mais ça se pourrait, elles étaient tellement dévergondées ces deux-là. Surtout Ghislaine, parce que Cécile, sous ses grands airs d'allumeuse paraît que c'était un vrai glaçon... Bref y'avait pas meilleures copines au monde. Et du jour au lendemain elles se fâchent. Tout ça parce que Ghislaine s'est ramenée un jour au boulot avec la même robe noire moulante que Cécile, et l'autre elle se met à lui gerber dessus comme une malade... Elle avait mis la barre très haut, Cécile, elle disait que Ghislaine la copiait, qu'elle en avait marre de se traîner une pétasse avec des bourrelets, une gourde qui l'idolâtrait, c'était son mot, idolâtrer ! Parce que l'autre, elle se prenait pas pour une reine ! C'était grandiose. La petite Ghislaine elle était outrée, elle comprenait pas, elle croyait que Cécile déconnait, que ça allait lui passer, elle a essayé de la raisonner, tu parles si elle avait besoin de s'habiller comme Cécile pour se faire des mecs ! La petite Ghislaine, c'était pas Claudia Chiffon, mais une nature comme elle, les hommes, elle claquait du doigt, et tchac, ça pleuvait à verse ! Tout à coup, alors qu'elle s'était calmée, Cécile s'est jetée sur Ghislaine comme une furie, elle l'a griffée à la joue, elle a essayé de la mordre, et pour finir elle lui a arraché sa robe en hurlant : *je te déteste, je te déteste, je te déteste !* Pas besoin de le dire trois fois ma vieille, on avait compris. Ghislaine s'est retrouvée les seins à l'air. Heureusement que Marlène était là avec ses Folies d'Élodie, parce qu'en moins de trente secondes, le GEG[1] 42 ressemblait à un congrès de mateurs… À partir de ce jour-là, Cécile n'a plus adressé la parole à personne. Mais comme elles bossaient face à face, avec Ghislaine, c'était coton. Ghislaine elle s'en foutait, mais Cécile elle avait dressé un mur entre elles, avec des carcasses de dossiers. Jean-Benoît qui est un comique, il appelait ça Check-Point Charlie. *On se retrouve à Check-Point Charlie*, il me disait quand on prenait la pause. Ça aussi c'est bon pour l'entropie, il disait Jean-Benoît. Ça a duré six mois, et puis un jour on l'a plus revue à la Peste, Cécile. Plus jamais. Personne n'a jamais su ce qu'elle était devenue. Mais moi je sais où elle est, Cécile, pas besoin d'être Patou-je-sais-tout pour ça. Elle est à l'HP Cécile, c'est sûr. Ou alors elle fait la pute dans un trou de province. Ou alors elle est morte, je sais pas… Comme Éric Blin. Parce que lui, c'est sûr, je l'ai bel et bien balancé dans le lac. Encore un qui savait pas nager, Éric Blin. Sauf que lui, je l'ai vraiment aimé. Enfin, j'ai cru que je l'avais aimé. Je l'ai tué quand j'ai compris qu'il se fichait de ma poire depuis le début. Il aurait fait un bon client pour Luigi, Éric. Un, il marchait à la voile et à la vapeur, deux, il avait le vice du pari dans le

1. Groupe d'Exploitation et de Gestion.

sang. Cécile me l'avait présenté à un arrosage. Il était coursier à scooter et je sais pas ce qu'il venait faire à l'arrosage, enfin-bon... Cécile me le présente, on boit un coup, on rigole, et basta. Le lendemain, Cécile prend son air de vierge effarouchée, elle me dit comme ça *Simone, t'as fait une touche avec mon copain, il veut te revoir !* Je la croyais pas... L'autre, trente ans, mignon, barré sur le shit, machin, alors tu parles, moi, avec mes Menthol ! Mais elle m'a tenu la jambe pendant une heure avec ça, alors j'ai fini par marcher. Elle me dit *il est amoureux de toi, la différence d'âge il s'en fiche comme de son premier joint.* Bref, j'abrège, ça me fait trop mal au cœur, cette affaire... On s'est revus à une fête chez Cécile. Il m'a sauté dessus, et moi j'ai craqué comme une allumette. Pendant deux mois on s'est vus chez lui une fois par semaine le vendredi soir, il pouvait que le vendredi soir, je sais pas pourquoi. Simona elle était mordue-mordue. Je me suis même mise au cannabis, c'est pour te dire ! Remarque, le shit, j'en avais déjà fumé avec Jean-Benoît... Ben quoi ! me dis pas que t'as jamais fumé de shit, mon chéri, y'a que le crétin de Puy-du-Fou qu'a jamais essayé ! Qu'il dit, hein ! qu'il dit ! Simona elle devenait accroc, dis donc. J'en ai même acheté pour offrir à Éric, il avait un dealer super sympa, un Gwadelou, genre rasta. Mais bon, je te cache pas que je préfère baiser, mon chéri, au moins quand tu baises, t'as pas le mal de tête, parce que le shit, pfffou, j'arrivais même plus à jouer au Nonkitu...

Bon, moi, d'habitude, les hommes, au bout d'un moment je fais ma Séraphine : je sature, je pique ma crise, j'ai envie de leur griffer la peau. Faut bien qu'ils trinquent aussi, les mâles, c'est pas eux qui saignent, non-mais-dis-donc… Qu'est-ce que tu veux, je sais pas comment t'expliquer, mon pauvre Dominique… Avec Simone ça finit toujours par le coup de Simona… Je sais pas comment t'expliquer ça, c'est plus fort que moi, ça part de mon ventre, du bas du bide, ça me gargouille dans le dedans des tripes, les docteurs ils disent les viscères, mais bon qu'est-ce que c'est les viscères, c'est des tripes…

Parle pas comme ça, Simone ! Je veux pas que tu parles comme ça...

Ben quoi, ma chérie, tu vas pas tomber dans les pommes, allons… Et ça remonte lentement jusqu'au cerveau en courant sous la peau, c'est comme la petite bête qui monte, qui monte, et tout d'un coup, blaoum ! *Simona elle devient Démona.* C'est un truc que j'ai dans le sang, un truc de taré, je te dis. Et après, rien à faire, ça me coule dans le cou, dans les bras, c'est comme de la peste, ça me redescend dans les mains et ça s'empare de mes doigts, tu peux pas savoir, rien que d'en parler j'ai la chair de poule, je perds les pédales… Ça me fait jouir, tu comprends ! Mais là, avec Éric, pfffouh, que dalle ! J'avais beau guetter le moment où je supporterais plus de le voir à côté de moi après la chose, que dalle, je te dis. Peut-être bien que c'était à cause de la drogue. Le jour où il m'a demandé si je voulais l'épouser, pareil, j'aurais dû me méfier. Eh ben non, Simone elle a pleuré comme une fontaine, elle est retombée en enfance… Le lendemain, je me suis pointée à la Peste maquillée comme une princesse. Je m'étais acheté une robe fendue rouge hyper sexy. Je ressemblais à ma pétasse de voisine la magicienne quand elle reçoit son nouvel amant et qu'elle fait la roue dans la cour. J'ai laissé ma blouse pêche au vestiaire. Personne reconnaissait la Simona. Avec Florence on a joué au Nonkitu toute la matinée. On se poilait comme des malades. Les filles des Réclames et des Litiges tiraient une de ces gueules à cause qu'elles croulaient sous les dossiers du téléthon… Nous on s'en foutait du télécon. Ce jour-là, on a battu le record du monde du Nonkitu, tous les noms à coucher dehors s'étaient donné rencard au GV de la 36.2. J'ai dégotté un François Mitterrond et Florence une Mazarine Jarnac, alors là je te mens pas, *au-then-tique !* Elle pleurait comme si elle avait épluché son poids en oignons, la mère Florence. Deux fois, elle a fait pipi dans sa culotte. Même que Marlène était très emmerdée parce qu'elle était à court, elle avait eu une urgence à la 38, et du coup Florence s'est mise à pleurer pour de bon, impossible de l'arrêter. Quand l'Endive de la 3, Marie-Antoinette, celle qui est coiffée comme un mouton, a traversé la salle pour nous dire de la mettre en veilleuse, Florence elle a dit :

– Tu connais pas la nouvelle, la reine Guillotina ? Simona elle se marie avec un petit jeune.

Et elle a expulsé tout ce qui lui restait dans la vessie, la crise !

C'est à ce moment-là que Cécile a éclaté de rire derrière son bunker. Elle a raconté à tout le monde que Blin, ce petit merdeux de Blin, il avait parié avec ses copains qu'il allait faire croire à cette naïve de Simona qu'il voulait l'épouser. Elle savait tout depuis le début, cette petite salope ! Je te prie de me croire que le mur de Berlin à la grande gigue il a fait long feu ! Au bulldozer, j'y suis allée. Ghislaine m'a gentiment donné un coup de main. Cécile elle s'est tirée en se prenant la tête entre les mains. Elle hurlait. *Elle me l'avait bien dit ! Elle me l'avait bien dit ! Je vais mourir ! Je vais mourir !* De qui elle parlait, à l'époque je le savais pas mais quand je l'ai appris, y'a pas longtemps, alors là, je suis tombée plus bas que le cul ! Pauvre môme, elle m'a fait pitié ! Elle était pourtant si belle, Cécile ! Comme dit ma Renée, tu peux être belle, ça te dispense pas forcément d'être intelligente, et si tu te laisses glisser sur ton capital de charme, un jour ou l'autre tu finis par devenir conne, t'as qu'à voir ces pétasses de top-models…

Et de qui parlait-elle, Cécile ?

Ho-dis-donc, il veut aller plus vite que la musique, celui-ci ! Tu le sauras en temps voulu, mon chéri… Le samedi suivant, j'ai emmené Blin faire le zouave dans une fête foraine à Chantilly, et après on est allé faire un tour en barque. Pendant qu'il allumait son joint, je l'ai balancé à la baille, ce petit péteux. Il a rien vu venir. Il s'est débattu comme un beau diable pendant quelques secondes, en s'accrochant à ma rame. Mais je te l'ai expédié par le fond vite fait… C'est marrant, parce que Cécile, depuis, on l'a plus jamais revue à la Peste. Elle a disparu aussi, Cécile. Mais je te jure que j'y suis pour rien, Dominique… Tu vas quand même pas m'accuser de tout le malheur de la Peste, à la fin…

Elle… Ma parole, on dirait qu'elle pleure… Ce serait le moment… Si seulement je pouvais lui parler… Profiter de ce qu'elle a laissé le fusil de côté. Ça devient pénible à la fin… Madame Simone, je voudrais… J'ai envie de parler, madame…

Quoi, muh-mumh-mumh ? T'as soif? Tu veux une autre dose de Coca ?...

Non, pas du Coca, pitié ! Le Coca, c'est vraiment trop dégueulasse...

Quoi alors? T'as envie de faire causette avec Simona ? Pas la peine de t'exciter comme ça, mon chéri, chaque chose en son temps. Si je t'enlève ton bâillon, je vais plus pouvoir en placer une. Et moi, j'ai encore plein de choses à te raconter... Et après, promis, je t'enlève ton bavoir, mon loupiot... Meuh qu'il est mignon mon p'tit loupiot avec ses bonnes joues...

6...
Patrice Gascon (1991)

Éric Blin, je te garantis que je l'ai pas eu longtemps sur la conscience, celui-là. Le lundi d'après la noyade, à mon retour aux Chèques Postaux, j'avais l'âme légère comme une chrysalide. Le seul truc qui m'angoissait, c'était la grande Cécile. J'avais pas tellement envie de l'avoir dans les pattes, celle-ci. Mais comme je t'ai dit, on l'a plus revue. Elle avait téléphoné au B.O. [1] pour dire qu'elle prenait dix jours de C.A., et à la fin de ses congés, plus de nouvelles. Je sais pas si elle avait appris pour Éric ou quoi, en tout cas on l'a plus jamais revue aux Chèques. Un jour, j'ai été convoquée dans le bureau d'Auguste Chamard avec le staff de la brigade A du 36. Mouque, l'inspecteur, un brave petit gars qui milite à la CGT, et les quatre Endives, donc : Marie-Antoinette, la Diligence, madame Quatrefages (surnommée « Et-qu'ça-brille » à cause de ses châles en crochet qui ressemblent à des serpillières) et madame Lebigre (surnommée « Postillon-Rutabaga » parce que cette végétarienne adore faire du scandale à la cantine).

Chamard, le chef du personnel, c'était un être

1. Bureau d'ordre.

humain à l'ancienne, style je vous tiens la porte ma bonne dame, je dis bonjour aux balayeuses, je prends des nouvelles de la petite famille, et une boîte de chocolats dans tous les GEG à Noël. Le pauvre, il est parti en retraite il y a deux ans. À sa place, on a hérité d'un transfuge du Crédit Agricole du nom de Pierre Legagnant, tu le crois pas, hein ! Un désespoir du peigne à la Juppé, joyeux comme un croque-mort et expressif comme un fossile de bouse de vache, et qui s'est pompeusement bombardé Directeur des Ressources Humaines… Moi, « ressources humaines », je trouve que ça a un côté épuration ethnique, et je me suis pas gênée pour lui dire, à ce pignouf, on n'est pas des veaux, sans blague ! Tout c'qu'il a trouvé à dire, en se ramassant du col, le nez dans ses pompes à trois mille balles, c'est : « Il faut savoir s'adapter à l'époque, madame ! » Hé, Duschnoque, ça t'arracherait la gueule de me regarder quand je te parle… Enfin, bon, je suis pas là pour te parler de ce pleutre, je vais encore me faire du mal…

Auguste Chamard, avant de commencer, il nous a offert une barre de nougat et il a demandé la permission d'allumer un cigare. Il était très embêté de nous déranger, il voulait savoir si on savait quelque chose à propos de Cécile, mais c'était surtout à moi qu'il s'adressait.

— Vous comprenez, madame Dubois, comme vous vous êtes violemment disputée avec mademoiselle Portier, je suis contraint de mener ma petite enquête, croyez bien que cela me répugne, madame Dubois, mais c'est la procédure en pareil cas…

C'était quand même autre chose que les « mademoiselle » de la mère Sadique, faut être juste, et Auguste Chamard il était sincèrement désolé de m'entreprendre. Moi, nature, je lui ai sorti le grand jeu.

— Oh, la pauvre Cécile, elle a vraiment disparu ? Mais on croyait qu'elle avait été mutée à Nice, nous ! C'est bien vous qui m'avez dit ça, madame Lebigre ?

Rutabaga-Postillon, elle s'est bouffé la langue comme si elle venait de trouver un os de lapin dans sa quiche aux poireaux, et elle a fait :

— Mais z'il n'a jamais t'été question de c'là, Simone ! Vous déraisonnez t'à la fin ! Neull l'écoutez pas, monsieur Chamard ! Et d'abord, mademoiselle Portier ne faisait pas de vœux pour la province. Elle se sentait trèbbb'ien n'à Paris…

Auguste Chamard a tendu les bras en guise d'apaisement et il a gentiment continué sa petite harangue, puis il a dit que la famille Portier avait porté plainte contre X et que tous les effets personnels de leur fille avaient disparu de l'appartement de Cécile. Vu qu'elle claquait toute sa paie dans les fringues, ça faisait un sacré déménagement, quand même…

Pendant plusieurs semaines, le GEG ne parlait plus que de la disparition de Cécile. J'en connais que ça démangeait de me poser la question. *Dis, Simone, tu l'aurais pas assassinée, des fois ?* Remarque, c'est humain. J'ai jamais parlé de mes petites manies à personne, à part Luigi qui est mon confident, mais elles se doutent bien que j'ai des idées derrière la tête. Tel que je te vois, toi aussi ça doit te brûler les lèvres. T'aimerais savoir si je l'ai dégommée la mère Cécile… T'aimerais bien, hein ! Meuh oui je vais te l'dire mon pauv'e chéri… Mais je te le dirai plus tard, si t'es gentil avec Simona… *Il va être gentil avec Simone, l'Illustre ! Hein, qu'il va être gentil avec Simone...* Mais qu'est-ce que t'as à bouger comme ça, mon chéri ? T'as des crampes au coccyx ? Me dis pas que tu veux faire la grosse commission, à présent !

(…)[1]

Une que ça arrangeait bien, cette situation, c'était Judith, l'accroc au téléphone du 36. Elle a passé des heures sur le minitel à rechercher tous les gens qui avaient connu Cécile avant son arrivée à Bourseul. Elle faisait sa petite enquête. Et ensuite, téléphone : *Allô, la gendarmerie de Châteauneuf-du-Pape ? Je suis bien chez madame Jessica la voyante ? Le village de vacances de Ramatuelle ?* Je te jure, fallait le voir pour le croire… Et ensuite, au rapport ! Elle en brassait de l'air, la Judith !

Judith, cette grande bécasse, elle me tape sur le système. C'est plutôt une jument, d'ailleurs, mais comme je meurs d'envie de lui voler dans les plumes, je préfère lui donner un nom d'oiseau. Elle est bien de sa personne, Judith, elle a des hanches comme des guitares et des seins comme dans la pub où la nénette elle te dit de la regarder dans les yeux, je me rappelle plus la marque… Et puis elle est plutôt jolie avec son teint de pêche, elle sent bon, t'as l'impression qu'elle sort du jacuzzi ! La grande Judith, elle a pas mauvais fond : c'est juste que le fond est un peu percé. C'est comme ça, c'est sa grande sœur qui a tout raflé, elle lui a juste laissé le poil dans la main qui lui sert de canne quand elle se tourne les pouces. Judith, c'est une gazouilleuse. Si elle passe pas ses trois coups de fil dans la matinée, c'est sûr qu'elle fait une descente d'organes dans l'année, faut la comprendre. C'est qu'il y en a du monde en province, bah-tiens ! Il faut bien donner des nouvelles du petit qui a ses dents, et

1. Grimace de dénégation.

parler du menu du samedi soir, et est-ce que tu crois que Jean-Luc va finir par se caser, il le mériterait bien, c'est pas un mauvais cheval, et la mémé, sa télé, elle est toujours pas réparée, quand même, Patrick, il exagère, il pourrait quand même lui en acheter une neuve, avec toutes les heures sup' qu'il se tape à la centrale, et les collants que j'ai achetés à Monop', tu me croiras pas, eh ben, ils ont filé, deux heures ils ont tenu, tout ça c'est fait à Taïwan c'est pas étonnant, et j'ai toujours mal au vagin quand j'ai un rapport, et mon mari qui croit que je simule, si tu savais, quelle brute, c'est un coup à devenir gazon, non, sans blague, et patati, et patata. Et quand une Endive avare de ses unités télécom vient lui coller sa montre sous le nez, elle répond sans se gêner : *Allez, c'est ça, au revoir, merci d'avoir appelé, ma puce, n'oublie pas ton goûter !* Dix minutes après, tu la retrouves à l'autre bout du GEG à jacter du film de *TF1* avec la tantine de Pontorson. En plus de ça, Judith, elle est curieuse comme une pie, et la délicatesse, c'est sa grande spécialité ! *Alors, Armelle, toujours pas de copain, quand est-ce que tu rentres au couvent ? C'est ta robe qui te grossit ou t'as pris du poids, la mère Brigitte ? Dis, Viviane, c'est vrai que t'as un stérilet, ça te fait pas trop mal ?* Renée, elle dit que Judith se défoule au boulot car elle a un mari qui la tient, un mec à poigne, style militaire ou vigile ou Front national, tout ça c'est kif-kif-bourricot, et qu'en réalité c'est une fille pleine de sensibilité, et qu'elle est devenue conne parce qu'elle a pas pu s'épanouir. Renée, c'est son côté bonne poire. Avec elle, du moment que t'es une femme, t'as droit aux circonstances atténuantes même si t'es la pire des garces. Même Brigitte Bardot elle l'absout, tu l'crois pas ! Moi je veux bien, Renée, mais je suis d'avis que la Judith, elle est tout à fait épanouie avec son milicien, comme on fait son lit on se couche, qui se ressemble s'assemble, et faut pas trop pousser grand-mère dans les orties ! Judith, j'ai beau m'creuser, je lui trouve pas d'excuse, c'est comme les salauds qui votent Le Pen, bah-tiens, comme il dit Jean-Benoît, les salauds qui votent Le Pen, c'est racistes et ramassis d'Papon, et puis quoi encore ! Le jour où elle me fait une remarque sur mes bonnets de soutien-gorge, Judith, j'te jure, je lui fais bouffer sa langue de vipère… Bon. Je m'énerve mais ça sert à rien ! Malgré tous les efforts de Judith, Cécile est restée insaisissable. Et c'est comme tout, on a fini par s'habituer à son absence. Elle a été mise en absence irrégulière, et le DRH l'a collée d'office en dispo pour convenances personnelles. On est retombées dans le train-train quotidien.

Merde, je ne sais pas où elle a appris à ligoter un bonhomme, mais c'est drôlement serré. Si je veux essayer de me dégager, il va falloir que je gigote, et elle va s'en apercevoir... Le fusil... On dirait qu'elle l'a oublié. Depuis qu'elle me parle de Cécile et de Judith, elle est survoltée. Elle ne peut vraiment pas les souffrir, ces deux-là. Elle a le visage dégoulinant de haine, ça fait un drôle d'effet... Et la suite, alors ? La suite, c'est-à-dire avant... Avant Éric Blin, lequel avez-vous tué, Simone ?... Car j'imagine bien qu'il y en a eu d'autres, non ?

Et comment qu'il y en a eu d'autres, mon chéri ! Qu'est-ce que tu crois ? Celui d'avant, c'était en 1992, non… Ouh-la-la, je suis pas bonne en calcul mental, moi… Attends, c'était en quelle année la guerre du

Golfe ? 91 ? Bon, c'était pendant la guerre du Golfe, à peu près deux ans avant Éric Blin. Il s'appelait Pierre. Pierre Gascon. Attention, va pas croire qu'entre-temps je suis restée les deux pieds dans le même sabot. Je suis quand même pas débile au point de plomber tous les mecs que je couche avec. Sinon, mon pauvre, quelle hécatombe ! Là, j'ai pas trop le temps, c'est pour ça que je te parle que de ceux qui y sont restés. Tiens, je vais même te dire un secret, Dominique : ceux que j'ai épargnés, je suis jamais restée longtemps avec eux. Une ou deux séances de baise et puis c'est marre. Il y en a deux ou trois que j'ai repris, à quelques mois d'intervalle, pour le fun si tu veux, mais c'est rare. En général, quand je pars, c'est un adieu. Quand je sens que je m'attache, je réfléchis. Je me dis *Simone, ce type, est-ce que tu le désires au point de vouloir t'approprier sa destinée ?* C'est ça que je me dis. Parce que c'est ça, en fait ! C'est pareil pour la peinture, il dit, Jean-Benoît… Oui, bon, parce qu'en plus de Luigi, il y a aussi Jean-Benoît qui est dans le secret. Luigi et Jean-Benoît, c'est mes anges gardiens. C'est deux tombes, je me fais pas de souci. Jean-Benoît, c'est pas comme Luigi, la tchatche, il la fait en dedans, c'est un cérébral. Jean-Benoît, il parle toujours de l'entropie, j'y comprends rien à son délire d'entropie. La première fois qu'il m'a parlé d'entropie, j'ai voulu faire la maline, j'ai dit que Simone elle serait plutôt portée sur la misanthropie, parce que moi, l'humanité, franchement, elle me débecte. Jean-Benoît, il a sauté au plafond, comme quoi ça n'avait rien à voir, que c'était pas du tout la même racine… Que l'entropie… et puis crotte, je vais pas te faire chier avec ça… Mes histoires, Jean-Benoît, ça le fait hurler de rire. D'ailleurs, il croit que j'invente tout. Il me croit pas capable de toutes ces horreurs. Mais quand même, je sais qu'au fond de lui, ça le torture… Jean-Benoît, en plus de la Peste, il fait artiste-peintre. Il a fait des études de philo, il a fait bûcheron aussi, tu t'demandes ce qu'il fout à la Peste ! Simone elle a posé pour lui plusieurs fois. Chez lui, il y a une veille chaise de paille toute défoncée, il dit qu'elle a appartenu à Van Gogh, d'ailleurs il dit pas Van Gogh, il dit Vincent. Il m'a peinte sept ou huit fois, assise sur la chaise, toute nue, Simona elle avait les jambes légèrement écartées, les bras croisés sous la poitrine, ça me remontait les seins, comme ça, tu vois…

Non mais, elle va pas se déshabiller quand même…

Il voulait juste qu'on distingue bien les poils de mon pubis et le bout de mes seins. La première fois, je te parle de ça c'était il y a dix-douze ans, j'ai eu peur, tu comprends, enfin, peur, c'est une façon de parler, je me suis dit, ouh-là-là, t'es encore tombée sur un illuminé, Simona. En plus il caillait à pierre fendre dans son atelier, enfin, son atelier, une chambre de bonne pourrie à Nation, avec des moisissures au mur et des géraniums tout rachos aux fenêtres, en fait, c'était pas des géraniums, mais des plantations de chanvre indien, pour sa consommation personnelle. J'avais tellement froid que j'avais les tétons tout durcis, j'avais mal aux seins, et Jean-Benoît ça l'intéressait, parce que j'avais une expression de douleur, ça allait dans le sens de sa recherche picturale, il disait. Moi j'ai rien contre les artistes, mais quand même, je lui ai dit de faire fissa, et que s'il voulait, il pouvait faire de la recherche picturale avec un modèle plus jeune, à la Peste, c'est plein de jolies filles, faut pas croire ! J'en connais même deux ou trois qui auraient bien fait une petite pause horizontale avec Jean-Benoît après la pose. Mais là, il s'est foutu en rogne, il a dit que les filles de trente ans l'intéressaient pas. Qu'il avait flashé sur mon visage à cause de la lueur de folie qui le transcendait, ça fait toujours plaisir ! Qu'aucune fille de vingt-trente ans ne pouvait lui apporter un tel décalage, je te jure, mon chéri, j'invente rien ! Et moi j'ai pas cherché à en savoir plus, j'ai dit, ok, vas-y, dépêche-toi avant que je sois bonne pour le fraiseur. Et c'est comme ça que je suis devenue modèle pour Jean-Benoît, à plus de quarante balais ! Tu sais comment il m'appelait ? Simona-Lisa, il m'appelait ! Bon, Jean-Benoît c'est pas Picasso mais j'étais quand même assez fière. Il a allumé un joint et me l'a glissé entre les lèvres. C'était bon mais fort, et je suis tout de suite partie dans les vapes. J'avais moins froid, mais j'avais toujours les tétons qui pointaient, et Jean-Benoît qui me fixe avec un œil à moitié lubrique… Et tu vois, là, je… je me suis sentie vachement conne, je sais plus pourquoi je te parle de ça… faudrait que je… Bouh, ça m'énerve, j'aime pas ça les trous de mémoire…

Surtout prends ton temps ma cocotte, je suis pas pressé…

Ah oui ! Je reviens… Jean-Benoît, il dit que les gens qui commettent des meurtres, c'est comme pour la peinture ou la photo. Il dit que le photographe qui capture un personnage, comme le peintre avec le modèle, il en fait un objet immortel, et que les assassins, quand ils tuent c'est pareil, parce que pour être immortalisé, il faut être mort, je comprends pas bien tout ce qu'il dit Jean-Benoît, je trouve qu'il exagère, c'est comme son histoire d'entropie et d'anarchie qui est la plus haute expression de l'ordre, je crois qu'il est un peu fêlé, ce type, et c'est pour ça qu'il s'entend bien avec Simona, parce que je m'en cache pas, moi, y'a des jours, j'ai du mal à me tenir, surtout à la Peste, parce que tout ça, c'est quand même à cause de la Peste, nom d'un p'tit bourrin... Non, Jean-Benoît, j'ai de l'estime pour lui. La seule chose, c'est que j'aimerais bien qu'il me prenne pas pour une menteuse quand je lui dis que j'ai tué ces types qui m'avaient fait du mal. Il dit que personne n'est assez fort pour faire du mal à Simona, et que par conséquent si elle a tué des hommes, Simona, c'était pas pour se défendre, mais pour une autre raison, pour faire le mal tout simplement. Et ça il refuse de le croire. Il dit que je suis trop bonne pour vouloir faire le mal gratuitement, et que c'est pour ça qu'il me croit pas. Mais c'est parce qu'il peut pas savoir ce que j'ai souffert, parce que ça je l'ai dit à personne. Sauf à Étienne... Mais Étienne il est mort ! Tu vas être le premier, mon chéri, tu te rends compte !... *Mais après, je vais être obligé de te faire le coup de Simona*, comme pour Étienne, parce qu'un secret comme ça ça se partage pas... Et te plains pas, parce que si t'étais tombé sur Monique, ce serait une autre paire de manches... Et moi je lui dis, va te faire foutre, Jean-Benoît, t'es vraiment qu'un chien, et là il se met à chanter une chanson de Léo Ferré qui s'appelle *Le chien* justement, et ça m'énerve ! parce que moi j'y comprends rien à cette chanson débile, j'ai pas d'instruction, moi. Et Jean-Benoît il dit *bullshit* comme Bruce Willis, et il m'explique que c'est pas une question d'instruction, mais de culture, que tout ce qui compte, c'est la musique des mots et la sérénité qu'on éprouve en écoutant une chanson, ou en regardant un tableau, ou en planant avec un joint, et blablabla, et blablabla, et pour me faire plaisir il me sort tiens, écoute, Simona-Lisa, je vais te chanter une chanson qui va te plaire, une chanson-tableau-fumette, et comme c'est ta chanson, Simona, ton plaisir sera multiplié par quatre ! Et il chante une autre chanson de Léo Ferré que je connaissais pas qui s'appelle *La folie*, attends, je vais te la chanter, attends :

La chaise de Van Gogh
Où tu ne t'assieds pas
Les souliers de Vincent
Que tu ne chausses pas…
L'oreille de ce mec
Qui ne t'écoute plus…

Après je sais plus les paroles. C'est une belle chanson, tu trouves pas, Dominique ?

Oui, c'est une belle chanson. Vous chantez bien, Simona… Vous avez une belle voix si douce quand vous chantez… Pas comme lorsque vous parlez… Quand vous parlez, c'est trop haut, trop rauque, vous me fichez la chair de poule. Chantez encore, madame Simone. Il y avait si longtemps qu'on ne m'avait pas chanté une si belle chanson, c'est comme une berceuse, c'est… EH MON POTE RÉVEILLE-TOI ! *Tu vas quand même pas te laisser embobiner par les pitreries de cette folle ! Debout, vieux… Debout ? Je voudrais bien t'y voir, moi, avec cette putain de chaise…*

À ce moment-là, Jean-Benoît, il va fouiller dans son bordel, on était chez lui il m'avait invitée à bouffer un soir après la Peste, il me présente une toile, il me dit tiens, c'est pour toi, je l'ai enfin terminée. Sur le tableau, il y avait moi assise sur la chaise défoncée, et moi aussi j'étais défoncée, j'étais toute nue, mains croisées sur la poitrine, ça me faisait des gros seins, je les aimais bien mais j'aimais pas du tout la façon qu'il avait peint mes lèvres, et en plus il avait oublié de mettre le joint, c'était bien la peine de me speeder avec ça… Et puis j'ai regardé plus bas, j'avais les jambes croisées, bien écartées, comme Sharon Stone dans *Basic instinct*, sauf qu'au lieu de voir la toison bien lisse, on voyait ma fente qui fumait, je te fais pas un dessin ! Je te dis pas comment j'étais furax !

— C'est dégueulasse ce que t'as fait là Jean-Benoît ! Tu respectes vraiment rien. Tu me respectes pas !

— Tu vas pas faire ta Séraphine, Simona-Lisa, il me répond du tac au tac. T'aurais préféré que je te coupe une oreille, comme Vincent, et que je glisse le joint à la place, peut-être ?

Et là-dessus il se roule tranquillement un pétard sans s'occuper de moi. Un autre que lui, je lui aurais arraché les yeux, mais je sais pas ce qui s'est passé, j'ai ressenti quelque chose de violent, j'avais envie de le battre, et en même temps ça me démangeait de partout, j'avais envie de baiser avec lui, je me suis dit que ça pouvait être marrant de baiser avec un mec aussi déjanté, j'ai glissé ma main sous ma jupe, entre mes cuisses, et j'ai commencé à me caresser très fort, bouh-douh, je me sentais toute chaude. Et j'ai pensé

Simona, ce type, est-ce que tu le désires au point de vouloir t'approprier sa destinée? Et une voix qui venait de très loin a répondu : *Non, tu ne peux pas le tuer, pas lui. Si tu le tues, c'est toi que tu tues... Il va falloir que tu apprennes à te passer de cet homme, Simona.* Et moi je la connaissais pas cette voix, alors j'ai eu drôlement peur, ouh-la-la ! Et c'est la seule fois de ma vie où je me suis dominée, si tu veux savoir... Pourtant j'en avais terriblement envie. Lui, ben je sais pas. Peut-être que j'aurais dû, finalement... Je suis repartie de chez lui avec le tableau sous le bras, tiens, attends, j'ai un polaroïd dans mon sac, je vais te le chercher...

Merde, elle revient avec le fusil, elle y a pensé, tu parles, ç'aurait été trop beau ! Ah, le fameux polaroïd... Voyons... Mais qu'est-ce que c'est que ça ! C'est pas un sexe de femme, ça ! Qu'est-ce que c'est que c'est ces conneries ! Mais c'est... mais c'est LE MIEN ! *Mais je le reconnais ! Mais quand est-ce qu'elle a pris cette photo ? Pas tout à l'heure quand je pissais, quand même, je m'en serais aperçu !*

Et voilà la surprise du chef ! Ben mon chéri t'en fais une tête ! Tu croyais quand même pas que je me trimbalais avec une photo de ma chatte fumant un clope ! Tu me prends pour une débile ou quoi ? Et tu crois que j'ai pas vu ton petit manège ? Tu peux toujours essayer de défaire tes liens, tu y arriveras pas. De toute manière, n'oublie pas : ça, c'est un fusil, et ça, c'est une œuvre d'art ! Polaroïd de la bite de monsieur le ministre, version sans plomb. J'ai pris la photo tout à l'heure pendant que tu dormais. Mais grâce à cet objet, on peut très facilement réaliser une version plombée de la même œuvre d'art ! Tu me suis, chéri ? *Tu me suis, dis ?* Hoche la tête si tu me suis…

Hon-hon-hon…

Eh ben voilà, c'est ça. *Gentil, Dominique, gentil…* Tu vois, quand tu veux… Bon, revenons à nos moutons… Jean-Benoît il est bien gentil, mais moi je me mélange les pinceaux avec tout ça. Parce que figure-toi que Gascon aussi, il peignait, mais dans le bâtiment. Je l'ai rencontré un midi, après la Peste. J'étais de brigade du matin, j'étais pressée car je devais retrouver Renée à la cantine de Montpar, et après on devait aller voir *Les Visiteurs* au Bretagne. Je cours rue de Vaugirard pour attraper le 48, et là je me cogne à un type qui descendait d'un échafaudage avec un seau de peinture. Mon petit tailleur rouille acheté à Passy l'avant-veille avec Marlène, foutu ! Oh si j'étais fumasse ! J'ai commencé à l'engueuler :

— Je vais jamais pouvoir le ravoir, vous vous rendez compte !

Cet imbécile, il avait pas vu que mon tailleur était taché, il me sort :

— Mais il est même pas parti, votre bus, vous avez pas besoin de le rattraper !

Raaah ! je l'aurais tué ! Il a pas eu le temps de se rendre compte de sa bévue, vlan, une gifle ! Et aussitôt j'ai éclaté en sanglots, une vraie fontaine, remarque, ça m'étonne pas, à l'époque on croulait sous les restes, et la Bénimachair-à-canon elle m'envoyait dans les GEG les plus pourris de Bourseul… Même que Jean-Benoît, quand je lui ai raconté ça, il m'a dit que c'était un acte manqué, que j'avais dû inconsciemment foncer dans le type au seau pour attirer l'attention sur moi… Il me fait marrer, Jean-Benoît ! Et les avions qui explosent en vol, c'est des actes manqués, aussi ! Le peintre, il était mal. J'arrêtais pas de pleurer. Pour me calmer, il m'emmène dans son abri de chantier, et là il me dit :

— Je vais vous rembourser, je vais vous rembourser, combien ça coûte votre truc ?

Il cherche dans les poches de sa veste, mais il avait pas son carnet de chèques. Et moi, en larmes :

— Mais je m'en fous de ton pognon, mon chéri, tu te rends pas compte, un tailleur Franck & Fils, même la jupe en a, c'était le dernier en rayon, une fin de série, je tournais autour depuis dix jours, je le retrouverai jamais, nan !

Là-dessus, il me dit :

— Faut vous changer, vous pouvez pas rester comme ça, vous avez de la peinture partout, tenez, je vais vous prêter ma veste, vous me la rendrez demain, vous travaillez dans le quartier ? Pour me faire pardonner je vous invite au restaurant demain midi, vous serez dans le coin ?...

Et crois-moi si tu veux, voilà mon peintre qui commence à déboutonner ma veste de haut en bas, il pensait pas à mal, je te jure, c'était juste pour me rendre service, d'une main il me déboutonne, délicatement, il en tremblait presque, le pauvre, et de l'autre il me tend un chiffon pour que je m'essuie... Et moi je lui dis :

— J'en veux pas de ton pognon, mon chéri, c'est pas le problème, le mal est fait...

Je commençais à perdre sérieusement les pédales, j'avais des vapeurs, je partais, je sentais ses doigts qui effleuraient mes seins, j'avais la poitrine qui se soulevait, je mouillais, je respirais fort. Et l'autre, le biquet :

— Vous vous sentez pas bien, madame, vous allez pas tomber dans les pommes, quand même !

Il avait fini de me déboutonner, il s'est tout à coup trouvé très bête, il a fait glisser ma veste dans mon dos en m'ôtant délicatement les bras des manches, ça accrochait, et moi dessous j'étais en soutif, ça m'excitait, je le regarde et je lui fais :

— Pas d'argent entre nous, mon chéri, hein ! rembourse-moi autrement, tu veux ? Après, on sera quittes, je te le promets… Regarde, j'ai mis mon Aubade aujourd'hui, c'est sexy, non ? Tu les trouves comment mes seins ? Ils sont beaux, non ? Ferme la porte, s'il te plaît, j'ai pas envie qu'on nous voie, dépêche-toi…

Il m'a regardée d'un air étonné, il était complètement ahuri, le pauvre chou, il secouait la tête, il comprenait pas, et moi j'ai fait glisser ma jupe par terre, et il est allé fermer la porte à clé, et il a dit :

— Vous… ce n'est pas raisonnable, on ne va tout de même pas…

— Je suis pas assez bien pour toi, mon chéri, c'est ça ? Je suis trop vieille, peut-être ? Tiens, touche mes seins comme ils sont fermes, Béatrice Dalle, elle peut se rhabiller… Allez, viens, fais pas le fier, tu me fais envie…

Et il m'a prise dans un coin de la baraque, debout, on avait le corps enduit de peinture, je me prenais les pieds dans sa salopette, c'était cocasse, je te jure… Après, ce qui s'est passé, je m'en souviens même plus. On est restés ensemble dix minutes, pas plus, il a tenu à prendre mon adresse pour m'envoyer un chèque, il m'a donné la sienne… Quand elle est sortie dans la rue de Vaugirard, Simona elle avait complètement oublié le rendez-vous avec Renée. Renée elle m'a fait la gueule toute la semaine, ça lui a fait les pieds, après tout…

Et merde, c'est pas vrai... Je suis avec une folle, cette femme est totalement folle, avec ses histoires à dormir debout, et je suis pendu à ses lèvres... Je n'y comprends plus rien. Et... elle me fait bander, en plus... C'est pas croyable, je suis en train de perdre les pédales, moi aussi... Bon, arrête, mon pote, s'agit pas qu'elle s'en aperçoive... Arrête, nom de Dieu, arrête... Baisse la tête, fais quelque chose... Si seulement je pouvais arrêter ça... mais je ne peux pas bouger merde! Ah, merde, quelle poisse...

Ça t'a plu mon histoire, on dirait! Hein que ça t'a plu, mon chéri! T'as pris ton pied! Dis pas le contraire, tu bandes carrément mon salaud... Ah, t'es bien comme tous les mecs, va! Toujours prêt quand il s'agit de la gaudriole... Mais je t'en veux pas, va, je t'en veux pas... De toute façon tu vas y passer, alors qu'est-ce que j'en ai à foutre, franchement! Simona elle en a rien à foutre, figure-toi. Tout ce que je te raconte, dans une heure ou un jour il en restera rien, tu l'auras oublié, mon chéri... Comme tous les autres... Comme Pierre Gascon... Parce que je l'ai revu, Gascon. Forcément, sinon je sais pas comment j'aurais fait pour le supprimer... J'allais quand même pas lui saboter son échafaudage...

Je l'ai revu six mois plus tard, Pierre. Il m'avait envoyé un chèque pour le tailleur. J'osais pas le rappeler et lui non plus. Pourtant j'avais envie de le revoir, tu peux pas savoir. Ça m'avait encore jamais fait ça, c'était une vraie torture... Je l'ai revu en janvier 1991, en pleine guerre du Golfe. Et je l'ai tué le pauvre chéri... Ça pouvait pas finir autrement. Je l'ai appelé, je lui ai dit c'est Simone, je peux passer ce soir? Pas un mot de plus. Il a eu un moment d'hésitation, et il a dit, Simone ? Oui, oui, bien sûr, passe, je pensais à toi justement…

Quand j'ai sonné chez lui, je me suis dit tu vas encore faire des bêtises, Simone, ton doigt sur la sonnette, c'est comme s'il était appuyé sur une gâchette, il est encore temps de l'enlever, ma douce. T'as pas envie de l'épargner, ce brave petit gars ? Mais je l'avais dans la peau, ce garçon… Je voulais pas rester sur l'image d'une séance de baise à la sauvette dans une baraque de chantier, je voulais finir sur une image propre, tu comprends ? Parce que la première fois, on avait pas fait l'amour, on s'était accouplés comme des bêtes, beuh qu'est-ce que ça peut faire après tout… Les hommes ils valent pas mieux que les bêtes, il dit Jean-Benoît ! La première fois, il m'avait juste remboursé mon tailleur, et basta. Mais ça comptait pas. Je voulais le revoir. Je voulais les revoir, lui et sa zigounette, tranquillement, dans un plumard, après un bon petit repas arrosé, comme font tous les amants… J'ai quand même bien le droit d'avoir une vie normale de temps en temps, merde ! Je vais pas passer ma vie à rétamer des bonshommes, *c'est pas une vie, à la fin… Tu comprends ça, Dominique ?* T'as une femme, tu dois comprendre…

Une femme… Oui… Anne.

Une femme, ça réclame du sentiment, sinon comment tu veux qu'elle s'épanouisse… Elle a l'air bien gentille, ta femme…

Je pense très fort à toi, Anne…

J'ai sonné. Il a ouvert, il m'a prise par la main, oh, c'que j'étais heureuse, il m'a serrée très fort dans ses bras…

Mon Dieu si tu savais comme je pense à toi…

J'avais l'impression que c'était la première fois qu'un homme me serrait dans ses bras, je sais pas comment te dire… C'était merveilleux. Pierrot, il avait trente ans, pas plus, il était célibataire, il vivait dans un petit studio à Issy-les-Moulineaux. C'était joliment décoré chez lui, ça sentait la poule, un vrai nid de cocotte. Mais je m'en fichais, du moment que c'était moi la poule. Pour détendre l'atmosphère, j'ai dit :

— Tu devais pas m'appeler ? T'es bien un Gascon, toi…

Et direct, je lui ai mis la main où tu penses. Il a eu un drôle de sourire, le Pierre. Moi, j'étais contente de mon coup. Je suis passée au salon et j'ai tout de suite senti son regard traîner sur mes fesses. J'ai tout de suite compris que malgré son drôle de sourire, il en voulait. On a fait l'amour tout de suite, là, sur la moquette. Et pendant trois semaines j'ai habité chez lui. On baisait comme des malades, je te jure… Le matin, il m'emmenait à la Peste sur son scooter, c'était vraiment génial. Il venait me chercher quand j'étais d'aprème. Je lui avais demandé de m'attendre juste à l'entrée des Chèques, rien que pour faire jaser. Je sais plus qui c'est laquelle, mais y'en a une qui m'a sorti : *C'est un maquereau, ton type. Il t'emmène au turf, il te reprend… Il palpe la paie à la fin du mois, aussi ?* Moi j'ai répondu un maquereau qui fait jouir, tout le monde peut pas en dire autant… Tout de suite calmée, la greluche ! Et puis ça s'est détraqué. C'était pourtant pas faute de gâteries. Un jour je suis rentrée très tard de la Peste, j'avais fait des courses chez le Viet du coin pour me faire pardonner. Il m'avait pas attendue, il faisait la gueule. Après dîner, il a dit tintin, Pierrot pas vouloir baiser. Alors là je comprenais pas… Il était scotché devant la télé. Toujours les mêmes conncries. Un connard de militaire martelait une carte avec une grande règle en bois, un lèche-cul de *TF1* lui posait des questions sur les armes chimiques de Saddam Hussein, et tout.

— T'as l'intention de bivouaquer toute la nuit ou t'attends la relève ? je lui fais. Mais tu vois bien qu'il va rien se passer, pauvre couillon ! Tout ça c'est du pipeau. Tu crois pas qu'on serait mieux à câliner ?

Gascon, c'était un malade des romans d'espionnage, James Bond, OSS 117, John Le Carré, machin, alors tu penses, la Tempête du Désert, il buvait du petit-lait ! Il était à fond pour l'intervention, il était partant pour fusiller Chevènement quand il a démissionné. Moi je lui disais meuh t'es qu'un gros con, pour un mec de trente ans, franchement, tu crains du boudin ! Ce serait un match de foot, encore, je dis pas, mais là… Et puis merde ! S'en fout le mec. Pas *ça*[1]… Moi j'avais plus envie de dormir, j'ai pris un bouquin qui traînait, un polar, y'en avait toute une pile, et je me suis enfermée dans la chambre. Les polars, des fois j'en prends à la bibli, mais bon, les vieilles Anglaises, tout ça, c'est con comme la pluie, je voudrais pas être méchante, mais la Mary Higgins Clarks, si elle avait souffert le quart de Simona, elle écrirait pas des trucs aussi nunuches… Le bouquin, c'était un truc dément, avec un tueur horrible qui violait ses vic-

1. Claquement sec de bouche obtenu à l'aide d'un doigt.

times une fois mortes, en plus de ça il avait un sexe qui lui tombait sur les genoux, j'te jure, tu te demandes où ils vont chercher des trucs pareils, les zécrivains, ils doivent prendre de la drogue ! Ça s'appelait *les Terrifiants*, non, attends, *les Purifiants*, enfin un truc comme ça, j'avais trop les jetons, alors au bout d'un moment, j'ai dit stop, ça va bien les cauchemars. J'en ai pris un autre sur la pile, du même auteur, me demande pas qui c'est je m'en rappelle plus, et celui-là, putain je l'ai dévoré. Et c'est comme ça que j'ai fait la connaissance de Séraphine. Ça s'appelait *Fille de sang*, ouh-la-la, c'était vachement beau, et Séraphine, c'est une pauvre gosse qui zigouille des tas de types, crois-moi elle se fait pas chier Séraphine, un peu comme Simona si tu veux, et à la fin, quand t'apprends pourquoi qu'elle fait tout ça, tu peux pas t'empêcher de pleurer… et puis merde, si tu veux savoir, t'as qu'à l'lire !… J'ai bouquiné jusqu'à quatre heures du matin, et avant d'éteindre, je suis allée boire un verre de flotte à la cuisine, j'arrêtais pas de chialer, j'étais dans un état ! Je me suis épluché une pomme, j'ai pas attendu l'aut'e taré pour aimer les pommes, dis donc, enfin, j'en ai bien épluché une demi-douzaine avant d'en trouver une de convenable, vu qu'elles étaient toutes pourries, ses pommes. Sur ma lancée j'ai épluché le reste du cageot, je pouvais plus m'arrêter, j'arrivais plus à me séparer du couteau. J'étais comme possédée. Quand j'ai eu fini, j'ai remis les pommes et les pluches dans le cageot et j'ai porté tout ça au salon. Sur l'écran, il y avait un gugusse avec un masque à gaz dans un studio, il faisait des mouvements genre hôtesse de l'air, ça m'étonnerait pas que des débiles aient regardé leur télé avec un masque à gaz ce soir-là ! Sur le canapé, le général

Schwarzkopf ronflait. J'ai pris le schlasse qui trônait sur les pluches, j'ai pointé la lame sur son cou et j'ai commencé à lui chamailler la couenne.

— Eh, beau militaire, y'a le feu à Bagdad ! Ils ont attaqué ! Ils ont attaqué !

T'aurais vu la tronche qu'il a fait ! Il a regardé tout autour de lui d'un air affolé. Pan, t'es mort, je lui ai dit en appuyant la pointe du couteau sur son cou. Il m'a dit arrête de faire le con, Simone, on rigole pas avec ça. J'ai retiré le couteau. Je me suis assise à califourchon sur ses genoux et j'ai essayé de l'embrasser. Il m'a attrapée par les hanches, et je me suis dit, ça y est, la Colombe de la Paix reprend le dessus sur le Faucon de la Haine, respire, tu vas avoir droit au grand jeu, ma fille. Au lieu de ça, il m'a jetée sur la moquette comme une vieille capote poisseuse. Pan, t'es conne, il a dit. Tout ce qu'il voulait, c'était sa télé ! Je suis tombée sur le dos. Je me suis relevée, en furie, j'ai attrapé le cageot et j'ai répandu les pelures et les trognons de pomme sur le général Schwarzkopf. Je vais t'en donner des jeux du cirque, moi !... Après, je sais plus trop. C'est toujours pareil, je fais des choses vilaines, et quand je me réveille, plus rien. J'ai tout oublié. Je sais plus. Je me souviens juste qu'à un moment j'ai dit *pour venger la pauv'e Séraphine*... C'est comme quand j'ai tué Félix. Sauf que Félix... Bon, où tu vas, ma fille... Félix, c'est du passé... OUAIS ! SEULEMENT S'IL Y AVAIT PAS EU FÉLIX Y'AURAIT PAS EU LES AUTRES... Oui, bon, ça va, Simone, tu vas pas passer ta vie à accuser Félix, tu sais bien que c'est pas lui le vrai responsable, c'est pas le péché originel, Félix. Tu sais bien que tous tes malheurs sont arrivés *à cause de la Peste*. À cause de tous ces animaux malades de la peste... LA PESTE...

La Peste… C'qu'elle est vilaine, la Peste… Pire que le Tétanos. Pire que le Choléra. Pire que la Syphilis. Pire que le Sida. Tu peux pas savoir. Non, *tu peux pas* savoir… Moi non plus je sais plus. Je sais juste que j'avais les mains pleines de sang. Et quand je me suis essuyé les yeux, parce que quand je suis revenue à moi je pleurais… j'ai vu de la buée rouge sur mes yeux. J'ai vu mon Pierrot gourmand avec un quartier de pomme dans la bouche, il avait l'air d'un clown. Il avait essayé de me les faire bouffer, ce salaud, mais c'est moi qui avais eu le dessus, sinon je serais pas là, Dominique… Tout son corps était recouvert d'épluchures, il y en avait partout, et je me suis souvenue de notre bagarre sur la moquette. Et ensuite j'ai remarqué le couteau planté dans sa poitrine, planqué sous une nuée d'épluchures, je l'avais pas remarqué… Y'avait du sang tout autour mais moi j'avais rien remarqué, je sais pas ce qui s'est passé… *J'te jure que j'en sais rien, Dominique...*

Bon, j'en ai marre de te parler de cet imbécile… J'arrête. Simone, elle va aller boire un coup. Tu m'attends, hein, bouge pas !

Bouge pas ! Elle en a de bonnes !

Saint-Martin-des-Besaces, Calvados, 11 heures 20.

Le maréchal des logis Courcière dressa furtivement l'index droit à la hauteur de son front et se pencha à la fenêtre de la 604 de gendarmerie bleu marine qui venait de piler devant le portail de la propriété. Le brigadier Marielle, un quinquagénaire de près de deux mètres, baraqué comme un lutteur de gréco-romaine, pas un poil de graisse, moustache à la Reggiani dans *Casque d'or*, l'œil pétillant de santé avec quand même, tout au fond du fond, une lueur qui ressemblait à s'y méprendre à l'étincelle de l'anisette le soir au fond du mess, le brigadier, donc, très sûr de lui, descendit de voiture en passant une langue décidée entre ses lèvres.

— C'est ici, brigadier, dit le maréchal des logis. On a fait le tour de la maison avec Chambrier. Tout est fermé. Les deux fenêtres de derrière sont murées avec des parpaings. Ça ne date pas d'hier. On n'est pas entrés dans le jardin. Qu'est-ce qu'on fait, chef?

— On attend.

— Ça a l'air calme.

Le brigadier s'énerva.

— Ça a l'air calme jusqu'à ce qu'un fou furieux sorte une arme planquée dans la haie et nous canarde comme des lapins… Vous avez envie de finir comme nos camarades de Châteaubourg, Courcière ?

— Non, bien sûr que non.

— À la bonne heure ! Vous savez ce qu'on va faire ? On va prendre tout notre temps… Dans trois mois je pars en retraite, moi. Et d'abord, vous allez m'expliquer ce qui s'est passé.

— On n'en sait guère plus que vous, brigadier. La personne a appelé la brigade un peu après neuf heures et demie… Elle a dit qu'elle venait de vous avoir sur votre portable. Elle a dit qu'elle était retranchée dans la maison de La Genestais, qu'elle avait un otage et qu'elle vous rappellerait dans la matinée…

— Vous êtes vraiment sûr c'est une gonzesse ?

— Ah ça, ça ne fait aucun doute. Ensuite, elle a rappelé à 10 heures 54 pour savoir si on était bien venus vous chercher à la gare de Caen.

— Je crois pas que ce soit ma voleuse du train, finalement, grommela Marielle.

— Je vous demande pardon ?

— Non, rien… On connaît l'identité de l'otage ?

— Elle dit que c'est le receveur des Postes, monsieur Lhermite.

— Il commence bien sa retraite, le père Lhermite. Et la… fille ?

— Le genre toquée grave… Elle prétend…

Le gendarme tentait désespérément de maîtriser ses tremblements. Il arqua un sourcil et hésita un instant, comme s'il avait peur de se faire engueuler par son supérieur.

— Bon sang, maréchal des logis, vous avez avalé votre langue !

— Elle prétend être… la nouvelle receveuse, justement.

— Qu'est-ce que c'est que ces élucubrations ! La remplaçante du père Lhermite, c'est Simone Dubois, une amie d'enfance de ma femme…

— Oui, c'est ce qu'elle a dit. Elle n'a pas dit son nom mais elle a dit qu'elle connaissait madame Marielle.

— Ça, c'est strictement et objectivement impossible. Simone Dubois, je la connais bien, c'est une enfant du pays, je peux même vous dire qu'elle a dîné chez nous pas plus tard qu'hier soir… Vous voyez !

— Oui, c'est aussi ce qu'elle a dit…

— Vous avez mangé de la vache folle ce matin, Courcière ?

— Je vous assure, brigadier… Elle a même dit qu'elle savait que vous étiez dans le train de Paris…

— La vache ! Quoi d'autre ?

— Rien d'autre. Elle ne veut parler qu'à vous. Que fait-on, alors ? ajouta craintivement le maréchal des logis.

— On prend l'affaire très au sérieux. Tous les hommes de la brigade sur le pont dans vingt minutes. Filez à la mairie et démerdez-vous pour savoir si quelqu'un est censé habiter dans ce taudis…

— On s'est déjà renseigné. La maison appartient à Simone Dubois…

— Vous ne pouviez pas commencer par ça, nom d'une pipe ! J'ignorais qu'elle avait une deuxième maison à Saint-Martin…

— Vous ne voulez pas qu'on jette un coup d'œil au jardin avant ?

— Vous voulez finir avec une citation posthume, Chambrier ? Eh ben, pas moi !

— Elle est si dangereuse que ça, cette Simone Dubois ?

— Elle n'est pas dangereuse, elle est imprévisible. Donc potentiellement dangereuse.

— Vous ne prévenez pas le parquet…

— On voit bien que vous ne connaissez pas Simone Dubois ! Si ça se trouve, tout ça n'est qu'un bluff monumental. Je ne tiens pas à être la risée du substitut… En passant, faites un saut chez les Lhermite, on sera fixés. Et qu'ça saute !

— On pourrait peut-être lui téléphoner, non ?

— Vous devriez déjà être revenu, nom de Dieu ! Rompez !

Le brigadier attendit le départ du maréchal des logis pour appeler sa femme de portable à portable.

Toujours pas connecté. Et la ligne de leur appartement de fonction qui était en dérangement…

5...
Monique Toudic (1987)

Celui d'avant Pierre Gascon, c'était une femme, mon chéri. Ça t'épate, hein ! Les femmes, tu sais, c'est pas tellement mon truc. J'ai passé ma vie à m'engueuler avec des nanas à la Peste, alors tu penses, faire l'amour avec une femme, rien que d'y penser je me rétrécis. Pourtant, y'en a une qu'a essayé de me faire tondre le gazon. Elle s'appelait Monique, comme ma sœur. Je t'ai dit que j'avais une sœur, non ? Ah bon, je croyais... C'est pas grave, remarque, elle compte pas du tout pour moi. C'est comme si elle existait pas, Monique. J'ai pas envie de te parler d'elle... Pourtant je te jure que ça me brûle les lèvres. Monique, elle a toujours été là quand il fallait pas... A toujours été dans mes pattes, celle-ci ! Raaah, quelle peste aussi, celle-ci... Mais non. Je te dirai rien. Comme c'est bizarre, la vie : la seule fois où je me coltine une femme, faut qu'elle s'appelle comme ma sœur. Monique Toudic... Ah, la vache, elle m'a bien douchée, celle-ci ! J'ai mis du temps à m'en remettre, mais bon, c'est du passé... Ce qui est encore plus bizarre, c'est comment je l'ai rencontrée, Monique Toudic... Tout ça, ça a commencé à cause d'Étiennette, qui était une drôle de bête malade de la peste. Je t'en ai pas parlé, de celle-ci, et pourtant elle fait quasiment partie des murs de Bourseul…

Étiennette, elle avait un horrible accent rocailleux, comme si elle parlait en mâchant des cailloux. Avec sa blouse bleue à fleurs grises, sa robe écossaise, ses socquettes blanches, ses sandales de bonne sœur, son nez rouge avec boutaf cracra sur le côté, ses lunettes à double foyer, son indéfrisable et son sourire niais, des fois que le bon Dieu serait dans les parages, t'aurais dit une réincarnation de la Vierge Marie. Elle bossait comme une bête, Étiennette, mais avant de se mettre en piste, lui fallait une période de rodage. Le pif collé sur son bureau, elle humait la surface, comme un lion qui renifle la Blandine du jour avant de casser la croûte, et attention, tous aux abris, voilà mon Étiennette qui sort un chiffon de sa blouse, genre torchon à vaisselle, un p'tit glaviot pour la route, et vas-y que j'te frotte ! Le cauchemar des acariens. Commençait jamais une journée de labeur sans son petit rituel. Bah-tiens, on sait jamais, des fois que les femmes de ménage antillaises auraient passé la nuit à se murger au Planteur au lieu de traquer la poussière ! Des fois ça la prenait, elle napalmait toute la position, c'était plus fort qu'elle. Et t'avais pas intérêt à râler, sinon t'avais droit au menu sauce caillou. La mère Et-qu'ça-brille, avec sa serpillière sur le dos, à côté elle faisait pitié. Deux ou trois fois par an, Étiennette, elle charriait les dossiers classés des placards au fond de l'alvéole, et là, ça se terminait en pugilat avec Sophie Deloing, une fille mère bien courageuse qui avait eu trois mômes avec trois abonnés absents, et qui était asthmatique et allergique à la poussière. Elles pouvaient vraiment pas se piffer ces deux-ci. Surtout qu'Étiennette s'arrangeait pour faire la poussière quand Sophie était là. Remarque, Sophie, elle s'en foutait, vu qu'à chaque fois elle en profitait pour se mettre en arrêt, ça lui faisait un motif… Étiennette, elle parlait à personne, ou presque, sauf quand elle faisait monitrice avec les saisonniers, elle les menait à la baguette, ils en menaient pas large, les pauvres, y'en a un, un jour, il a failli avaler sa pomme d'Adam tellement il a eu la trouille d'Étiennette…

Un jour, à la cantine, Étiennette, elle s'est coupé un doigt en épluchant une poire, et comme ça saignait un peu, elle a renversé le poivrier sur la table et elle a roulé son doigt dans le poivre. À ce moment-là, Sophie a retroussé sa manche en rigolant, et elle a dit :

— T'inquiète pas, la mère, je suis donneuse universelle, on va te faire ça aux petits oignons !

Étiennette, elle s'est mise à gueuler :

— Les filles, je vous préviens, du poivre, du poivre, tout ce que vous voulez, mais pas de transfusion, oh-la-la, surtout pas de transfusion !

Oh-la-la-la, elle gueulait comme un âne, cette conne. On a été obligées de lui coller une baffe, sans ça on y serait encore. C'est comme ça qu'on a su qu'elle était témoin de Jéhovah, la mangeuse de cailloux, à cause que ces débiles profonds ils préfèrent crever à bout de sang plutôt que de se faire transfuser… Sophie elle savait, mais nous pas. Les seules nanas à qui elle parlait, c'était des Jéhovah, y'en a un paquet à la Peste, tu peux m'croire. Des Antillaises, surtout. Tu peux pas savoir comment ils sont calotins, ceux-là, ah-la-la… Tiens, Annabelle, du 43, une grosse Martini, ou Gwadelou, je mélange toujours, mère de six enfants, bonne comme le pain, toujours en train de se marrer, même que ça m'étonnait parce que les Jéhovah, comme dit Jean-Benoît, c'est pas la brigade du rire, ben, n'empêche, c'en est une ! Et aussi Martine, du 22… Alors elle, c'est écrit sur son front *j'ai un problème.* Elle a le teint blanc, tu dirais qu'elle va à l'abattoir, maigre comme un clou avec ça, complètement dépressive. Martine, elle travaillait à mi-temps pour s'occuper de ses deux enfants. Un jour j'ai fait un pari avec Renée qu'arrêtait pas de la plaindre. Ses enfants, mon œil, elle en a pas, d'enfants, j'ai dit à Renée, Martine, elle fait la rabatteuse pour les témoins de Jéhovah… Je le savais bien, un jour je l'avais suivie à la sortie du turbin, ça me démangeait, ce cirque avec ses enfants, et c'est comme ça que j'ai su qu'elle faisait la retape pour les Jého, comme Étiennette…

Je me suis faufilée derrière elle dans un escalier, elle tapinait sur le boulevard Saint-Germain, elle se mouchait pas du tibia, la Martine. Elle a sonné à une porte et s'est fait jeter aussi sec. Moi, planquée à l'étage du dessous, j'ai attendu qu'elle grimpe plus haut, j'ai sonné, et c'est comme ça que j'ai atterri chez Monique Toudic…

La fille, elle m'ouvre la porte, elle me dit :

— Si vous faites partie d'une secte comme l'autre demeurée, c'est inutile, je n'ai pas de temps à perdre !

C'était une belle femme, avec des beaux yeux clairs en amande, très grande, très mince. Elle était en sortie de bain, elle avait une serviette mauve enroulée en turban autour des cheveux, comme Simone de Beauvouloir, et elle avait pas froid aux yeux parce que sortir sur le palier dans cette tenue par les temps qui courent, c'est pas prudent ! Surtout quand t'as pas de judas ! J'aurais pu repartir aussitôt, vu que j'avais la réponse à ma question, mais qu'est-ce que tu veux, Simone elle est curieuse on se refait pas. Alors je lui ai sorti l'histoire que j'avais préparée, comme quoi j'étais assistante sociale et je m'intéressais à la femme qui venait de sortir de chez elle, qui avait trois enfants à charge et se droguait, et qu'on la soupçonnait de se livrer à la prostitution pour se payer ses doses, une bien triste histoire… Ça, je lui ai taillé un joli costard à Martine. Est-ce qu'elle pouvait me dire ce qu'elle était venue faire chez elle ? Elle me détaille de pied en cap, en passant la langue entre les lèvres, là, elle ressemblait plus du tout à Simone de Beauvouloir, ça aurait dû me mettre la puce à l'oreille, mais bon, dans le feu de l'action j'étais toute excitée.

— Vous voulez entrer cinq minutes ? elle gazouille.

Ce jour-là il faisait beau, j'avais mis ma petite robe d'été à fleurs qui boutonne par-devant, ça se voyait que j'avais pas de soutif, je sais pas si c'est à cause de ça, en tout cas elle avait l'air vachement excitée de me voir ! Comme je bougeais pas, elle m'a fait un grand sourire et je me suis retrouvée dans un salon tout cosy-cosy. Elle me dit :

— Asseyez-vous, mettez-vous à l'aise, je reviens dans une seconde, le temps de passer une tenue décente tout de même, j'allais justement me faire du thé, ça vous dirait une tasse de thé ?

Moi : bcuh, jc, jc sais pas si…

Simona elle s'est trouvée conne, je te passe les détails, et cinq minutes après, voilà la fille qui revient. Les cheveux mouillés, tout ébouriffés, mais toujours en peignoir. Elle me fait comme ça :

— Je ne sais pas comment m'habiller avec ce temps qui change sans arrêt… Elle est sympa votre petite robe, vous la portez très bien, ça vous ennuie si je vous reçois dans cette tenue ?

Simone, nature : mais pas du tout, pas du tout, faites comme chez vous, je vous en prie !

Mine de rien, elle s'assoit à côté de moi sur le canapé, en secouant ses cheveux, une vraie crinière, ça m'a mouillée un peu, et elle me jette un regard incendiaire, pfffou… Je vais te dire une chose, mon chéri, jamais un homme ne m'avait allumée comme ça, je te jure ! C'était de la braise, ses yeux, excuse-moi si je te joue ma godiche woman, mais c'est la vérité. J'avais l'impression d'être un Efferalgan. J'avais envie de crier au secours. Instinctivement, j'ai croisé mes mains sur ma poitrine. Elle s'est approchée de moi, elle m'a saisi le poignet, m'a caressé doucement le dos de la main, et elle a fait :

— C'est vraiment un drôle de métier que vous faites… Enfin, je veux dire, c'est un rude métier, assistante sociale.

J'ai bafouillé, j'avais envie d'être sous la terre, et pourtant, c'est pas le bagou qui manque à Simona ! Mais là, plus rien ! *Out of Africa.* J'étais cuite. Elle me serre le poignet, et tout à coup elle entrelace ses doigts avec les miens, en secouant sa crinière, tout juste si elle s'est pas mise à rugir, mon chéri, ouh-là-là, qu'est-ce que j'étais mal !

— Et vous êtes souvent obligée de faire des filatures, comme aujourd'hui ?

Là, elle me serrait très fort les doigts. Je voyais sa poitrine qui se cabrait sous le peignoir, eh, doucement, faudrait voir à retenir tes chevaux, ma belle !

— Ben, je, c'est que…

Elle s'est approchée tout près de moi, quasiment bouche à bouche, elle me donnait la chair de poule, et elle a soupiré :

— Vous ne voulez pas être mon assistante sociale, mon petit ?

Mon petit ! Non, mais j'te jure ! Là-dessus, elle

m'attrape l'autre main et bloum, elle la plaque sur ses seins. Moi, comme une idiote, je réagis pas, je laisse ma main… Et d'un coup, hop, elle fait glisser son peignoir, j'ai rien vu venir. Elle me pelote furieusement, elle me fait :

— Je vous attendais, cela fait des années que je vous attendais, dès que je t'ai vue entrer j'ai su que c'était toi, ma biche, c'est insensé, non, tu aimes mes seins, oui ? Non, ne dis rien, surtout ne dis rien…

J'avais rien contre ses seins, moi, mais bon, j'étais un peu paf.

— Ben euh, que c'était moi qui quoi, madame ? !

Là, elle a éclaté de rire.

— *Madame !* Toi, j'adooore ta naïveté, ouiiii, ton côté fille de la campagne, c'est vraiment très très grisant, c'est ça qui me plaît en toi, tu comprends, je sens que je vais t'adorer superbement, ma petite assistante sexuelle.

Ma petite assistante sexuelle ! Non, mais ça va bien la tête, beauté !

Et pendant ce temps-là, ça y allait la menotte. Ses mains couraient sur mon corps, cette femme, c'était la déesse Shivah avec une dizaine de doigts par paluche, parce qu'il y en avait partout, ça m'enrobait tout le corps, ça se faufilait, ça se nichait partout, une vraie visite médicale, et je me suis retrouvée à moitié à poil, je sais pas comment elle a fait, mais j'arrivais pas à lutter sur tous les fronts. Et puis elle s'est agenouillée, elle a commencé à me laper le nombril et elle est descendue tout doucement, enfin, quand je dis doucement, c'est une façon de parler, parce qu'elle y mettait les dents, la vache. Quand elle a commencé à m'arracher ma culotte avec ses dents, j'ai dit alors là Simone, si tu prends pas une décision énergique t'es mal ! Je l'ai attrapée par la crinière et je lui ai tiré la tête en arrière, elle a dit :

— Oui, fais-moi mal si tu veux, si c'est ça que tu veux, vas-y, tu peux me griffer aussi, fais ce que tu veux du moment que tu restes, comment tu t'appelles, je ne sais même pas comment tu t'appelles…

— Simone, je m'appelle Simone, mais toutes mes copines m'appellent Séraphine…

— Oh, mon chou, mais pourquoi ? elle a chuchoté. Mais c'est très bien Simone, c'est *délicieusement* glamour ! Tandis que Séraphine…

Là-dessus, elle frétille de la langue comme un serpent à sonnettes, elle était carrément obscène. Nonmais, je vais t'en donner du délicieusement glamour, moi ! Et Simona elle lui a cogné la tête contre le montant du canapé. Une fois, deux fois, trois fois… Je voulais pas lui faire du mal, je te jure. Mais… Non je voulais pas. D'ailleurs je l'ai pas tuée, Monique. J'ai pas cogné assez fort. J'aurais cogné plus fort si ça avait été une brute de mâle. Je l'ai juste un peu amochée. J'ai cogné une quatrième fois, elle a crié et je me suis dégagée. Je me suis rajustée comme je pouvais et je suis partie en courant. En passant dans l'entrée j'ai vu un prospectus des Jého Trouvetout que cette gourde de Martine avait eu le temps de lui mettre dans les mains, et je me suis dit si ma bonne femme porte plainte, la Martine, avec tous les coups de sonnette qu'elle a donnés dans l'immeuble, elle est bonne pour Fleury-Mitard, et c'est pas moi qui la pleurerai, elle a qu'à avoir des occupations moins tartelettes, cette nique de pouffe !

Le lendemain, chez Pierrot, j'ai dévoré *le Parisien.* J'ai rien trouvé. Le surlendemain ils ont parlé d'une agression rue du Dragon, à Saint-Germain, et c'est comme ça que j'ai fait le rapprochement. Que j'ai su qu'elle s'appelait Monique, Monique Toudic. Son boulot, c'était *psychâtre,* et ça m'a vachement fait marrer, quand même. Tu sais ce qu'elle a raconté aux flics ? Elle a raconté qu'elle avait été agressée par un homme qui était venu sonner chez elle pour les Témoins de Jéhovah et qu'il avait essayé de la tabasser quand elle lui avait dit qu'elle ne croyait pas en Dieu, et que le type lui avait dit on reviendra et on te fera rendre gorge, espèce d'impie, Monique, elle disait qu'on vivait des temps d'obscurantisme, et tout ça... J'ai tout de suite compris qu'elle m'avait pardonné, c'était drôlement émouvant. Plusieurs fois, je suis allée fureter du côté de la rue du Dragon mais je l'ai jamais revue, la *psychâtre.* Enfin, si, je l'ai revue, mais bien plus tard, je suis allée la voir dans son cabinet, bien des années plus tard, un jour où je crevais d'envie de me jeter dans la Seine, mais c'est pas le moment de te raconter ça mon chéri parce que, mine de rien, l'heure tourne, Marielle il doit commencer à s'impatienter, et j'ai pas fini mon histoire, moi, je suis loin d'avoir fini... Je sais même pas pourquoi je t'ai parlé de Monique Toudic, je lui ai fait aucun mal à cette pauv'e chatte, je l'ai juste éraflée, elle est même pas sur mon petit carnet Monique Toudic... C'est à cause de l'aut'e Monique, c'est cette catin de sœur, elle me fichera jamais la paix, cette peste !

Oh dis donc Simona, peste toi-même...

Je vais te causer de Gilbert Mazeau, ça vaut mieux...

C'est ça, change de sujet !

MAIS TU VAS LA TAIRE TA GUEULE DOMINIQUE !

Mais je n'ai rien dit, moi. Je n'ai strictement rien dit, qu'est-ce que c'est que ce délire...

Tu l'as pas volée celle-ci !

Aïe, vous me faites mal...

Je veux que je fais mal ben-dis-donc ! Qu'est-ce que tu crois qu'on fait aux enfants méchants ? Hein !

AÏE ! Ça va pas de me pincer la joue comme ça !

On leur donne des toques aux enfants méchants ! Parfaitement... Et que ça te serve de leçon...

4...
Gilbert Mazeau (1984)

Bon. Tu t'es calmé ? On peut continuer ? Tu vas pas me refaire ta crise... Boh tu vas pas pigner mon loupiot... Bon... Gilbert Mazeau...

Gilbert Mazeau, celui-ci, il est passé dans ma vie comme une étoile filante. La façon dont on s'est rencontrés, c'est un truc à vomir debout. C'était un dimanche matin. Je m'étais levée du mauvais pied, à cause d'un fait divers vraiment dégoûtant que j'avais entendu à la radio. Une petite dame de 62 ans qui s'était suicidée après avoir été accusée d'un larcin dans un magasin. Quand son mari est rentré à la maison, il a trouvé sa femme morte, et un petit mot d'adieu qui disait : *Roland, j'ai pas volé le petit pot de crème fraîche je te le jure devant la mort je ne mens pas*[1].

La pauvre femme, tu te rends compte ! J'ai éteint la radio, j'ai pris une douche froide et je suis allée m'enfiler un café-calva au Maldoror, en bas de chez moi. J'étais furieuse, j'arrivais pas à penser à autre chose. J'arrive au Maldo, je m'installe au zinc, et je tombe sur un type qui lit *le Journal du Dimanche*. Grand, un

1. Fait divers hélas authentique. (*N.d.A.*)

peu empâté, cinquante ans, costard, nœud pap' et tête de petit comptable. Il lisait l'article sur la femme à Roland, justement. Moi, je lis par-dessus son épaule et je commence à m'escagasser, comme quoi, à la place du Roland, je sais bien ce que je ferais, moi.

— Ah bon, il me répond, et qu'est-ce que vous feriez ?

— Je prends ma carabine et je lui fais sauter le caisson.

— Pardon… À qui faites-vous sauter le caisson ? il me demande.

— Au patron, tiens.

— *Quel* patron ?

— Le patron du magasin, pardi.

— Mais quel magasin ?

— Non, mais d'où tu sors, toi ! Celui du petit pot de crème fraîche !

— On peut savoir ce qui vous pousse à cette extrémité, madame ? il me fait l'autre endimanché.

— Mais parce que ce type l'a dénoncée, tiens, et que c'est un putain d'assassin ! En plus, elle avait rien fait, la pauv' dame ! Et même… et même… Vous trouvez pas ça honteux, vous, de dénoncer des gens pour un pot de crème fraîche ?

— Il ne pouvait pas deviner qu'elle le prendrait ainsi, tout de même, vous y allez un peu fort !

Non mais il me cherche, celui-ci !

— Eh bien, moi, je le vois d'ici, ce salopard ! Encore un patron flicard pourri jusqu'au trognon, le genre de sadique qui colle des gnons aux voleurs et qui fout ses sales pattes sur le derrière des caissières… Si je m'écoutais, en voiture Simona, j'irais lui faire la peau à ce peigne-cul. Des trucs pareils, je suis pour la méthode pan-pan, non mais alors ! Vous êtes pas d'accord avec moi, mon petit monsieur?... Mais si je commence à tuer à tort et à travers, je vais plus m'y retrouver. Déjà que je suis assez perturbée comme ça...

Le type suait à grosses gouttes. Gervais, le patron, il savait pas où se ranger, il me faisait des grands signes avec son torchon. L'autre a écouté ma tirade sans moufter, il a refermé son journal et il s'est tiré sans demander son reste. Une fois le type dehors, Gervais m'a dit que c'était un flic, un flic des RG. Aussi sec, je suis sortie du bistrot, j'ai mis mes mains en porte-voix et j'ai crié :

— Eh, Klaus Barbie, tu veux que j'te dise ! Vive les voleurs de poules ! Mort aux vaches et aux souliers à clous ! J'emmerde les gendarmes et la maréchaussée ! T'en veux d'autres ?...

Après, je suis remontée chez moi et j'ai allumé la télé. J'avais même plus envie de me faire un homme, après ça. J'étais toute triste. Je me disais, qu'est-ce qu'il va devenir le pauvre Roland, tout seul avec ses remords ! Il pourra plus jamais ouvrir un pot de crème fraîche, le malheureux... Les pauvres gens, c'est toujours eux qui trinquent, c'est pas nouveau. Et l'autre âne Martin, avec son air bravache de gendre décati, t'as vu comment il les travaille au corps les mômes, et le pire, c'est les parents, alors, eux, c'est le pompon, ils ont l'air encore plus atteints que leurs saletés de têtes à claques... Je me suis dit, Simone, c'est pas possible que tu passes l'après-midi à reluquer ces niaiseries, allez, je mets mon collier de perles, mon chemisier en soie de Chine et ma jupe fendue, et je m'en vais voir quel temps il fait sur les quais. Quand je suis sortie du métro à Saint-Paul, il flottait comme vache qui pisse, et j'avais pas pris de pépin. Je suis arrivée sur l'île Saint-Louis trempée comme une soupe, y'en a bien un qui m'a proposé son parapluie, mais c'était le genre qui a des idées. Les hommes c'est vraiment que des chiens, putain ! Tu crois que j'exagère ? Tu crois que j'exagère…

Me pincez pas la joue comme ça, s'il vous plaît...

C'est à cause de tes bonnes joues, mon chatounet ! C'est tentant… Tiens, un jour, dans une boîte, y'en a un qui m'a dit que son fantasme c'était de se transformer en chien pour pouvoir coller son sale groin dégueulasse là où tu sais ! Le type il commence à renifler le derrière de Simona, non-mais, ça va aller ! je lui fais, ho, c'est pas écrit Brigitte Bardot ! Et le type il insiste, il me pelote les nibards en tirant une langue de saint-bernard, alors moi je lui balance une baffe dans son tarin, au toutou, non-mais-alors ! C'est pas comme Arsène, du 39… Lui, il se prenait *vraiment* pour un toutou, le pauvre, lui, attention, c'était de la maladie, c'était un animal *malade de la peste.* Quand ça allait pas bien du tout dans sa tête, il se mettait à genoux et il aboyait, enfin, pas vraiment aboyer, mais il poussait des petits cris plaintifs, c'est tout comme, et il te regardait d'un air malheureux. Un jour, cette grosse conne de Nelly est allée lui caresser la tête, parce que Nelly, tu comprends, elle dit qu'elle supporte pas le malheur, et que c'est pour ça qu'elle pleurniche tout le temps, elle dit qu'elle croit en Dieu mais que des fois elle doute, parce que Dieu il prend son temps pour éradiquer le malheur, et elle se remet à pleurnicher, et Simona elle lui dit t'es vraiment conne quand tu t'y mets ma Nelly, t'as pas encore compris que le malheur c'est le terreau de Dieu, mais si y'avait p'us de malheur sur Terre, les curés mettraient la clef sous la porte, ma pauv'e fille ! Nelly elle dit t'as peut-être raison, Simone, et aussitôt elle ajoute que si elle pouvait pas se raccrocher à Dieu, elle serait encore plus malheureuse, et elle se remet à pleurnicher, et ça n'en finit pas, ça n'en finit jamais avec Nelly, qu'est-ce qu'elle est énervante à la fin, mais qu'est-ce que tu veux, je l'aime bien ma Nelly… Eh ben, tu me croiras si tu veux, mais Sultan il s'est mis à lui lécher la main. Même qu'elle s'est trouvée vraiment conne, parce qu'à ce moment-là est arrivé Auguste Chamard, le chef du personnel, qui distribuait ses guimauves de Noël. Remarque, Nelly, elle s'est pas dégonflée, tu sais c'quelle a fait, cette grosse dondon ? Elle lui a filé un chocolat, au toutou. Alors là, tiens-toi bien, c'est le pompon ! Sultan il commence à se branler contre elle en levant la patte comme un clébard, je te jure, on était pliées ! Monsieur Chamard il a repris sa boîte de crottes, il est reparti en claquant la porte, il était outré, et le lendemain, il est revenu nous faire un speech, comme quoi on avait eu une attitude ignoble, et qu'on avait retrouvé Arsène dans les chiottes de chez Pierrot. Il avait tenté de s'ouvrir les veines, mais heureusement il avait pas appuyé assez fort, et en plus il avait fait ça avec un décapsuleur, on a pas idée ! N'empêche qu'il avait mis les chiottes de Pierrot dans un état, il aurait pu faire ça à la Peste, quand même… Et là, Nelly elle éclate en sanglots, elle dit à monsieur Chamard :

— C'est pas normal qu'un garçon aussi atteint que Sultan, pardon, monsieur, je veux dire Arsène, mais vous savez, tout le monde l'appelle Sultan, même les Endives vous savez, on n'y peut rien, c'est pas normal il travaille à la Peste, sa place elle est en nachepé, comment voulez-vous qu'on devienne pas un peu tarées nous aussi, à la fin, monsieur le chef du personnel, entourées de types comme ça, et s'il y avait que lui, encore, ça irait... c'est vrai, quoi, vous êtes pas d'accord avec moi les filles ?...

Elle pouvait plus s'empêcher de pleurnicher, Nelly. Monsieur Chamard, il croyait vraiment qu'elle se foutait de sa poire, mais non, c'était sincère...

Quand il est rentré de l'hôpital, Sultan, il a été muté au module des Comptables Publics, et depuis, il s'est calmé. Faut dire qu'aux CP, comme ils mettent tous les agents un peu graves de la tête, Sultan, il passe à peu près inaperçu. Avec Nadia qui gazouille *Je vais et je viens entre tes reins*... José qui a l'air d'un savant fou chinois et qu'arrête pas de fredonner des chansons des Beatles... Antoinette qui fait les plateaux à la cantoche pour son chien et les parcmètres pour récupérer les pièces, elle trafique avec Bernadette Chirac ou quoi ! Slim Fast qui se balade toujours avec son thermomètre et sa balance... Et Berthine la Paresseuse, cette grosse vache de Berthine qui te marche sur les pieds si tu t'écartes pas... Et Robert qu'arrête pas de se retourner pour voir si personne le suit... Et Jocelyn qui pique des crises d'épilepsie dès qu'il y a de l'orage... Tout ça, ça bosse aux CP, y'a de quoi devenir folle...

Simona, ce dimanche-là, pour oublier monsieur Roland, elle s'est offert une glace chez Bertillon, et qui elle voit traverser la rue ? Berthine la paresseuse ! Ma pire ennemie à la Peste. Et je me dis, merde, *saleté de Peste,* c'est comme le thon au naturel, faut toujours qu'elle revienne au galop, celle-ci, je commence à en avoir ma super claque... *Elle commence à en avoir sa claque, Simone, elle en a marre, à la fin, tu comprends ça, Dominique ? ! Tu comprends, oui ou crotte ?*

Aïe ! Mais... ça va pas ! Elle me fait mal ! Ça va pas lui reprendre ! Qu'est-ce qui vous arrive Simone ? Vous souffrez... Mais tout le monde souffre, Simone ! Tout le monde souffre, nom de Dieu, vous ne croyez quand même pas que vous êtes la seule à souffrir, dans ce bas monde...

Excuse-moi mon chéri, mais quand je pense à Berthine, je réponds plus de moi... Berthine, je la hais presque pire que la Bénimachair. Berthine, c'est une dérangée sérieux, je te jure. Rien qu'à voir sa tronche tu sens le malaise ! Elle a des talons de dix centimètres, et une espèce de crête de coq en papier crépon accrochée dans les cheveux, et elle est martini. Elle est maquillée comme une figurante de *la Nuit des morts vivants*, les lèvres peintes en rose et une poitrine comme un porte-avion. Quand elle sourit, on dirait qu'elle va mordre. Quand elle fait la gueule (elle fait tout le temps la gueule), c'est Dracula. Quand elle se déplace, boum-boum, tu dirais le char Leclerc. Elle adore marcher sur les pieds des gens, ça l'amuse. Un jour elle a éperonné un petit bouliste qui s'était aventuré dans ses eaux territoriales, et elle l'a engueulé parce qu'il lui avait manqué de respect, tout juste si elle l'a pas traité de raciste. Le malheureux il a eu le nez cassé. Celle-ci, c'est la pire de toutes les teignes de la Peste. Je la connais depuis quinze ans. On s'est adressé la parole une seule fois, le jour de notre rencontre, en 82, j'ai pas de mal à calculer parce que la veille je m'étais engueulée mignon avec Renée qui avait fêté les un an de Tonton Vichy à l'Élysée... En reluquant la feuille de présence (l'un de mes passe-temps préférés à la Peste), j'avais vu qu'il y avait une nouvelle dans le service, une certaine Berthine Paresseux. Aussitôt j'ai éclaté de rire, à cause du *nonkitu,* et j'ai demandé à l'Endive de garde à qui c'était ce nom charmant, sans arrière-pensée, juste comme ça, si on peut plus se détendre. La Berthine, elle était juste derrière moi, elle attendait pour signer. En guise de présentations, cette bourrique, elle a dit une phrase en créole. *Tiré tchou w la, sacré gro bagaï!* quelque chose comme ça… Manque de bol, le créole, avec tous les cousins que j'ai pratiqués à la Peste, pas besoin d'Assimil, je baragouine. Cette nigaude, elle avait dit une horreur du style *Vire ta graisse, petit boudin!* J'ai attendu qu'elle ait signé, et je lui ai dit en français :

— Le gros boudin, il a fait une tache de graisse sur la feuille.

Tout haut, je me suis pas gênée. L'autre a piqué un fard et une fois à sa place, elle s'est mise à gueuler en écumant de rage :

— Le petit boudin blanc court sur pattes, il m'adresse une seule fois la parole et je l'étripe !

Beuh, elle croit me faire peur avec ses simagrées ! Je lui ai répondu : y'a pas d'danger, je parle pas le chimpanzé, et ça fait quinze ans qu'on s'en tient là. Depuis, à chaque fois que je la croise, la Paresseux elle a de la haine dans les yeux, et moi je pense au singe du même nom et au poil dans la main qui lui sert de canne, elle porte bien son nom, la peste. N'empêche que là, ma glace à la pistache, elle avait un arrière-goût de vaudou, ça m'a fait froid dans le dos…

Blabla-blabla-blabla… J'ai sommeil, madame Simone. Je n'arrive plus à suivre… Blabla-blabla-blabla… Et Gilbert Mazeau, où est-il passé celui-là ?

Hein ! Vous l'avez oublié en route ? Vous l'avez tué comment ? Avec un pic à glace ? Façon Basic Instinct… *Un pic à glace de chez Bertillon... Bravo, vous avez bon goût, Simone. Sincères félicitations... Écoutez, je ne vous suis plus, Simone. J'ai la tête farcie de vos histoires à dormir debout. Je n'arrive plus à croire à ce que vous racontez. Vous êtes une menteuse. Une folle et une menteuse, voilà ce que vous êtes ! Si au moins vous me disiez qui vous êtes et ce que vous me voulez. Si au moins vous me laissiez parler. Je pourrais peut-être essayer de...*

ÉCOUTE-MOI BIEN MON CHÉRI, OUVRE GRAND TES OREILLES !

Putain... mais elle m'enfonce ses ongles dans le cou...

Un, tu commences à m'énerver avec tes messes basses sans curé… Deux, ici c'est *moi* qui commande… Trois, oui, je l'ai tué, Gilbert Mazeau. Satisfait ?

Merde, mais je saigne ! Putain ! C'est pas vrai !

Je l'ai tué trois semaines plus tard dans un entrepôt en démolition, rue du Chevaleret… Je l'ai eu au couteau, cet enfoiré, et je peux te dire que j'ai sacrément joui quand il s'est cassé en deux, ce salopard de flic de mes fesses. Il croyait me baiser, ce fumier, au propre et au figuré. Mais c'est moi qui l'ai baisé. Mazeau, c'était le quatrième, je commençais à m'endurcir, mais quelle trouille ! Je me suis dit Simona, si les flics t'arrêtent, t'es foutue, ils te pardonneront jamais d'avoir buté un de leurs semblables, c'est bien connu, les flics c'est des chatouilleux. Je me voyais déjà tabassée, violée, mise au secret dans une cellule pleine de merde et de cancrelats. Sans compter que Mitterrand il était foutu de ressortir la guillotine rien que pour Simona… J'ai cogité comme une malade quand je l'ai suivi dans sa bagnole. Parce que monsieur Mazeau, son péché mignon, c'était la chasse à la putain, c'est vraiment des pervers les flics… Je me baladais boulevard Vincent-Auriol, dans le XIIIe, j'avais rendez-vous avec Ghislaine à Chinatown, j'étais habillée sexy, je marchais d'une allure nonchalante sous le métro aérien, quand tout à coup une grosse bagnole s'arrête.

— C'est combien ?

Machinalement, je me retourne, et qui je vois ? Le flic des RG du Maldoror ! Je venais de me teindre les cheveux en roux, il m'a pas reconnue. Je le regarde, j'étais sur le cul.

— Allez, monte ! il me fait.

Bon. Je monte à l'arrière, j'étais pas fière. L'autre il me regarde en coin dans le rétroviseur, il me dit t'es nouvelle dans le secteur, je t'ai jamais vue, t'as l'air toute timide… Moi, je le laisse parler, je fais celle qui parle pas bien le français, j'ai juste roucoulé deux ou trois gourmandises pour la forme, des trucs de pute que j'avais entendus dans les films, ça avait l'air de l'exciter, ce salaud. Il me dit ah, c'est donc ça, tu viens d'arriver en France, comment tu t'appelles, beauté ? Simona, je lui fais. Bon, je t'épargne les détails, Dominique. On se retrouve rue du Chevaleret, dans un entrepôt désaffecté, j'avais eu le temps de cogiter, j'avais un peu la trouille. L'autre il passe sur la banquette arrière, il commence à me tripoter, il me dit j'ai l'impression de t'avoir déjà vue quelque part, moi je lui réponds *non, je venir Jougoslavie, pas beaucoup France depuis longtemps*... Ouh-la-la, la crise, j'avais envie de rire... J'ai moins rigolé quand il a commencé à tourner autour du pot :

— Alors, si j'ai bien compris, t'es une travailleuse clandestine ?

Et là il me sort sa carte de flic, l'enfoiré. J'ai poussé un grand cri, j'ai fait ma terrorisée. Et ce salopard, il me fait :

— T'inquiète pas, ça peut s'arranger, on va bien s'entendre tous les deux, si tu es gentille, je peux même te procurer un titre de séjour, *it is not a problem*, tu comprends ce que je te dis, Simona ?...

Le fumier, il arrondissait ses fins de mois en faisant le mac, ça j'avais compris, merci ! Remarque, Jean-Benoît il dit que c'est courant chez les flics, qu'ils sont tous à moitié ripoux, et la came, c'est pareil, quand ils arrêtent des dealers, ils se servent, ils se suicident pas tous, les keufs, hola, faut pas croire !... À ce moment-là, j'ai tripoté mon sac à main et j'ai dit *j'ai papiers avec moi, j'ai papiers, monsieur policier, j'ai entrée de territoire françouais !* Et l'autre il m'attrape par le poignet, il me dit fais voir ça, ma belle, ça m'intéresse !

Pour voir, il a vu, Mazeau, il a pas été déçu. Je l'ai mordu dans le gras du bras pour me dégager, j'ai ouvert mon baisenville, je me suis reculée contre la portière pour pas me prendre tous les gaz et je l'ai aspergé de lacrymo. Toute ma bombe y est passée, il était pas beau à voir, ce pourri. Il poussait des hurlements, il pignait pire qu'un môme. Il essayait de s'agripper à moi, mais rien à faire, j'avais déjà un pied dehors.

— Tu veux savoir où on s'est vus, sale flicard ? je lui ai dit en ouvrant mon cran d'arrêt. Au Maldoror, à Charenton, t'en avais après cette pauvre petite dame qu'avait volé un pot de crème fraîche, et ça, c'est pour venger toutes les copines que tu fais bosser, espèce de souteneur de mes fesses !

Je lui ai planté le couteau dans le cœur, à ce salaud. Il m'a regardée avec un air terrifié, je sais pas s'il a eu le temps de me reconnaître, et je me suis tirée vite fait bien fait en lui piquant ses papiers au ripoux…

Voilà… Maintenant tu sais comment il est mort, Gilbert Mazeau, je te parle de ça, c'était en 84… Celui d'avant, ça remontait à 81, je risque pas de l'oublier, vu que Simona elle est montée à Paris le jour où on a remplacé le Roitelet qui chuinte par le Pharaon qui cligne…

Et c'est reparti pour un tour... Et elle se croit spirituelle ! Pfffff...

Tiens, ça va t'apprendre à me respecter, monsieur le ministre…

Aïe... Wouhhfff.

Saint-Martin-des-Besaces, 11 heures 42.

Accoté à la portière de la 604, le brigadier étudiait la façade de la maison à l'aide de ses jumelles mais il ne voyait rien. La maison n'avait pas d'étage et tous les volets étaient fermés. Le haut de la lourde porte d'entrée en bois à deux battants était recouvert de lierre. Comme si elle n'avait pas été ouverte depuis des mois. Bizarre, songea le brigadier. La sonnerie de son téléphone portable le tira de sa contemplation. Il décrocha en gardant ses jumelles en bretelle.

Silence au bout du fil.

— C'est toi, Catherine ?

— Marielle ?

Une voix de femme. Pas celle de sa femme.

— Allô, vous êtes en ligne avec le brigadier Marielle. Qui êtes-vous et que désirez-vous, madame ?

Il y eut un grésillement des plus déplaisants, quelques secondes de silence, et puis ceci :

— Pas de salamalecs, Marielle. Je voulais te dire trois choses. Un, t'as eu rudement raison de sauter du train en marche. Deux, ta femme est vraiment une cuisinière de merde… Et trois, j'ai un 22 long rifle pointé sur les couilles de votre receveur à la noix... Si tu tiens à ton pote, t'as intérêt à suivre mes conseils à la lettre !

— Si... Simone ?!... Mais qu'est-ce que tu lui veux au receveur ?

— Fais pas l'innocent, Marielle ! Tu sais très bien pourquoi je suis là...

— Mais non je sais pas, justement ! Enfin, Simone, sois raisonnable, comment veux-tu que je...

— Rappelle-moi dans une heure, veux-tu ! Et pas un mot à la presse, ça vaudra mieux pour tout le monde...

— Ça va durer longtemps ce petit jeu, Simone ?

— C'est pas un petit jeu, Marielle !

— Qu'est-ce que tu fiches dans cette baraque ?

— Je suis chez moi, Marielle. Au cas où t'aurais l'intention de jouer au mariole, je te signale que j'ai piégé toutes les issues. Si tu pousses le portail, tu vas te prendre plein de grenailles dans la tronche. À tout à l'heure, Marielle...

— Mais que veux-tu exac...

Raccroché.

Le brigadier Marielle malaxa le portable entre ses gros poings.

— Merde ! Elle me demande de la rappeler, mais j'ai même pas son numéro, moi...

Il composa pour la cinquième fois depuis une demi-heure le numéro du portable de sa femme. Toujours déconnecté. Il appela le poste de commandement de la brigade par radiotéléphone et tomba sur le gendarme Jousseaume.

— Jousseaume, vous voulez bien dire à ma femme de mettre son portable en prise ? Dites-lui que j'ai écourté mon voyage à Paris.

— Votre femme ? Mais elle n'est pas là, brigadier…

— Vous êtes certain ?

— Elle est partie en début de matinée.

— Toute seule ?

— Oui.

— Elle n'a pas laissé de message ?

— Pas que je sache, brigadier.

— Si jamais elle appelait, dites-lui de me joindre sur mon portable.

— Pas de problème, brigadier, pas de problème.

Le brigadier raccrocha. Quelques secondes plus tard, l'estafette de gendarmerie pila derrière la 604. Les gendarmes Courcière et Chambrier en descendirent. Verdailhet suivait dans la vieille 4L, accompagné du sapeur Jaffrelot, un appelé du contingent qui faisait son service militaire à la brigade de Saint-Martin. Luc Jaffrelot, fils, petit-fils et arrière-petit-fils de gendarme. Du sérieux.

Le maréchal des logis Courcière dressa l'index droit à la hauteur du front.

— On a laissé Jousseaume au poste, brigadier. Votre femme…

— Je sais, je sais. Vous y avez mis le temps, bon sang.

— C'est qu'on est passés chez le receveur, expliqua Courcière. Il lisait tranquillement le journal.

— Ah ben ça, alors !

— On s'est dit qu'il n'avait pas besoin de savoir pour… alors on a prétexté une visite de routine…

— Oui, vous avez bien fait. Il est assez curieux comme ça.

— Vous savez ce que c'est, les jeunes retraités, ajouta le gendarme Chambrier en massant machinalement l'angiome qu'il avait sous le menton. On pouvait quand même pas passer en coup de vent.

— Après, on est allés à la mairie, ajouta Courcière. La maison appartient bien à Simone Dubois. Elle l'a achetée il y a trois ans. D'après Dupleix, elle était inoccupée depuis vingt ans. Ça m'étonnerait qu'il y ait le téléphone là-dedans, brigadier ! Y'a anguille sous roche, à mon avis.

— Ce n'est pas parce que vous n'aimez pas les portables qu'il faut en dégoûter les autres, Courcière…

— Ah merde, j'avais pas pensé.

— Bon, les enfants, jusqu'à nouvel ordre, vous ne bougez pas d'ici.

— Vous ne voulez pas que j'aille en éclaireur derrière la maison ?

— J'ai dit on attend. Groupés. J'ai eu Simone au téléphone. Elle prétend avoir piégé la maison. On attend. Elle m'a dit de la rappeler mais je n'ai même pas son numéro… Je ne sais pas ce qu'elle mijote, mais elle va forcément rappeler.

3...
Bruno Le Meur (1981)

J'ai commencé à Bourseul le même jour que Tonton Bousquet à l'Élysée. J'ai débarqué gare Saint-Lazare le 10 mai à neuf heures du soir. J'ai appris l'élection de Tonton en descendant du train. Sur le quai, il y avait des gens qui criaient *On a gagné ! Giscard tu l'as dans le dard ! Mitterrand-président !* Dans la gare, ça allait encore, mais dehors, c'était le boxon. Ça dansait, ça chantait, il y avait une fanfare, des pétards, des cris, des hourrahs. Moi, j'avais voté Giscard, alors forcément je faisais un peu la gueule. Je m'en foutais que Giscard soit battu, moi je voulais voter Coluche, mais bon... J'aimais pas trop ses airs de roi-Soleil, à Giscard, style regardez-moi-comme-je-pète-plus-haut-que-votre-cul. Mais Mitterrand, alors là, niet ! Mitterrand, caca-Pétain. Président ou pas, j'ai jamais pu le piffer. Même quand il faisait son intéressant à Épinay, il m'énervait. J'aimais pas son air fourbe. Et son regard de chaud lapin, tu l'as vu son regard de chaud lapin ? Tu l'as vu se tortiller, avec Anne Sinclair, il était obligé de se malaxer les mains pour pas lui sauter dessus. Toi qui l'as bien connu, tu crois qu'il se l'est faite, la Sinclair ?... *Oh, excuse-moi, Dominique, je fais pas attention... Alors là,*

Simona elle manque de tact... Remarque, même avec Arlette Chabot il se malaxe les mains, ça veut rien dire... Nono, qui fréquente le Tout-Paris, il dit que Mitterrand il s'est tapé plein d'actrices. Il m'a même donné des noms, Nono. Paraît même qu'il aurait eu un enfant avec Isab... Beuh, t'en fais une tête... Bon, puisque c'est ça, tu sauras pas... En plus, j'aimais pas comment il zozotait, Mitterrand. Bon, évidemment, quand tu vois l'autre, avec son front en champ de labour et sa bouille en carton-pâte, tu te dis, hep, monsieur Spielberg, la doublure-caoutchouc de l'alien est prête, on tourne quand vous voulez ! Surtout le jour où il s'est pris la pâtée avec sa dissolution, ouh-la-la il faisait pitié, Chirac...

Je suis arrivée cour du Havre, et là, j'ai pris un taxi. J'ai donné un bout de papier au chauffeur avec l'adresse de mon foyer Pétos dans le XIVe, et roulez jeunesse. Moi, Paris, c'était la deux ou troisième fois que j'y venais, je connaissais surtout par les chansons de Dutronc, j'avais les jetons. Il y avait vachement de circulation, c'était le bordel total. À un feu rouge un mec et une nana sont montés dans mon taxi, je leur ai dit non mais faut pas vous gêner, vous voyez pas que c'est occupé ! Ils voulaient pas descendre et moi non plus je pouvais pas, vu que j'étais coincée entre les deux, avec mes valises qui me cognaient les genoux. Le type a commencé à râler, qu'on allait pas s'engueuler un jour de fête. Moi je lui dis jour de fête ! jour de fête ! parle pour toi, coco ! Là-dessus, la gonzesse me pince la joue et me dit t'as pas écouté les infos, ma vieille, la Gauche a gagné, hourrah ! Hourrah-mes-fesses ! je lui fais, moi j'ai voté Giscard, ça me fait une belle jambe ! Ça a jeté un froid mais ça les a pas refroidis, ces petits cons de gauchistes. Ils se sont foutus de moi encore plus belle. Ils m'ont traitée de réactionnaire, d'Anne-Aymone cramoisie, de pisseuse de droite, de suppôt du Capital. Ils ont dit que les gens comme moi, on n'en voulait plus en France, que j'allais être obligée de m'exiler à Monaco, qu'on allait me dépouiller de mes biens. Comme il voyait que ça me faisait ni chaud ni froid, le mec a ajouté remarque, elle est pas mal foutue, cette chienne de bourgeoise, elle amuserait peut-être les cadres du Parti, qu'est-ce que t'en penses, Arlette? La fille a répondu, oui, pourquoi pas, Dany, elle est peut-être moins greluche qu'elle en a l'air, c'est à voir... J'ai eu un moment de flottement, Dany, Arlette... Dany-Arlette, attends voir... Dis, Simone, avec le bol qui te caractérise, tu ne serais pas tombée sur... *Arlette Laguiller et Daniel Cohn-Bendit en train de préparer un putsch trotskyste, par hasard?* Mon Dieu mon Dieu! Là, je te mens pas, mes pieds touchent plus le sol, heureusement que je suis pas au volant parce que c'est couru je perds les pédales, je regarde droit devant moi, j'avais la trouille de croiser leur regard. Je me suis dit descends de voiture, Simone, pour une fois, descends de voiture, y'a pas à tortiller...

Alors Dany-le-Rouge a essayé de m'embrasser sur la bouche, il avait une haleine avinée, pouah, et la révolutionnaire s'y est mise à son tour, elle me pelotait en chantant *ah, ça ira, ça ira, ça ira les aristocrates à la lanterne...* Elle me fait: *alors ma p'tite Marie-Antoinette, on voulait foutre le camp à Varennes avec sa brioche et ses p'tites valises? C'est pas très révolutionnaire, tout ça...* Moi je me suis raidie, j'avais pas la force de me débattre, j'ai fermé les yeux, j'avais envie de pleurer, j'avais envie de repartir, de revoir ma Normandie. J'ai dit au chauffeur: s'il vous plaît, ramenez-moi à la gare Saint-Lazare, je veux retourner chez moi, à Rouen, ouh-la-la…

Quand ils ont su que je débarquais de ma province, alors là, ça a été le bouquet ! J'avais encore jamais vu des gens aussi méchants. Ils étaient bourrés mais c'est pas une raison. Je me suis dit si c'est ça les Parigots, moi je vais voir le ministre illico et je lui demande un reclassement dans un bureau de Peste, dans n'importe quel trou, je m'en fous de passer la toile mais je reste pas dans cette ville de cinglés…

Alors le chauffeur a freiné, il a dit tout le monde descend messieurs-dames, je m'excuse mais mon tacot c'est pas la Mutualité, allons, ouste, on se casse, ça fait cinquante francs.

Dany a ouvert la porte, il est descendu en m'offrant son bras et il m'a embrassée sur la bouche. Moi, je lui ai craché à la goule et je me suis enfuie en courant, espèce de gros rouge dégueulasse. C'est comme ça que je me suis retrouvée dans un baluche du côté de l'Hôtel de Ville. Les gens étaient fous de joie, ils jetaient des confettis, des bouquets de roses et des turlututus, ils dansaient, ils s'embrassaient, ils criaient Mitterrand-Mitterrand, ils avaient allumé des braseros, j'ai même vu un cracheur de feu et deux filles qui dansaient à moitié à poil, tu te serais cru au Crazy Horse, si c'est pas honteux des choses pareilles. J'arrêtais pas de pleurer, j'étais totalement hystérique, j'avais envie de vomir mais ça rien à faire. J'étais là, au milieu de la foule, avec mon imper, mon petit sac à main et mes deux petites val… *Merde, mes valises ! Oh, mon Dieu, j'ai oublié mes valises dans le taxi…*

Alors là, c'est comme si j'avais reçu un coup de massue sur la tête. Mes valises avec mes petites affaires. Mes vêtements, j'avais passé deux jours à faire le tri dans mes fringues, j'avais donné celles que je prenais pas à l'Emmaüs, et s'il y avait eu que les effets, encore, mais le pire c'était mes petites affaires personnelles, mes petits carnets intimes où je notais tout qu'est-ce qui me passait par la tête depuis que j'étais entrée à la Peste, toutes les choses qui me tracassaient, et aussi toutes mes petites envies de meurtre. Parce que Simone, elle notait tout, à l'époque. J'avais toujours un p'tit carnet dans la poche de ma blouse, j'avais encore une blouse à l'époque, j'étais docile, tu vois. Et s'il y avait eu que les envies ! Il y avait eu les crimes, aussi. Bon, tu vas me dire, deux ou trois petits crimes de rien du tout, c'est pas la mort ! Eh ben, si, justement ! À l'époque, si les flics m'avaient arrêtée, j'étais bonne pour la guillotine, moi. Ah, pour ça, on dira ce qu'on voudra, mais Mitterrand, il s'est pas dégonflé, la guillotine, il lui a fait la peau, à la guillotine… Remarque, moi, dans un sens, ça m'arrangeait bien. Mais le pire, c'était le petit carnet d'Étienne où j'avais noté tous les petits remèdes qu'il m'avait donnés, tu comprends, les petits remèdes contre la Peste, quoi… Parce que là, si les flics le retrouvaient, le petit carnet d'Étienne, j'étais vraiment mal, moi. Simona, elle pouvait dire adieu à la Peste !

Allons donc, c'est nouveau, ça. Un petit carnet. Quel petit carnet ? Et cet Étienne, que vient-il faire là-dedans, je ne comprends pas qui est cet homme… Ça fait trois fois qu'il revient sur le tapis, je commence à en avoir assez de tout ce mystère… Bon, calmons-nous. De toute façon, cette fille ne raconte que des craques… Bon, calme-toi, mon petit vieux, n'aggrave pas ton cas…

Tu m'écoutes quand je te parle ! J'ai paniqué. J'étais désemparée. Perdue dans Paris, toute seule au milieu de tous ces caves qui prenaient Mitterrand pour le bon Dieu. J'ai essayé de retrouver l'endroit où le taxi m'avait déposée, mais rien à faire, je pouvais même pas avancer tellement ça grouillait de populo. Ça en faisait des cocus au kilomètre carré, j'te dis pas ! De toute façon, ça rimait à quoi. J'étais doublement furax contre Mitterrand, parce que sans lui, merde, à la fin ! jamais ces deux imbéciles ne seraient montés dans mon taxi, et... J'ai traîné un bon moment dans la foule, à retourner l'anse de mon sac à main dans tous les sens, j'en avais mal aux doigts tellement j'y allais. Et quand j'en ai eu marre de me faire bousculer, j'ai été dans un café et j'ai bu de la bière. Et j'aimais pas ça la bière. Je voulais me faire du mal. Je pouvais pas m'empêcher de chialer. Dans le café, c'était un peu plus calme. J'ai essayé de réfléchir mais j'arrivais à rien. Et puis un type est arrivé, il était tout seul lui aussi. Il s'est assis en face de moi, il a commandé un whisky et il a sorti un kleenex de sa poche et il m'a essuyé les yeux. Il était grand et beau, je te dis qu'ça. Je lui ai dit merci, merci, vous êtes gentil. Et je suis repartie à chialer. Ce couillon il a cru que c'était à cause de Mitterrand que j'étais dans cet état. Il a dit ah, c'est sûr ça fait quelque chose, c'est un moment historique. Moi, complètement dans les vapes, j'ai juste laissé tomber :

— Vous croyez ?...

J'en avais marre de ces conneries, j'avais juste envie qu'on s'occupe de moi. Il a dit bien sûr que c'est un moment historique, vous plaisantez, vous ne voyez pas tous ces gens comme ils sont heureux, mais on va pas se vouvoyer un jour comme ça quand même, allez, je te paie un verre camarade. J'ai dit d'accord, offre-moi à boire mon chéri, j'en ai bien besoin, tu sais, je cultive la migraine et puis j'ai un peu froid, j'ai besoin de chaleur, tu vas me tenir chaud, ça va être bien tous les deux. Il a dit qu'il s'appelait Bruno, Bruno Le Meur, il a précisé. Moi je m'en foutais pas mal qu'il s'appelle Bruno, du moment qu'il me faisait pas chier avec Tonton Vichy, mais son nom, Le Meur, pour le coup, ça m'a fait rigoler. Le super Nonkitu ! Je lui ai raconté ce qui m'était arrivé, je pleurais, je pleurais. Les gens autour de nous ont arrêté de parler. Croyaient que je pleurais à cause de Mitterrand, ces enfoirés, et ça leur a fait quelque chose. Il y en a un qui s'est levé, et il a porté un toast à Mitterrand, ce débile. Moi j'ai rigolé mais c'était nerveux, ça m'amusait pas du tout de boire à la santé de Tonton Vichy. J'ai dit à Bruno, Bruno, tu veux me rendre service, je sais pas où dormir, je viens d'arriver à Paris, j'ai perdu mes valoches, je commence demain matin à la Peste, est-ce que tu peux m'héberger pour cette nuit, j'ai oublié l'adresse de mon foyer, je connais personne dans Paris...

Il m'a regardée avec un air effaré. Et là, j'ai éclaté en sanglots. Je me suis collée contre lui, je me suis accrochée à lui, j'ai mis mes bras autour de son cou et je lui ai roulé une pelle. Il savait plus où se mettre. Les autres totos, à côté, ça les a refroidis. Ils votaient peut-être à gauche, mais côté libération sexuelle ils étaient restés à Jean Royer ! Bruno était pas très à l'aise, il m'a dit viens, on s'en va, je t'emmène au restaurant, et après on va chez moi, on va fêter ça dans l'intimité...

Aller chez lui, j'avais rien contre, tu parles... On a traversé la Seine à pied, il y avait une foule pas possible, et il m'a emmenée dans une brasserie de la place Saint-Michel remplie de socialo-communistes complètement bourrés, je commençais à en avoir marre de ces conneries.

— BON D'ACCORD, MITTERRAND EST ÉLU, ET ALORS ? j'ai crié.

Toutes les têtes se sont tournées vers moi, et j'ai immédiatement pensé à Marie-Antoinette…

Beuh-non, j'ai pas crié, pas folle, la guêpe, j'ai gardé ça dans ma tête, parce que j'avais pas envie de me faire lyncher. Et puis Bruno, en plus qu'il était mignon, sans lui je sais pas ce que je serais devenue. Et Mitterrand, c'était son idole, alors bon, y'a un minimum de savoir-vivre… Bref, je me suis retrouvée chez lui, un petit studio rue Danton, pas loin de là. Et là on a baisé aussi sec. La première fois, c'était super, Bruno, il était plutôt du genre cousin. Le problème c'est qu'il pouvait pas s'empêcher de parler de Mitterrand. Même en faisant l'amour il me parlait de Mitterrand. Heureusement qu'il avait pas la télé, sans ça j'étais bonne pour baiser avec Alain Duhamel, moi ! Le temps de fumer une cigarette, on se remet au plumard, on refait crac-crac…

— Tu te rends compte, quand même, il me dit en ahanant. Mitterrand président, j'en reviens pas !

Moi, ça me déconcentrait, on a pas idée, j'te jure ! Je me suis retirée pour qu'il comprenne.

— Écoute, mon chéri, j'arriverai à rien si tu me parles tout le temps de *lui,* tu veux bien la mettre en veilleuse, tu veux ?

Il me regarde avec des yeux de merlan frit, il me prend par la main, il me la met sur son machin, on repasse à l'acte, et là, il chuchote excuse-moi, excuse-moi, je pouvais pas deviner que t'étais aussi sensible !

Alors là c'est le pompon !

Je le serre bien fort, je le maintiens bien calé contre Simona en lui mordillant le lobe de l'oreille et je lui glisse :

— Bruno, s'il te plaît, fais ce que tu veux de moi, baise-moi tant que tu veux, toute la nuit si tu veux mon chéri, mais l'amour et la politique ça va pas ensemble, alors s'il te plaît, arrête de me faire chier avec *ton* Mitterrand, parce que je peux vraiment pas le voir en peinture, celui-ci, tu comprends !

Il a hoché la tête, et dans le feu de l'action, je lui ai croqué le bout du lobe. Il a ricané, devait croire que je plaisantais, le Bruno, mais quand j'ai recraché le lobillon sur l'oreiller, il a crié, il m'a regardée avec un drôle d'air. J'en avais pas fait exprès mais j'étais assez contente de mon coup. J'ai pensé à Jean-Benoît et à Van Gogh et j'ai commencé à mouiller comme c'est pas permis. Bruno il était dans un état, il avait plus du tout envie de parler de Mitterrand. Il me dit :

— Mais t'es folle, t'es complètement folle, ma pauvre !

— Ta gueule, le Van Gogh de gauche ! je lui balance.

Là-dessus, il fonce à la salle de bains pour nettoyer son bobo. Au passage il allume la radio, et là qui j'entends ? Mitterrand ! Ah non ! Y'en a marre, vraiment ! Je me lève, j'éteins la radio et je mets un disque sur le pick-up, au hasard. C'était une belle chanson qui raconte l'histoire d'un type qu'est né dans un petit village qui s'appelle Saint-Martin et qui monte à Paris ! Comme Simone, dis donc ! Ça alors, quelle coïncidence ! Sauf que moi, mon village de Saint-Martin, *j'y suis revenue, Dominique, t'en sais quelque chose !* Je regarde la pochette du disque, le chanteur s'appelle

François Béranger, connais pas, et la chanson *Tranche de vie...*

Bruno, il sort de la salle de bains fou furieux, il commence à m'engueuler, comme quoi Mendès France doit parler à la radio, et que François Béranger c'est bien gentil mais c'est pas le moment. Il remet la radio à fond et enlève le disque. Je lui dis j'en ai rien à foutre de ton Mendès France, tu pourrais au moins me laisser écouter la fin de la chanson, tu vois pas que ça me rappelle des souvenirs ! Il me sort que les souvenirs c'est pas ça qui fait vivre, qu'il faut vivre au présent, et que le présent c'est la gôche, et la gôche c'est Mitterrand, que tu l'aimes ou pas, ma petite Simone, mets-toi ça martel en tête ! Là, ça faisait un Mitterrand de trop. Ça commençait à dégénérer. Je l'ai traité de socialo-débile en tirant sur la ceinture de son peignoir. Il s'est retrouvé à poil. J'ai tiré sur la ceinture. Il s'est cassé la gueule et je m'en suis ramassée une. Je me suis défendue et j'ai commencé à lui donner des coups avec la ceinture. Tout ça sur fond de Mitterrand zozotant dans le poste, ça pour causer, il était extra...

Ensuite, ça a été très vite. Je sais pas comment ça s'est fait mais Simona elle s'est retrouvée au-dessus du mitterrandolâtre. L'autre il râlait parce qu'elle l'empêchait d'écouter Tonton Vichy. Elle lui a bloqué les épaules avec les genoux et lui a serré la ceinture autour du cou, ça s'est fait tout seul. Elle a serré, serré, serré... Et puis à un moment y'avait plus rien à serrer parce que le Bruno bougeait plus, il était inerte, il était mort, quoi... Celui-là, c'est pas à cause de la Peste que je l'ai tué, c'est à cause de Mitterrand, *tu comprends, Dominique... C'est pas moi l'assassin, c'est Mitterrand.* Et c'est à ce moment-là qu'on a entendu la voix de Mendès France à la radio...

Quoi ! Mendès France ! Mais...

Après ça je me suis pris une douche froide et j'ai biberonné une bouteille de Chivas...

Mais Mendès n'a pas parlé le 10 mai 81, qu'est-ce qu'elle raconte !..

J'ai tiré le corps de Bruno Le Meur dans la salle de bains. Je me suis écroulée sur le lit et je me suis endormie aussitôt...

Il faudra que je demande à Anne, tiens, elle, elle saura, elle est incollable sur Mendès France...

J'ai dormi comme un bébé. Le lendemain matin, j'ai évité la salle de bains, parce que de voir la tronche de l'autre refroidi, ça m'aurait foutu ma journée en l'air. J'ai acheté un plan de métro en évitant de lire les unes des journaux au kiosque. Quand je me suis présentée aux Chèques, rue Bourseul, j'étais pas très fière. J'avais rendez-vous au Bureau d'Ordre à sept heures. Je suis arrivée à huit et je me suis fait enguirlander par une grande blondasse teigneuse qui s'est mise à hurler :

— Madame Dubois, ce n'est pas parce que la gauche a gagné les élections qu'il faut vous croire tout permis... L'heure c'est l'heure.

Non mais ! d'où elle sort cette harpie ! Simone, faut pas la chercher. J'ai répondu du tac au tac :

— Madame, j'ai voté Giscard, si ça peut vous faire plaisir... Je suis comme qui dirait en deuil, alors vos remarques, je les trouve franchement déplacées !

Les filles du BO ont pouffé. Normalement, avec ça, la bique elle file à la niche. Seulement, celle-ci, c'était une coriace. Parce que c'était la Bénimachair, figure-toi !

— Vous avez une heure de retard, madame Dubois. J'exige des explications !...

— *Mademoiselle* Dubois. J'ai pas d'époux. Des poux non plus j'en ai pas.

— C'est ça, faites la maline ! À défaut d'une excuse sérieuse, je vous mets un blâme, je vous préviens... Vous êtes à Paris Bourseul, ici, pas à Rouen... C'est fini le bon air de la province, ici on ne gobe pas les mouches, on travaille.

Le bon air de la province ! On voit bien qu'elle a jamais mis les pieds à Rouen cette pouffe !

— J'attends, *madamoiselle* Dubois !

C'est de ce jour-là que cette toquée de Bénimachair m'appelle madamoiselle, figure-toi.

— Vous voulez vraiment savoir pourquoi je suis en retard, madame ? j'ai minaudé en tortillant les guibolles.

— Vous avez oublié d'être sotte, madamoiselle Dubois !

— Je, ben, je suis en retard parce que j'ai tué un homme hier soir, madame. J'ai pas fermé l'œil de la nuit à cause du remords.

La Bénimachair a fait un huit avec sa langue. Livide, la mère Sadique. T'aurais dit qu'elle allait pondre un œuf. Si elle avait su que je disais la vérité, cette pauvre conne, elle l'aurait largué, son coco...

— J'attends, madamoiselle Dubois !

— Non mais, elle est sourde ou quoi ? Tu comprends pas l'français : je te dis que j'ai tué un bonhomme hier soir, alors forcément, ce matin, j'avais pas les yeux en face des trous...

Non, ce n'est pas possible, ce n'est... Là, j'ai envie de rire... Elle n'a pas pu dire une chose pareille... Elle est complètement à la masse...

Ben quoi, mon chéri ! Toi aussi, t'as avalé ta langue ?... *Tu veux que je te dise, Dominique ?* Si tu veux savoir qui sont tes ennemis, la meilleure solution, c'est de les désigner, comme ça, au moins t'es sûre qu'ils te prendront pas en traître. Parce que si t'attends que ce soit eux qui te désignent, alors là, mon pauvre, t'es mal barré ! Ça va tirer de partout ! Moi, j'ai toujours fonctionné comme ça, et tu vois, jusqu'ici ça m'a réussi, parce que je vais te dire une chose, mon chou : Simona, faut pas lui chercher des poux dans la tête, sinon... Couic ! T'as pigé ?

2…
Jean-Lucien Caroubier (1980)

Inutile de te dire que la Bénimachair elle était drôlement sonnée après ça. Surtout que je me l'étais payée devant les filles du BO, je te dis pas la honte !

Elle m'a fait remplir mes papiers, des tas de papiers, quand t'es mutée, à la Peste, faut répondre à des tas de questions, c'est normal, c'est l'administration, les larbins de l'administration, s'ils te font pas chier un minimum, ils se sentent nuls. J'ai pas desserré les dents, va donc, eh, greluche ! Elle m'a expédiée pour la matinée aux Litiges et elle a ajouté que mon affectation définitive dans le Centre dépendrait de mon comportement ultérieur, et qu'on m'aurait à l'œil, attention mon p'tit, avec moi on ne rigole pas deux fois, j'en ai maté des plus fortes que vous. Comportement ultérieur mes fesses ! Ouh-la-la, mais c'est qu'elle me fait peur, la kapo… Si tu savais comment je m'en bats l'œil de tes menaces, ma pauvre fille ! Si tu pouvais te douter une seule seconde de la raison pour laquelle j'ai quitté les Emmurées, pourquoi je me suis fait muter à la capitale, tu ravalerais tes paroles, ma pouffe !

J'ai juste eu le temps de humer l'air. Les filles, elles avaient voté Mitterrand, alors tu penses bien, elles avaient la gueule de bois. On m'a présentée à ma monitrice, qui n'a pas eu le temps de m'expliquer grand-chose, vu que là-dessus l'heure de la pause est arrivée, et que la pause, chez les brigades, c'est top-sacré. Café-croissant pour les maigres, pomme-yaourt-Vittel pour les enveloppées. La clope, c'est en option. Moi j'attends, je vais plus tard. J'aime pas la foule. Je vais chez Pierrot, au Relais des postiers, rue d'Alleray. Je l'aime bien mon Pierrot, c'est un homme qui te respecte. Il m'appelle par mon prénom, et quand il est bien luné il me fait la bise. Souvent je retrouve Amadeus ou Jean-Benoît, ou Luigi quand il vient relever ses paris. Sinon, à l'heure de la pause, je mate le défilé des ouvrières dans l'allée centrale. Les exhibitionnistes qui se pomponnent en se remontant les seins, les timides qui tirent sur leur jupe, tête baissée, les pipelettes, bras croisés sur la poitrine, les sérieuses qui regardent leur montre pour pas voler le temps du patron, les choucroutées qui se machinent le chignon en ricanant, les canons super sapées qui passent en faisant la gueule comme si elles défilaient chez Dior, les hommasses avec *l'Équipe* sous le bras, les filles enceintes qui se traînent parce qu'elles sont plus lourdes et que tout le monde les arrête pour avoir des nouvelles du bidounet, les vieilles en blouse avec des gueules d'enterrement, et aussi celles qu'arrêtent pas de se marrer comme des baleines, qui se chamaillent tout le temps, celles-là, tu les entends arriver de loin, tu reconnais leurs rires, tu sais d'avance dans quel ordre elles vont traverser la pièce. Et puis il y a les Endives qui parlent tout le temps boulot, alors elles, elles sont indécrottables ! Je te parle pas des mecs, parce qu'à l'époque, les mecs, à Bourseul, c'était denrée rare. Mais le plus marrant, c'est qu'elles avancent toutes le porte-monnaie à la main. À la pause, aucune fille ne prend son sac à main, c'est une tradition chéquarde. Moi je me sépare jamais de mon baise-en-ville, même pour aller à la coopé. Y'a trop de voleuses à la Peste. Un jour, pour rigoler, j'en ai parlé à mon psy, à l'époque où je fréquentais cette engeance, et tu sais ce qu'il me dit ? *Décidément, vous avez un problème avec les bourses !* J'ai jamais remis les pieds chez cézigue. De toute façon, c'est pas cette espèce de nœud sous cloche qui m'a empêchée de les tuer, mes petits bonshommes... Après lui, j'ai essayé un autre psy. Je me disais, Simone, c'est pas normal que tu sois comme ça, insiste, celui-là, c'est qu'un chien, mais essaye quand même un autre, pour voir. Alors j'ai été voir une femme. Elle s'appelait Amandine. Amandine elle portait bien son nom, on aurait dit un sucre d'orge, t'avais envie de la sucer, dis-donc ! Et quand je dis sucer, faut pas te méprendre, mon chéri ! Je sais bien que Simona est portée sur la chose, mais quand même ! Amandine, elle était mignonne comme tout, t'aurais jamais dit qu'elle était psy. Parce que les psys, c'est pas des canons, en plus ils te tirent la tronche pire que les mannequins. Mais avec elle, j'ai jamais passé le cap de la première séance... Je me pointe, bonjour docteur, c'est ma collègue Sophie Deloing qui m'a donné vos coordonnées, elle est très contente de vous, elle se sent moins barge depuis que vous la chaperonnez, vous pourriez me prendre ? On cause, on cause, ou plutôt c'est moi qui cause, tu sais comment c'est les psys, faut leur arracher les mots de la bouche. Au bout de dix minutes elle me dit toujours pas si elle peut me prendre ou pas. C'est un monde, ça, c'est toi qui paies, et en plus faut que tu te tapes tout le boulot ! C'est des malins les psys, ils gaspillent pas leur salive, attention ! Bon, comme elle me dit pas si elle veut bien me prendre, je lui dis comme ça, voilà, je travaille à la Peste à Bourseul, vous savez, dans le XVe, avant j'ai fait les Emmurées, à Rouen, dans les souterrains, j'y voyais plus clair, je commence à en avoir ma claque de la Peste, et tous les matins, quand je monte l'escalier des Chèques, j'ai un de ces bourdons, c'est bien simple, le premier qui me regarde de travers, je serais capable de le tuer tellement je suis de sale poil, d'ailleurs j'en ai déjà tué, des cocos… Mais bon, ça, je lui dis pas, j'ai pas envie d'aller en taule, moi. Toi, c'est pas pareil, je peux tout te dire puisque je vais te faire la peau, je suis sûre que tu me donneras pas… Et tu sais c'qu'elle a répondu, Amandine ? Elle a répondu : *L'escalier d'échec, madame Dubois, vous voyez, tout est là ! C'est un bon point de départ je crois…*

Aussi sec je me suis levée, merci bien docteur, vous êtes vraiment géniale, vous m'avez montré la voie de la rédemption, tenez, pour le denier du culte, ça ira… J'ai pris un billet de deux cents francs dans mon sac à main et je lui ai glissé dans le décolleté, entre parenthèses, elle avait une sacrée poitrine, Amandine. Elle a eu le temps de rien dire, elle a baissé la tête sur les billets, avec un petit sourire désolé, et puis c'est marre. Elle devait pas avoir l'habitude d'être traitée comme une pute, la pauvre chérie. De toute façon, c'est pas elle qui m'aurait sauvée. C'est pas elle non plus qui aurait pu sauver Bruno Le Meur et tous les autres. Bruno Le Meur, avec un nom pareil, c'était un cas désespéré ! Le pauvre chéri, *personne* pouvait le sauver. Si c'était pas moi qui l'avais tué, quelqu'un d'autre l'aurait fait, *forcément*, et peut-être qu'il aurait eu une mort moins douce, va savoir…

En fin d'après-midi, j'ai été au foyer pétété, j'ai demandé à une fille de la Peste de m'accompagner, vu que Paris ça me fichait la trouille, et moi Raspail je connais pas. Ma première visite à la capitale, j'en avais pas gardé un bon souvenir. C'était en 1967, j'étais venue au salon de l'Auto avec un car de pleu-pleus de Bretteville-l'Orgueilleuse, même que j'ai failli serrer la pince à De Gaulle, dis donc ! Quand j'en ai eu marre des DS et des ID, j'ai été me promener du côté de la Maison de la Radio et après j'ai pris le métro. J'arrive sur le quai et je vois la rame qui me file sous le nez. Je vois un type en blazer bleu marine. Je lui demande :

— Monsieur, s'il vous plaît, je viens de louper le métro, quand est-ce qu'il repasse de l'autre côté ?

Le type me regarde comme si je venais de m'arracher un œil, et il m'explique :

— Voyons, l'autre côté, c'est la direction opposée, ma petite dame, il faut que vous attendiez la prochaine rame.

— Et il passe quand le prochain ? C'est que j'ai pas beaucoup de temps, moi !

— Deux, trois minutes.

— Mais celui que je viens de rater, vous savez dans combien de temps il repasse de l'autre côté ?

— Mais je n'en sais rien, ma petite dame, quelle question !

— Il va bien repasser de l'autre côté, non ?

— Ben… oui, probablement. Sauf s'il reste bloqué au terminus.

— Ah bon, parce que vous les bloquez au terminus ?

— Mais je n'ai pas dit ça, je…

— Vous cherchez la petite bête, là.

Le mecton il commençait à s'énerver.

— Écoutez, madame, qu'est-ce que ça peut vous faire de savoir quand il va repasser, franchement ?

— Ça peut me faire !

— Oui, qu'est-ce que ça peut vous faire ?

— Ça peut me faire que c'est pas un poil que t'as dans la main, mais un mât de cocagne ! Question serviabilité je te garantis qu'on est mieux servis à la SNCF !

Là-dessus, je plante le mec qui s'en va en pouffant dans sa barbe, comme quoi il doit rester de la place à Charenton, et si vous attendez pas trop longtemps le changement à La Motte-Picquet, vous arriverez à l'heure pour le goûter, satisfaite, la petite dame ?

Non mais, quel goujat !

Simona elle se démonte pas, elle rattrape le type, et elle lui fait :

— Mais je veux pas aller à Charenton, moi, je veux voir la tour Eiffel ! En voilà des manières !

— Vous n'avez qu'à remonter à l'air libre, vous allez la voir, la tour Eiffel ! Ça vous aérera la tête !

— Et si je veux la voir de près, moi ! On est en République ! D'accord, je suis pas finaude-finaude, je débarque de ma campagne, j'ai l'accent pécore, mais c'est pas une raison pour me traiter comme une bouse de vache ! Tu t'es vu, avec ta tête d'expert-comptable, non mais, sans blague, tu t'es vu ! Parisien, tête-de-chien, parigot, tête de veau...

Là, le type, il voit rouge. Il se jette sur moi, il aboie comme un molosse :

— Vous avez un titre de transport, madame ?

— Il t'intéresse, mon titre de transport ? je lui fais.

— S'il vous plaît, madame.

Simona elle se démonte pas, elle remonte sa jupe et elle lui montre ses fesses, à l'autre résidu.

— Tiens, tu l'as vu, mon titre de transport ! Je vais y'aller à pied à la tour Eiffel !

Le mec, il commence à tourner en bourrique.

— S'il vous plaît, madame. Contrôle des billets.

— Tu veux vraiment l'voir mon billet… Tiens, va le chercher si ça t'amuse !

Simona elle jette son billet sur la voie. La gueule du mec. Il tombe en arrêt, furax.

— Alors, qu'est-ce que t'attends, pauv' nouille ? T'as les pétoches du petit train ?

Le mec, il veut me coller une amende, mais moi je lui ai coupé l'herbe sous la guibolle.

— Attends, je vais aller te le chercher ton billet, espèce de poule mouillée, tu vas pas en faire une jaunisse ! Traite-moi de fraudeuse, tant qu'tu y'es ! Je suis une tueuse, moi, pas une frauduleuse.

Quand il a entendu le mot tueuse, cézigue il a eu un mouvement de recul. Il voulait appeler les poulagas. Quand j'ai commencé à descendre sur les rails, il m'a dit bon, ça va, ça va, et il s'est calté avec sa tête de chien sous le bras. Moi je suis remontée, et la tour Eiffel, à cause de cet abruti, je suis rentrée à Saint-Martin sans la voir…

En allant au foyer pétété, j'ai raconté cette histoire à la fille qui m'accompagnait. La fille était pliée en quatre, elle m'a dit, toi t'es une marrante dans ton genre, et c'est comme ça qu'on est devenues copines. Et c'était Renée, figure-toi ! Renée, elle était à la CGT, tous les ans elle m'emmenait à la fête de l'Huma, elle était copine avec Georges Séguy, Georges Séguy il m'aimait bien, il m'appelait Simone Signoret. C'était sympa… C'est pas comme Georges Sarre, alors lui, je l'ai rencontré une fois, quand il travaillait à la Peste, il m'a dit que j'étais une insulte à la classe ouvrière ! Il peut parler, le petit chien à Chevènement ! Insulte à la classe ouvrière toi-même !

Bon, j'arrive au foyer boulevard Raspail, et là, qu'est-ce que je vois, au comptoir ? *Mes deux valises !* Le chauffeur de taxi les avait apportées le matin, il avait gardé mon papier avec l'adresse. Sympa. À force d'entendre des salades sur les Parigots voleurs, mal embouchés, gueulards et tripoteurs, j'étais certaine que mes valoches, il les avait déjà refourguées à un broc des Puces, le tacot. Toute la journée j'avais eu la trouille, c'est pour ça que la Bénimachair, quand elle m'a cherché des poux dans la tête, je lui ai foncé dans le lard, à cette bourrique. Alors, de voir mes valises, ça m'a drôlement soulagée, surtout que dans mes petits carnets, il y avait celui d'Étienne, où j'avais noté toutes nos turpitudes, tous nos petits secrets, quoi. Et que si les flics tombaient dessus, j'étais bonne comme la romaine. Je t'en ai pas parlé d'Étienne… Attends, mon chéri, attends, te fais pas de souci pour ça, *ça va venir*…

Le foyer était un peu triste, et on n'avait pas le droit de recevoir quelqu'un dans sa chambre, même des filles. Même ta mère tu pouvais pas, tu vois le niveau ! Pire que chez les bonnes sœurs ! Et comment je fais pour mes morpions, moi, je les laisse à l'entrée ? je dis à la nana de l'accueil. Elle a pas ri du tout, figure-toi… Et pas le droit de rentrer après dix heures du soir, sinon un blâme. Au bout de trois blâmes : la porte. Et derrière la porte : les rues de Paris avec tous ces saligauds de socialistes prêts à te sauter dessus… Je me suis installée dans ma petite carrée, et j'ai commencé à lire mes petits carnets en pensant très fort à Étienne. J'ai commencé par celui où je racontais mes coucheries. Je me suis caressée un peu quand même, parce que moi, quand je lis les petits carnets d'Étienne avec mes coucheries, ça m'excite. Après j'ai lu celui où je racontais mon enfance. J'avais plus du tout envie de me caresser, parce que mon enfance, ouh-la-la, c'était pas de la tarte, surtout avec ce salaud de boucher… Et j'ai fini par celui d'Étienne, où je notais les types qui m'avaient fait du mal. Mais celui-là, à l'époque, il était presque vide, y'avait juste le premier. Et celui d'avant Bruno Le Meur. N'empêche que si les flics étaient tombés dessus, j'étais mal, moi…

Celui d'avant Bruno Le Meur, c'était l'année d'avant, en 1980. Ma dernière année à Rouen. Il s'appelait Jean-Lucien Caroubier. Il m'avait pas fait du mal à moi personnellement, mais il avait fait du mal à la Sinistra, et c'est pour ça que je l'ai tué. Tu vas me dire, c'était pas ma copine, la Sinistra, et alors, c'est pas une raison ! Si on aide pas son prochain de temps en temps, on devient des bêtes, c'est ça qui fait la différence entre l'homme et la bête, il dit Amadeus. *Tu veux que je te raconte, Dominique ?*… Allez, je te raconte, et après on se fume un petit joint, ça va comme ça ?

Un petit joint ?

De la marijuana, si tu préfères.

Ça, c'est inattendu… C'est… Bof… Au point où j'en suis. Ça fait bien longtemps… Et puis comme ça, tu seras bien obligée de m'enlever mon bâillon, Simone… Comme ça, on pourra peut-être parler un peu. Parce que, franchement, Simone, ton monologue, je commence à en avoir…

La Sinistra, elle était Endive aux Emmurées de Rouen, elle était un peu *spéciale* comme Endive. Elle travaillait à mi-temps, une semaine sur deux. Sa semaine de repos, personne ne savait au juste ce qu'elle en faisait, mais tout le monde avait sa petite idée. La Sinistra, elle avait autant de casseroles sur le dos que de doigts aux orteils. On disait qu'elle avait été la maîtresse de Lecanuet. Qu'elle avait eu un enfant mort-né. Qu'elle avait assassiné un couple d'Anglais tombés en panne devant chez elle en mettant le feu à leur bagnole. Qu'elle avait abandonné sa vieille maman dans un hospice de Dieppe. Qu'elle séquestrait depuis vingt ans un notaire plein aux as. Qu'elle aimait faire du mal aux bêtes et que le puits dans la cour de sa maison était rempli de cadavres. J'ai même entendu dire à la Peste que sa jambe gauche, celle qui boite, c'était une prothèse, et que c'est là qu'elle planquait son magot. Parce que du pognon, elle en avait, ça, c'est avéré. Sinon Jean-Lucien Caroubier il se serait jamais intéressé à elle. Mais le reste c'était des conneries. Personne ne la connaissait vraiment. Personne n'était jamais allé chez elle. Enfin si, *une* personne : bibi.

Son vrai nom, c'était Edwige Batteux. Je sais pas par quel bout la prendre celle-ci, parce que c'était une drôle de bonne femme. Elle approchait la soixantaine, elle avait une tête bizarre, elle était déformée de partout, les hanches, les bras, les jambes, pourtant elle avait jamais eu d'accident, elle était très laide, le nez de travers, le menton en galoche, elle était sinistre comme une sorcière, c'est pour ça qu'on l'appelait la Sinistra. Et aussi parce qu'elle se foutait en rogne quand quelqu'un marchait à sa gauche, elle supportait pas que quelqu'un marche à sa gauche, une vraie phobie, des fois elle piquait la crise, c'est pour ça qu'elle prenait jamais l'ascenseur… Quand tu la voyais pour la première fois, elle te foutait la trouille. Mais ses yeux, alors là ses yeux, c'était les plus beaux du monde, un bleu-vert comme ça, j'en ai jamais vu. Le problème, c'est que tu pouvais pas regarder *que* ses yeux. T'étais aimantée par le reste tout autour. Et dès que tu t'attardais autour, ça te foutait tout le tableau en l'air, tu les oubliais ses beaux yeux. Elle avait un beau sourire aussi, mais comme elle souriait jamais, personne le savait. Sauf Simona. Moi je l'ai vue sourire, la Sinistra, et pas sourire quand tu lui passes le sel à la cantine ou que tu lui tiens la porte, non, vraiment sourire. Le jour où je lui ai annoncé que je venais de zigouiller Jean-Lucien Caroubier, elle a souri, elle était contente, elle était lumineuse de bonheur. Moi, c'est simple, j'ai vu la Vierge Marie, j'te jure, Dominique, surtout quand elle m'a dit *merci, Simone, je n'aurais jamais osé le faire toute seule, merci-merci-merci ! Maintenant je peux mourir en paix...* Et elle s'est mise à genoux devant moi, elle est restée comme ça cinq ou six minutes, immobile, ses longs bras autour de mes jambes, puis elle s'est relevée, elle m'a serrée dans ses bras un bon moment, et elle est sortie de la maison, et puis elle est partie en courant, sans me regarder, elle est montée dans sa petite Dyane 6 de curé qui avait un mal de chien à démarrer, et elle est allée se jeter dans la Seine du haut du pont Corneille, même qu'elle avait laissé le moteur tourner. Mais ça, je l'ai su que le lendemain, je pouvais pas deviner. Sinon je lui aurais couru après. J'aurais tout fait pour l'empêcher de se suicider, la Sinistra, parce que quand même, c'est pas une vie de mourir comme ça. Du remords, j'en ai eu, Dominique, pour ça ! Parce que si je lui avais pas occis son bourreau, elle aurait jamais eu le courage de se suicider. Je suis pas fière, tu sais. Je suis vraiment pas fière... Mais bon, je vais pas me mortifier, c'est pas dans mon style… Et puis, si je l'avais pas rectifié, le Caroubier, c'est lui qui s'en serait chargé… DIS DOMINIQUE, TU T'ENDORS ?

Hein ? ! Ah, pardon. Pardon Simone. Non, non, je vous écoute je vous jure. Je suis tout ouïe.

Mais si, tu t'endors, je t'ai vu piquer du nez !

Je fermais juste un peu les yeux pour me reposer, c'est tout...

Pour te *reposer* ! Écoutez-le, celui-ci ! Parce que tu crois que je t'ai arraché à ton home pour te reposer, peut-être ? Évidemment, l'histoire de la Sinistra, c'est beaucoup moins marrant que le reste, mais bon, faut bien que je le fasse ! Si je raconte pas l'histoire de la Sinistra, qui le fera, hein, qui le fera ? Personne le fera. Tout le monde s'en fout de la Sinistra ! Tu sais combien de personnes il y avait à son enterrement ? Vingt-trois ! Si t'enlèves les cinq ou six Endives des GV, l'inspecteur, le chef de Centre, l'assistante sociale et Bibi Fricotin, il reste quoi ? Dix pékins à tout casser ! Ce jour-là, Simone elle a pleuré toute la journée… Tu m'crois pas ? Tu crois que j'affabule ! Mais tu m'prends pour un monstre ou quoi !

Si, si. Bien sûr que je vous crois, Simone. Qu'allez-vous imaginer ! Vous ne croyez tout de même pas que je vais me mettre à pleurer. J'ai connu cela, aussi. J'ai connu des obsèques désertées, vous savez. Tenez, quand j'avais vingt ans, le fils du conseiller général de...

Eh ben, on dirait pas, vu la tête que tu fais !... Je lui parle de l'enterrement de la Sinistra et ça le fait sourire ! Bon, ça va pour cette fois, mais t'avise pas de me refaire un coup pareil, Dominique...

La Sinistra, elle avait hérité des terres et du bien, et depuis qu'elle était à la Peste, elle économisait. Alors elle était riche. C'est pour ça qu'elle travaillait à mi-temps. Elle économisait, mais elle courait pas après le pognon... Elle était riche et laide, et pas bien du tout dans sa peau. Et plus le temps passait, moins ça s'arrangeait. Les psys, ils ont le chic pour te dire ça, ils ont des mots *spécial.* Ils te disent vous êtes trop introvertie, madame Machin, sortez de votre coquille, parlez, libérez-vous, vous vous faites du mal. Évidemment, ils sont pas cons. Ils vont pas te sortir de but en blanc : madame Dubois, vous êtes en train de vous construire un gentil délire paranoïaque proche de la schizophrénie, si vous ne réussissez pas à maîtriser vos pulsions destructrices vous courez à la catastrophe, vous allez déconstruire peu à peu votre univers mental, et après, pour remettre tout ça en ordre, tu peux toujours courir après le fil à plomb ! Ça la foutrait trop mal. Moi, le toubib qui m'a dit ça, une fois, j'ai remis les lacets de mes baskets et je lui ai lancé : *ton cabinet il sent pas bon, docteur, tu devrais mettre un peu d'Airwick dans ta cuvette de temps en temps si tu veux pas perdre ta clientèle, et en voiture Simone, je change de crémerie !* Non, les psys, ils sont pas cons. Ou alors c'est des dissimulateurs. Les psys, je les connais bien. Je m'en suis farci un paquet. Enfin, farci... j'ai jamais baisé avec un psy, attention ! J'ai ma dignité, qu'est-ce que tu crois !

La Sinistra aussi elle avait sa dignité. Seulement elle, elle allait pas voir les psys, elle se contentait des hommes. Et des hommes, avec son physique, elle avait du mal. Ou alors des plus vieux qu'elle mais bon, mets-toi à sa place... Elle a essayé dé s'inscrire dans une agence matrimoniale, mais quand la patronne a vu sa tête, y'a eu comme un malaise. La Sinistra elle a compris, elle a pas insisté. Elle est repartie humiliée. Alors elle a passé une annonce dans *le Chasseur français*. Là au moins, pas besoin de photos. *Employée des Pestes, veuve depuis cinq ans, sans enfant, recherche homme cinquante ans, discret, doux, sobre, prévenant, aimant la campagne, la forêt, les animaux pour sorties et plus si affinités.* Des trucs dans ce style, tu vois. Elle a reçu des lettres, rencontré des hommes. Des paysans surtout, des vieux garçons. Des retraités veufs. En cinq ans elle en a rencontré plein. Mais ça collait pas. Quand ils voyaient sa tronche, ils partaient à la dévire ! Ou alors ils passaient une soirée avec elle, à jouer aux cartes ou à regarder un film à la télévision. Et Edwige, ce qu'elle voulait, c'était de l'amour, pas de la bluette. Elle voulait s'envoyer en l'air, la pauvre... Y'en a un, ça a failli marcher. Il s'appelait Auguste, il était bouvier à Bardouville. Edwige, elle a passé trois jours chez lui, pour voir. Le problème, c'est que le soir il était vanné, il était bon à rien. Il mettait son réveil à cinq heures, et avant d'aller aux vaches, crac-crac. C'était le seul moment de la journée où il pouvait faire crac-crac... Mais le matin c'est qu'elle était bonne à rien, Edwige, alors...

Alors Edwige elle a changé le texte de l'annonce. Elle a mis *Femme cinquante ans, divorcée, sans enfants, revenus confortables, recherche homme aimant rire pour refaire sa vie.* Ah ! elle a été servie ! Tous les gros bœufs de Seine-Maritime lui sont tombés dessus à bras raccourcis. Sa maison s'est remplie de bonshommes pas regardants sur la marchandise. Genre pochtron fauché lourdé par sa rombière. Ça a défilé. La Sinistra n'a pas connu le grand amour, mais elle s'est fait convenablement sauter par des types qu'étaient pas manchots et qui repartaient avec un petit pécule de mille francs. La nouvelle s'est répandue dans tous les rades un peu glauques de Rouen. Elle faisait la pute à domicile, Edwige. Sauf que c'est elle qui payait. Mais elle s'en fichait, elle était heureuse. Évidemment, aux Emmurées, ça a fini par se savoir. *Tu sais comment sont les bonnes femmes, Dominique !* Entre deux crêpages de chignon, on peut toujours se réconcilier sur le dos d'une pauvre fille. Ça jase, ça jase, c'est bête mais c'est humain. C'est bête comme souvent tout ce qui est humain et c'est humain comme souvent tout ce qui est bête. C'est pas moi qui le dis, c'est Jean-Benoît. Jean-Benoît, quand il parle pas d'entropie, il est lumineux… Résultat, la Sinistra, elle est devenue la bête curieuse de la salle des GV. Ben oui, parce qu'à l'époque, y'avait pas encore de GEG…

Et puis un jour, Jean-Lucien Caroubier a sonné à la porte d'Edwige. Cinquante-trois ans, beau et fort, un air voyou, il lui a raconté qu'il venait de passer dix ans avec une nana belle comme le jour et qu'il en avait marre des beautés canon qu'ont rien dans le citron. Il a dit à Edwige t'as pas une belle gueule mais je m'en fous, c'est le dedans qui compte, le cœur, le cul et puis les yeux, et alors, tes yeux, pardon, c'est pas des yeux, c'est des attrape-cœur à te faire aimer la pluie, ma fille. Ce type-là, il avait tellement de bagout qu'il aurait pu vendre une centrale nucléaire à Dominique Voynet ! La Sinistra, elle a cru qu'il se foutait d'elle. Elle a dit c'est mille francs la nuit, c'est moi qui régale, et pas de baratin. L'autre il a répondu garde ton fric. Il a attendu sa troisième visite avant de lui faire l'amour. Il s'est installé chez elle au bout d'un mois. Et puis il a installé sa sœur et ses trois gosses. Il a dit à Edwige un mois seulement, pour la dépanner, elle vient de plaquer son jules, un violent, s'il la retrouve il les tue, elle et les gosses, ça fera du vilain, ici au moins, ils sont à l'abri. Edwige elle a essayé d'apprivoiser les mômes mais ils avaient peur d'elle, ils la fuyaient. Elle pouvait pas saquer la sœur de Jean-Lucien, une feignasse infoutue de faire bouffer autre chose que des surgelés aux gosses. Edwige, elle a mis la main à la pâte. Les gosses qui lui tiraient la langue, lui faisaient des croche-pattes et pissaient dans l'évier, ça la minait, mais elle avait Jean-Lucien dans la peau. Faut dire qu'il la baisait comme un dieu midi matin et soir, Jean-Lucien, ça au moins on peut pas dire. Quand elle s'est rendu compte que la sœur de Jean-Lucien était aussi sa femme, et la marmaille la chair de sa chair, ces deux salauds lui avaient déjà piqué un paquet de fric, dix, quinze millions au moins, je parle en anciens francs mais ça fait une somme. Elle a râlé un peu, elle avait perdu cinq kilos, à la Peste on la reconnaissait plus. Un jour elle est arrivée avec un pansement sur l'arcade sourcilière. Ce fumier la tabassait. Même la fille et les mômes s'y mettaient. Avec Myriam, on est allées jeter un œil en douce dans la maison. Putain, ça ressemblait à un film de Vittore Scola ! Y'avait du linge à sécher partout, les mômes se baguenaudaient dans la poussière comme des poules, Jean-Lucien et la catin s'arsouillaient à la bière tandis que ma pauvre Edwige préparait le repas en pleurant. On était édifiées, tu parles ! Simona elle est allée voir l'assistante sociale de la Peste. Elle a dit faites quelque chose, vous voyez pas qu'ils vont la tuer, la pauvre ! L'assistante sociale elle m'a répondu je vais envoyer quelqu'un, je vous le promets, mais tant que madame Batteux ne porte pas plainte, on ne peut rien faire… Elle a envoyé personne, cette gourde. Personne osait lui parler, à Edwige. Boulot-boulot, et encore. Les Endives, c'est pas humain, il dit Jean-Benoît, c'est végétal. Jusqu'au jour où elle s'est pointée avec un cocard et le bras dans le plâtre. Là, c'était plus possible. À la pause, je suis allée m'asseoir à sa table. Je lui ai dit :

— Ma pauvre Edwige, ça peut plus durer ton affaire, fais quelque chose, fous-les dehors, ces macaques !

Elle a murmuré :

— Je peux pas, Simone. Il va me tuer si je le mets dehors.

— Mais non il va pas te tuer ! Prends un avocat. Il te reste encore un peu de fric. Il t'a pas piqué tout ton pognon, quand même !

— Parlez moins fort s'il vous plaît. Il va me tuer il me l'a dit…

— Alors je ne vois qu'une solution, ma pauvre Edwige.

— Et quoi donc, elle a sangloté la Sinistra.

— Tue-le, cet enfoiré !

— Mais vous êtes folle ! Tuer un homme… je ne peux pas ! Ce n'est pas… chrétien…

— Pas chrétien ? Et ton œil au beurre noir, il est chrétien, peut-être !

— Ben…

— Et quand il t'attache près du lit sur une chaise pour que tu les voies faire l'amour, c'est chrétien ?

Edwige, elle savait pas quoi répondre à ça. Surtout que j'avais parlé très fort. La honte qu'elle avait.

— Alors embauche un tueur à gages, ma pauvre

Edwige, qu'est-ce que tu veux que j'te dise ! Tu vas quand même pas passer le restant de ta vie à attendre qu'il crève d'un cancer ! Ces bêtes-là, c'est increvable, tu le sais bien !

— Un tueur, mais vous êtes folle, elle a murmuré la Sinistra, avant de s'écrouler en pleurant dans sa crème caramel.

Trois jours plus tard, j'ai emprunté la vieille Simca 1000 de Ginette et je suis allée rôder du côté de Bonsecours. J'ai eu de la chance. Il sortait du Narval avec une cartouche de Gauloises et un début de musette. Il titubait un peu. Je l'ai cueilli un peu plus loin, après le virage, au moment où il traversait la rue. Il a pas souffert. Après je suis allée annoncer la bonne nouvelle à la Sinistra. *La suite, tu la connais, Dominique...* Je m'excuse d'avoir été aussi longue, mon chéri, mais l'histoire de la Sinistra, elle m'est restée en travers de la gorge. Tous les ans, je fais déposer des fleurs sur sa tombe. Même ma mère elle y a pas droit, tu vois... *Bon, ça va, Dominique*, prends pas cet air consterné. Tu vas quand même pas me faire le reproche d'avoir dégommé un pourri pareil, non ?

Bon, Simone, quand est-ce qu'on se le fume, ce petit pétard ?

T'as raison, on va se le fumer, attends, je vais chercher ma barrette de cannabis et je reviens. C'est Jean-Benoît qui me l'a donné, c'est du marocain.

(...)[1]

1. Trois petites minutes plus tard... Simone est très habile de ses mains.

Bon sang, on dirait qu'elle a fait ça toute sa vie, rouler des joints. Il a une belle forme, y'a pas à dire ! Tiens, ça me rappelle quand j'ai rencontré Anne... Elle non plus je ne la voyais pas en train de rouler des joints, la surprise que j'ai eue ! Où es-tu en ce moment, Anne ? Est-ce que tu t'es seulement aperçue de ma disparition ? Non, sûrement pas. En ce moment on ne se voit pas trop... Ah, enfin, voilà, c'est prêt... Simone, soyez gentille, enlevez-moi le sparadrap, c'est promis, je ne dirai rien...

Attends, je vais te décoller un bout de sparadrap, mais je te préviens, si tu la boucles pas, je referme aussitôt. Bon, tu préfères le côté gauche ou le côté droit ? Mais dis donc, tu dois mourir de soif ! Attends, je vais te donner à boire avant, sinon, tu vas avoir une syncope, mon pauvre chéri... Je veux pas jouer l'infirmière, moi, sans blague. Tiens, du bon Coca, ça va te faire du bien, excuse-moi, j'ai rien d'autre, et l'eau du robinet, ici, elle est pleine de nitrates, c'est à cause des élevages de cochons, je veux pas t'empoisonner, j'ai encore besoin de toi, mon chéri... Allez, ça vient, bois, mon grand... Ça fait du bien, hein ?

Saint-Martin-des-Besaces, 12 heures 55.

— Marielle ? Simone à l'appareil.

— Mes hommes viennent de chez le receveur. Il était chez lui. Ça va durer longtemps, cette plaisanterie ?

— C'est pas une plaisanterie, Marielle.

— T'as pas fini de me prendre pour un débile, Simone !

— Tu crois que j'ai pas d'otage, c'est ça ?

— Beuh…

— Réponds à ma question, Marielle : tu crois que j'ai pas d'otage ?

— Je n'ai pas dit ça, Simone, je n'ai pas dit ça…

— J'ai un otage, espèce d'alcoolique…

— Alors là, je te permettrai pas, Simone. Tu dépasses les bornes !

— J'ai un otage, Marielle. Même que c'est un otage de marque.

— Dans ce cas, passe-le-moi.

— Je vais te le passer, sois tranquille. Mais pas maintenant. J'ai à faire avec mon otage.

— À faire ! Mais… Comment ça, à faire ?…

— On a plein de choses à se dire tous les deux... C'est moi qui rappelle, Marielle. Prépare-toi à une grande surprise.

— Simone !... Et merde ! Elle a encore coupé...

Le brigadier Marielle reposa l'appareil et pianota le numéro de sa femme. Déconnecté. Toujours déconnecté.

1...
Félix Dartevelle (1976)

Ça fait du bien, hein ? Un petit joint de temps en temps, y'a rien de tel pour se requinquer, moi je dis... Avec tout ça, mon chéri, on est presque arrivés au bout du voyage. Il en reste qu'un, mais celui-ci, c'est la cerise sur le gâteau, je te l'ai gardé pour la fin... Et c'est pas trop tôt parce que je commence à être fatiguée, moi... Ça fait trop longtemps que ça dure, tout ça, j'ai vu trop d'hommes mourir autour de moi...

La première fois que j'ai tué un homme, j'étais une jeunette de trente-deux ans, je portais des minijupes écossaises à ras le bonbon, je me parfumais au patchouli, qu'est-ce que c'était dégueulasse quand on y pense, et les mecs se retournaient sur moi. À l'époque y'en avait pas des masses aux Emmurées de Rouen, des garçons. En tout cas, aux GV, y'en avait pas un seul. À part les boulistes et les inspecteurs... C'est venu après, la grande marée, en 85, dans ces eaux-là... Mais dans la rue, je sais pas si c'est à cause de ma dégaine ou de ma minijupe, ils se retournaient, les chiens... Tiens, c'est marrant, ça me fait penser à Sultan, je t'en ai parlé de Sultan ?

Oui, tu m'en as déjà parlé. Tu perds la boule, ma vieille... J'aimerais mieux que tu me parles du premier homme que tu as tué, Simone, ce serait plus instructif. Je suis sûr que tout est là, que c'est celui-là qui explique tout... Tiens, c'est marrant, je la tutoie, à présent. Il faut que tu te surveilles, que tu gardes tes distances avec cette créature. Tiens-toi droit, mon vieux, ne montre pas que tu es à bout. Mon bâillon, elle va enfin me... Je veux bien, mais méfiance... Méfie-toi, si ça se trouve elle a dit ça pour te mettre en confiance, et puis au dernier moment... Tiens-toi droit sur ta chaise. Reste digne... Mieux que ça... Là, voilà... Parlez, Simone. Je suis à vous...

Le premier que j'ai tué, c'était l'homme de ma vie, mon biquet. *Étienne* ? Non, pas Étienne, lui, c'est autre chose...

Le type que j'avais épousé devant Dieu et les hommes, il s'appelait Félix. Ça remonte à 76, l'année de la sécheresse, tu te rappelles ? Mon homme, il avait tout pour être heureux avec une femme comme moi, d'ailleurs, si on réfléchit bien, Félix, ça veut dire quoi en latin ? *Heureux !* Ça veut dire heureux, Félix, tu vois... Bon, je dis pas que j'étais la crème des crèmes, j'avais mes périodes de renversement, comme tout le monde, mais dans l'ensemble je m'occupais bien de lui, je le négligeais pas. Je lui faisais des bons petits plats, et pas besoin de pleurer après les petites gâteries, pour ça, il était servi avec Simona. Le soir de nos noces, je lui ai fait le grand jeu, genre ceci est mon corps, prenez et buvez-en tout, suffit de demander, mon cher petit mari. Alors pourquoi il est allé voir ailleurs ! tu peux me dire ?... Il était bien avec moi, ce nul ! Si encore il était parti avec une fille bien, une fille qui l'avait dans la peau... Mais pas du tout ! Il est parti avec la pire, Odile Dartier, la petite allumeuse de la SED[1], une qui pensait qu'à ça, pouh... Et elle, pas besoin de se mettre en minijupe pour que les mecs se retournent sur elle, vu que des avantages, elle en avait jusqu'aux cheveux... Pouh, quand j'y repense, à cette vipère, tu vois, j'ai encore les larmes aux yeux. J'ai beau avoir cinquante-quatre ans, avoir digéré, tout le tralala, parfois, ça me prend les tripes je te dis pas... Pouh... Excuse-moi mon chéri, c'est l'émotion... Le pire, c'est que pendant cinq ans on s'est croisées dix fois par jour, vu que je bossais à la SOG[2] et que c'était à côté ! Je dis pas qu'on était copines, mais quand même... Odile, elle me disait, t'inquiète pas, Simone, les hommes, j'aime ça, ça me tient là, au bout d'un moment, il faut que je, mais Félix Dartevelle ! pas touche, je te ferais pas un coup pareil, quand même ! qu'elle disait en riant. Elle se foutait ouvertement de ma gueule, tu parles ! Parce que c'est bien elle qui me l'a piqué, quand même ! Il était pas mal, Félix, mais c'est pas une raison. Odile, des mecs, elle s'en payait tant qu'elle voulait. Ça durait jamais bien longtemps, avec elle. Elle pratiquait la politique des flux tendus, Odile, hop, un homme, un Kleenex, et toutes les filles étaient au courant de l'évolution des amours. Bien forcé, avec ses manies ! Tiens, quand elle avait fini avec un Kleenex, tu sais ce qu'elle faisait ? Elle arrivait au boulot sapée tout en noir, bas, robe, veste, foulard, tu lui voyais guère que le blanc des yeux, genre taliban, et elle desserrait pas les dents de la semaine. Qu'est-ce qu'on a

1. Section des Encaissements et Domiciliations.
2. Section des Opérations Groupées.

pu se marrer, quand même ! Si j'avais su qu'un jour ce serait le tour de Félix… Et puis un jour, elle s'est mise à le draguer. Elle l'agrafait dans les couloirs, elle lui faisait des ronds de jambe et des torticolis du cul… *Alors, Félix, comment ça va avec Simone, elle vous rend heureux, au moins ?* Félix, il planait à dix mille, il voyait pas où était le mal. En plus de ça, l'Odile avait toute une armée de rabatteuses. Si Félix allait à la cafétéria, elle était prévenue dans la minute, ça y allait, la boulisterie. Et hop, une apparition éclair, clope aux lèvres, la mine de celle qui vient combler un petit creux. Vous auriez du feu, mon petit Félix ? Un vrai harcèlement. Au passage elle se passait la main dans les cheveux, ah-ça ! elle avait de beaux cheveux, la garce ! Ou bien elle reboutonnait le haut de son chemisier en gonflant la poitrine, genre Birkin qui veut se faire aussi grosse que Lolo Ferrari. Et elle remettait ça à la cantine, au BO, à la salle de repos. Jusqu'à ce qu'elle trouve un nouveau mec à se mettre sous la dent. Alors là, envolé ! A p'us Félix. A p'us personne ! Elle gazouillait toute la journée, elle pérorait avec des fringues pas possibles. Jusqu'à ce qu'elle redébarque déguisée en Irène Papas… Alors là tu pouvais être sûre que la love story était finie. Une semaine de deuil, et c'est reparti. Ça a bien duré deux ans, ce manège. Et puis à la fin de l'été 75, *pouf, pouf, pique-nique-douille-c'est-toi-l'andouille ! C'est Félix qui s'y colle !* Ça s'est passé dans l'ascenseur de la boîte qui tombait en panne à tout bout de champ. Et tu sais comment je l'ai appris ? Eh ben, dans l'ascenseur, justement. Un midi, j'arrive aux Emmurées, j'étais de super bon poil, je tombe sur Roselyne qui sort de l'ascenseur, elle me fait *prends pas l'ascenseur, Simone, tu vas te faire du mal !* Moi, je la pousse, dis donc, mêle-toi de tes règles, ma cocotte ! Sans blague ! Et je tombe sur ce graffiti dégueulasse : *Mon premier est un con qui prend le deuil. Mon second oublie Simone entre les étages. Mon tout fait le va-et-vient.* Avec une flèche pointée vers la plaque du bidule : Roux-Combaluzier. Ça leur est resté, le surnom. Je suis allée directement à la mise sous pli automatique, où bossait Félix, j'ai foncé sur lui et je lui ai savaté l'endroit par où il avait péché. Il a couiné comme un goret. Je lui ai taquiné l'épaule en riant. *Mon pauvre chéri... Je t'ai fait mal ?* Alors il a commencé à dégoiser, comme quoi j'étais la plus salope de la Terre, que j'étais une fille givrée, tout le monde l'avait prévenu, épouser une folle pareille, fallait pas être bien malin. Je me suis tirée, je peux te dire que je savourais. Et puis j'ai été voir l'Odile à la SED, et j'ai tout dézingué dans son bureau. Heureusement pour elle, elle s'est planquée dans la cage de verre de l'inspectrice. J'ai cogné comme une folle sur la vitre, j'avais les poings meurtris. Odile, derrière la vitre, elle poussait des cris de chatte en s'agrippant au col de l'inspectrice, elle en menait pas large, la fille de l'air, et moi je la voyais carrément avec l'autre dans l'ascenseur, en train de se faire machiner... Ça m'a rendue folle. On a été obligé de m'emmener à l'infirmerie, avec des calmants, et puis un chauffeur m'a raccompagnée à la maison... Félix est rentré à minuit, complètement bourré, et ça a été ma fête. Il m'a insultée, et il a commencé à me donner un luxe de détails sur ses saloperies. Je lui ai dit de se taire, je me suis mise à pleurer. Alors il m'a carrément tabassée en me traitant de tous les noms. Et puis il s'est tiré. Il s'est installé chez l'Odile... Je te dis pas comment Simone avait la honte. Je rasais les murs, je montais mes six étages par l'escalier, plus question de prendre l'ascenseur. Tout le monde aux Emmurées était au courant, tu parles ! Je passais vraiment pour une conne. Félix et l'Odile, ils avaient changé de brigade, comme ça on s'évitait... Trois mois plus tard, ils se sont tirés. Tu sais ce qu'ils avaient fait, les Roux-Combaluzier ? Ils avaient postulé à une fiche de poste dans le Pas-de-Calais, le chef de Centre avait appuyé leur demande, vu qu'il commençait à en avoir marre des frasques de l'Odile. C'est pas qu'il me manquait Félix, mais ça me faisait tout drôle de me retrouver seule. Comme une conne j'ai un peu picolé. Et puis j'ai fini par enterrer Félix. Tout ça grâce à Myriam, la petite dactylo qui était venue me voir dans mon petit pavillon. Myriam, c'était pas Odile, mais elle avait une réputation de gourmande. Partout où elle passait, au feu les pompiers. Elle me dit fais comme moi, poulette, paie-toi du bon temps, les beaux mecs sont légion, qu'est-ce que tu crois ! Fais la fête. Oublie ce veau et sa poule. J'ai éclaté de rire, j'étais pas certaine que ce soit dans mes cordes. Alors Myriam, elle me dit faut savoir cultiver son charme, regarde-moi, poulette, est-ce que je postule pour Miss Univers ? Si tu les voyais manger dans ma main, les pauvres chéris ! Et puis l'été est arrivé. Myriam m'a fait faire la tournée des boîtes et des bars de nuit de Rouen. Elle m'a appris sa méthode en sept points. Un, jauger. Deux, approcher. Trois, appâter. Quatre, séduire. Cinq, consommer. Six, congédier. Sept, éliminer. Je lui disais, Myriam, ton truc, tu devrais le breveter, comme ça tu pourrais dire merde à la Peste ! Elle ajoutait en rigolant la septième, c'est réservé aux pots de colle, à n'utiliser qu'en cas de force majeure ! *J'y peux rien si je suis souvent tombée sur des cas de force majeure, tu comprends ça, mon chéri !*

Ça se passait pas trop mal pour moi. Je picorais à droite à gauche, des jeunes et des moins jeunes. Vite fait, bien fait. Fini le chiqué, les promesses, les singeries de la vie conjugale et toutes ces conneries. Je me suis payée une dizaine de mecs sur l'été... Avec Myriam on ratissait large. Le rupin au casino de Forges-les-Eaux, le populo à Robert-Diochon. Comme dit Jean-Benoît, dix mille beaufs hurlant après vingt débiles qui se chicorent pour une baballe, c'est une préfiguration de l'Enfer. Au casino, c'était pas mieux loti, mais au moins les parvenus ils boivent autre chose que de la bière. Et puis il y a eu la soirée au Split Club où j'ai failli me faire violer par un malade qui m'avait coincée contre la portière de ma voiture. Le type avait un couteau, j'étais bourrée, me demande pas comment j'ai réussi à m'en tirer. Quand je suis rentrée à la maison, je me suis dit Simone, arrête les frais, ça va bien comme ça, les mecs. Je m'affale dans le canapé, j'ai dormi jusqu'à midi. J'avais une gueule de bois pas possible. J'ouvre les yeux, hagarde, et là, qu'est-ce que je vois, vautré à côté de moi ? *Félix Dartevelle.* Pour une douche froide, c'était une douche froide. Il était pas beau à voir, il avait pris dix kilos, il puait la vinasse. Sur la moquette, un chantier de cannettes de bière. Ça m'a tout de suite dessoulée. Je lui demande ce qu'il est venu foutre chez moi, et lui il me répond qu'ici *c'est* chez lui. Il me laisse pas le temps d'en placer une, il me dit d'une traite Sim' j'ai-fait-une-connerie, faut-me-pardonner-Odile-c'était-qu'une-passade ! J'étais tellement sciée que je suis restée un moment comme une conne à gober les mouches... Et comme si ça suffisait pas, il m'attrape par la cheville et essaie de me faire tomber sur le canapé. Je me rétame sur les cannettes de bière, et ce salaud ça le fait rire.

— Tu tiens plus d'bout, ma pauv'e Simone !

Là, j'étais encore prête à lui pardonner, limite, mais j'étais prête. S'il s'était excusé, s'il avait viré sa graisse, à l'heure qu'il est il serait toujours en vie, Félix Dartevelle… Mais tu sais c'que c'est avec la Peste, quand ça vous tient au corps, ça vous lâche plus. C'est c'qu'il a dit juste après qui m'a donné à réfléchir. Parce que quand même, avant Félix, les hommes, c'était des sanctuaires, pas touche à la bête ! Et alors ce grand con de Félix il me sort en riant *je suis trop bourré pour faire l'amour, tu me fais une petite pipe, Sim' ?* Je l'ai tué, mon Félix. Dis, franchement, j'aurais été bien conne de faire autrement, putain ! les hommes, tu leur en laisses long comme la main ils te bouffent le bras, et après, ils attaquent l'épaule, et après c'est le cou, et au-dessus du cou, qu'est-ce que t'as, hein, mon chéri ?… QU'EST-CE QUE T'AS AU-DESSUS DU COU ? Tu réponds pas mon chéri ! T'as les chocottes ou t'es débile ! ! ! ! Mais réponds-moi à la fin… *Laisse-moi pas toute seule comme une conne, Dominique.* J'ai besoin qu'on m'aide… Je demande pas grand-chose, moi. Juste un peu d'affection, un poil de tendresse, et puis c'est marre… QU'EST-CE QUE T'AS AU-DESSUS DU COU ESPÈCE DE… OH ET PUIS MERDE ? TU L'AS BIEN CHERCHÉE CELLE-LÀ !

La tête. Au-dessus du cou, c'est la tête, Simone… Je le referai plus, madame Simone, je vous jure que je le referai plus… Faut pas me battre, ça sert à rien de me battre…

Eh ben voilà, tu vois quand tu veux… Y'a que ça qui marche avec les têtes de mule comme toi. La manière forte. C'est malheureux d'en arriver là mais y'a que ça qui marche… J'espère que t'as compris, à présent, mon chéri…

J'ai compris, j'ai compris…

Et alors ce grand con de Félix, il me dit en riant *je suis trop bourré pour faire l'amour, tu m'fais une petite pipe, Sim' ?* Non, mais tu t'rends compte, quel toupet ! Il m'attrape encore par la cheville, je venais à peine de me relever, je me suis recassé la gueule sur les cannettes illico, il me tire vers lui, et il commence à me fourrer la main entre les cuisses en bavant des horreurs. Il avait les yeux tout rouges, la bouche de travers, il écumait, il me foutait la trouille. Il a essayé de se lever sur son séant, j'ai senti à ce moment-là qu'il essayait de m'arracher ma petite culotte, et je l'ai repoussé d'une baffe, qu'à côté, celle que je t'ai donnée c'était une caresse, mon chéri… Il est tombé à la renverse sur le canapé en me disant que *j'étais pas gentille du tout,* tout juste s'il s'est pas foutu à chialer… Je me suis relevée, j'ai pété un talon, failli me faire une entorse, et là j'ai vu la tête toute moche de mon Félix, il commençait déjà à se relever, le salaud… Non-mais, ça va durer longtemps cette histoire ! J'ai tapé fort, j'ai tapé aussi fort que je le détestais, mon Félix, j'ai tapé, tapé, tapé. À un moment, j'ai été obligée de m'arrêter parce que le talon était resté coincé, je sais pas dans quoi il s'était enfoncé mais j'arrivais plus à le retirer, ça m'énervait drôlement… Alors j'ai attrapé une cannette de bière sur la moquette et j'ai continué à lui marteler la tête, bah-tiens, qu'est-ce qu'il croyait ce gros porc de Félix… Qu'est-ce que tu crois mon chéri ! *Quand on commence quelque chose, on finit,* comme elle disait maman, *tu sortiras pas de table avant d'avoir fini ton tapioca, prends exemple sur ta sœur Monique, elle mange de tout, elle, et c'est pas parce que la guerre est finie que ça va changer, c'est pas une raison, on n'est pas riches, on n'est pas nés habillés, on n'est pas des Illustres, ma fille...* Et j'ai cogné-cogné-cogné. Simone elle tapait tout ce qu'elle savait. Ça la rendait toute chose, elle poussait des petits cris en tapant, elle avait le corps tout mouillé mais c'était pas la sueur, enfin pas la sueur de la peau, c'était dans mon ventre, je savais pas qu'on pouvait avoir autant de sueur dans le dedans du ventre, et... Et j'ai fermé les yeux quand même parce que je voulais pas voir mon Félix pisser le sang. C'était la première fois que je faisais un truc pareil. J'avais déjà tué des bêtes qui piquent et qui pincent, parce que les insectes j'ai jamais pu les blairer, ces faux-jetons, c'est pas moi qu'irai foutre quarante balles dans *Microcosmos,* remarque les bêtes à poil et à plumes, j'aime pas trop non plus, mais tant qu'ils m'emmerdent pas je leur fous la paix. Sauf les araignées, alors là, les araignées, je suis comme Séraphine je peux pas supporter, qu'est-ce qu'elles viennent nous faire chier la vie ces sales bêtes répugnantes...

Et puis j'ai rouvert les yeux. Et là j'ai ri, parce que la godasse était plantée dans l'œil de Félix. Mais j'ai pas ri longtemps parce que c'était vraiment dégueulasse... J'ai fermé les yeux très fort, j'avais très mal et très peur. J'avais mal au ventre et à la gorge. Je suis tombée dans les pommes.

Quand j'ai rouvert les yeux Myriam était à côté de moi. J'ai mis du temps à réagir, j'avais complètement oublié notre petit pique-nique, on devait prendre le bac pour aller retrouver une copine de Myriam à Duclair, je devais m'occuper des œufs durs et des tomates, je m'en souviens comme si c'était hier… J'étais accroupie à côté de Félix. Je pleurais. Je me souvenais plus de rien. C'est après que ça m'est revenu. Quand Myriam m'a dit que j'étais en train de lui tapoter la poitrine avec le goulot fracassé de la cannette. Et que je riais comme une dingue.

Elle a pas dit un mot. Je la revois se pencher sur le corps, lever un bras, prendre le pouls.

— Il est mort, elle a dit, pas plus impressionnée que ça par son visage en charpie.

— T'es certaine qu'il va pas se réveiller? je lui fais.

Myriam a ri nerveusement et m'a bercée dans ses bras en me disant je suis là, je suis là, puis elle m'a fait boire un verre de calvados et puis des calmants, putain, comment elle faisait pour rester aussi calme! C'est seulement après qu'elle lui a ôté le talon de la joue. Je voulais appeler la gendarmerie. Elle m'a dit t'es malade ou quoi, tu vas quand même pas foutre ta vie en l'air pour ce salopard, on va bien trouver un moyen d'arranger le coup… Je me suis recroquevillée dans un fauteuil en me rongeant les ongles, tandis que Myriam faisait glisser la bête sur un drap le long du canapé. Elle m'a demandé si je me sentais en état de conduire. Je voyais pas où elle voulait en venir, je lui ai dit oui, ça ira. Elle m'a bisoucaillé le front, elle a dit parfait.

À deux heures du matin, tous les pleupleus du lotissement en écrasaient, Myriam a reculé la 504 de Félix contre la porte d'entrée. On a chargé le blaireau sur la banquette arrière et elle s'est installée au volant. Je la suivais dans sa caisse, fallait pas que la mienne bouge de la nuit. Elle m'épatait Myriam, t'aurais cru qu'elle avait passé sa vie à escamoter des cadavres.

On a roulé longtemps sans croiser un pleupleu. Et puis dans un virage en haut d'une côte, on a installé Félix au volant de son engin, elle a juste dit le tournant du diable, il pardonne pas aux tarés du volant. Cinq morts en quatre ans. La 504 a fini dans le ravin, flouffff, ça a flambé aussi sec, dis donc ! Myriam m'a prise dans ses bras, un petit baiser sur le coin de la bouche, et voilà, c'est fait, elle a murmuré. Moi j'ai chialé, les nerfs ont lâché, et je suis allée dormir chez elle, j'ai dormi pendant vingt-quatre heures... Le surlendemain, les gendarmes sont venus chez moi m'annoncer le décès de Félix. J'ai accueilli la nouvelle dignement, j'ai dit on avait beau être séparés, quand même, ça fait tout drôle... Ils m'ont présenté leurs condoléances et se sont tirés. Et voilà, ce coup-ci j'étais veuve pour de bon, mon chéri, toute seule avec ma solitude, comme elle dit la chanson...

Elle te dit pas ce qu'elle a fait du bébé, la mère Simone...

Non...

Elle te dit pas comment elle s'en est débarrassée, cette criminelle...

Meuh... Monique...

Elle l'a assassiné le bébé qu'elle a eu avec son Félix...

L'écoute pas mon chéri !

Mais... qu'est-ce que c'est que ce prodige... Elle... on dirait qu'elle... on dirait qu'elles sont... DEUX !

Elle l'a enterré dans le jardin le bébé...

L'écoute pas cette demeurée !

Avec tous les autres z'enfants la vilaine...

Ça suffit Monique !

T'ES UNE CRI-MINELL'-EUH !
ÇA SUFFIT !

Mon Dieu, elle se... GIFLE !

C'est ça ma fille, pigne, ça t'f'ra du bien... T'en as pas assez pris des baffes, p'tite bourrique...

Oh nom de Dieu où est-ce que je suis tombé...

Tout ça, c'est de la jalousie, tu comprends... Elle est jalouse parce que Simone elle ramène des hommes à la maison... J'ai jamais eu de fils. Jamais... JAMAIS... Simone avec un lardon, mais mon pauvre chéri, c'est comique ! Simone avec de la barbaque qui bouge dans le ventre, qu'est-ce qu'elle va pas inventer pour se rendre intéressante... Simona elle *déteste* les mouflets, Dominique. T'entends ? J'aime pas les mouflets. *Je veux pas en entendre parler de ces petites bêtes qui montent, qui montent...* Simone, elle a jamais eu de mouflets, ben manquerait plus que ça. Elle a jamais eu de Félix non plus... J'ai tout inventé, mon chéri. Simone elle a eu des hommes, des tas d'hommes, mais pas de Félix, hi-hi-hi-hi ! Ça te la coupe, hein ?

C'est pas vrai ! Tu mens !

Non mais tu l'entends cette pouffe ! Tu me vois, Simona, avec la bague au doigt...

Menteuse !

T'en veux une autre, Monique ?

Bou-ouh...

Parce que si t'en veux une autre, faut le dire ma vieille ! Simone elle est pas chienne...

Pisque c'est ça je dirai plus rien, na ! Je te laisse toute seule avec l'Illustre !

C'est ça, va-t'en...

Félix, c'était le prénom de mon papa… Mon petit papa chéri qui est mort en sautant sur une mine sur la plage d'Arromanches en août 1944, boum, une bombe lui a ouvert le ventre. *Boum... boum... boum !* Pauvre petit papa, les tripes au soleil, il a pas souffert, remarque, quand tu pètes sur une bombe, t'as pas le temps de souffrir. Enfin, c'est ce qu'a dit le gradé américain quand il est venu annoncer la nouvelle à maman. Moi je sais qu'on ressent comme une grande faux qui vous déchire le ventre. Ça dure pas longtemps, une nanoseconde, elle a lu, Simona, mais on a quand même le temps de le sentir. Par contre, on a pas le temps de penser qu'on va mourir, à ce qu'il paraît, ou si on y pense on meurt juste en même temps alors ça vaut pas… Maman aussi elle a fait boum, juste après. Maman elle s'est ouvert le ventre, un ou deux jours après. Elle pouvait pas rester un jour de plus avec son ventre rond, maman. Mais maman elle a pas sauté sur une mine, elle a sauté sur un bonhomme qui lui a fourré sa pine dans le ventre. Et quand le ventre s'est ouvert, qui est arrivé, hein ? Qui est arrivé, en faisant gniiiii-gniiii-gniiiii-gniiiii parce qu'elle avait mal ?! SIMONA ! Oui, mon chéri, Simona… Simone Dubois. Simone la Peste. Elle avait mal, Simone. Elle a eu mal toute sa vie, Simone. Elle a eu mal et elle a fait le mal, Simone, elle a tellement aimé ça, faire le mal. Et c'est pas fini, mon chéri, oh non, c'est pas fini. Elle va te faire du mal, Simone. *Elle va te zigouiller, mon pauvre Dominique !* Elle a pas le choix, personne y peut rien, c'est comme ça, c'est la vie, c'est écrit quelque part, là-haut, enfin, là-haut, je sais pas, moi, je m'en fous, après tout, que ce soit au grenier ou à la cave, j'en ai rien à secouer, moi, tu comprends ! Le principal c'est que ce soit écrit, le reste… Le reste, c'est de la littérature… Tout ça, c'est à cause de toi, Monique. *Dis Monique, tu m'entends espèce de peste ?* Ah-ah, elle se planque ! Elle a pas envie de se ramasser une claque, elle est pas très courageuse, la sœur… Beuh dans un sens, c'est mieux… COMME ÇA ON VA ÊTRE TRANQUILLE ON VA POUVOIR S'AMUSER TOUS LES DEUX MON PETIT CHÉRI !

ZÉRO !

Simone Dubois (1944)

T'es soulagé, mon chou ? Tu te dis, ouf, la folle elle a tout inventé, si ça se trouve, avec un peu de chance, elle va me relâcher, elle va dire, coucou, poisson d'avril, toutes ces histoires horribles, c'est du pipeau, elle a jamais fait de mal à une mouche, Simone... C'est ça que tu te dis, pas vrai ? Tant qu'il y a de la vie, il y a de l'espoir, sauve qui peut la vie, c'est ça que tu te dis, hein, Dominique ? Eh ben, tu te mets le doigt dans l'œil, mon pauvre ami... Parce que Simone, elle les a tués, les types ! Mais pas comme tu crois. Pas comme je t'ai raconté.

Mais...

Tu me crois quand même pas assez conne pour bousiller la moitié des types avec qui je couche ! Tu me déçois, Dominique, tu me déçois beaucoup, je te croyais plus intelligent...

Oh nonnnn ! ! !... C'est pas vrai ! Mon Dieu, dites-moi que je rêve...

Et roule pas ces yeux-là ! Je vois bien que tu me prends pour une pauvre petite postière bête comme ses pieds, je suis pas conne, quand même… Tout ça, c'était pour te chauffer, mon chéri. Pour être certaine que tu étais *digne de moi*. J'ai toujours aimé ça, raconter des histoires… Quand j'étais gosse, je voulais faire du théâtre, mais à Saint-Martin-des-Besaces, le théâtre, c'est dans les champs que tu le fais, et les spectateurs, c'est trois bêtes à cornes, la Marie qui boite et un chien galeux, qu'est-ce que tu veux, la campagne, c'est bien pour le grand air, mais sinon tu te fais chier… Enfin, bon. Je vais pas m'apitoyer. On n'a pas que ça à foutre, mon chéri…

Mais tu sais, je les ai tués *quand même*. Je suis pas une menteuse. Et tous les dix, encore. Félix Dartevelle, Jean-Lucien Caroubier, Bruno Le Meur, Gilbert Mazeau, Monique Toudic, Patrice Gascon, Éric Blin, René Dussidour, Régis Toucan et Jean-Paul Bousquet. Ils sont morts par ma faute, les pauvres chéris, ça, je peux pas dire le contraire. Enfin, par ma faute, c'est vite dit ! Ils sont morts à cause de la Peste, c'est ça qu'il faut dire, c'est la pure vérité ! Les pandores, ils me croient pas… Tiens, Marielle, depuis que je suis née, il m'a toujours prise pour une débile profonde, mais il va comprendre sa douleur, celui-ci, il va regretter de ne pas avoir pris une retraite anticipée, parce que je vais lui faire la peau à ce gros con de gendarme !

Mais... Simone... Pourquoi m'avoir raconté toutes ces histoires, à moi précisément ? Pourquoi me torturez-vous ainsi ? Que me voulez-vous, enfin ? Vous ai-je causé du tort ? Il faut me le dire, Simone, sinon, je ne pourrai pas avoir confiance en vous. Je puis vous aider, vous savez...

Qu'est-ce que tu baragouines encore dans ton Albuplast, mon pauvre chéri ! Je puis, je puis… Mais tu puis rien du tout, pauvre imbécile ! C'est moi qui puis, c'est moi qui dirige les débats, mon chéri ! C'est comme à la télé, avec *Anne*, hi-hi-hi…

À la télé…

T'es là, comme une pauv' larve, à pisser dans ton froc tellement t'as la trouille, tu t'demandes comment t'es tombé entre mes mains, et en plus tu fais le malin ! Eh ben, t'es pas fier, pour un ministre ! Tu t'es vu, hein, tu t'es vu ? Mais t'as l'air tout nu sans ton petit costard ! *C'est moi qui puis*, Dominique… Et je raconte ce que je veux à *qui* je veux, *quand* je veux et *où* je veux, tu m'entends, banane ? ! ! Hoche la tête si tu m'entends, allez…

Oui Simone. Oui, maîtresse… euh, oui, madame. J'ai compris. Je me tais.

Ben voilà, tu deviens raisonnable ! Non mais, sans blague, c'est lequel de nous deux qui est ficelé comme un Justin Bridoux ! Hein ! *C'est lequel de nous deux, Dominique ! ! !*

C'est moi, Simone. C'est moi… Mais s'il vous plaît, arrêtez de m'appeler Domi… nique !

De quoi ! De quoi…

Non, j'ai rien dit, maîtr... Je vais encore me ramasser une baffe si je... pense trop fort, j'ai rien dit, Simone.

Mais non, au contraire, j'aime bien quand tu m'appelles «maîtresse», tu sais! Tu vois, on peut rien cacher à Simona. Elle lit dans toi, Simona... Simona elle est *té-lé-pathe*, ça t'épate, hi-hi-hi-hi?... Et si tu m'crois pas, alors là, j'en ai rien à foutre, pfffouh... Allez, docile, le gentil garçon, DO-CIL'... C'est comme ça que j'les aime, les gars, tout doux... Oh! mais tu piques! Elle a poussé sa barbe, depuis ce matin... J'aimais mieux quand t'avais ton petit duvet tout doux, Dominique, ah oui, vraiment. Si j'ai le temps, tout à l'heure, j'irai chercher le grand rasoir du vilain receveur et je te ferai la peau, hein?... Beuh, fais pas cette tête, c'était pour de rire... c'est la barbe que je te ferai! Bon, je te dis pas qu'ce sera parfait, vu qu'il est quand même un peu ébréché sur les bords le grand rasoir du vilain receveur, mais au moins tu seras plus présentable pour quand les journalistes arriveront. Parce qu'ils finiront bien par arriver, ces charognards, t'inquiète pas. Simona elle a tout fait pour ça. Ça fait longtemps qu'elle préparait c'coup-là, Simona, oh oui!... Ce grand nigaud de Marielle, il croit qu'il va me baiser dans les grandes largeurs mais il se fout le doigt dans l'œil: c'est moi qui mène la barque, ah, mais! Les pandores ils vont bien être obligés de me croire parce que c'est la vérité, banane! Ce que je t'ai raconté aussi, c'est la vérité. J'ai juste un peu maquillé, Dominique... J'y peux rien, je peux pas m'empêcher. Simone elle a toujours été une sale menteuse. A toujours fallu qu'elle invente des histoires pour se faire remarquer! *Mais c'est pas ma faute, m'man! C'est la faute à Monique, m'man! Elle fait rien qu'à me suivre, et à répéter tout c'que je dis, j'en ai assez, m'man... Je lui ai donné une paire de claques, il fallait bien, sans ça elle m'aurait suivie toute la journée... Cette gourde de Monique elle a toujours été dans mes pattes, merde !* MERDE-MERDE-MERDE ! J'avais dit que je parlerais plus de Monique... Pour une fois qu'elle me fout la paix ! C'est plus fort que moi, tu comprends, faut toujours qu'elle la ramène, cette salope, elle fait ça rien que pour me contredire, et moi j'arrive jamais à tenir ma parole. Elles ont raison les filles de la Peste, j'ai une parole de pute. Simona elle vaut rien, ça la mènera à sa perte de jouer la pute, *non mais, sans blague, t'as vu comment tu t'habilles, à ton âge, ma pauvre Simone, si c'est pas malheureux !* Tu sais ce qu'il te dit mon âge ! Je suis pas plus moche qu'une autre. C'est des jalouses. Elles sont jalouses que j'aie pas un poil de graisse. Elles en peuvent plus, les miss Light. Ça les démange que je raconte tout le temps des histoires de cul. Ça les énerve que je fais rire les gens avec mes histoires. C'est parce qu'elles ont pas d'imagination, ben-tiens ! Jalouses de Simone, *ouh-c'est-pas-beau-la-jalousie-les-filles !...* N'empêche, tout ce que je t'ai raconté sur les filles de la Peste, c'est la vérité vraie ! Ce qu'il y a que j'ai menti, c'est sur les gars. Les mâles, je les ai pas tués comme je t'ai dit, les mâles, mais qu'est-ce que ça peut faire puisqu'ils sont morts *à cause de la Peste quand même*, hein ! Qu'est-ce que ça peut faire, mon chéri, on s'en fout, c'est le résultat qui compte, n'est-ce pas ! Ah, ils veulent du résultat, les inspecteurs ! Ils veulent du chiffre ! Eh ben, ils sont servis avec Simona... Et les gendarmes ils vont voir, il va moins rire le gros Marielle quand il va voir que Simona elle a fait disparaître onze mâles de la surface de la Terre, comme ça, *schlak*, enfin, onze, j'exagère, parce que toi, t'es toujours là,

Dominique ! Et si ça se trouve je vais même pas te tuer, mon chéri, si ça se trouve, le grand rasoir ébréché du vilain receveur, je m'en servirai que pour te faire la barbe… Mais c'est pas sûr, ça, on peut pas savoir à l'avance, *Simona elle a pas encore décidé*… mais si je veux, couic, ça c'est sûr… Allez, bon, dix, onze, on va pas chipoter… Ma mère, c'est ce qu'elle disait toujours quand elle rendait la monnaie à la boucherie de papa à Douvres-la-Délivrande. Neuf cents grammes, un kilo, on va pas chipoter dites donc, des fois la balance elle triche pour vous, faut pas croire, c'est capricieux ces petites bêtes-là, et puis vous êtes quand même pas dans la misère madame d'Ornano, votre mari il a une belle situation, tandis que chez les Dubois, ben je vous garantis que si mon mari était pas dans la viande, c'est pas dit qu'on mangerait à notre faim tous les jours, et les filles, vous avez vu, les poids plumes que c'est ? Eh ben, faut pas vous y fier, elles mangent comme quatre, les chipies. Simone, ça va encore, mais Monique, alors là, quel appétit, cette grosse pouffiasse de Monique, c'est un vrai gouffre…

Ben oui, mon chéri, ma mère elle était un peu voleuse sur les bords, et alors, j'y peux rien, moi. Mon père, enfin mon beau-père… s'il avait su qu'elle bidouillait la balance de temps en temps, qu'est-ce qu'elle se serait pris ! Parce que lui, attention, ça y'allait la badine, ouh-la ! Une vraie peau de vache ! Sauf avec Monique. Il était tout doux avec Monique. Mais je sais bien pourquoi, moi. Je sais pourquoi il était tout doux avec Monique… Moi, une fois, il a essayé, le salaud ! C'était trois ans après la mort de maman. M'man, elle est morte d'une leucémie, Simone elle venait d'avoir douze ans, j'aime pas trop parler de ça…

Eh ben, n'en parle pas...

Quand m'man est morte, mon père, enfin, le salaud qu'a pris sa place, il m'a placée comme apprentie dans un atelier de confection à Bayeux, mais j'ai claqué la porte à cause des saletés de contremaîtres, toujours à te postillonner dans le bec comme des nazis, jamais contents, et la main baladeuse par-dessus le marché, moi j'avais treize ans, tu t'rends compte ! Les chefs, je peux pas les saquer, ça remonte à loin ! Je me suis tirée, je suis revenue à la maison. Monique, elle faisait un CAP de coiffure à Caen, elle faisait la maline avec sa coupe à la Sylvie Vartan... Mon père, il a dit bon, ça va pour cette fois, je te mets à la caisse à la boucherie jusqu'à ce que tu trouves un boulot mais faudra pas traîner le soir dans les rues comme ta frangine, sinon c'est la pension chez les Sœurs ! Simone, elle avait pas besoin de traîner dans les rues le soir pour courir un danger, le danger il était à la maison. Un jour ce gros lard a commencé à me tripoter au milieu des quartiers de viande, beurk, quel gros dégueulasse, il disait, ben quoi, ma p'tite Simone, t'es formée, t'es une petite femme à présent, y'a pas mal à s'faire du bien... Il était saoul mais quand même... Je lui ai balancé une bonne patate dans les rognons et on n'en parle plus, pépère... Le lendemain, pépère, il a plus revu Simone. La dernière fois que je l'ai vu, c'était quelques jours après la mort de Monique Toudic, la vraie, pas celle que je t'ai racontée, tu vois ça remonte à loin, 1987, par là... Si je le croiserais dans la rue je serais incapable de le reconnaître, d'ailleurs ça risque pas d'arriver parce que ça fait un bout de temps qu'il moisit au Bon-Sauveur de Caen et faudrait me payer cher pour que j'y mette les pieds !

Ensuite, eh bien, je me suis démerdée. J'ai été voir une tante qui habitait à Bayeux, la sœur de maman, et j'ai trouvé une place chez un notaire du coin. Je faisais la bouffe, la couture, les courses, le ménage, j'étais leur esclave, quoi ! C'était des gens cons comme des balais de chiottes, gros et moches avec ça, et tellement près de leurs sous qu'ils devaient les planquer sous leurs poignées d'amour… En plus de ça, le fils de la maison me courait après et il avait une mauvaise haleine, alors c'était sans espoir son affaire. Je suis restée une semaine en leur piquant trois mille balles et un peu d'argenterie. Après, j'ai été gardienne au musée du Débarquement d'Arromanches, mais ça me faisait trop penser à mon papa qui avait sauté sur une mine à Utah Beach, alors je suis pas restée longtemps. Ensuite, j'ai été serveuse à Bayeux, ça me plaisait bien, serveuse, je voyais du monde, ça me déniaisait un peu, je me faisais plein de pourboires, le seul truc qui m'énervait, c'est les types qui s'amusent à défaire le nœud de ton tablier, alors ça, ça me foutait dans une rogne pas possible. J'étais de repos le lundi, tous les lundis je rentrais à Saint-Martin. Et c'est comme ça qu'un soir j'ai revu Patrick. On était fin 1960, j'avais seize ans et j'étais belle comme une fleur, je te promets. Patrick, mon amour de jeunesse, enfin, amour, le premier qui m'a pelotée, dans les autos tamponneuses, à la fête du village, et quand il m'apprenait à tirer à la carabine non plus il se gênait pas, je t'en ai pas parlé de Patrick ?

Bon, ben, j'aurais dû, parce que c'est comme ça que tous mes malheurs ont commencé. Et si t'es ici, ficelé comme une botte d'asperges, mon pauvre chéri, tu peux dire merci à Patrick, parce que sans lui, tu serais pas là ! Sans lui, tu serais libre comme l'air, ah-ah-ah… C'est trop bête, tu trouves pas ?

Patrick… Étienne… J'y comprends plus rien… Mon Dieu, aidez-moi… je vous en prie…

Saint-Martin-des-Besaces, 13 heures 40.

Le brigadier trépignait. Le dernier appel de Simone remontait à près d'une heure. Depuis, silence radio. Il avait mis à profit cette attente pour appeler toutes les amies de sa femme sur le téléphone de l'estafette. Dans son malheur il avait eu de la chance : la voleuse ne lui avait pas piqué son carnet d'adresses. Aucune d'entre elles n'avait eu de ses nouvelles dans la matinée. Il s'apprêtait à faire un tour plus approfondi du canton lorsque son portable sonna.

— Ça va comme tu veux, mon petit Marielle ?

— Qu'est-ce que tu fous, Simone !

— Tu as bien fait ce que j'avais demandé ?

— Mais tu m'as rien demandé.

— Je t'ai demandé de ne pas entrer dans le jardin.

— Écoute, Simone, on n'a pas bougé d'un poil...

— J'ai bien vu, imbécile !

— Alors arrête de tourner autour du pot ! Que veux-tu exactement ?

— Un peu de patience, mon chéri, gloussa Simone.

— Un peu de patience ! Mais ça fait deux heures que tu me fais tourner en bourrique !

— C'est pour mieux t'entendre braire, mon chéri.

— Cette fois, ça suffit, Simone ! J'ai été patient jusqu'ici, mais là, ça commence à bien faire…

— Ben faut pas t'énerver, Marielle !

— Qui me prouve que tu as un otage ?

— Je vais te le prouver, Marielle. T'as un fax dans ta guimbarde ?

— Évidemment que j'ai un fax !

— Donne-moi ton numéro.

Le brigadier déclina le numéro de fax du véhicule de gendarmerie.

— Qu'est-ce que tu veux m'envoyer, Simone ?

— Je vais t'envoyer une photo du lascar. C'est un polaroïd, mais tu verras que je te raconte pas d'histoires… Tu sais qui c'est, mon otage ?

Le brigadier soupira.

— Mon otage, c'est le ministre, Marielle.

— C'est ça ! Et moi je suis le pape !

— Le ministre de la Peste en personne, si tu veux savoir…

Le brigadier Marielle coinça son portable sous son aisselle et chuchota : « Putain, les enfants, cette fois, elle est vraiment disjonctée, la mère Simone. Elle prétend détenir le ministre en otage. » Puis, reprenant sa conversation avec la forcenée :

— Et on peut savoir où tu l'as trouvé, le ministre ?

— Et où tu crois que je l'ai trouvé, ducon ? Aux Chiffonniers d'Emmaüs !

— Arrête de m'insulter, Simone !

— Je l'ai trouvé chez lui, pardi ! C'est aussi simple que ça.

— C’est pas drôle, Simone. Passe-le-moi, ton otage !

— C’est encore trop tôt, Marielle. Beaucoup trop tôt ! À bientôt mon chéri !

Raccroché.

DEUXIÈME PARTIE

LA VOCATION DE LA PESTE

le 5-12-93 je t'ai envoyé un ccp de
120 F arrêté (l'eau) à 79 m^3
En partant j'ai relevé 84 m^3, j'ai ajouté
2 m^3 pour l'arrosage du jardinet
5 + 2 = 7
à 6 F (mais est-ce bien 6 F ?)
tu me diras s'il te plaît
il fait froid

Louis Dampierre
chèque de 42 francs
à l'ordre de Jean Bourdieu

Patrick (1950)

J'avais seize ans, j'étais belle comme une fleur. Patrick, il en avait dix-sept. On se connaissait depuis qu'on était petits. On était nés tous les deux à Saint-Martin-des-Besaces, on était allés à l'école ensemble avec la mère Dupleix. Une drôle de bonne femme, la mère Dupleix, une boiteuse avec des cheveux longs qui lui tombaient presque sur les fesses. Elle aurait couché avec un Boche à ce qu'il paraît. Alors forcément, à la Libération, rasée, la mère ! Les Résistants ils rigolaient pas. Et depuis, pour se venger, elle se serait plus jamais coupé les cheveux. Remarque, celui qui racontait ça, j'ai entendu dire qu'il avait été collabo et qu'il avait dénoncé la mère Dupleix pour éviter qu'elle le dénonce, ce fumier… Enfin-bref, la mère Dupleix, c'était une brave femme, elle faisait de mal à personne, au contraire ! Parce que sans elle, Simona elle saurait ni lire ni écrire… Y'a juste une fois où je lui aurais bien glissé une peau de banane sous le pied, c'est le jour où elle m'a confisqué mon taille-crayon parce que je collectionnais les épluchures de crayon de couleur pour faire des couronnes pour mettre dans mes cheveux, moi je trouvais ça joli, je mettais du vernis dessus, c'était artistique, mais elle, elle appréciait pas du tout ! Enfin, bref…

Patrick et moi, on était dans la même classe. À nous deux on faisait la paire. Lui prix d'excellence, moi prix de consolation ! C'est pas que j'étais spécialement nulle, mais j'écoutais jamais. J'avais la tête ailleurs, j'étais tout le temps dans la lune. Et quand je remettais les pieds sur terre, j'étais tout le temps en retard d'un train. Pas comme Patrick qui en avait toujours un d'avance. Quand on a été élevé dans les livres, c'est facile ! Lui, il avait tout ce qu'il faut à la maison, il avait des parents éduqués. Moi, à part le catalogue La Redoute et *le Bonhomme Libre*, j'avais que mes yeux pour pleurer. Et je pleurais souvent, à cause que les parents de Patrick voulaient pas qu'on se fréquente. Sa mère, ça allait encore, elle me trouvait mignonne comme tout, mais son père, c'était un coincé, il était trop rigide de la tête, il disait que j'entraînais son fils. Il disait que j'étais une incapable, que je passais mon temps à jouer au lieu de faire mes devoirs. Que je disais des gros mots. Que je faisais des grimaces. Que je lui pourrissais l'atmosphère, à leur rejeton... Pourrisseuse d'atmosphère ! Pourrisseuse d'atmosphère ! Est-ce que j'ai une gueule de pourrisseuse d'atmosphère, moi !...

Ils voulaient pas, mais on se voyait, tu parles. Et on se cachait pas. On se promenait main dans la main. On f'sait semblant d'se bécoter. Son père, il me traitait de dévergondée ! Surtout après le jour où je lui ai montré ma culotte, au père Lhermite. J'étais avec ma maman qui allait chercher son colis de La Redoute, elle était toute contente parce qu'elle avait commandé une jupe-culotte et un panty avec de la dentelle. J'avais six ou sept ans. Le père Lhermite, il était receveur à la Peste à Saint-Martin. Derrière son guichet, il m'énervait, avec sa moustache et son air méchant. Le genre supérieur qui te prend de haut, tu vois ? Alors je sais pas ce qui m'a pris, j'ai soulevé ma jupe et je lui ai montré ma culotte, na. La tête qu'il a fait ! Il s'est penché vers maman et il lui a dit quelque chose à l'oreille. Maman s'est retournée, elle m'a collé une gifle et elle a dit :

— On ne montre pas sa culotte à monsieur le Receveur ! Voyons, qu'est-ce qui te prend ! Voyons, Simone, c'est pas comme ça qu'on t'a élevée, tu vas présenter tes excuses à monsieur le Receveur, tout de suite, allez…

Le père Lhermite, derrière son guichet, il a fait, tttttt-ttttt-ttttt, laissez, madame Dubois, laissez, ce n'est qu'une enfant, pensez-vous… Mais je voyais bien qu'il n'en croyait pas un mot ce vieil hypocrite, il devait se dire si elle tâtait un peu plus souvent du martinet, la môme Simone, ça ne se passerait pas comme ça, ah-mais !… Maman, elle a baissé la tête, elle avait honte, encore heureux, y'avait pas d'autres gens dans le bureau de Peste, et elle m'a entraînée vers la sortie en me tirant par les cheveux. Dehors elle a recommencé à m'avoiner.

— Simone, qu'est-ce qui t'a pris, espèce de petite gourde ? Tu n'as donc aucun jugement ! Et le Receveur qui va le raconter à tout le bourg, tu sais bien qu'il parle à tout le monde à tort et à travers, mais qu'est-ce que j'ai fait au bon Dieu pour accoucher d'un engin pareil !

Moi, je me suis mise à pleurer en me frottant les yeux. J'ai dit à maman :

— M'man, je suis pas un engin, je suis ta petite puce, tu m'as dit que j'étais ta petite puce ! Les engins, c'est les garçons.

— Ah oui ?

Et vlan, une baffe.

— C'est les garçons qu'ont des engins, m'man !

Maman elle a encore tapé, plus fort, mais elle a loupé son coup. Elle était excédée. Elle a voulu remettre le couvert mais je me suis enfuie. J'ai pleuré jusqu'à la maison qu'était à cent mètres de là, juste après le presbytère. Et là, quand maman est revenue avec sa vieille paire de sabots, j'ai compris que Simona allait passer une heure à genoux dans les galoches, qu'est-ce que ça fait mal, cette saloperie, quel est l'imbécile qui a inventé les sabots ! Et je me suis dit *Simona, si t'inventes pas un gros bobard là, tout de suite, t'es foutue, toute ta vie on te cherchera des noises, y'aura toujours un illustre pour te faire la leçon, tu seras jamais peinarde, alors fais quelque chose, Simona, vite !*

VITE...

J'ai hurlé en mettant ma main devant mes yeux, prévoyante la Simone :

— C'est lui qui m'a demandé, m'man !

J'ai entendu le choc des sabots de bois qui tombaient lourdement sur les tomettes, et puis maman a dit :

— Lui qui, Simone ?

— Lui-le-Receveur-de-la-Peste ! Ce vilain...

— Monsieur Lhermite ? Et... Et qu'est-ce qu'il t'a demandé, monsieur Lhermite ?

La main de maman est remontée à la hauteur de son front, elle avait les yeux comme les chouettes, ça sentait la correction à plein nez. Fallait que je fasse vite et bien.

— C'est l'aut' fois, quand je suis allée jouer avec Patrick.

— Je croyais que tu le voyais plus l'Patrick... Qu'est-ce qu'il t'a demandé, ma fille ?

— Que je lui montre ma culotte, m'man !

— Qu'est-ce que tu dis ? !

— Il m'a dit Simone, de quelle couleur elle est ta petite culotte ? Tu me la montrerais, dis ? C'est ça qu'il a dit, monsieur le Receveur !

— Et qu'est-ce que t'as fait, ma poule ?

La main de maman est retombée sur son tablier. J'ai bien vu qu'elle hésitait. Elle a frotté sa main sur le tissu comme si elle était pleine de fiente de canard et puis elle s'est essuyé les yeux avec les poings. Là, j'ai pris un air piteux et j'ai baissé la tête en me bouffant l'ongle du pouce.

— T'as quand même pas…

J'ai hoché la tête en tétant mon doigt.

— Oh ! mon Dieu !

Et aussitôt, maman elle a commencé à pleurer en silence, en secouant la tête. Elle a ajouté :

— Et après ?

— Après, monsieur Lhermite, il m'a dit à chaque fois que tu me verras, il faudra me montrer ta culotte, ma petite Simone, sinon le facteur ne distribuera plus le courrier chez tes parents… Et je ne veux plus que tu adresses la parole à Patrick, entendu ? Sinon, c'est la fessée devant tous les clients…

Maman m'a regardée d'un air effaré. Et là, j'ai décidé d'abréger son calvaire.

— C'est tout qu'est-ce qu'il a dit, m'man.

Maman a fait ouf et ne m'a plus posé de questions. Elle a pleuré pour de bon et au bout d'une minute, elle a laissé tomber en s'essuyant les yeux :

— J'ai toujours trouvé qu'il avait une tête de pervers, ce crétin de receveur. Viens dans mes bras, ma petite fille, oh ! ma toute petite !

Tu vois, Dominique, avant ça j'avais jamais menti à personne, sauf à mon doudou, mais c'était pour jouer… Et au curé, à confesse, quel curieux, celui-là ! Mais là, j'ai compris que je serais une très bonne menteuse.

Le lendemain, ma mère est allée raconter l'affaire au maire de Saint-Martin et à la mère Dupleix. Le curé aussi il a su, quand je suis allée à confesse pour le Vendredi Saint. La mère Dupleix m'a convoquée, avec la famille receveur, tout ça, et moi je me suis pas dégonflée ! J'ai pas changé une virgule. Ils en ont même parlé au conseil municipal. Le père Lhermite il a dû le regretter toute sa vie de m'avoir empêchée de parler à son Patrick. Obligé de placarder une affiche à l'entrée du bureau de Peste, comme quoi il réfutait toutes les horreurs proférées contre lui, un truc comme ça. Pendant plusieurs mois, y'a même des gens qui allaient poster leur courrier à Saint-Ouen-des-Besaces pour pas rencontrer l'affreux. Et puis tout ça c'est retombé… Patrick et moi, à Saint-Martin, on avait plus de chances de croiser le général de Gaulle que de se parler. À la récré, la mère Dupleix nous empêchait de communiquer. La receveuse venait chercher son fils à la sortie de l'école. Le jeudi elle le lâchait pas. Ou alors elle lui mettait une tante dans les pattes, au Patrick. Seulement un jour, j'ai réussi à passer à travers les mailles du filet. On s'est retrouvés un dimanche, à un tournoi de sixte à Caumont-l'Éventé. Maman elle venait de se mettre en ménage avec son boucher, René il s'appelait, je devais avoir neuf ou dix ans, je repiquais mon CM1. Lui, il était déjà du certif'. Comme le foot ça m'ennuyait, je me suis faufilée à la buvette et là, qui je vois, buvant une grenadine ? Patrick. Moi, tu comprends, j'étais toujours amoureuse de lui. J'ai jamais cessé d'être amoureuse de lui, ça m'a fait un choc de l'avoir sous le nez. On est restés comme deux ronds de flan pendant un bout de temps, et puis il m'a demandé :

— T'es venue avec qui ?

— Avec ma mère et mon père.

— Je croyais que ton père était mort.

— Oui, mais maman va se remarier. C'est mon beau-père, quoi...

— Ah bon. Et qu'est-ce qu'il fait ton... beau-père ?

— Boucher. Il est boucher.

Là, Patrick, j'ai bien vu son sourire moqueur, mais j'ai pas noté.

— Et toi ? j'ai demandé.

— Moi, mais il est receveur, tu le sais bien !

— Je sais bien qu'il est receveur ton crétin de père ! Je te demande pas ce qu'il fait, je te demande avec qui t'es venu, t'es aussi crétin que lui ou quoi ?

— Retire ce mot-là tout de suite, Simone ! Tu sais bien que c'est toi qui as tout inventé ! Mon père, il t'a jamais touchée ! Menteuse !

Simone elle était amoureuse mais faut pas pousser fifille dans la rhubarbe. Je l'ai mouché, et sans y mettre les doigts, non-mais !

— Il m'a pas touchée mais c'est tout comme. T'as vu comment il déshabille les filles par-dessus ses lunettes ? Non je le retirerai pas, et puis quoi encore ! Il a vraiment une tête de crétin, ton paternel. D'abord, n'importe quelle patate peut devenir receveur de la Peste !

— Ah oui ? Eh bien, essaye, si t'es si finaude !

— Euh-ben-tiens, c'est pas sorcier de vendre des timbres, ça me ferait pas peur !

— Meuh, t'as même pas été fichue de passer en CM2 !

— Et alors ?

— Et alors, pour faire receveur il faut bûcher. T'es pas cap' ! Même préposée, tu peux pas.

— Ah oui ! Combien tu paries que je peux devenir receveur proposée à la Peste ? Hein, combien tu paries, peau d'bête ?

— Chiche !

— Chiche et pois chiche que je l'ai, le concours ! J'ai le concours, je finis ma carrière comme receveuse et je reviens narguer ton crétin de paternel et tous les bouseux de Saint-Martin qui ont jasé de moi !

L'autre, il a piqué du nez dans sa grenadine, il en menait pas large.

— Combien tu paries, Patrick ?

L'autre, il a dit d'ac', et on a topé. Ça m'a fait tout drôle de sentir le contact de sa main, ça faisait si longtemps. Je sais plus trop ce qu'on a parié. Tout ça, ça s'est perdu dans la nuit de la Peste. De toute façon, on s'est perdus de vue. Patrick, il est allé en sixième à Bayeux, et moi j'ai mené ma petite vie que je t'ai racontée. On s'est revus deux ou trois fois quand même, à la fête du village. Il me pelotait et moi je rougissais. J'étais toujours amoureuse de lui et lui je crois aussi. Sinon il m'aurait pas pelotée au stand de tir, Patrick, c'était pas son genre, pas comme son crétin de pater. Ah ! si y'avait pas eu le receveur, peut-être qu'on se serait mariés. Qu'on aurait eu des enfants. Peut-être bien que Simone elle serait grand-mère à l'heure qu'il est ! Et au lieu de raconter sa vie à un ministre, je serais en train de bercer un descendant... Non, je te fais marcher, là... beurk, quelle horreur, je peux pas les sentir les mouflets... Et toi donc, Dominique, au lieu d'être ficelé sur ta chaise à attendre le coup de grâce, peut-être que tu serais en train de prendre le thé avec ta petite Anne et tes copains de la Bourse… Elle est mignonne, Anne, elle a de jolis yeux bleu marine, et puis sa voix qui lui remonte de la gorge c'est drôlement érotique dis donc, ça doit être une affaire au plumard, ta femme, et puis les chandails angora ça lui va drôlement bien, tu l'as connue comment, dis donc, faudra que tu me racontes ça, quand même, ça doit être quelque chose… Je t'ai vu en photo avec elle dans *Télé 7 Jours*… C'est très cosy chez vous, ils se font pas chier, les socialistes ! C'est le gouvernement qui paie, ou quoi ?

Mon Dieu, Anne, que fais-tu en ce moment ? As-tu déjà appris pour moi... Mais comment aurait-elle appris ? Personne ne sait encore. Personne n'est au courant...

Au lieu de ça, les années ont passé. On s'est complètement perdus de vue. Le fils du crétin, j'y pensais plus du tout. Jusqu'à ce qu'on se revoie à Saint-Martin en 1960. L'année de mes seize ans. J'arrive à Saint-Martin en mobylette, je vais dans la maison de ma mère, je fais un peu de ménage, je bricole un peu, je bois un coup de Porto, je regarde les photos avec maman et Monique. Après ça je vais faire un tour au village… Patrick, je l'ai revu là, assis sur les marches de l'église. Il fumait une cigarette, il était tout beau tout bronzé, il portait des lunettes comme Elvis Presley. Quand je lui ai demandé du feu, il m'a pas reconnue. Moi je l'ai reconnu au contact de ses mains. La voix c'est venu après. Je fumais des Menthol, lui des Celtiques. Je lui ai dit salut, le fils du crétin, tu vas bien mon chéri ? Ça a fait tilt dans sa petite tête bien faite. Il a rigolé malgré lui, putain qu'il était mignon mon Patrick ! Il a enlevé ses lunettes de soleil.

— Simone ? Mais qu'est-ce que tu fais là ? Je croyais que tu étais partie... Qu'est-ce que tu deviens ?

— Partie ? Peuh, je vais je viens. En ce moment, je travaille comme serveuse dans une boîte de nuit à Deauville.

Je lui ai pas dit que j'étais serveuse dans un Routiers de Bayeux, je suis pas folle. Lui, il m'a dit qu'il voulait faire ingénieur dans le génie civil, moi je savais pas ce que c'était le génie civil mais je me suis dit il a du mérite, un fils de crétin qui veut faire dans le génie, c'est courageux, tu pars avec un sacré handicap. Je me suis assise à côté de lui et au bout de pas longtemps j'ai senti sa main se poser sur ma main, et ça m'a rappelé ce foutu pari.

— Tu fréquentes pas ? je lui ai demandé, et je me suis traitée de conne car il a aussitôt retiré sa main.

— Peuh, les études d'abord.

— T'as pas envie de sortir avec des filles ?

— Euh, ben si, mais mon père il me tuerait si...

— Eh ben, il est toujours aussi crétin, à ce que je vois ! Et sortir avec moi, t'aurais pas envie, Patrick ? Tu sais, moi, je t'ai toujours dans la peau. Je m'en fous que tu sois le fils de ton père. C'est toi que j'aime...

Je me suis accrochée à son cou et j'ai commencé à l'embrasser. Il s'est débiné mais pas trop quand même. Il a dit et toi, Simone, t'as un fiancé ? J'ai dit que non, qu'à la boîte de nuit j'arrêtais pas de me faire draguer mais ça comptait pas, et on est allés boire un verre au café du coin. Il m'a dit que j'avais changé, que j'avais l'air plus mature. Je lui ai dit oui, t'as vu, j'ai des seins maintenant, tu veux les toucher ? Il a piqué du nez dans son verre et il m'a demandé des nouvelles de ma mère.

Je lui ai raconté qu'elle était morte écrasée par un chauffard de la Peste quand j'avais douze ans. Et je me suis foutue à chialer, ça me faisait trop d'émotion d'être là à parler de ma pauvre maman avec le mignon Patrick. Je lui ai dit oh, mon Dieu, mon chéri, si tu savais comme j'ai pensé à toi toutes ces années, je te croyais mort, moi, plus de nouvelles, rien. Et tout ça s'est terminé dans ma petite maison, dans le lit que m'avait laissé ma maman quand la mort l'a prise. Je lui ai montré mes seins, j'ai enlevé ma jupe, et puis ma culotte, et voilà, on a fait l'amour, moi c'était la première fois, je peux bien te le dire après tout, Dominique, tu l'emporteras pas avec toi mon secret. J'étais contente parce que je croyais que j'allais avoir mal, j'ai une copine qui m'avait dit la première fois tu morfles, mais non. Il a fait le malin mais j'ai bien vu que pour lui aussi c'était la première fois. Bon, je vais pas te raconter nos amours parce que tu vas encore me faire la bosse du bonheur et Anne elle sera pas contente, mon chéri, mais c'était drôlement bien. Même qu'on l'a refait plusieurs fois si tu veux savoir. On a passé l'après-midi ensemble, et je m'en suis retournée à Bayeux toute heureuse. Il m'a dit je viendrai te voir à Deauville mais j'ai dit non, je préfère pas. On s'est donné rendez-vous le lundi suivant chez moi à Saint-Martin mais le lundi suivant pas de Patrick. J'ai attendu deux heures, j'étais folle d'angoisse. J'ai traîné dans Saint-Martin et je suis allée rôder du côté du bureau de Peste, et là, pas de bol, je tombe sur ce crétin de receveur. Je lui dis je suis une amie de Patrick, il est pas chez vous des fois ? L'autre il me sort :

— Qui êtes-vous, mademoiselle ?

— Je suis la bonne amie de Patrick, faudra vous y faire.

— Patrick n'a pas de bonne amie, qu'est-ce que vous racontez !

— Ça me ferait bien mal aux seins ! je lui réponds au crétin. Même qu'on a couché ensemble trois fois de suite.

Blême, il était, le ciboulot manquant !

— Mais je vous connais ! il me fait.

— Ça m'étonnerait fort, monsieur. C'est la première fois que je mets les pieds dans ton patelin pourri. Dis donc, tu fais jamais le ménage dans ton bureau de Peste ? Ça sent pas bon ici ! Ça pue, même !

T'aurais vu la gueule de Crétin-Lhermite ! J'ai cru qu'il allait se déchausser les dents tellement il était en arrêt.

— Si… Je vous connais. Et qu'est-ce que c'est que ces manières de tutoyer les gens, allons, déguerpissez !

Simona elle était tout excitée. Elle en pouvait plus, ça la tenait au ventre, fallait qu'elle lui porte l'estocade au receveur. Alors j'ai cambré les reins en arrière, j'ai fait voltiger ma jupe comme Marilyn Monroe et je lui ai dit :

— Non-mais ! je vais t'en donner du déguerpissez, moi ! Tu la reconnais, celle-là ?

L'autre il a piqué son fard et il est rentré dans sa niche. À ce moment-là, la mère Dupleix est passée en promenant son chien, elle a fait oh-jésus-marie ! en enchaînant une demi-douzaine de signes de croix, cette vieille bigote, et Simone elle a remonté la rue principale de Saint-Martin en montrant sa culotte à tous les passants, et elle chantait :

Quand j'étais petit je n'étais pas grand
Je montrais mon cul à tous les passants…

Et c'est à ce moment-là que ça a mal tourné avec Patrick, parce que l'autre, après un coup pareil, il voulait plus me donner son grain à moudre. Et moi qui avais déjà choisi ma bague de fiançailles, la vraie catastrophe… Le lundi d'après, quand je suis revenue j'ai trouvé une lettre de Patrick dans ma maison, il me disait qu'il voulait plus entendre parler de moi, et que si je remettais les pieds au bureau de Peste, le crétin appellerait les gendarmes… *T'as pas vu, dehors ? Ils ont fini par arriver, les gendarmes, ils ont mis l'temps…*

Aussi sec je lui ai pondu une bafouille au demeuré de la Peste, je pourrais te la réciter par cœur :

Monsieur, garde ton fils, mais tu pourrais quand même avoir la reconnaissance du ventre parce que Simone elle s'est coltinée le puceau. Ton bureau de Peste, personne m'empêchera d'y entrer. Je vais même te dire une chose, Crétin-Lhermite : un jour, je reviendrai et je te chasserai de ta turne, parce que ce sera moi la receveuse de Saint-Martin, nan. Parfaitement ! Je vais passer le concours de la Peste, tu vas voir, je le jure sur la tête de ma pauvre maman que tes copains ont écrasée, et je reviendrai prendre ta place, pauvre obsédé de la quéquette, et ce jour-là, ma parole, je te colle un timbre sur chaque fesse, je te botte le derrière et hop, je t'expédie au pôle Nord, Peste restante, espèce de sale bourgeois.

J'ai signé *Simone qui aime Patrick.*

J'ai mis en *peste-scriptum : dis à Patrick que le pari tient toujours*. Et je suis allée porter directement la lettre dans la boîte à lettres de la Peste.

Et voilà.

Ça, c'était en 1960, fais le compte, ça fait trente-huit ans.

Alors j'ai commencé à bûcher. Je me suis installée

à Caen, j'ai loué une petite chambre de bonne rue Caponière, je recevais des hommes de temps en temps, fallait bien s'occuper. J'ai pris des cours du soir de sténo-dactylo, j'ai trouvé du travail chez un avocat. J'ai passé le permis de conduire, je me suis acheté une petite auto d'occase. De temps en temps je croisais Monique, rue Saint-Pierre ou rue Saint-Jean. On se faisait un petit bisou mouillé sur le coin de la joue, c'était sympa. On restait pas longtemps parce que ses éducateurs ils rigolaient pas…

Et puis j'ai passé le concours de proposé. Une fois, deux fois, trois fois. Millésime 61, 62, 63. Rien à faire, je le loupais toujours d'un chouïa… Entre-temps, Patrick, je l'avais pas oublié, pas de danger. Je lui écrivais une fois par mois. Je me suis bien marrée, dis donc. Je lui ai d'abord écrit qu'il m'avait mise enceinte, je lui ai demandé de l'argent. J'envoyais des doubles aux conseillers municipaux de Saint-Martin, ben-tiens. Je lui ai envoyé des mises en demeure sur du papier en tête que je piquais chez mon patron. Je lui ai envoyé le faire-part de naissance avec la photo d'un bébé que m'avait prêtée une copine, je lui ai dit qu'il s'appelait Patrick. Aussitôt après j'ai envoyé un colis avec un carton à chaussures. Sur le carton j'ai mis : *À cause de ta lâcheté, j'ai dû avorter, ouvre, là-dedans tu trouveras le fils que tu as tué, sois maudit, fils de crétin…* Dans la boîte, j'ai mis un poulet vidé et dans le poulet j'ai mis un rat crevé, des vers de terre et des feuilles pourries. Je te dis pas tout ce que j'ai fait sinon Marielle il aura le temps de prendre racine et j'ai pas tellement envie de planter un gendarme dans mon jardin.

Et puis j'ai fini par l'avoir, mon concours, en 1964, l'année de ma majorité. Le jour où j'ai reçu la lettre de la Peste, j'ai appris dans *le Bonhomme Libre* que Patrick Lhermite allait épouser Marie-Martine Martineau, la fille du grainetier de Saint-Martin. J'ai appris qu'il était devenu ingénieur des Ponts-et-Chaussées. Ça m'a achevée. Pendant deux nuits j'ai pas débringué. J'ai fait la nouba dans un bar à putes de la rue Vauquelin. J'ai failli me faire embarquer par le sénateur-maire de [1] qui venait s'encanailler avec des députés gaullistes. Et le jour du mariage, ça a été plus fort que moi. J'ai pris ma petite Renault 8 et j'ai été foutre la zone au mariage. Je suis arrivée au moment de la haie nuptiale à la sortie de l'église. La môme Martineau elle était belle à croquer dans sa robe pigeonnante, y'a pas à dire. Une vraie pin-up ! J'ai garé ma R 8 un peu plus loin, j'ai marché jusqu'aux tourtereaux, et… je suis allée voir la Martineau, et je lui ai dit :

— T'as beau être pleine aux as, Marie-Martine, tu roules en occase ! J'ai l'avantage par rapport à toi, ton homme, je l'ai eu tout neuf. Je te souhaite beaucoup de bonheur et plein de mouflets qui pissent au lit et hurlent la nuit, ma cocotte !

Alors ce crétin de Lhermite, le pater, il m'a attrapée par la peau du cou, il m'a remise dans ma R 8 et il a dit :

— Simone, si dans une minute tu n'as pas dégagé la place, je mets le feu à ta voiture !

Comme au Far-West, quoi. Espèce de brute.

J'avais les boules que je te dis pas, mais je me suis pas démontée. Avant de monter dans mon auto, j'ai levé ma robe, j'ai enlevé ma culotte et je l'ai jetée à la tronche de ce crétin de receveur. Puis je lui ai lancé :

1. Censuré.

— Cadeau. T'auras qu'à la mettre aux enchères avec la jarretière de la mariée ! Salut les ploucs !

Hummpff... Je n'en crois pas mes oreilles, c'est insensé... Comment peut-on faire une chose pareille ? Quel culot ! Mais comment savoir si tu mens ou si tu dis la vérité, Simone ? COMMENT ?

Ben-dis-donc, t'es pas en situation de parader, mon pauv'chéri ! Traite-moi de menteuse, tant qu'tu y'es ! Je suis rentrée à Caen et j'ai attendu une bonne année avant de recevoir ma nomination à la Peste. Entre-temps, l'avocat m'avait virée, à cause des papiers en tête que je lui avais piqués. J'ai été vachement déçue parce que je croyais qu'ils allaient me nommer dans le Calvados, moi. Penses-tu ! *Présentez-vous le tant au Bureau d'Ordre des Chèques Postaux de Rouen, place des Emmurées*, ça disait... Ça me faisait pas rire du tout, place des Emmurées, moi... Je me suis dit, ouh-la-la, c'est pas vrai, ils vont pas te faire bosser à la cave, quand même, toi qu'es si frileuse ! J'étais triste de quitter ma petite chambre mais c'est la vie, faut se bouger un peu sinon tu t'ankyloses. Maintenant, t'as vu, tous ces connards de patrons comment ils disent : la flessibilité. Bouge de là, l'esclave ! Non mais, ça va pas, je suis pas une esclave, moi ! Je bouge si je veux, non mais alors ! C'est comme l'autre crétin de receveur, tiens, quand il m'a dit Simone, bouge de là sinon je mets le feu à ta caisse ! Ben-dis-donc on est en République, qui c'est le président, qui c'est le président ! C'est pas encore Le Pen quand même !... Bouge de là ! Je bouge si je veux, moi, *tu m'entends* DOMINIQUE ! Beuh, tu t'en fous, toi, t'as une situation... Tu t'en mets plein la panse avec tes copains socialistes... Tu vois, tu t'endors encore ! C'est pas bien, ça, c'est pas bien du tout ! C'est le shit qui te fait ça ou quoi ? T'as plus l'habitude, mon pauvre chou, c'est pas ta faute… Je suis méchante quand même quand je m'y mets, allez je te laisse tranquille…

Simona elle est méchante avec moi, maman, je veux plus la voir !

C'est ça, Monique, profite de la situation…

Eh-là... elle me caresse la joue, maintenant... Bon, au point où j'en suis... Caresse-moi la joue si tu veux, Simone, après tout... Tant que ça en reste là...

Je crois que j'ai changé d'avis, mon chou. J'aime bien ta barbe… Eh ben, t'en fais une tête, mon lapin ! Elle va pas te manger, Simone !… Elle va pas te manger, elle va juste te zigouiller, ah-ah-ah… Beuh, c'est pas drôle, mais je peux pas faire la comique tout le temps, bon, alors…

À Rouen, je vivais dans un foyer pététos, près de la gare, mais j'en ai vite eu marre d'être entourée de piapiateuses de la Peste. Au bout d'une semaine, j'ai loué une chambre près de la gare, j'étais plus peinarde. Surtout que c'était les élections présidentielles où Lecanuet se présentait contre le général de Gaulle, il avait du courage Lecanuet. Remarque, Mitterrand aussi il avait du courage mais qu'est-ce que tu veux, moi Mitterrand il m'a jamais plu. Lecanuet c'était le maire de Rouen, monsieur Dents-Blanches on l'appelait, à cause de son sourire Signal comme Kennedy, alors forcément ça y allait les filles. Il était mignon Lecanuet à l'époque, il avait du charme, on peut pas dire. J'ai des camarades qui l'avaient eu comme prof de philo, elles se voyaient déjà postières à l'Élysée, elles étaient tristes quand il s'est ramassé… Au bout d'une semaine, j'ai dit si c'est pour bouffer de la sauce Lecanuet tous les soirs, moi je me tire. Et hop, j'ai trouvé un petit F1 rue du Champ-des-Oiseaux. Comme je disais à ma proprio qui était une dame très comme il faut :

— Le chant des oiseaux, il est pas trop tôt le matin ? parce que moi j'aime bien mon lit le matin !

— Vous vous méprenez mon p'tit, c'est le champ avec un P, jadis, ici même il y eut une bataille terrible, les oiseaux c'était des charognards, je m'excuse de vous décevoir…

— Et contre qui, je lui fais, sûrement ces salopards d'Angliches ?

Ça et les Emmurées, bonjour la poésie ! Mais bon, c'était chouette, je pouvais recevoir qui je voulais, et je me suis pas privée, on a fait de sacrés noubas rue du Champ-des-Oiseaux…

Pendant deux mois j'ai fait mon apprentissage de la Peste. J'ai eu des cours de formation avec des monitrices pète-sec. Elles disaient qu'on rentrait dans une grande famille, qu'il y avait des tas d'activités à la Peste, qu'il fallait se serrer les coudes et tout ça. T'as vu la gueule de la grande famille, à présent, plus de concours, les cédédés, les contractuels, et les têtes d'œuf des OM qui te font chier avec leurs produits financiers ! C'était comme à l'école. J'aimais pas trop mais si je voulais un jour prendre la place du saint-crétin fallait bien en passer par là. Sauf l'histoire-géo, ça j'aimais bien. La géographie surtout. Au concours de la Peste, j'ai eu 20 sur 20. Les capitales, les sous-préfectures, j'étais imbattable…

L'immeuble des Chèques c'était un bâtiment en H tout bleu, sur la rive droite de la Seine, place des Emmurées. Ce nom-là, ça me donnait des frissons. Un jour, y'a une vieille Endive à moustache, elle m'a vue arriver la carne, elle me dit :

— Simone, c'est-pas-possible-t'arrives-toujours-en-r'tard-ça-peut-plus-durer, tu sais ce qu'on leur fait aux filles qui arrivent en retard ? On les enferme au sous-sol et on les laisse mariner toute une nuit avec les âmes des emmurées.

Moi, j'étais naïve, je marchais à fond, c'est comme le coup du métro qui arrive dans l'autre sens… Mais cette idiote elle se met à rire avant de finir son histoire alors tu parles ! Quand on sait pas mentir on raconte pas de menteries !

Comme j'étais que proposée, on m'a collée pendant cinq ans à l'Arrivée. Je dépiautais des enveloppes, je triais des chèques dans des casiers, tout ça, des trucs à devenir marteau mais on se marrait bien et c'était le seul endroit des Chèques où y'avait des mecs, alors ça passait. Je travaillais en brigade. Un jour du matin, le lendemain d'après-midi. Le matin j'avais un mal de chien à me tirer du lit. J'arrivais tout le temps en retard mais l'Endive c'était une soûlarde elle en voyait rien, alors j'avais la paix. Surtout que je bossais comme une malade et que je mettais de l'ambiance avec mes histoires, alors tu sais…

Deux ou trois fois par an, j'allais faire une petite virée en douce à Saint-Martin avec ma petite auto, pour voir *comment ça se passait* pour Patrick. Ça se passait très bien pour lui, merci. Avec sa poule, ils avaient eu quatre enfants en quatre ans. La fille de grainetier, question semence, elle avait du rendement. Elle avait pas pris un gramme la Marie-Martine. Ils habitaient une belle maison à la campagne. Moi, de le voir au milieu de cette marmaille alors que Simona était toute seule, ça m'enrageait. Bon, je vivais pas comme une nonne, je suis sortie avec pas mal de types pendant ces dix ans, et ceux-là, je les ai pas tués, hi-hi-hi ! C'est pas pour dire, mon pauv'chéri, mais t'es quand même vachement bon public... Qu'est-ce que tu peux être naïf Dominique, ouh-la-la !... Ils doivent te faire marcher, au conseil des ministres ! La tête que tu fais ! ! ! Pouh, ça restera entre nous, j'te promets... Remarque, c'est signe de jeunesse, dans un sens... Mes gars à moi, comme je te dis, c'était que des passades. N'empêche, j'ai quand même trouvé le moyen de tomber deux fois enceinte ! Obligée d'aller avorter à Londres, parce qu'à l'époque la sécu, c'était des enfants de Pétain, et les avortées des salopes ! Heureusement que Simone Veil a mis de l'ordre dans tout ça. C'est pas parce qu'elle s'appelle Simone, mais je l'aime bien Simone Veil, Nono il lui a serré la main, elle fait pas du chichi, et puis c'est une femme qui a souffert, bon, d'accord, elle est copine avec Balladur, mais personne n'est parfait... Bref, ça m'a coûté pas mal de fric, ces conneries. Après, j'ai pris mes précautions...

Quand j'ai vu le tableau, la balançoire pleine de mouflets, t'aurais dit les oiseaux d'Hitchcock, avec Patrick et Marie-Martine qui s'enlaçaient sur le perron, je me suis dit c'est pas Dieu possible toute cette injustice. Lui il se vautre dans le bonheur, et Simona elle crève de solitude, c'est pas juste. Je me suis dit y'a pas de raisons qu'ils en bavent pas un peu aussi les mignons, Simona, si t'as un tant soit peu d'amour-propre, fais quelque chose, marque le coup, ma vieille, sinon tu vas te ratatiner et les hommes voudront plus de toi, c'est pas une vie, ça...

Beuh remarque, c'est pas méchant ce que je leur ai fait, ils en sont pas morts, hein ! J'ai pris huit jours de congés, pour être tranquille j'ai emprunté la traction avant Citroën de l'amant de ma tante qui louchait sur moi, et pendant une semaine j'ai joué avec les nerfs des mômes de Marie-Martine et Patrick. Avec postiche et perruque, j'allais traîner tous les soirs à la sortie de l'école, je passais au ralenti et je suivais les deux mômes jusqu'à chez eux. Trois jours de suite, lundi, mardi, mercredi. En leur collant de plus en plus au train. Le mercredi j'ai poussé la plaisanterie plus loin. Je leur ai barré la route à deux cents mètres de la maison et j'ai ouvert la portière. Les mômes se sont arrêtés aussi sec, morts de trouille. J'ai attendu une petite minute et je suis partie. Le vendredi soir, je me suis pointée à la sortie de l'école avec ma petite R 8, sans perruque ni postiche, en tenue de Simona, quoi, et je suis allée voir l'aînée des Lhermite, la Sylvie.

— Bonjour Sylvie, ton petit frère est pas là ?

— Il est malade, elle me répond.

— Ah, c'est vrai, suis-je bête, ta maman me l'a dit !

— Tu connais ma maman ? elle me demande, pas farouche.

— Depuis que je suis toute petite, beuh-tiens ! On a gardé les vaches ensemble, alors tu vois !

— T'es une menteuse ma maman a pas gardé les vaches ! elle me répond cette effrontée.

— T'as raison, ma puce, c'est pas les vaches, c'est les cochons ! Bon, tu viens ? Elle m'envoie te chercher vu qu'il y a un drôle de type qui vous embête à ce qu'elle m'a dit.

— Comment tu t'appelles ?

— Marie-Louise, ma p'tite mère. Allez, je te raccompagne, je serai plus tranquille. Je t'ai acheté plein de bonbons.

La môme Sylvie monte à l'avant. Et hop, en route pour Vire ! Au début, elle fait pas attention la môme, tu parles, vu que je lui avais refilé un bocal de caramels à un centime ! C'est seulement en arrivant à Vire qu'elle commence à avoir de la gêne.

— Tu m'avais dit que tu me ramenais chez moi, Marie-Louise !

— Ça, la môme, j'y peux rien si je suis à court d'andouille ! Faut que j'en rachète, c'est impératif.

— C'est quoi, impératif ? elle geint.

— Ça veut dire : tu discutes pas et tu la fermes.

La môme se met à chialer, normal, c'était voulu. Je lui dis tu vas pas te mettre à pigner, Sylvie ! Et je me gare devant le bureau de Peste, j'enferme la môme à clef et je vais téléphoner à Marie-Martine.

— Allô, madame Lhermite ? Tu t'souviens du petit Éric Peugeot ? Eh bien, on vient de faire la même chose avec Sylvie. Tu veux la revoir entière, ta douceur ?

Hurlements au bout du fil, ouh-la-la, complètement hystérique, la grainetière ! Moi, je me régalais ! Tu penses bien que j'allais pas y faire du mal à la petiote ! Les enfants, c'est pas mon truc, mais c'est comme les bêtes, tiens, je leur ferais pas de mal ! Les enfants c'est sacré, quand même, faut pas déconner !

— Eh ben, si tu veux la revoir, va falloir que tu divorces, ma belle ! Patrick Lhermite, c'est pas un homme pour toi. Et son imbécile de paternel, il a intérêt à changer de métier, sinon faudra que tu lui achètes une prothèse de doigt de pied, à ta môme…

J'ai raccroché tellement j'étais bidonnée.

Après j'ai été acheter deux andouilles. J'en donne une à la môme, pour ton crétin de grand-père, je lui fais, l'andouille, ça l'connaît. Et elle se remet à hurler. Moi, les mômes qui braillent, je connais qu'une solution. Pif-paf dans les gencives, y'a que ça qui les calme, beuh-tiens.

— Comme ça t'auras une bonne raison de pigner ! Allez, on rentre à la maison. T'as pas été très gentille avec Marie-Louise, je reviendrai plus jamais te chercher à l'école. Faudra pas te plaindre si de drôles de messieurs te font des misères, après ça !

La môme m'a gueulé dans l'oreille pendant tout le retour, je te jure que j'étais méritante ! Je l'ai déposée à deux kilomètres de son château pour lui faire les pieds.

Après, j'ai pas mis les pieds à Saint-Martin pendant un an, vu qu'ils avaient alerté les gendarmes, ces pleutres. Mais attends, je m'amusais quand même… Je passais des coups de fil anonymes à la Marie-Graine. Je téléphonais dans la journée comme ça j'étais certaine de tomber sur elle. Je lui racontais des horreurs. Que son mari était tombé d'un poteau électrique, qu'il avait la moitié de la cervelle grillée comme du popcorn, que ses mômes avaient été surpris à piller des troncs, à pisser dans le bénitier, des trucs comme ça. Je lui ai même fait croire qu'il la trompait avec une danseuse du Lido qui le retrouvait tous les mardis à Caen. Comme il était tout le temps en déplacement le mardi, elle a dû baliser, Marie-Graine. Ils avaient beau changer de numéro, se mettre sur liste rouge, avec tous les potes que j'avais aux Télécoms, ils pouvaient s'aligner…

Et puis un jour ça m'a plus amusée du tout. J'ai dit stop, fini les bêtises. Je me suis fait oublier. J'ai écrit une longue lettre à Patrick, je lui ai dit *il paraît que vous avez eu des soucis avec Marie-Martine et les enfants ces derniers temps, c'est ma tante de Coulvain qui m'a raconté ça, y'a quand même des salauds sur terre, je suis désolée pour vous mais c'est pas pour ça que je t'écris mon petit Patrick je voulais te dire que je viens de me marier, j'ai rencontré le grand amour, il s'appelle Michel, c'est un beau blond qui ressemble à Claude François, il est très spirituel, pas un gars de la campagne mal dégrossi comme toi. Mon pauvre Patrick si tu savais comme tu fais cloche à côté de lui, je comprends pas comment j'ai pu être amoureuse d'un type aussi nul que toi, je préfère pas y penser, allez, vis en paix avec ta Marie-Graine, plante-lui encore une demi-douzaine de graines, tu n'entendras plus jamais parler de moi...*

Mais je l'ai pas oublié, Patrick. Je lui ai gardé un chien de ma chienne, la vengeance est un plat qui se mange froid, tu l'emporteras pas au paradis et Simone elle a la rancune tenace, oublie jamais ça... *Eh, meunier ! tu dors ?*... Mais c'est qu'il dort le petit chenapan... Il s'est endormi... Il s'intéresse pas du tout à ce que je raconte... Je suis pas assez bien pour lui peut-être... Il est pourtant mignon comme tout quand il dort... Hein, Monique, qu'il est mignon, notre Illustre ?

(...)

Monique... Fais pas l'idiote... Je sais qu't'es là Monique !

(...)

Arrête de déconner Monique !

Je suis là Simona, je suis là !

T'as fini d'me faire marcher, Monique...

Excuse-moi Simona, c'était pour de rire !

Hein qu'il est mignon notre Illustre...

Oh oui, Simona, il est très très mignon !

Tu voudrais jouer avec lui ?

Oh oui, Simona, s'il te plaît !

D'accord, je vais te le prêter, mais avant j'ai quelque

chose à finir… Tu sais ce qu'elle va faire, Monique ? Elle va faire un gros dodo et elle reviendra quand je lui dirai… Tu me promets d'être sage ?

Oh oui Simona ! Je te le promets...

Meuh t'es une gentille petite fille quand tu veux, allez, laisse-moi avec le monsieur, les Illustres, ils sont en sucre, il faut faire très attention… HO ! RÉVEILLE-TOI TOTO ! J'AI PAS FINI…

Meuh... Mhum... Oh non !... Ah, merde ! Elle est toujours là...

TROISIÈME PARTIE

POUR TOI J'AI TUÉ

Mon petit t'om d'amour

Je t'aime.

Ma mère veut payer le train. Je ne sers que d'intermédiaire. Ne me renvoie pas ce chèque, ça ne sert à rien. Débrouille-toi avec ma mère. Je t'aime mon tout petit à moi...

Je t'aime.

Ton bébé.

Floriane Millot
chèque de 324 francs
à l'ordre de Julien Favier

Saint-Martin-des-Besaces, 14 heures 20.

— Dites-moi, elle fait dans le hot, votre Simone ! fit Courcière en tendant le fax au brigadier Marielle.

— Ce n'est pas *ma* Simone, s'agaça le brigadier en s'emparant du document.

— La photo du ministre ! Non, mais regardez-moi ça ! On a bonne mine, les enfants !

Le brigadier exhiba le fax à ses subordonnés qui riaient sous cape.

— Qu'est-ce qu'on fait ? demanda Courcière.

— On envoie la photo au ministère pour expertise.

— Vous cr…

— Je plaisantais, Courcière… Vous avez une autre idée, messieurs ? Chambrier, une idée ?

— Je… je… Non…

— Mais vous êtes idiots ou quoi, messieurs ? Vous n'avez pas encore compris qu'on avait à faire à une folle furieuse ! Si son otage est le ministre, alors moi je veux bien prendre ma retraite à Bab-el-Oued !

— Vous y croyez à cette histoire de portes piégées ? demanda Chambrier.

— C'est peut-être du bluff, mais elle est assez barjot pour faire un truc pareil, estima le brigadier.

— On pourrait peut-être envoyer des leurres, non ?

— Pas question. On ne bouge pas pour le moment.

— On ne prévient même pas le procureur de la République…

— Ah oui ? Avec une photo de bite comme pièce à conviction ! Vous êtes un comique, Chambrier ! On attend.

— Elle vient bien de quelque part cette photo, dit Courcière. Où elle est allée pêcher ça !

— Connaissant la réputation de Simone Dubois, ça ne m'étonne pas vraiment, sous-entendit Marielle.

— Ah bon, elle… bredouilla Chambrier.

— Elle rien du tout… Le numéro expéditeur est inexploitable. Il faudrait un agrandissement, et encore…

— Et si on en parlait au receveur ? suggéra Chambrier. Entre postiers, il pourrait peut-être la raisonner.

— Vu ce qui s'est passé entre eux, elle n'acceptera pas de lui parler.

— Ah bon, ils se connaissent ?

— Simone est née à Saint-Martin, comme lui. Elle n'a pas atterri ici par hasard !

— Qu'est-ce qui s'est passé entre eux ? insista Chambrier.

— Une sale histoire, il y a… trente ans. Au bas mot.

— Trente ans ! Mais c'est loin, ça…

— C'est loin et c'est très près. Pour elle je suis sûr que c'est encore tout chaud. Faut pas oublier qu'elle est malade, Simone…

— Mais ça pourrait avoir un rapport avec la prise d'otage…

— Ça pourrait, oui. Sauf que le receveur se la coule douce dans sa bicoque… On n'a plus qu'à attendre, messieurs.

— On pourrait peut-être alléger le dispositif, non ?

— CHAMBRIER ! hurla le brigadier.

Le gendarme se figea en un salut qui fit l'admiration de son supérieur.

— À vos ordres, brigadier.

— Qu'est-ce qui fait la force de l'Armée, et par conséquent de la Gendarmerie, Chambrier ?

— Je… je…

— Vous ne savez pas ce qui fait la force de la Gendarmerie, Chambrier !

Toujours au garde-à-vous, le pauvre gendarme n'en pouvait mais.

— Vous êtes idiot ou quoi ?

— Le… la… La discipline ?

— La discipline, parfaitement ! Alors vous allez la boucler et arrêter de me seriner avec vos propositions à la noix… Prenez la Renault 4 et allez nous chercher des pizzas chez Mario, ça vous fera prendre l'air. Je commence à avoir faim, moi, avec toutes ces conneries… Repos, Chambrier !

Le gendarme Chambrier avait à peine tourné au bout du chemin que le fax du véhicule crépitait de nouveau.

UN...

Félix Dartevelle (1976)

Oh non ! mon Dieu, ça continue, non, je n'ai pas rêvé...

Non, t'as pas rêvé, tiens, touche ma main avec ta bouche, regarde comme elle est douce, ma main... J'ai la peau douce, tu sais, je suis pas une sorcière, je suis une femme, n'aie pas peur...

C'est vrai que vous avez la peau douce, Simona...

Mais t'en fais donc des manières, Dominique ! On dirait un pigeon ! Tu peux l'embrasser ma main, personne nous voit... On est seuls au monde... Embrasse-la, mieux que ça...

Bon, je... [1]

Eh ben, voilà ! On n'est pas bien tous les deux, mon chéri ? Bon, d'accord, tu dois commencer à avoir mal aux fesses, mais t'es pas descendu au Carlton, à la guerre comme à la guerre... Je suis sûre que c'est

1. Petit bisou du bout des lèvres.

la première fois que tu baises une femme les mains attachées dans le dos, ha-ha-ha ! Bon, d'accord, tu m'as baisé que les mains, mais il faut un début à tout… N'empêche, on a baisé tous les deux, ha-ha-ha… Ouais… Bon… Ça a pas l'air de t'amuser… Tu veux que j'te dise, Dominique ? Vous êtes trop guindés, les socialistes ! À force de fricoter avec les patrons, c'est pas étonnant… Bon, en attendant, je suis loin d'avoir fini, mon chéri. Si tu veux savoir pourquoi je t'ai amené ici, il faut bien que je finisse mon histoire. Et je vais commencer par le premier, ce coup-ci…

Oh, non ! c'est pas vrai…

Mais si, c'est vrai, mais si ! Quand on commence quelque chose, on le termine… Félix Dartevelle, le vrai Félix Dartevelle, je l'ai rencontré dans un club de vacances pétété, dans les Landes en juillet 1976, l'année de la canicule. C'est la dernière année que je suis partie avec la Peste, on m'y reprendra pas. Il était facteur dans le Nord. On se voyait tous les jours à la veillée, il jouait de la guitare et chantait des chansons d'Adamo. Je lui avais tapé dans l'œil, et comme il était venu au club pour se caser, il m'a fait la cour au lance-flammes. Bon, je l'ai un peu allumé, c'est humain, mais c'était pas mon genre. Il se laissait regarder, remarque, mais il était vraiment trop collant. Si on a sympathisé, c'est pour une raison toute conne, il était né dans mon canton et dans ses fiches de vœux il avait mis Saint-Martin-des-Besaces en 3, ça crée des liens. Il avait le rang 6, moi je traînais loin derrière à 49. Un jour on va se promener à la dune du Pyla, cool, pique-nique, serviette de plage, tricot pour Simona. Arrivés en haut, il me dit viens, dans les dunes on sera bien, y'aura personne pour nous *surprendre.* Moi je lui réponds tu sais mon p'tit chat, être surprise entre l'œuf dur et la tomate, y'a pas de quoi rougir, t'aurais pas une idée derrière la tête, par hasard ? J'aime autant te prévenir, Félix : je veux bien qu'on soit camarade, mais je suis un peu vieux jeu, j'ai besoin de réflexion avant de passer à l'acte… Il laisse tomber son panier-repas, il se jette sur moi et commence à me serrer dans ses bras.

— Ho ! je suis pas ton casse-croûte, où t'as vu jouer ça, Félix ?

— Allez, Simone, tu sais c'que c'est, on est pas de bois, me dis pas que t'avais pas compris…

— Je comprends surtout que t'es un odieux personnage, Félix ! Veux-tu bien me lâcher, s'il te plaît !

Mais c'est qu'il en faisait rien, ce chameau ! Au contraire, il me pétrit les fesses. Heureusement que je porte que des maillots une-pièce sans ça j'étais à poil !

— Je te préviens, si tu me lâches pas je te mords !

Je le griffe, je me débats, je crie, mais ça sert à rien. On est tombés par terre et on a commencé à dévaler la pente, et tu sais c'que c'est, la dune du Pyla, c'est pas un tas de sable, on a roulé, roulé, et ce salaud-là il en profitait encore plus pour se coller à moi ! Pour lui faire lâcher prise j'ai été obligée de lui donner un coup de poing dans sa petite frimousse de scout attardé, un pruneau bien senti, pas une pichenette, faut pas me chercher, moi ! Il a déboulé la pente de son côté, à moitié sonné, manque de bol pour lui, dix mètres plus bas, il y avait un pin planté au beau milieu de la dune, et il se l'est pris sur le crâne, Félix. Boum ! mort sur le coup ! Les CRS de la dune ont rien pu faire pour lui. Voilà comment il est mort, je te jure, je te raconte pas de crosses, Dominique, c'était un accident. Un accident de vacances bête et méchant, devant témoins. Du coup, j'ai quitté le club pétété et j'ai fini mes vacances dans la caravane de ma tante, à Royan, et je me suis fait chier comme un rat mort… Quand je suis rentrée à Rouen, je suis allée chez l'infirmière prendre des calmants. C'était le branle-bas de combat, à cause qu'il y avait un cas de variole dans l'établissement. Avec la prolifération des moutards chez les Emmurées, ça valait son poids de couches-culottes, je te jure. Du coup j'ai pas eu besoin de prendre des calmants, vu que ce genre de sketch, moi ça me détend…

— Moi, c'est pas compliqué, j'emporte mon Mickaël chez le docteur. S'ils ont mis une affiche c'est pas pour les chiens !

— Ça risque pas, la boîte est interdite aux clébards ! j'ai lancé.

— On voit bien qu'elle a pas eu d'enfants, celle-là.

— J'en ai eu, ma vieille, seulement comme ils étaient faiblards, je les ai enterrés dans le jardin.

Ça, en général, les mamans elles adorent.

— Y'a des moments où tu m'fais pitié, Simone !

— C'est pas toi qui ferais pitié avec tes cinq mouflets ! Encore un ou deux coups de queue, et c'est la retraite anticipée, la mère Suzy.

— Simone, des fois tu nous fais rire, mais là t'es vraiment trop horrible !

— Si encore elle prenait son pied quand il la saute, le Robert… Allez, tire-toi, Suzy, va faire réviser le fruit de tes entrailles !

— T'es vraiment moche, Simone, t'es moche et t'es cinglée…

— Ça c'est un scoop ! Non seulement je suis moche et cinglée, mais en plus je suis vulgaire, je suis une pute, je cocotte des aisselles et je te dis crotte, t'en veux d'autres, ma fille ?

Moi, ce que je préfère à la Peste, c'est les engueulades. Alors là je me marre. Avec mes missiles à ras le bac à sable, elles ont jamais le dernier mot, les nénettes.

Une semaine après, comme un fait exprès j'ai reçu un faire-part m'annonçant la naissance du sixième enfant de Marie-Martine et Patrick. Une mouflette, cette fois : Anne-Guylaine ! Où ils vont chercher ça ! Trois filles, trois garçons, y'en a qui ont le cul bordé de nouilles ! Au dos du faire-part, Patrick avait écrit : *Quand est-ce que tu viens diriger le bureau de Saint-Crétin, madame Claude François ?* À pisser de rire, Patrick. Ça m'a foutue en boule ! Du coup, j'ai rempli une demande de rang au BO pour savoir où j'en étais par rapport à la Peste de Saint-Crétin.

Dix jours après j'ai eu la réponse : *rang 48*. J'avais gagné une toute petite place par rapport au classement d'avant l'été. Sur le coup, j'ai pas fait attention. C'est le soir en rentrant chez moi que j'ai réalisé que si y'avait pas eu le pin parasol de la dune du Pyla…

Qu'est-ce qu'on dit à Félix, Simona ?

Merci.

Merci mon chien ?

Merci Félix. Que ton âme repose en paix ! Dans ton malheur, t'as eu de la chance, t'es mort sur le coup…

J'ai commencé à faire des calculs. En cinq ans, j'étais passée du rang 53 au rang 48. Une place par an exactement. On était en 1976, j'avais trente-deux ans, 32 + 48 égale 80, y'avait comme un os dans le clafoutis ! À moins de buter les 48 Félix Martinaud qui me mettaient des bâtons dans les roues, mes fonctions à Saint-Crétin, j'étais pas près de les prendre. J'étais désespérée. Y'avait plus que ça qui comptait : le bureau de Peste de Saint-Crétin. Pendant une semaine, j'y ai pensé jour et nuit. Pour me défouler, j'ai envoyé neuf pattes de poulet à la Marie-Graine, et j'ai ajouté quelques cafards bien dodus que j'ai mis dans une petite boîte, je sais qu'elle a la phobie des blattes, cette cruche, je vais t'en donner du Claude François, moi !

Ça m'a bien défoulée mais ça me valait rien de m'énerver. De toute façon, moi j'étais que proposée, et si je voulais devenir receveuse à Saint-Martin, fallait pas chômer, fallait que je passe des concours… J'ai d'abord passé celui de contrôleur, en interne. J'ai repris des cours du soir à l'AFPA. Je peux te dire que pendant un an, elle a pas beaucoup couru, Simone. J'ai bûché, bûché, bûché… Des fois j'en chialais, tellement j'en bavais. Rue du Champ-des-Oiseaux, on entendait les mouches voler. Fini, les hommes. Et je l'ai eu, le concours ! En 1980. Même que le chef de Centre m'a convoquée dans son bureau pour me féliciter :

— Madame Dubois, j'entends beaucoup de rumeurs courir sur vous, il me fait, et quand je dis rumeurs, il faudrait plutôt dire horreurs, les gens sont méchants, mais c'est le propre de toute collectivité, il y a toujours des têtes de Turc, je sais que vous avez un caractère de cochon, que vous n'avez pas la langue dans votre poche, mais force m'est de constater que vous ne manquez pas de courage, félicitations, madame Dubois, vous êtes un exemple pour les impétrants, je m'en suis ouvert à votre inspecteur, il est tout à fait disposé à vous octroyer certaines facilités de service, je vous le dis en toute sincérité, vous n'allez pas vous arrêter en si bon chemin, j'espère ?

J'ai répondu ah-ça-non ! monsieur le chef de Centre, je veux aller jusqu'à receveur, je l'ai juré sur la tombe de ma mère ! Et je suis partie avant qu'il se mette à chialer, vu que ça l'avait laissé baba, le pauvre homme !

Et voilà comment Simone est devenue contrôleuse de la Peste, mon chéri ! En 1980…

1980, c'était aussi l'année de la mort de Jean-Lucien Caroubier.

Du rang 48, j'étais passée à 40, ça avait un peu bougé. Avec Caroubier, je suis passée sous la barre des 40, merci Jean-Lucien !

Saint-Martin-des-Besaces, 14 heures 45.

— T'as reçu mes petits fax, Marielle ?

— Qu'est-ce que tu veux à la fin ? Qui c'est ce type ?

— C'est le onzième de la liste, mon grand ! T'as bien reçu ma liste ?

— Qui c'est, tous ces gugusses ?

— Je t'ai donné le nom des dix premiers. Pour le onzième, faudra te contenter de la photo, mon vieux…

— La photo d'une… d'une…

Ben quoi, Marielle, t'as une panne de vocabulaire !

— La photo d'une bite ! Non mais, tu te fous de moi ?

— Je suis très sérieuse, mon chéri.

— Mais qu'est-ce que tu veux que je fasse de ça ? !

— Sherlock Holmes, ça fait longtemps qu'il aurait trouvé, Marielle…

— Qu'est-ce que tu veux que je fasse avec ces noms, Simone !

— Tu veux pas que je te mâche le boulot non plus ! Fais le compte, Marielle : dix plus un égale onze…

— Oui, et alors ?

— Et alors on va bien voir si la Gendarmerie est aussi fortiche qu'elle le prétend !

— À quoi tu joues, Simone ? Tu joues aux dix p'tits Nègres ?

— À cause de Simone, la Peste elle a buté dix bonshommes, et le onzième, il attend dans l'antichambre…

— Si tu veux qu'on te croie, il faut nous envoyer quelque chose de plus probant, parce que ta photo, franchement…

— Parce que tu trouves qu'une bite c'est pas probant ! Mais mon pauvre Marielle, tout gendarme que t'es, si y'avait pas eu un coup de bite de ton paternel, tu serais toujours à graviter dans le néant avec les neutrons et les protons…

— Bon, ça va, ça va ! Admettons que tu détiennes le ministre en otage… Qu'attends-tu pour me le passer ?

— Tu lui parleras bientôt, Marielle.

— Et pourquoi pas maintenant ?

— Parce que c'est moi qui décide, peau d'bête ! On se rappelle. À tout à l'heure, Marielle…

— Mais tu pourrais au moins me donner ton num… Eh merde ! Elle a raccroché.

Aussitôt, le brigadier Marielle pianota rageusement le numéro de sa femme.

Déconnecté.

Toujours déconnecté.

— C'était bien la peine de me tanner pour que je lui achète un portable ! Si c'est pour le laisser débranché…

Il relut la liste des dix noms tapés à la machine qui figuraient sur le second fax : *Félix Dartevelle Jean-Lucien Caroubier, Bruno Le Meur, Gilbert Mazeau, Monique Toudic, Patrice Gascon, Éric Blin, Robert Dussidour, Régis Toucan, Jean-Paul Bousquet…*

Il souleva légèrement son képi pour se gratter la tête, le remit en place et composa pour la énième fois le numéro du portable de Catherine. Et pour une fois, miracle, ça sonnait…

Mais le brigadier n'était pas au bout de ses peines, car son épouse ne décrocha qu'à la quinzième sonnerie.

— Catherine ? Mais qu'est-ce que tu fous ! Ça fait vingt fois que j'essaie de te joindre depuis ce matin !

— …

— Catherine ? Tu m'entends ?

— …

— Non mais, c'est pas vrai ! On entend plus rien… Il est naze ou quoi ton bidule !

— Tu es bien arrivé à Paris ? répondit la brigadière d'une voix lointaine.

— Je ne suis pas à Paris, figure-toi. Je suis à Saint-Martin.

— Tu as manqué ton train ?

— J'ai eu un empêchement…

— Rien de grave, j'espère ?

— Non, non… Où est-ce que tu es, ma chérie ?

— Tu attends deux secondes, veux-tu, il y a un train qui passe…

— Un train ?

Le brigadier entendit un épouvantable vacarme, et la communication fut presque aussitôt coupée. Il appuya sur la touche *bis* de son portable. Occupé. Il attendit un peu et renouvela l'opération plusieurs fois de suite. Rien à faire. Ça sonnait toujours occupé, et il commençait à être sérieusement irrité.

— Bon Dieu, mais qu'est-ce qui se passe, à la fin ! Un train qui passe ! C'est quand même pas ça qui bousille les fréquences ! Courcière, il y a moyen de localiser la position géographique d'un portable ?

— On n'a pas le matos, brigadier. Il faudrait un spécialiste des transmissions. Si vous voulez, j'appelle le capitaine Nogrette à Carpiquet. Lui il saurait…

Le brigadier sentit l'ironie poindre dans la voix du maréchal des logis. Il tenta maladroitement de rattraper le coup :

— Euh, elle aura eu un imprévu… Ce n'est pas le problème de la gendarmerie, après tout… Et le fax ? Toujours pas identifié le numéro expéditeur ?

— Le deuxième est encore plus illisible que le premier, expliqua Courcière. J'ai identifié quatre chiffres sur les dix. Et encore, ce sont les quatre derniers.

— C'est foutu de ce côté-là, si j'ai bien compris.

— J'en ai bien peur. Que faisons-nous, alors ?

— On attend, Courcière ! On attend ! Chambrier ne devrait pas tarder à revenir avec les pizzas. Vous n'avez pas faim, vous ?

DEUX...

Jean-Lucien Caroubier (1980)

Et Caroubier, tu vas m'dire, qu'est-ce qui lui est donc arrivé à Caroubier ? Il est tombé d'un train en marche ? Mort d'une crise cardiaque ? Emporté par une avalanche ? Rien de tout ça, mon chéri. Lui, c'est beaucoup plus simple que ça... Il s'est juste fait écraser par une bagnole, comme je t'ai raconté tout à l'heure. Sauf que la bagnole, c'était pas moi qui la conduisais. C'est bien simple, j'ignorais complètement son existence, à Caroubier...

C'est simple, et en même temps très compliqué... Et si tu veux pas être largué, il faut que je te raconte une autre histoire, mon p'tit chat, parce que sinon, tu comprendras rien...

L'histoire de mon ami Étienne...

Parce que la bagnole, c'est lui qui la conduisait.

Et qu'il a foncé exprès sur Jean-Lucien Caroubier. Bing ! Tué sur le coup. Pour me rendre service, il a dit.

Mais moi je lui avais rien demandé, à la fin...

Et allez-y, c'est reparti ! Ça n'en finira donc jamais, cette histoire... Qu'est-ce qu'elle va encore inventer, cette fois ? Je me sens las, si las... Et Anne qui doit se faire un sang d'encre ! Ça fait combien de temps que je suis enfermé avec cette folle? Deux heures? Trois heures? Quatre?... Je suis incapable de le dire...

Ouais, eh ben, t'es pas le seul, mon chéri ! Tu crois que je suis pas fatiguée, moi ? Tu crois que ça m'amuse de te raconter ma vie ! Tu crois pas que ça me pèse tous ces mensonges ! Je préférerais tout bonnement *la vivre*, ma vie, si tu veux savoir… Je préférerais prendre du bon temps, qu'est-ce que tu crois… Au lieu de ça, je me fais suer à bécoter un ministre coincé comme c'est pas permis, alors, tu la mets en veilleuse, s'il te plaît… Je lui avais rien demandé à Étienne, bon sang ! RIEN ! J'y peux rien s'il est tombé fou amoureux de Simona. Et s'il avait fait que tomber amoureux, encore ! Mais en plus c'était un grand romantique, il s'est fait des films, et j'ai pas pu l'empêcher, moi, je pouvais quand même pas entrer dans son cerveau, *c'est pas ma faute, Dominique !* C'est pas moi qui l'ai fait, merde… Il a eu une maman, lui aussi… C'est pas ma faute si cet abruti a tout compris de travers… C'est la faute à pas de chance… C'est la faute… C'EST LA FAUTE À LA PESTE, PUTAIN !

Mais oui Simone, je sais... À cause de la peste... À défaut de connaître la chanson en entier, j'ai appris le refrain...

Étienne, je l'ai rencontré à Paris. J'étais venue fêter mon concours avec Lucette et sa fille Géraldine. Géraldine, c'était une môme super sympa, elle avait des nattes, elle riait tout le temps, je la faisais rigoler avec mes histoires, elle en redemandait. Remarque, avec sa mère elle était à bonne école, parce qu'elle engendrait pas la mélancolie, Lucette... Bref, trois jours bonnards à Paris, on était venues avec la bagnole de Lucette, on avait pris deux chambres dans un petit hôtel du Marais, ça nous a coûté une fortune mais moi je voulais pas me retrouver dans des quartiers à mateurs, genre Pigalle ou Barbès, surtout à cause de la petite, elle avait quand même que treize ans, la petite... Les deux premiers jours on a fait le Louvre, le musée Grévin, on est allées voir un film avec Delon et Mireille Darc sur les Champs-Élysées, à la sortie on s'est fait draguer par un émir du pétrole qui voulait nous emmener dans son palais des mille et une nuits avenue Foch, le type il avait un boudin sur la tête, quelle allure, et une Rolls-Royce avec chauffeur qui attendait en triple file, ils se font vraiment pas chier, ces émirs, c'était vraiment génial... Moi j'étais partante mais Lucette elle a dit j'ai pas envie de me retrouver à faire la danse du ventre dans un harem de Ouarzazate, et qui te dit que c'est pas un souteneur, ce bougnoule ! Saoudien, moi je veux bien, mais qui te dit que c'est pas un maquereau ? *Te fâche pas, Lucette, te fâche pas...*

Moi, depuis le salon de l'Auto 67 j'étais pas venue à Paris, j'avais drôlement envie de voir la tour Eiffel, je voulais pas la louper une seconde fois. Lucette elle voulait à tout prix visiter le musée de la Peste, boulevard de Vaugirard, elle avait rancard là-bas avec une copine, une chéquarde des Emmurées mutée à Favorites. Alors Lucette est allée au musée de la Peste, et Géraldine et moi on a fait la tour Eiffel, bras dessus, bras dessous, comme des copines, Géraldine elle était heureuse comme tout, tu parles, surtout qu'on a fait le voyage en taxi, elle avait jamais pris un taxi de sa vie, Géraldine !

On s'est retrouvées le soir dans un restaurant près

de la Bastille tenu par des anciens révolutionnaires de mai 1968, ça s'appelait la Canaille et quand même au début j'ai fait la moue, le patron avec sa queue de cheval, les serveuses baba cool en sari genre je-fais-mon-marché-à-Katmandou, les affiches au mur sur les diamants de Giscard, les CRS et Pinochet, je me suis dit des zozos pareils, attention Simona ! tu commandes un ris de veau et tu te retrouves avec de la cervelle décongelée de CRS de mai 1968, alors je me suis rabattue sur la truite aux amandes, et c'était super bon, mais quand même j'ai fait la gueule parce que j'adore le ris de veau.

La copine de Lucette est venue avec un copain, enfin, un copain, un collègue, j'ai tout de suite vu qu'ils étaient pas ensemble ces deux-là, vu que la copine de Lucette c'était une sacrée pépée et lui le genre grand sec qui a pris un coup de fer à repasser sur la cafetière, et en plus il avait une espèce de capote de trappeur sur le dos, et on était au printemps, je te dis pas la dégaine ! Et le type, c'était Étienne, tu vois je parle pas pour ne rien dire.

Je lui avais tapé dans l'œil à Étienne. Pendant tout le repas il m'a tenu la jambe, il me faisait du pied sous la table. C'en était gênant pour moi. Y'en avait que pour Simone. Il tournait carrément le dos à Lucette. On a causé un peu, des trucs sans importance. Moi j'étais à moitié ivre, je me souviens plus tellement. La tête qu'il a fait quand il a su qu'on repartait à Rouen le lendemain ! Il a insisté pour me donner son numéro de téléphone alors que je lui demandais rien. Le pauvre chérubin, j'étais toute émue de le voir si malheureux. Surtout quand je lui ai dit excuse-moi, mais je ne peux vraiment pas te donner le mien, mon mari est un type très jaloux, un sanguin, il ne supporte pas que je parle à d'autres hommes, le jour de la communion de ma nièce, il a failli égorger mon cousin parce qu'il me lisait les lignes de la main, vaut mieux que tu m'oublies mon pauvre Étienne, c'est bien triste d'en arriver là, c'est pas une vie qu'je mène, je sais bien, mais ça vaut mieux pour tout le monde, crois-moi...

Un mois plus tard, Lucette me prend à part à la cafét', elle me dit ma pauvre Simone, tu te souviens d'Étienne, le type de la Canaille, j'ai eu de ses nouvelles par mon amie Suzanne, il est à l'hôpital, figure-toi !

— Que lui est-il arrivé à ce pauvre biquet ?

— Il a essayé de se faire du mal.

— Et il a pas réussi ?

— Si. Mais il s'en est tiré.

— Alors tout va bien ! Pourquoi tu me racontes ça, Lucette ?

— Il a laissé une lettre pour toi.

— Mais je le connais pas, moi, ce type ! Il m'a à peine fait la bise, et après ?

Lucette elle sort une enveloppe de sa poche et me la tend. Bon, je me souviens plus de son charabia, je vais pas t'emmerder avec ça, Dominique, le temps presse...

Tiens, c'est vrai, à propos, quelle heure est-il ? Je ne peux même pas regarder ma montre, d'ailleurs j'ai comme l'impression qu'elle me l'a enlevée, je ne la sens plus à mon poignet... En revanche, elle m'a laissé ma ceinture, ça c'est gentil, madame Simone, on ne sait jamais, au cas où j'irais me pendre avec...

Il disait qu'il partirait en pensant à moi, qu'il revoyait encore ma délicieuse mimique quand j'avais lu « ris de veau » au menu, qu'il avait eu envie de me prendre dans ses bras à ce moment-là, le pauvre chou, des trucs de puceau amoureux à sa midinette, quoi, pas le genre de truc qui marche avec Simone, j'ai passé l'âge. En tout cas, ça m'a touchée, sa lettre. C'était con, mais personne ne m'avait encore jamais écrit des trucs pareils. Et je lui ai écrit à l'hôpital, à Étienne. Une longue lettre. Pourtant l'écriture c'est pas mon fort. J'ai du bagou, mais je sais jamais quoi mettre…

Je lui ai mis que j'étais émue jusqu'aux larmes.

Que j'avais pleuré en lisant sa lettre.

Qu'il avait dû déguster, le pauvre.

Qu'il aurait pas dû faire une chose pareille.

Qu'avec des ciseaux, surtout…

Que j'en revenais pas qu'on fasse ça pour moi.

Que j'en valais pas la peine.

Que je m'en voulais.

Que je m'en voudrais toute ma vie.

Que j'étais pas prête de l'oublier.

Que je lui avais menti.

Que j'avais pas de mari jaloux.

Que j'étais même pas mariée.

Que j'avais dit ça comme ça.

Que j'étais qu'une menteuse.

Qu'il fallait pas m'en vouloir.

Que c'était toujours comme ça.

Que c'était plus fort que moi.

Que ça me «prenait» tous les 36 du mois.

Que ça me travaillait.

Que j'aimais ça, mentir.

Que ça m'amusait.

Que ça me faisait jouir.

Que j'étais une fille à histoires.

Qu'après j'avais honte.

Que c'était pourtant pas de ma faute.
Que c'était à cause d'un secret.
Que j'en avais parlé à personne de mon secret.
Qu'à lui je pouvais bien le dire.
Que c'était à cause de la Peste.
Que j'en dirais pas plus, ah ça non.
Que c'était mieux comme ça.
Qu'il valait mieux que ça reste entre moi et moi.
Que c'était trop douloureux.
Que je voulais faire de mal à personne.
Que je lui en avais déjà assez fait comme ça.
Que personne ne pouvait comprendre.
Que celui qui comprendrait n'était pas né
Que s'il était né il valait mieux qu'il l'ignorât.
Que j'avais pas l'habitude du subjonctif.
Que c'était l'émotion.
Que c'était pas un cadeau pour cette personne.
Que je ne savais pas comment je réagirais.
Que j'étais capable de tout.
Que j'étais tellement sentimentale.
Que j'étais foutue capable de l'aimer, oui.
Que ça m'était encore jamais arrivé.
Que ce serait pour la vie.
Que j'avais la trouille de mal tomber.
Qu'il y avait tellement de coureurs.
Que j'en avais tellement rencontrés.
Qu'ils me faisaient peur les hommes.
Que j'avais peut-être tort.
Que c'était comme ça.
Que j'y pouvais rien.
Que peut-être qu'il comprendrait, lui…
Que je voulais pas le faire souffrir.
Qu'il valait mieux qu'il m'oublie.
Que ce serait terrible, je sais.

Que ça lui ferait du mal.
Que j'en avais mal pour lui.
Qu'il fallait pas qu'il se fasse du mal.
Qu'il fallait pas qu'il recommence.
Surtout avec des ciseaux.
Et qu'il me pardonne pour tout.
Et j'ai signé Simona qui est bien malheureuse.

Bref, je me foutais de lui dans les grandes largeurs. Je me disais c'est pas possible qu'il comprenne pas, même le dernier des boulistes de la Peste comprendrait qu'on se fiche de lui en lisant ça… Parce que je t'ai pas dit, il travaillait à la Peste, Étienne, eh si ! Planton au ministère, il m'avait dit. Il m'avait menti. Lui aussi. Il était aussi menteur que moi. Il était pas du tout planton, Étienne. Il bossait au ministère, mais pas comme planton. Sinon il aurait jamais tué Jean-Lucien Caroubier. Il faisait *autre chose* au ministère, Étienne, mais ça je l'ai su *après*, et je te dis pas quoi. Parce que si je te le dis maintenant, je te connais, tu vas plus m'écouter, je vois bien que tu recommences à piquer du nez, mon pauvre chéri… Tu sors d'une séance de nuit à l'Assemblée ou quoi ? *Et je veux que tu m'écoutes, Dominique. Jusqu'au bout tu dois m'écouter, même si ça te coûte...*

Hein ! Ah merde... Je m'endors... Faut que je fasse gaffe. Elle va encore me battre, cette...

Étienne il y a vu que du feu, et en plus il m'a répondu par retour de courrier. Il était fou de bonheur, il avait une écriture toute tremblotante, remarque, après un coup de ciseaux dans les poignets, pour tenir un stylo… Il disait qu'il était sauvé. Et je lui ai répondu, j'ai eu pitié de lui. Le problème, c'est que j'ai continué à lui raconter des trucs abracadabrants, j'ai pas pu m'empêcher. Et qu'il a mordu à l'hameçon. Et quand j'ai vu qu'il mordait, je me suis dit *vas-y Momone, défoule-toi, t'as toujours aimé ça, mentir, c'est le moment, raconte-lui tout ce qui te passe par la tête.* Étienne, c'était vraiment le type rêvé pour une reine des menteuses, c'était une vraie rente, ce type. Je pouvais pas deviner que mes mensonges me conduiraient aussi loin. Je pouvais pas deviner qu'il les goberait tout crus. Je lui ai dit que j'avais bien réfléchi, que j'avais peut-être besoin d'un homme comme lui après tout, que s'il n'y avait pas eu ce foutu secret qui me bousillait la vie, on aurait sûrement pu s'aimer. Mais qu'on pouvait pas à cause de ce secret tapi en moi depuis si longtemps. Que tous les psys de Rouen s'étaient cassé le nez sur mon cas, qu'il n'y avait rien à faire. Non, je lui disais, c'est impossible, ce serait trop dangereux, mieux vaut ne plus en parler. Plus c'est gros, mieux ça passe, ben-tiens ! Étienne, je lui aurais raconté que j'ai fait passer une botte de paille dans le chas d'une aiguille, il m'aurait crue ! Et c'est comme ça qu'on s'est revus. Il est venu me voir à Rouen, après sa sortie de l'hôpital. On a dîné dans une brasserie rue Saint-Maclou. Il avait un pansement au poignet droit, il bégayait un peu tellement il était mal. Il était très gentil, il m'a fait des tas de compliments. Et ta robe elle te va à ravir ! Et tes cheveux, pareil, c'est leur couleur naturelle ? Et des femmes comme toi c'est ce qui manque au ministère, elles vous prennent de haut parce qu'elles ont fait des études, moi, ça me rend malade, qu'est-ce qu'elles ont de plus que toi ces femmes, hein, franchement, qu'est-ce qu'elles ont de plus ? Tu veux que je te dise, Simone, ce qu'elles ont de plus que toi ? Moi, je vais te le dire, eh bien, elles ont *rien* de plus que toi ! C'est des femmes qui se soignent, qui font du tralala avec leurs belles toilettes et qu'en ont jamais bavé, c'est pas comme toi…

Ce qu'il pouvait être rasoir, pfffouh ! Mais bon, j'avais décidé de l'avoir à la bonne, le pauvre. J'étais curieuse de voir jusqu'où ça irait, cette affaire. Après on est allés dans mon home, rue du Champ-des-Oiseaux, et là il s'est carrément réchauffé, le vilain petit lapin !

Quand il a commencé à poser ses pattes sur moi, je lui ai dit que je ne pouvais pas faire l'amour, que c'était bien trop tôt, que je faisais un blocage psychologique, à cause du truc que je… enfin, tu sais, à cause de ce foutu secret qui me rendait si malheureuse, et que s'il m'aimait vraiment, il fallait qu'il attende que je guérisse, oui, on pouvait dire ça, c'était une sorte de maladie, mais ça pouvait être long, les psys me l'avaient dit, ça pouvait durer des mois, des années, même, et s'il en avait pas le courage, pas de problème, je comprenais, je saurais être courageuse, j'en avais tellement bavé dans ma chienne de vie, je ne voulais pas le retenir, il y a tellement de femmes qui rêvent de s'envoyer en l'air avec un bel homme robuste comme toi, mon chou !

Là, il s'est froissé, Étienne :

— Pour qui tu me prends ? Comment peux-tu m'imaginer avec une autre que toi, Simone ! J'en ai jamais connu d'autres, t'es la première…

Je me suis dit pince-toi, ma fille, tu rêves, t'es tombée sur le dernier des grands couillons romantiques, lui au moins, il va te respecter ! Et paf, la magie est tombée aussi sec. Il s'est tourné vers moi et m'a demandé :

— C'est quoi ton « blocage », si c'est pas indiscret ? Et puis c'est quoi, cette histoire de « peste » ?

— Mais voyons, Étienne, c'est *très* indiscret, t'as pas idée ! Il y a des choses qu'on peut pas dévoiler comme ça au premier venu, des choses de femmes… C'est déjà assez délicat pour moi d'en parler avec les psys, mais là…

— Mais je ne suis pas le premier venu ! Je suis l'homme de ta vie.

— Ouais bon, si tu veux ! T'es l'homme de ma vie… Et alors ?

— Alors tu peux tout me dire.

— C'est que c'est très *délicat*, j'ai minaudé. Je te l'ai déjà dit…

— Mais moi je t'ai bien dit que je n'avais jamais connu de femme, Simone. Et j'ai quarante ans passés… Tu crois pas que ça m'a coûté ?

— C'est que… tu vois, c'est vraiment quelque chose de… vraiment *ridicule*, Étienne. Et en même temps, c'est très *douloureux*. Si je te dis mon secret, tu vas te moquer de moi, tu vas me prendre pour une folle, tu voudras plus me voir.

— Plutôt mourir que ne plus te voir, mon amour, il m'a assuré. Je suis prêt à tout entendre.

Ah non alors, il va pas recommencer à se suicider ! j'ai hurlé dans ma tête, et je me suis dit ma petite Simona, tu peux plus reculer, il est trop mordu. Tu pourrais lui annoncer que t'es une chaudière à mazout qu'il s'en foutrait. Trouve quelque chose de vraiment tarabiscoté… Je suis restée un bout de temps assise sur le bord du lit, la tête entre les mains, à faire ma Nelly qui pleure. Et au bout d'un moment, j'ai dit, les yeux mi-clos :

— Étienne, c'est vraiment trop horrible, je sais pas si j'y arriverai… C'est une *promesse* que j'ai faite… à ma mère…

Il m'a serrée très fort dans ses bras, quel colosse ! Mine de rien, ça devait pas être rien de partir dans les bras d'un homme pareil.

— Quand j'avais douze ans, ma mère est morte sous mes yeux, elle s'est fait… écraser par un chauffard. J'étais à côté d'elle quand c'est arrivé, elle me tenait par la main… Elle me serrait la main très fort et sous la violence du choc, j'ai valsé dans l'air avec elle… Mais c'est elle qui a tout pris, c'était horrible… J'étais recouverte de sang, elle… elle avait un grand trou sur la tempe droite, entre l'œil et l'oreille, c'était dégoûtant, et ça n'arrêtait pas de… pisser le sang. Je me disais ça va jamais s'arrêter, *m'man, arrête de saigner comme ça, j'ai peur !*… J'ai pris mon mouchoir blanc tout propre, comme une idiote j'ai pris le temps de le déplier, et j'ai essayé de boucher le trou et ma main est devenue toute rouge, mais ça s'arrêtait pas… *Maman arrête de saigner, maman, arrête !* Mais elle voulait pas m'écouter, ou alors elle m'entendait pas, je sais pas, ou alors peut-être qu'elle était déjà morte, mais non elle était pas morte, puisqu'elle est morte *après*, à l'hôpital, qu'ils ont dit les pompiers. Alors j'ai senti que quelqu'un me *regardait*, mais c'était pas ma mère, elle avait les yeux fermés ma mère, c'était plus loin, sur la route… Quand j'ai levé les yeux, le regard était parti, j'ai juste entendu un claquement de portière, et j'ai vu une 4L rouge qui s'en allait, et moi je le connaissais le salaud qui avait écrasé ma maman et qui prenait la fuite. Je me suis penchée sur elle, je lui ai dit *m'man, m'man, je sais qui c'est, je sais qui c'est !* Quand les pompiers sont arrivés, je suis montée avec eux dans l'ambulance et je l'ai accompagnée jusqu'à l'hôpital d'Aulnay-sur-Odon, je lui ai pas lâché la main du voyage, elle était devenue aussi rouge que la mienne, sa main… J'arrêtais pas de répéter *je sais qui c'est, m'man, je l'ai vu*. Et à un moment maman a ouvert les yeux, j'y croyais plus, elle a légèrement relevé la tête avec ses lèvres elle a fait *qui*… Et moi j'ai crié *C'est m'sieur Lhermite, le receveur!* Alors elle m'a fait signe d'approcher. J'ai posé l'oreille sur ses lèvres et elle a murmuré quelque chose, c'était dur à comprendre parce qu'elle avait plus de forces et qu'elle avait la bouche pleine de sang et en plus les pompiers lui avaient mis un tuyau dans la bouche, mais j'ai réussi à comprendre ce qu'elle disait… Tu veux que je te dise ce qu'elle m'a dit, Étienne?

Oui. S'il vous plaît, Simone, dites-le-moi… Qu'on en finisse… Que vous a-t-elle dit, votre maman?

Dis donc, Dominique, à qui je parle, à ton avis! À qui je parle?…

Nonnnn… Excu… sez-moi… Ne me frappez pas… S'il vous plaît ne me frappez pas! À quoi ça sert de me taper dessus, Simone?

À qui je parle, Dominique? Tu vas répondre, à la fin!

AÏE… Pourquoi vous me tordez la joue comme ça? Je ne suis pas un gosse… Je vous présente mes excuses… Je suis désolé… je… je me suis laissé emporter, vous êtes la plus forte… C'est à Étienne que vous parlez! Vous étiez en train de parler à Étienne!

Tu s'rais pas jaloux de lui, quand même? Tu vas pas t'y mettre, toi aussi! T'es si pressé que ça de prendre sa place ? Eh ben, t'es pas à sa place, figure-toi… Tu seras *jamais* à sa place, y'a pas de danger !

Étienne il a hoché la tête. Tu parles s'il voulait savoir ce qu'elle m'avait dit ! Maman elle m'a dit… *Ma petite fille, tant qu'il sera vivant, ne lui laisse pas une minute de répit à ce salopard…* C'est ça qu'elle a dit, maman. Elle a pas dit ça comme ça, elle l'a dit avec les yeux. Elle avait un mal de chien à ouvrir la bouche, mais moi je sais que c'est ça qu'elle a dit… Elle m'a regardé une dernière fois, elle semblait presque paisible. Et elle est morte aussitôt après. Je venais de fêter mes douze ans… Sur sa tombe, je lui ai répété qu'elle pouvait compter sur moi, que je la vengerais à ma façon. Tuer le receveur, ç'aurait été trop facile, Étienne… C'est comme pour la Bénimachair. *C'est toujours à Étienne que je parle, mon chéri, attention…* Alors j'ai bien réfléchi, j'en ai parlé à ma frangine Monique. La saleté, elle s'est moquée de moi, elle m'a dit *t'es mûre pour l'asile, 'tite sœur…* J'ai compris que je pouvais compter sur personne, qu'il fallait que je trouve une solution toute seule. Et j'ai trouvé la solution. J'ai juré qu'un jour je passerais le concours de la Peste, et que je reviendrais à Saint-Martin-des-Besaces pour le foutre dehors, ce vicieux qu'arrêtait pas de regarder la culotte des petites filles…

Alors, à ce moment-là, ce pauvre Étienne, il a explosé :

«— Parce qu'en plus, il regardait la… Non !…

«— Ben, qu'est-ce que tu crois ! Et si tu voulais pas, privé de courrier pendant une semaine ! Et il se gênait pas pour ouvrir nos lettres… Et s'il n'y avait que ça, mon pauvre Étienne ! Tu peux pas savoir tout ce que j'ai enduré avec cette ordure de Lhermite… Et si j'étais la seule, encore ! J'ai pas beaucoup de copines à Saint-Martin à qui il a pas fait des cochonneries…

Étienne il arrêtait pas de répéter :

«— Mais comment peut-on faire des choses pareilles, comment peut-on faire des trucs aussi horribles ! Mais c'est ignoble ! Mais c'est odieux ! Et personne ne l'a dénoncé ?

«— Le dénoncer ! *Dénoncer le receveur ?* Mais d'où tu sors, toi ! Les receveurs, à la campagne, c'est comme le notaire et le curé, c'est des illustres, ça connaît plein de gens haut placés, ouh-la-la… C'est qu'il avait des appuis, le cochon ! Et puis, avec ses manies, il savait tout sur tout le monde, ce bandit… À force d'ouvrir le courrier des gens, tu parles !

«— Ôte-moi d'un doute, Simone… Ce n'est quand même pas à cause de tout ça que tu as…

«— Passé le concours des Pestes ? Et comment donc, Étienne ! Je pensais plus qu'à ça ! Et sur la tombe de maman, je sais pas ce qui m'a pris, j'ai fait une autre promesse, je m'en suis mordue les doigts toute ma vie, mais une promesse, on peut pas revenir dessus… J'ai dit à la photo de maman sur la pierre tombale *maman, je te jure que j'irai pas avec les hommes, enfin... pas avant d'être revenue prendre la place du receveur Saint-Martin, je t'en fais le serment, m'man...* »

Elle est complètement à la masse, la pauvre Simona, elle est…

Et à la fin, quand j'ai eu fini de raconter tout ça à Étienne, j'ai eu honte de tous ces vilains mensonges, et j'ai éclaté en sanglots, des vrais sanglots, je faisais plus semblant, je repensais à ma maman qui était partie quand j'avais douze ans, même si c'est pas comme ça qu'elle est partie, elle est partie, Étienne, euh... *Toi tu t'appelles pas Étienne, mon chéri!* Je finis par m'embrouiller avec tout ça! J'ai mal à la tête, t'aurais pas un cachet? J'ai des migraines... Meuh-non, je sais... *C'est Dominique que tu t'appelles, mon p'tit homme...* Quand j'ai dit à Étienne que c'était pour ça que je pouvais pas faire l'amour avec lui, que je pouvais même pas l'aimer, ou alors sans faire l'amour mais c'était pas marrant, il a eu un moment d'hésitation, il a dû se dire que j'étais vraiment sinoque, il avait l'air malheureux comme tout, il a commencé à ouvrir la bouche, il allait faire une phrase, et moi j'ai posé un doigt sur sa bouche et j'ai dit :

— Tais-toi, mon p'tit Étienne, dis rien, ça vaut mieux. Je sais bien, c'est une histoire de fous, je te l'avais bien dit que j'étais pas un cadeau, aucun homme ne peut attendre si longtemps... À ta place, je partirais, mon p'tit chéri...

Étienne il est resté un long moment immobile, collé contre moi, les bras ballants, ça devait le démanger pourtant... à se demander si c'était du lard ou du cochon, puis il a dit :

— T'es sérieuse? Tout c'que t'as dit, là, c'est sérieux?

J'ai hoché la tête d'un air lugubre.

— C'est pas que je te crois pas, mais...

Je l'ai fusillé du regard. Il crevait de trouille, le pauvre.

— Non, parce que dans ta lettre... tu m'as dit que t'étais une... une menteuse... que tu faisais que ça... alors je... alors tu comprends...

Il a pas été plus loin, il s'est arrêté là, au beau milieu de sa bouillie de mots. Et il est parti, Étienne, après m'avoir longuement serrée dans ses bras. Moi, toute froide, les bras ballants le long du corps… Il m'a embrassée sur le front, et moi je me suis dit t'es dure à l'ouvrier, Simona, tu pourrais au moins faire un geste. Je l'ai attrapé par le cou et je lui ai roulé le patin du siècle en me collant contre lui, et tout à coup je lui ai dit pars, mon p'tit amour, pars. Dis-toi que Simona ne t'oubliera jamais. *Pars, surtout ne te retourne pas, quoi qu'il arrive, je serai toujours avec toi… Pars… et surtout, reviens-moi !* Avant de passer la porte, il s'est retourné et il a lancé : *je t'aime, Simone, je te le prouverai.* Des naïfs comme ça, j'te jure, je savais même pas que ça existait. À ce moment-là, je me suis retenue de lui dire la vérité, ça l'aurait détruit, le pauvre, il aurait pas supporté, et je l'ai laissé partir avec ses illusions.

Deux mois plus tard, il m'a envoyé une carte postale de Nancy. Bon, il s'était pas flingué, c'est déjà ça. *Je pense bien à toi. Je pense tout le temps à toi Je t'envoie une preuve de mon amour Tendres baisers. Étienne.* Comme c'est mognon tout ça ! Et en dessous, il avait scotché une coupure de *l'Est républicain* avec un fait divers racontant qu'un certain Jean-Lucien Caroubier, 48 ans, demeurant à Vandœuvre-lès-Nancy, facteur de son état, s'était fait écraser par un chauffard qui avait pris la fuite.

Où il voulait en venir avec ce facteur écrasé ? *Une preuve d'amour !* Et puis je me suis souvenue que je lui avais parlé de l'accident de Félix Dartevelle à la dune du Pyla, l'accident qui m'avait fait gagner une place dans le tableau de récolement des vœux, je me suis dit c'est pas possible, il a quand même pas buté ce type *rien que pour…* Et même si ce type avait fait des fiches de vœux pour le Calvados, comment il l'aurait su, ça tient pas debout ! Et là, mon petit amour, je peux te dire que j'ai vraiment commencé à avoir la trouille. Je me suis dit ouh-la-la, t'as mis le pied dans un drôle d'engrenage, Simona… Mais comme il me laissait sans nouvelles, je me suis dit peut-être qu'il fait ça pour me faire peur, il découpe des articles dans les journaux, et ça lui fait son rot…

Mais j'ai quand même attendu six bons mois avant de remplir une demande de rang pour les fiches de vœux. À chaque fois que j'allais au BO, je trouvais une excuse pour faire demi-tour, ça me perturbait cette affaire…

Saint-Martin-des-Besaces, 15 heures 13.

— Elles sont pas mauvaises du tout ses pizzas au petit Mario !

— La pâte, mmmmpffffff, elle est drôlement onctueuse.

— Ça change de la pizza Fabrizio.

— Alors eux, c'est le pompon. J'y suis allé avec mon épouse samedi dernier. Autant manger du surgelé.

— Bon, d'accord, le chorizo, il est un peu sec, mais à part ça, je dois avouer qu'elle est vraiment délicieuse…

— Le chorizo est toujours sec dans la pizza, mon petit Verdailhet.

— Ah bon ?

— Affirmatif !

— Et pourquoi donc ?

— Mais parce que le chorizo est toujours sec, ah-ah-ah-ah !

— Elle est bien bonne, celle-là, brigadier !

— Quand même, je me demande pourquoi il s'enterre ici, Mario !

— S'enterre ! S'enterre ! N'exagérons rien… Z'êtes pas bien à Saint-Martin, Chambrier ?

— Je n'ai pas dit ça, brigadier… Mais c'est juste qu'avec une pâte aussi savoureuse, il serait mieux sur la côte…

— La côte, la côte… C'est pas la panacée, tu sais !

— Vous savez combien c'est la patente, sur la côte, Chambrier ?

— Aucune idée, brigadier.

— Eh ben moi je vais vous le dire, combien c'est, la patente, sur la côte… Elle est pas donnée, la patente, sur la côte !

— Vous nous avez bien fait marcher, brigadier !

— Non, croyez-moi, il est bien mieux ici, Mario. Il fait ses petites tournées, tranquille. Il est pas emmerdé par les touristes…

— Surtout qu'il s'est mis en ménage avec la petite Maryse Fortineau, à c'que m'a dit le boucher.

— La petite Fortineau qui fait du handball ?

— À propos, elle date de quand, notre dernière visite de routine aux Buis-du-Champ ? Vous savez ça, Courcière ?

— Dix-huit mois exactement.

— Quelle mémoire !

— Ma femme venait juste d'accoucher de Kevin. J'ai pas de mérite.

— Messieurs, dès qu'on en aura fini avec l'autre tordue, on ira se faire payer un calvados par le père Fortineau, ça nous changera les idées…

Ainsi, ou à peu près, philosophaient les cinq professionnels de l'ordre et de la discipline de la brigade de Saint-Martin-des-Besaces en attendant le bon vouloir de la preneuse d'otage.

TROIS...

Bruno Le Meur (1981)

Mais Étienne il m'avait pas oubliée, t'inquiète... Un an plus tard, en juin 1981, ça faisait pas un mois que j'étais mutée à Bourseul, j'ai appris la mort de Bruno Le Meur. C'était un lundi matin et ce jour-là j'avais pas la frite. Depuis l'élection de Tonton Vichy, j'avais le bourdon, mais là, j'étais patraque comme un lundi. Remarque, on dit comme un lundi, c'est bien joli comme un lundi, mais faut pas exagérer, c'est quand même pas la mort le lundi. Les filles elles sont bien contentes de partir en week-end, mais à les voir se repoudrer devant la machine à café le lundi matin, clope au bec, et pia-pia-pia, pas de sucre, ma chérie, tu sais bien que je fais du diabète, tu te dis, si elles avaient pas le lundi au boulot pour prolonger le week-end, personne n'en parlerait plus de leur week-end, alors finalement, elles sont bien contentes d'avoir le lundi... Le lundi à la Peste, c'est assez croquignolet. Ce lundi-là, Patou-je-sais-tout, elle nous a fait son festival.

— Avec mon mari, ce week-end, on est allés à Saint-Marcel, dans l'Indre.

— T'as de la famille dans l'Indre, Patou ?

— Non, pourquoi ?

— Alors qu'est-ce que t'es allée faire dans ce trou ?

— Voir les reliques de saint Marcel. Ça faisait longtemps qu'on en parlait avec mon mari.

— C'est un comique ton mari, tu dois pas t'ennuyer dis donc.

Ça, c'est Simona qui parle. Moi, tu comprends, faut toujours que je foute ma zone. Si elles sont pas contentes, elles ont qu'à parler moins fort...

— On t'a sonné, Simone ? Elle peut parler, celle-là, avec son buticulamicrophiliste !

La dernière qui circule à Bourseul, c'est que j'ai un amant buticulamicrophiliste. Patou-qui-sait-tout, pas besoin de lui dire deux fois.

— C'est quoi, ce truc ? demande une fille.

— Tu sais bien, un type qui collectionne les mignonnettes !

— Eh bien, moi, je préfère un type qui collectionne les mignonnettes à un mec qui collectionne les mignonnes ! je lui fais à Patou.

— Eh dis donc ! qu'est-ce que tu veux insinuer ?

— Mais tu vois pas qu'elle dit ça pour foutre la zizanie, cette jetée ! Alors, ces reliques, Patou ?

— Bof, elles sont enfermées dans deux châsses, l'une est en émail champ-levé et c'est marre. J'ai été vachement déçue. En plus il pleuvait des cordes.

— Et t'as fait cinq cents bornes pour ouvrir ton parapluie ?

— Oui, et je t'emmerde, Simone, si tu veux savoir.

Et là, voilà Marie-Paule qui rapplique :

— Simone, téléphone ! Un type avec une voix très suave.

Là, même la machine à café éclate de rire.

Je fonce au 36, j'attrape le bigo des Litiges, vu

qu'aux GV on n'a pas le téléphone, j'étais vachement excitée.

— Simone ?

— Ouais, qui c'est ?

— Étienne.

Pour une surprise, c'est une surprise ! Pas de nouvelle depuis la carte postale de Nancy, et tac, il réapparaît !

— Ben ça alors ! C'est gentil de penser à moi. Comment t'as su que j'avais été mutée ?

— C'est Lucette qui me l'a dit. T'as reçu ma petite carte postale ?

— Ta carte ? Ben oui, ça commence à dater...

— Alors, satisfaite ?

— Comment ça, *satisfaite* ?

— Pour le facteur, tiens...

— Le facteur... mais... qu'est-ce tu m'fais, là !

— C'était un mec du Calvados, ma Simone...

— Oh non, c'est pas vrai, c'était...

— Moi, oui.

— Toi qui...

— C'est pas sorcier, tu sais, suffit d'appuyer sur le champignon.

— Mais *pourquoi*, Étienne ?

— Mais pour toi, ma Simone.

— Mais t'es *à la masse*, mon pauvre !

— Je t'aime, ma Simone. Je t'appelle de Libourne, j'ai...

— Qu'est-ce que tu fais à Libourne, Étienne ? T'as été muté aux objets en souffrance ?

— La souffrance, tu crois pas si bien dire... Je... j'ai fait une mauvaise action, Simone...

— Une *mauvaise action* ?

— J'ai tué un homme, si tu préfères...

— Comment ça, t'as tué un n'h… un… un… *lapin* ? (Vu que tout le module m'écoute, plié en quatre, je glisse le lapin dans la conversation, on sait jamais.) Et tu m'appelles pour me dire ça !

— C'est pour ton bien, Simone, il gémit. Pour notre bien *à tous les deux*, tu comprends ?

— Me dis pas que t'as recommencé, Étienne…

— Si, justement.

— Mais t'es complètement frappé, mon pauvre ami !

— Mais Simone, c'est pour ton bien. Je veux juste faire ton bonheur.

— Bon sang, mais je t'ai rien demandé, moi, tu fais suer à la fin ! (Là-dessus, j'aperçois l'Endive qui me fonce dessus.) Prépare-le comme tu veux, ton lapin, je m'en fous… J'aime pas le lapin !

L'Endive se plante devant moi, les bras croisés sur ses obus de 200 mm. Celle-ci, c'est une hargneuse, je l'ai déjà vue abréger un coup de fil d'un coup de poing sur le déclic, et quand tu tombes nez à nez avec ses lolos de Ferrari, tu descends en apnée…

— On raccroche, Dubois ! Ça suffit comme ça les recettes de cuisine, nous avons du travail en retard !

— Écoute, mon chou, là, je peux pas tellement te parler, j'ai plus aucune visibilité, on en reparle ce soir ?

Étienne il a dit oui. Et avant de raccrocher, il a laissé tomber :

— *Rang 32, ma chérie. Bientôt tu seras à moi.*

— C'est ça, compte là-dessus et bois de l'eau fraîche !

Mais la grosse elle a pris ça pour elle, cette gourde !

— Vous pourriez répéter, Dubois ?

— Vous vous rendez compte, madame Neveu, je lui colle dans les gencives, il voulait que je pose une heure « sang »[1] pour préparer un lapin au sang ! Les hommes, c'est vraiment des chiens…

Le surlendemain, j'avais un article de *Sud-Ouest* dans ma boîte à lettres. Un fait divers, un type qui s'était noyé dans la Garonne à Bordeaux, Bruno Le Meur, préposé au Centre de recherches sur le courrier de Libourne, etc.

Les jours suivants, j'ai essayé de joindre Étienne mais son téléphone était coupé. J'ai été le voir dans son studio, place d'Italie. Sa concierge m'a appris qu'il avait déménagé depuis trois semaines, et elle avait pas sa nouvelle adresse. J'étais bien emmerdée avec ce fou dans la nature. Dieu sait jusqu'où ça pourrait aller. Il avait dit *rang 32, bientôt tu seras à moi*, s'il mettait ses menaces à exécution, ça faisait du monde. Sans compter qu'il en avait peut-être déjà tué *d'autres* en plus de Caroubier et Le Meur. Peut-être qu'il me disait pas tout. Comment savoir ? Je n'allais pas me pointer au BO, la bouche en cœur, pardon, vous n'auriez pas la liste des mutés dans le Calvados depuis cinq ans ?… Et comment il les avait cues, les listes ? Alors j'ai continué ma petite enquête, je suis allée au ministère, avenue de Ségur. J'ai dit au planton :

— Voilà je suis une collègue de la Peste, je voudrais voir Étienne, il bosse ici comme planton, vous savez où je peux le trouver ?

— Étienne comment, chère madame ?

Ben-dis-donc, ils sont polis au ministère !

1. Tout agent de la Poste donneur de sang bénévole bénéficie de deux heures de récupération par don consenti. Cette disposition a été supprimée en 1995 par l'administration de la Poste, pour des raisons obscures. Les mauvais esprits attribuent ce genre de mesurette à la dérive « libérale » de cette administration. *(N.d.A.)*

— Étienne Lerochereuil, un type très baraqué avec un visage anguleux, il se balade toujours avec un attaché-case, il a l'air un peu sinistre, enfin, un peu soucieux, tu vois le genre…

Le type il voyait pas du tout, il connaissait aucun Étienne. Il a été sympa, il est allé chercher un collègue, un Antillais comme lui, de toute façon les plantons, c'est comme les vigiles, c'est toujours des blacks, t'as déjà vu un vigile blanc, toi ? c'est du racisme à l'envers ou quoi ! Ils ont réfléchi, ils étaient drôlement sympas, dis donc, et mignons avec ça, pas des bouffeurs d'oreille comme Mike Tyson, et ils m'ont dit qu'ils voyaient vraiment pas. Ça m'a foutue dans un état ! Le premier planton, il me dit :

— Tu te goures pas de ministère, beauté ? T'es certaine qu'il travaille pas à côté, ton pote, au ministère de la Santé ? Donne-moi ton adresse, Vénus, les plantons c'est tous des cousins, on va faire notre petite enquête, je te préviendrai si je trouve quelque chose, on sait jamais !

Il était gentil le planton, il savait parler aux femmes, ça oui, mais je voyais bien que c'était foutu. Je lui ai quand même donné mon adresse et mon téléphone, mais je me faisais pas d'illusions… J'avais tort, parce qu'une semaine plus tard, il me téléphone, Samson il s'appelait, ça, c'est les prénoms antillais, faut s'y faire, il me dit j'ai trouvé ton bonheur, beauté. Ton Étienne, c'est un sacré menteur, il bosse au ministère, mais il a jamais été planton, jamais de la vie !

— Ah bon, il bosse où, alors ?

— On pourrait causer de tout ça devant un verre, beauté. Demain soir, on se fait un petit colombo avec les cousins, tu veux pas te joindre à nous, ma fille ?

Ah, enfin... Et alors, qu'est-ce qu'il faisait au ministère, Étienne ?

Dis donc, toi, tu veux aller plus vite que la musique ! Qui est-ce qui raconte ?... Samson, je lui dis, manger avec tes cousins, s'ils sont aussi bien élevés que toi, je demande pas mieux, ça me dirait bien, oui, mais tu veux pas me le dire maintenant ce qu'il bouine au ministère, Étienne ?

Samson, il a rigolé, et il a dit ah non, beauté, passe me prendre au ministère à 19 heures, va, on ira au restau ensemble, comme ça tu seras pas trop tentée de décommander. Et il a raccroché, ce con. Merci pour la confiance !

Saint-Martin-des-Besaces, 15 heures 40.

Le crépitement du télécopieur fit sursauter le groupe de gendarmes qui discutaient devant la fourgonnette. Le brigadier Marielle refourgua d'autorité son portable dans les mains de Verdailhet et arracha le fax. C'était un simple article de journal. Ou plutôt un entrefilet, à la rubrique faits divers. Et cette fois, le numéro d'envoi était complètement illisible.

Sud-Ouest, *22 août 1976*

Mort accidentelle d'un touriste à la dune du Pyla.

Félix Dartevelle, 36 ans, employé des Postes demeurant à Bailleul (Nord) vient de trouver la mort en dévalant la face est de la dune du Pyla. M. Dartevelle venait d'entamer, comme de nombreux vacanciers, la descente en glissade de la dune du Pyla, la plus haute dune de sable d'Europe rappelons-le, lorsqu'il a heurté de plein fouet un pin. Il semblerait que le malheureux soit mort sur le coup. C'est la cinquième fois depuis le début du siècle qu'un touriste se tue à la dune de Pyla.

Le brigadier relut le fax et le tendit à Courcière.

— Qu'est-ce que vous dites de ça ?

Courcière parcourut le fax, le transmit à Chambrier et hocha gravement la tête.

— C'est moche de mourir en vacances, moi je dis.

— Remarque, ça ou périr noyé... ajouta Chambrier. Là au moins, le gars, il a rien vu venir.

Le brigadier lui arracha brutalement le fax des mains et l'agita sous son nez, hors de lui.

— On ne vous demande pas si vous préférez périr noyé ou écrasé contre un platane, Chambrier ! On vous demande ce que vous pensez de ÇA !

Chambrier se reprit, le doigt sur la couture du pantalon.

— Étant donné que ce, euh, Dartevelle était le premier de la liste, on peut supposer que les neuf autres sont décédés après août 1976, c'est déjà un premier pas.

— Mmmoui...

— Vous n'avez pas l'air très convaincu, brigadier.

— C'est logique mais ça ne prouve pas grand-chose, assura le brigadier. Qui nous dit qu'elle n'a pas pioché un article au hasard ?

— Un article datant de vingt-deux ans ?

— Les vieux journaux, à la campagne, c'est pas ça qui manque. Et puis avec Simone, je m'attends à tout. Vous savez, elle est vraiment... spéciale... De toute façon, cette affaire n'a ni queue ni tête...

La sonnerie du portable, aux mains de Verdailhet, interrompit la démonstration du gradé.

— Marielle ?

— Non, madame. Ici, c'est le maréchal des logis Verdailhet...

— Eh ben, tu vas me faire le plaisir de me passer ton patron vite fait bien fait, monsieur le maréchal-de-la-fée-au-logis, parce que j'ai pas qu'ça à foutre, moi !

Verdailhet tendit le portable à son supérieur.

— Cette fois, je te préviens Simone : si tu refuses encore de me passer ton otage, on investit les lieux !

— À ta place je pèserais mes mots, Marielle.

— Parce que tu commences à me courir sur le haricot avec ton histoire de ministre !

— Tu me crois pas, Marielle ?

— Non je te crois pas…

— Eh ben, t'as raison, Marielle… Parce que je t'ai menti, hi-hi-hi ! J'ai pas un otage…

— J'en étais certain !

— J'ai pas *un* otage, Marielle… J'ai *deux* otages ! Ça te la coupe, hein !

— C'est ça ! Et qui c'est le deuxième ? Le pape ?

— Mon deuxième otage, c'est quelqu'un que tu connais très bien, pauvre alcoolique ! Alors à ta place, je réfléchirais avant de lancer mes troupes à l'assaut de la maison…

Le brigadier était sans voix.

— T'es toujours là, Marielle ?

— Tu me fais marcher, Simone… Je suis sûr que tu me fais marcher…

— Ah tu crois ça, imbécile ?

— Elle me fait marcher, c'est pas possible, murmura le brigadier en prenant à témoin ses subordonnés.

— Y'a longtemps qu't'as eu des nouvelles de ta femme, Marielle ?

— Il y a moins d'une heure au téléphone. Passe-moi ton otage, Simone…

— J'ai encore à faire avec lui !

— Je te préviens, Simone ! On investit la maison.

— Ta bonne femme, elle est entre mes mains Marielle ! Si vous foutez les pieds dans la baraque avec tes débiles de gendarmes, je la transforme en momie, ta créature !

— Passe-la-moi si elle est entre tes mains !

— C'est pas l'envie qui m'en manque, mon ami…

— Alors qu'est-ce que t'attends, nom de Dieu !

— Elle… Il est arrivé un malheur… TA BONNE FEMME ELLE EST PASSÉE SOUS UN TRAIN, MARIELLE ! ELLE EST PAS BELLE À VOIR DU TOUT…

— Mais que veux-tu à la fin ? implora Marielle, à bout de nerfs.

— JE VEUX QUE T'EN BAVES UN MAX ! T'ENTENDS MARIELLE ? JE VEUX QUE TU FASSES DANS TON FROC ! TU L'EMPORTERAS PAS AVEC TOI ! LA VENGEANCE EST UN PLAT QUI SE MANGE FROID ! Réfléchis bien à tout c'que j'viens d'te dire…

Raccroché.

Marielle se tourna vers ses hommes, abasourdi.

— Elle dit…

— On a tout entendu, coupa Chambrier. On infiltre ?

— On n'a plus le choix. Je vais d'abord essayer de joindre ma femme… Elle m'a fichu la trouille avec ces histoires…

— Vous faites pas trop de souci, brigadier.

— C'est quand même bizarre cette histoire de train !

Marielle pianota le numéro du portable de sa femme. La sueur lui coulait dans le dos, une vraie rivière. Déconnecté.

— Putain, mais qu'est-ce qu'elle fout !

Puis il prit ses subordonnés à témoin :

— Tout à l'heure, avant qu'on soit coupés, j'ai bien entendu un train… J'ai pas rêvé !

— Vous voyez bien qu'on n'entend aucun train de la maison, brigadier ! Elle dit n'importe quoi.

— Vous avez raison, Verdailhet. Ça ne tient pas debout, cette affaire…

Le brigadier fixa le bout de ses Rangers pendant une dizaine de secondes, puis :

— N'empêche, elle a parlé d'un train, l'autre cinglée. Et puis, elle a attendu que je sois monté dans un train pour me téléphoner… Y'a sûrement une raison, nom de Dieu !

— C'est peut-être un enregistrement, fit remarquer Chambrier. Il faut pas vous mettre martel en tête, chef.

— Comment ça, un enregistrement ?

— Ben oui, une cassette. Suffit de passer une cassette avec un bruit de train, et le tour est joué. C'est courant dans les prises d'otages.

— Qu'est-ce que vous en savez ! Vous avez déjà assisté à une prise d'otages, Chambrier ?

— Non. J'en ai juste vu au cinéma.

— Alors fermez-la un peu, voulez-vous. J'arrive pas à réfléchir, avec toutes vos conneries.

QUATRE...
Gilbert Mazeau (1984)

Le lendemain, j'ai pris un taxi pour être à l'heure au ministère. Avec Samson et les cousins, on est allés faire la nouba dans un antillais du Marais. Ils étaient que trois, les cousins, mais ils rigolaient pour vingt.

— Ton homme, là, beauté, pourquoi il raconte qu'il fait le planton ? C'est quoi, ça ? Il a honte de son travail ?

Et aussitôt il commence à se bidonner.

— Qu'est-ce qu'il y a de drôle, Samson ?

— Non, rien, c'est seulement qu'avec le cousin Louison, on s'est dit que tu avais de drôles de fréquentations. On le connaît bien, ton ami, là. Étienne Lerochereuil, il s'appelle. Il est véritablement très bizarre, il rit quand il se brûle, on dirait un missionnaire, c'est pas ça ton amant, ma fille ? Une beauté pareille, ça mérite mieux, là-dis-donc !

— C'est pas mon amant, j'ai répondu. C'est même pas un copain...

— Ça me regarde pas ce que tu fous avec lui, ma beauté.

— Qu'est-ce qu'il fait comme boulot, alors ?

— Il travaille dans l'informatique, hi-hi-hi !

Ils sont comme ça, les Antillais, ils rigolent pour

trois fois rien, tout le temps pliés, c'est le climat qui les suit dans la tête, à la fin ça finit par être énervant. Sauf Amadeus, mais lui c'est la philosophie qui le mène.

— Dans l'informatique, il a répété, Samson. Service des mutations. Sous-direction du récolement des vœux. Gestion informatique. C'est un homme important, Étienne, hi-hi-hi ! Sans lui, personne pourrait plus être muté à la Peste, ce serait un sacré bordel, là-dis-donc ! Tu t'imagines, toute ta carrière le cul collé sur la même chaise ? Remarque, nous les cousins, on s'en fout, hein, vu qu'on reste debout, hi-hi-hi... Dis donc, Vénus, t'as déjà couché avec un black ? C'est le moment, tu sais ! C'est le nombre qui te fait peur ? Mais il faut pas avoir peur, ma fille ! Les cousins, ils sont vraiment très très arrangeants, tu sais... Nous on est pas jaloux, on veut bien se partager la beauté blanche, y'a pas de problèmes, n'est-ce pas, Armaguedon ? n'est-ce pas, Marcelin ?

Les cousins, ils avaient des noms à coucher dehors, mais pour le rentre-dedans, ils se posaient un peu là ! Après, on est allés... *Tu veux que je te raconte comment j'ai fini la soirée, Dominique ? Tu veux que j'te l'dise ?...* Attends, je vais te le dire tout bas, ça se dit tout bas ces choses-là... Approche, approche ton oreille...

Non, Simone, par pitié, taisez-vous, je ne veux pas entendre... cela ne me regarde pas...

Eh ben, t'as qu'à te boucher les oreilles, mon chéri ! Bouche-toi les oreilles si tu veux pas entendre mes cochoncetés... Ouais, bon, je sais... les mains dans le dos c'est pas facile, mais dis donc, la faute à qui si t'es là ? Hein, la faute à qui ?... LA FAUTE À QUI ?

À... la Peste, Simone... La faute à la Peste...

Bien... Bien... T'apprends vite... Maintenant, détends-toi, je vais te dire ce qu'ils m'ont fait les cousins, écoute le programme, mon chéri...

Gnnnnnn-gnnnnnnn-gannnnnn... [1]

Dis donc, qu'est-ce que t'as à remuer les oreilles comme ça ? Tu crois quand même pas que je vais te raconter ma soirée avec les cousins ! Tu me prends pour qui ! Je sais bien que les tabous, la pudeur, tout ça, c'est des trucs de bourgeois, mais ça empêche pas d'avoir une vie privée ! Même les putains elles ont une vie privée... Bon, calme-toi, Simone... Bon, les cousins ils étaient un peu lourdingues, faut reconnaître, mais au moins je savais comment Étienne il choisissait ses cibles. Direct à la source. Après ça j'osais même plus faire de demande de rang au BO tellement j'avais la trouille. J'en ai parlé à Luigi. Il m'a dit un conseil, annule ta fiche de vœu pour le Calvados illico, ensuite tu préviens l'autre fêlé, il sera bien obligé d'arrêter le massacre. C'était ça qu'il fallait faire, pardi. J'avais été conne de pas y penser plus tôt ! Si ça pouvait sauver quelques vies humaines, j'aurais au moins accompli une bonne action dans ma vie... Alors j'ai téléphoné à Étienne au ministère, j'ai eu du mal à le joindre. Il voulait pas me parler, mais j'ai fini par l'avoir.

— Arrête les frais, pauvre débile, je lui ai dit. J'en ai plus rien à faire de Saint-Martin-des-Besaces, j'annule mes vœux.

1. Crispation faciale prolongée.

— T'es qu'une menteuse, je te crois pas !

— Mais puisque je te dis que je m'en fous, maintenant. Ça va te donner quoi de bousiller des innocents, mon pauvre Étienne ?

— De toute façon, j'ai commencé le ménage, je continue.

— Mais t'as une vraie mentalité d'assassin !

— J'ai juste de la suite dans les idées, Simone.

— Mais puisque je te dis que j'annule mes vœux, peau d'bête !

— Fais comme tu veux, mais moi, j'ai une excellente raison pour continuer !

— Ah oui ?

— J'ai pas l'intention de finir ma carrière à Paris, figure-toi. Paris, c'est pas une ville pour un gars comme moi, les gens sont trop cons, avec leurs bagnoles, c'est des égoïstes, ils te regardent de haut, et puis y'a trop de frimeurs, et puis y'en a que pour les riches, et puis j'en ai marre des CRS, quand je me balade dans le quartier des ministères, j'ai envie de m'acheter une mitraillette et de tirer dans le tas…

— Mais tout le monde a envie de zigouiller les CRS, ballot !

— Et puis c'est plein de drogués punks avec des épingles dans le pif, de types qui font la manche, et puis c'est une ville qui pue, j'ai pas envie d'attraper le cancer, Simone.

— C'est une raison pour tuer des collègues de la Peste, peau de bête ! Tu veux que je te dise, Étienne ? T'es en train de te taper une foutue dépression nerveuse ! T'as attrapé la maladie de la Peste, mon pauvre chéri ! T'es trop fragile comme gars, je sais pas, moi, va voir un psy, prends-toi un arrêt, mets-toi au vert…

Étienne, il était mal, il a continué en sanglotant.

— Quand on s'est vus la dernière fois à Rouen, rappelle-toi, j'ai fait le serment de t'épouser, Simone...

— T'as pas dû le crier bien fort, parce que je me souviens pas !

— Et quand tu m'as embrassé sur la bouche, tu t'en souviens pas non plus ? il a minaudé.

Oh-la-la, quelle plaie ce mec ! Et en plus, le voilà qui chiale. Je me suis dit Simona, si tu le remets pas en place illico, t'es mal.

— Tu veux que j'te dise une chose, Étienne ? j'ai hurlé. T'es tellement gluant qu'on pourrait te servir en riz dans un resto chinois !

Mais il m'écoutait même pas, tu parles. Il s'est mis à hurler :

— Et le seul endroit où je peux t'épouser, c'est Saint-Martin-des-Besaces ! Alors j'ai fait des vœux pour Saint-Martin... Fallait pas me faire tourner la tête, Simone !

— Tu débloques complètement, mon pauvre Étienne !

— Si j'étais toi, j'y réfléchirais à deux fois avant d'annuler mes vœux pour Saint-Martin... Si tu les annules, je te remets aussi sec dans le circuit, ma Simone, tous les listings informatiques passent par mon bureau, c'est moi qui tiens les cartes, tu peux toujours te plaindre à ton BO, rien à faire.

Qu'est-ce que tu veux répondre à ça, franchement ? Faut toujours qu'elle se coltine les cinglés, Simona ! Inutile de le raisonner, il était bon pour la camisole, Étienne. Il me faisait pitié. Sa place, c'était à l'hachepé, pas à la Peste. Alerter l'assistante sociale de la Peste ? Mais elle m'aurait jamais crue, elle m'aurait prise pour une dingue... Pas envie de me retrouver à Sainte-Anne, moi ! Essayer de me procurer la fameuse liste ? Avec ma réputation à Bourseul, inutile d'y penser. Alors je l'ai laissé délirer et au bout d'un moment, je me suis aperçue qu'il y avait plus de son dans l'écouteur…

J'ai essayé de l'oublier. C'était pas facile. Je pouvais pas m'empêcher de penser qu'il allait continuer sa randonnée mortelle. Mais j'avais qu'à m'en prendre qu'à moi. Tout ça, c'était de ma faute, parce que si je lui avais pas raconté des bobards, on aurait pas eu tout ce malheur, et tu serais pas là, Dominique, tu serais tranquille avec Anne, dans votre petit hôtel particulier de la rue [1], avec tous tes copains de la gauche Stock-options, tiens, ça me déprime de penser à ça, j'ai envie de me rouler un petit joint, *ça te dirait un petit joint, Dominique, allez, laisse-toi tenter…* Et qu'est-ce qu'il fout, Marielle ? Meuh il s'en fout Marielle… Tout le monde s'en fout… Tout le monde s'en fout qu'elle soit malheureuse, Simona… Putain, je demande pas grand-chose, moi, j'ai droit au bonheur, c'est pas juste, à la fin… Bon, où est-ce que j'ai mis ma barrette de kif, moi, je suis pas très soigneuse…

Dans ta poche, Simone. Elle est dans ta poche…

Ah oui, dans ma poche… Tiens, à propos, paraît que le gouvernement va mettre le haschisch en vente libre dans les bureaux de tabac, c'est Jean-Benoît qui m'a dit ça, t'es au courant, Dominique ? C'est une bonne idée, dis donc, ça va relancer la consommation, et puis, ça va faire chier les culs-serrés… T'es pas au courant ? Il est pas au courant ! *Non-mais-je-rêve !* C'est bien la peine d'être au gouvernement ! Ah, on

1. Censuré.

est gouvernés, je te jure ! Elle est belle, la France ! M'enfin…

…

Tiens, c'est prêt[1], regarde comme il est beau mon pétard, tu trouves pas ! Tiens, je t'enlève un bout de sparadrap, je te l'allume, fume, ça te fera du bien…

J'ai sommeil... Je vais m'évanouir... Ah bon sang, c'qu'il est fort ! Dites, Simone, je ne vais pas le fumer en entier, tout de même, ça... ça me pique les yeux, ouille-ouille-ouille...

Tu planes bien, mon chéri ?

Mais qu'est-ce qu'elle fait ? Elle en refait un autre ! Mais je vais être complètement...

Ben oui, j'en refais un autre, j'ai des réserves, on va pas se gêner…

Après son coup de fil, pas de nouvelles d'Étienne pendant des mois. Je me disais pas de nouvelles, bonnes nouvelles, peut-être qu'il a fini par se foutre en l'air, le pauvre, c'est encore ce qui pouvait lui arriver de mieux, tu crois pas ? Mais pas du tout. Il s'était juste mis en veilleuse. Il a recommencé à m'envoyer une petite carte postale tous les deux ou trois mois, y'en a eu un paquet sans mort d'homme, mais comme il se baladait dans la France entière, je me suis dit l'ordure, il doit traquer ses proies, c'est pour ça qu'il se balade, ça me foutait une trouille bleue. Alors pour voir, au récolement suivant, j'ai annulé mes fiches de

1. Trois minutes plus tard (temps nécessaire à Simone pour rouler un joint).

vœux pour Saint-Martin, je me suis dit si je libère une place, avec un peu de chance ça sauvera la vie d'un innocent… Mais un mois après je suis convoquée au BO, la grosse Roselyne elle me dit je sais pas ce qui se passe avec tes vœux pour le Calvados, ma pauvre Simone, doit y avoir un virus sur l'ordinateur du ministère, en tout cas, c'est revenu et t'es toujours sur la liste, qu'est-ce qu'on fait, on refait une demande ou quoi ?

— Laisse tomber, Rose, pas la peine de lutter contre lui, ce salopard est le plus fort.

— Mais qui ça ? elle me demande.

— Le destin, ma pauvre, le destin.

Roselyne elle était toute retournée.

— Mais il faut pas tout prendre au tragique, ma pauvre Simone, sinon tu vis plus ! Les ordinateurs c'est jamais que des pixels, des bits et des octets.

Je me suis penchée vers elle, je lui ai dit dans le creux de l'oreille :

— Dis-moi, Roselyne, je peux te demander un service ?

— Allons, qu'est-ce qui t'arrive encore…

— Il me faudrait la liste des gens qui ont demande Saint-Martin-des-Besaces…

— Mais… pour quoi faire, Simone ?

— Ça te regarde ? je lui fais, pas aimable.

— Je veux que ça me regarde, j'ai pas envie de finir nonaf, moi !

La sale petite peste !

— Pour les prévenir, tiens !

— Les prévenir, mais de quoi, grands dieux !

— Du danger qui les menace. Ils sont en danger, tu comprends, je sais pas comment t'expliquer.

— Dis donc, Simone, t'aurais pas une idée derrière la tête... T'es sûre que tu veux pas leur brûler la politesse, à tes petits camarades ?

— Mais puisque j'ai demandé à annuler mes vœux ! T'es conne ou quoi, Rose !

— Ah non ! je te permets pas, Simone ! Et puis c'est strictement interdit. Même moi, si je voulais, je pourrais pas l'avoir, la liste !

— Bonjour les copines ! T'es vraiment pas sympa, la Rose ! Puisque c'est ça, compte plus sur moi pour te trouver des mecs !

J'ai gueulé tellement fort que toutes les nanas du BO ont levé le bec en même temps. Roselyne toute pivoine, la crise ! Là-dessus arrive l'Endive du BO, une cousine germaine de la mère Sadique, elle me fait :

— Madame Dubois, ça suffit vos petites manigances, les facteurs de désordre n'ont rien à faire chez moi, ici, c'est un bureau d'ordre, circulez !

Moi je lui réponds :

— Je suis pas facteur, peau d'bête ! Je travaille pour l'entropic, je suis certaine qu'elle sait même pas c'que c'est qu'l'entropie, cette nouille !

Bah-dis-donc, je les ai bien fait rigoler, les filles du BO. Et le lendemain, pof, Simona, convoquée chez le chef du personnel. Chamard, je l'ai expédié en cinq sec, rien à foutre de ses blâmes à la con, de toute façon, madame Badinter elle me protège, j'ai rien à craindre...

Après j'ai essayé de savoir s'il avait de la famille, Étienne, mais rien à faire. Je savais juste qu'il était né à Poitiers en 1940. J'ai fait le minitel département par département. « Et-qu'ça-brille » elle était verte. Des Lerochereuil, y'en avait trente-neuf en France, et pas un seul à Poitiers. Je les tous appelés. Personne avait entendu parler d'Étienne. À croire que c'était un fantôme. Ça me travaillait tu peux pas savoir, j'en dormais plus la nuit… Et puis c'est comme tout, mon chéri, les années passent, on s'habitue à tout… Quand je recevais ses cartes postales, j'avais ma dose pour une semaine, je me vengeais sur la mère Sadique, tiens, je lui ai même offert un gigolo sur catalogue, un coup, enfin, un coup, elle en faisait c'qu'elle voulait de son homme, sa vie privée ça me regarde pas… Et après je l'oubliais, Étienne. Jusqu'à la prochaine carte postale.

Et puis un jour la bête a recommencé à tuer. Après Bruno Le Meur, il y a eu Mazeau, je me souviens plus de son prénom, Mazeau, mais l'année, si, c'était en 84, quand les curés manifestaient contre la loi Savary… Un brave gars, Savary, pas comme Mitterrand, mais il est mort pas longtemps après, ben-tiens, c'est toujours les meilleurs qui partent les premiers… Je m'en souviens bien parce que je m'étais pris le chou avec Rolande Legris, la déléguée syndicale de la CFTC, à cause que cette bande de culs-serrés nous avait monté les blancs en neige avec les manifs pour l'école libre. École libre de mes fesses, je lui dis à Rolande, chez les soutanes, les mômes ils se font palucher par les curés en manque, et les crucifix, on sait à quoi ça sert, t'as qu'à voir *l'Exorciste* ! C'est ça que t'appelles la liberté, ben faut pas manquer d'air ma vieille ! Mais tu prêches pour les pédophiles, ma Rolande ! Rolande Legris, elle était outrée, alors j'en ai rajouté une louche. Et encore, ils ont bien de la chance de s'en tirer vivants, vu que dans ta secte, c'est bourré d'anthropophages, le jour où ils en auront marre de grailler le p'tit jésus réglementaire du dimanche, à ton avis, qui est-ce qui va se retrouver sous la fourchette, Rolande ? Les mouflets, ben-tiens ! Leur faut de la viande bien tendre, à ces morfals, tu comprends ! Ils vont quand même pas remâcher des vieilles carnes comme toi, arrête donc ton chemin de croix, ma grenouille de bénitier ! Et remballe tes tracts sur papier bible. Le père Savary il va en faire qu'une bouchée, de ton école de culs-bénits.

Qu'est-ce que j'avais pas dit là ! Le lendemain : convoquée chez le chef du personnel. Il me passe un savon, comme quoi j'avais insulté une déléguée syndicale dans l'exercice de son détachement syndical et porté atteinte à son intégralité catholique ! Ça, pour être intégralement catholique, elle était intégralement catholique, Rolande Legris, avec sa dégaine d'ex-voto.

— Dites-moi, monsieur Chamard, je lui gazouille, vous seriez pas cousin avec Lustiger, des fois ? Vous voulez pas me clouer sur votre porte, non plus, allez-y, vous gênez pas, c'est l'État qui paie les clous !

— Madame Dubois, depuis votre mutation en mai 1981, on ne cesse de se plaindre de vous dans ce Centre, sept plaintes à ce jour, vous voulez que je récapitule. Insultes à supérieur, exhibitionnisme, coups et blessures, persécution mentale, intimidation et menaces verbales, retards intempestifs, que sais-je encore ! Ah, j'oubliais… perturbation du service avec votre jeu stupide, là, le…

— Le Nonkitu ? Mais c'est pas un jeu débile, le Nonkitu ! C'est instructif. On fait de l'étymologie…

— Vous dépassez les bornes ! Je vais encore être obligé de sanctionner. C'est le blâme qui vous attend, je vous préviens.

— Vous allez me coller un blâme pour avoir remis cette vieille toupie en place !

— Vous voyez, c'est plus fort que vous ! Et j'espère que ça vous servira de leçon !

— Ouh-j'ai-peur, monsieur Chamard, faites pas ça ! Je le ferai plus, c'est promis…

— Ça suffit, dehors ! Vous êtes folle à lier, madame Dubois.

Il m'a jetée de son bureau comme si j'étais Quasimodo. Il en pouvait plus, le pauvre vieux. Pourtant, Chamard, c'est pas le mauvais cheval, tu sais. Mais je l'ai eu, mon CH 532, ça faisait jamais que le douzième, heureusement que je suis protégée en haut lieu, sans ça, je me retrouvais dans un garage de la Peste, avec les playmates de *Playboy* accrochées au mur et les types qui te paluchent avec leurs mains pleines de cambouis.

Tu vois, Dominique, Mitterrand il s'est pas dégonflé devant la guillotine, mais devant le goupillon, il a eu sa bouffée de curé. Comme dit Jean-Benoît, il s'est déculotté devant la calotte, le Jésuite. Bon, c'est toujours pareil avec Tonton-Vichy, faut que je m'énerve, *ça va bien, Simona, arrête les amphétamines*, allez, tout doux, ma biche, je me calme…

Le lendemain de la grande manif de Versailles, donc, je me frite avec Rolande Legris, et comme si ça suffisait pas les emmerdes, le soir, je trouve une lettre postée de Dunkerque dans ma boîte. Dedans, une carte postale avec des danseuses folkloriques bigoudènes. Un vrai globe-trotter, Étienne.

Gilbert Mazeau est mort mais le sacrifice de sa vie n'aura pas été vain, tu viens de gagner six places d'un seul coup sur le tableau des mutations, ma très chère Simone.

Je m'excuse d'avoir été si lent, mais je n'ai pas

chômé pendant toutes ces années. Il fallait aussi que je m'occupe de moi. Tu comprends, j'avais pas mal de retard par rapport à toi, mais cette fois, on est à peu près sur la même ligne, mon cher amour.

Je t'embrasse tendrement.

Ton Étienne qui t'aime et n'en peut plus de t'attendre.

Peste-Scriptum : ma mère que j'adore m'a dit qu'une fille mal embouchée avait téléphoné pour avoir mon adresse, mais tu sais, elle m'adore ma mère, elle veut mon bonheur, alors elle dira rien.

J'ai relu la carte une dizaine de fois avant de comprendre que ce salopard avait passé toutes ces années à assassiner à tour de bras pour combler son retard sur Simona. Combien il en avait tué, j'aimais mieux pas le savoir, mon Dieu, non, j'aimais mieux pas le savoir ! *Tout ça pour finir sa carrière dans un trou paumé du Calvados avec Simona...*

J'arrêtais pas de répéter cette phrase dans ma tête, je la chantonnais sur l'air du *Chant des Partisans*, j'ai toujours aimé ça, inventer des paroles de chanson, tu remplaces la Madelon par la mère Sadique, ou Jeanneton par Étiennette-Jéhovah, tu te marres comme une baleine, ça coûte rien et c'est moins con que la télé. Tout en chantonnant je faisais des crobarts sur l'enveloppe d'Étienne, j'ai dessiné une frise de bites comme Siné, et après j'ai garni avec des vulves, y'a des moments Simona elle régresse, je dis pas le contraire. Et après, machinalement j'ai recopié ma petite phrase en lettres bâton au dos de l'enveloppe d'Étienne, TOUT ÇA POUR FINIR SA CARRIÈRE... Elle était toute conne cette phrase, mais je sais pas pourquoi, elle me foutait la trouille, j'en avais la chair de poule. Du coup j'ai commencé à picoler. Y'avait pourtant pas de quoi fouetter un chat, DANS UN TROU PAUMÉ DU CALVADOS... J'ai attaqué le Calvados vingt ans d'âge que j'avais acheté au père Lemorton pendant un voyage d'étude au fin fond de la Manche, du fameux, il me fait bien marrer Jean-Benoît avec son whisky, mais le whisky c'est de la rigolade à côté du calva, ça vaut pas un coup de cid'e, le whisky, buvez du calva les garçons ! Et je me suis fait ma petite pelote normande toute seule au fond de mon petit pavillon de Charenton, en me caressant un peu, tu sais, moi, la solitude... Quand j'ai relu ma petite phrase, j'étais bonne pour le delirium mais il me restait assez de jugeote pour comprendre que j'avais de bonnes raisons d'avoir la trouille. Au lieu d'écrire *Tout ça pour finir sa carrière dans un trou paumé du Calvados* AVEC *Simona*, j'avais mis *Tout ça pour finir sa carrière dans un trou paumé du Calvados* À LA PLACE *de Simona*.

La Peste de Saint-Martin, elle était trop petite pour deux, tu parles ! Le receveur il faisait aussi la tournée, et pour prendre la place de Simona, y'avait pas trente-six solutions : il fallait lui passer devant. Et pour lui passer devant, il fallait la *supprimer*, Simona. J'avais mis du temps à comprendre que ce fou furieux d'Étienne, son idée, c'était plus de m'épouser, mais de m'assassiner. L'essentiel, c'était quand même d'avoir compris avant qu'il passe à l'acte.

Le lendemain, j'ai couru au BO pour annuler mes vœux, mais la cousine germaine de la mère Sadique avait donné des ordres, elle faisait que ça, donner des ordres, Simona elle était *persona non grata* à cause qu'elle était facteur de désordre, elle avait vraiment que ce mot-là à la bouche, cette pouffe ! Roselyne est venue me voir à la pause, elle m'a dit que je pouvais pas annuler mes vœux avant la prochaine session de récolement dans huit mois. J'ai dit laissons courir les vœux, il veut la guerre, il l'aura, ce salopard, t'inquiète pas, ma Rosinette, je vais bien finir par trouver une solution. Roselyne elle était affolée, elle arrêtait pas de dire *mais de qui tu parles, mais de qui tu parles ?* Elle comprenait rien, la pauvre...

La solution, j'ai pas été longue à la trouver. Elle était toute prête, la solution, elle attendait dans un coin de la tête de Simona.

ÉLIMINER ÉTIENNE.

C'était ça la solution, beuh-tiens !

CINQ...
Monique Toudic (1987)

Après ça j'ai échafaudé des plans pour venir à bout de l'affreux. Avec Jean-Benoît on faisait des brainstorming en écoutant les Négresses Vertes, on fumait des joints, il me chatouillait les pieds avec son petit pinceau, bouh, rien que d'y penser, j'ai des frissons... Ben oui, il était dans le secret, Benoît. Le seul problème, c'était de mettre la main sur Étienne, on est bien d'accord. Jean-Benoît, il avait des idées, tu parles, un cérébral comme lui, mais avant qu'on mette la main sur la bête, la bête elle a eu le temps de frapper. Pour la première fois, elle s'est attaquée à une femme, la bête. Alors là, j'ai attrapé la rage ! Bon, le mec qui tue sa femme, crime passionnel, jalousie, machin, à la limite, j'excuse pas mais je comprends, c'est pas pire qu'une femme qui tue son homme, faut être juste ! Mais les salauds qui assassinent des femmes pour le plaisir, comme Étienne, alors là je supporte pas.

Ça fait toujours plaisir à entendre, Simone, vraiment...

Monique Toudic, j'ai appris sa mort par Nono. Nono, c'est un phénomène, il connaît tout le monde, et quand je dis tout le monde, c'est pas le bouliste du 36, l'agent de liaison du 41 ou la caissière de la coopé. Nono, en plus de la Peste, il fait chasseur d'autographes, je t'ai pas dit ? Il fait ça depuis qu'il travaille à Paris, avant il pouvait pas, vu qu'il habitait à Loudun, et à Loudun, les grands de ce monde se bousculent pas au portillon, y'a bien Monory, mais depuis qu'il commande les croûtons du Sénat, tu l'vois plus... Nono, il les a tous « fait », le pape, Nixon, Kissinger, la reine d'Angleterre, Arafat, Chirac, Mitterrand... Mitterrand il l'a fait quatre fois, il en est fier, et la dernière, alors là, elle est cocasse... Nono il avait entendu dire que Mitterrand était à la colle avec cette dame Pingeot du musée d'Orsay. Un jour, il va sonner chez elle, lui et ses potes chasseurs de têtes, pour ça c'est des balèses, ils te dégotteraient l'adresse de Claudia Schiffer. Bon, y'avait deux flics qui filtraient l'entrée de l'immeuble mais Nono il avait gardé sa tenue de facteur, et plus démerde que lui tu meurs... Une jeune fille lui ouvre la porte :

— Oui, c'est pour quoi ?

Nono il se démonte pas, il dit c'est pour le calendrier des Pestes. La fille elle prend un calendrier avec des chats siamois.

— Attendez là, je vais demander de l'argent à mon père.

Nono, il la suit en douce dans un couloir, le voilà dans la salle à manger, et là, qu'est-ce qu'il voit ? Un homme assis à table, le nez sous un torchon noir, en train de se faire une inhalation. La fille elle dit :

— Papa, excuse-moi, c'est pour le calendrier des Postes, vous donnez combien d'habitude ?

À c'moment-là, le type il soulève à moitié son torchon, et il fait :

— Hein ! quoi ! qu'est-ce qu'il me veut encore, Mexandeau ! Une rallonge budgétaire, ah non !

— Non, papa, pas le ministre, c'est juste le postman, elle fait la fille.

Et là, le type envoie valser son torchon, pas content du tout, ça fumait là-dessous fallait voir, et il voit Nono. Nono il se dit, ouh-la-la, c'est pas vrai, Mitterrand en chair et en os ! Sainte-Marie mère de Dieu, je vais me faire tuer ! La fille, c'était Margarine, t'as compris... Elle a fait la tronche quand elle a vu que Nono l'avait suivie.

— Non-mais-dites-donc-faut-pas-vous-gêner ! Vous n'êtes pas dans un moulin !

Nono il avait les jambes en coton, il se met à bafouiller :

— Monsieur le résident... euh... le camemb... euh, présid... Monsieur le président...

Il savait plus qui il était Nono. Alors là, Mitterrand il a été royal, ça, pour une fois je reconnais, il a été très bien Mitterrand ! Il a sorti un chéquier de sa poche et il a fait un chèque de mille balles à Nono, il était pas obligé, et après il a dit à Nono :

— Avez-vous déjà goûté de l'ortolan, jeune homme ?

Nono il dit non. Alors le président l'a regardé droit dans les yeux avec son air méchant comme quand il dit taisez-vous Elkabbach[1], et Nono il s'est dit je suis foutu, c'est encore un truc du capitaine Baril pour punir les manants qui dérangent le président dans son intimité, et en plus on te fout la tête sous un foulard noir, et on envoie la vapeur, si ça se trouve je reverrai

1. La formule est, en fait, de Georges Marchais. L'erreur est humaine, et il sera beaucoup pardonné à Simone.

plus jamais la Peste, il était prêt de tomber dans les pommes, Nono, il m'a dit qu'il avait jamais eu autant la trouille de sa vie, même quand Richard Gere le poursuivait avec ses trois gardes du corps pour lui casser la gueule dans les Tuileries parce qu'il avait eu le malheur de faire de l'œil à Cindy Crawford... Et puis il a vu l'assiette du président, il a vu la pauv' petite bête qui fumait, et il a compris...

Alors Mitterrand il dit à Nono :

— Jeune homme, vous avez bien une minute, hein, vous ne partirez pas sans y avoir goûté, c'est délicieux...

Et il a laissé sa place à Nono, même que Margarine elle faisait la tête, et il lui a expliqué tout le cirque, qu'il fallait les manger en suant, ces bêtes-là, que c'était une tradition remontant au Moyen Âge, machin, que des conneries de bien nourri, quoi... Et Nono il s'est retrouvé la tronche dans l'assiette du président, avec Mitterrand qui se marrait comme le jour où il a battu Giscard, ça avait du mal à passer, surtout les viscères, parce que ces sauvages, ils bouffent même les boyaux, dis donc, y'a que le bec qu'ils recrachent, tu te rends compte ! Et à la fin Nono il a sorti son petit appareil photo de sa sacoche de la Peste et il a dit à Mitterrand :

— Monsieur le président, est-ce que ça vous dérange si la bonne nous prend en photo tous les deux, les copains me croiront jamais ?

Mitterrand a hésité, il a regardé Margarine qui gloussait de rage, tu parles, se faire traiter de bonne, et il a fini par dire :

— Oui, pourquoi pas, après tout, on est en République, hein...

Et il a ajouté :

— Vous savez, jeune homme, vous faites le plus beau métier du monde. Je vais vous faire un aveu, quand j'étais adolescent, hein, je rêvais d'être facteur, seulement ma famille aurait très mal pris la chose, les préjugés, dans les grandes familles catholiques, vous savez ce que c'est, c'est ma mère surtout, mon père, lui, n'aurait pas détesté…

Alors Margarine elle a pris la photo mais tu sais pas, ce grand con de Nono il avait oublié de mettre de la pellicule ! Quand il m'a raconté ça, je lui ai dit Nono t'es le roi des couillons, cette photo-là ça vaut de l'or, tu te rends compte, Mitterrand il bouffe des espèces protégées, si c'est pas dégueulasse ! T'envoies la photo à Bougrain-Dubourg, tu vois le raffut, il peut toujours s'aligner pour un deuxième septennat ! Remarque, Juppé aussi il en mange, t'as vu ça, mais bon, lui, c'est un charognard de capitaliste, les pauvres et les oiseaux, il les met dans le même sac, c'est pas pareil…

Nono moi je l'admire, c'est vraiment un balèse, il se faufile partout. Il a un bagou ! Tiens, y'a deux ans, il a même fait Salman Rushdie au salon du livre, il a failli se faire tabasser par ses gardes du corps… Eh ben, Salman Rushdie a été très cool, plus que les RG qui le prenaient pour un tueur des Talibans, il lui a causé en anglais, et tout, et il a écrit sur son cahier *For the bravious french postman*, en anglais ça veut dire « Pour l'homme le plus rusé de la Peste », il était fier Nono…

Nono il a commencé à la suite d'un pari avec un copain, il était en vacances à Biarritz, il a vu Luis Mariano passer dans la rue, il lui a couru après et c'est comme ça qu'il a démarré sa collec. Quand il est monté à Paris pour travailler à la Peste, il s'est retrouvé facteur dans le XVIe, et sa tournée c'était un vrai défilé de stars, alors ça l'a repris, et depuis il peut plus s'en empêcher, il sort plus jamais sans son album, il en a au moins une dizaine dis donc, c'est devenu une obsession, ça l'aide à vivre, par le fait. Et en plus de ça il a une mémoire d'éléphant, il connaît toutes les adresses de stars par cœur. Tiens, par exemple, Adjani, tu sais où elle habite, Adjani ?... Tu vois, tout ministre que t'es, tu sais pas, mon pauvre Dominique ! Attends, je suis sympa, je vais te le dire à l'oreille[1]... Bzzz-bzzz-bzzz-bzzz...

Ça, c'est incroyable ! Et je l'ai jamais croisée...

Ça t'épate, hein ?... Nono il est peut-être que préposé de la Peste, mais le jour où il s'emmerde, il prend son petit vélo, il file chez Adjani, toc-toc, bonjour madame Adjani, c'est Nono le proposé de la Peste, dites donc, comment vous faites pour avoir la peau aussi lisse, miss Adjani ? Et le fil d'or, on le trouve chez la mercière du coin ? Et le petit Gabriel-Kane, pas trop chiant la nuit, les dents, ça va ? Nono, il est content, ça lui fait sa journée. Non, je déconne, Nono, il ira jamais sonner chez Adjani, avec les gardes du corps ça va pas, il se ferait jeter ! Toute façon il aime pas Adjani, il la trouve nunuche, par contre, Isabelle Huppert, il la trouve sublime, mais bon, il a pas son adresse, la faute à pas de chance...

Moi, un jour je lui ai dit à Nono, Bruno, t'en as pas marre de passer tout ton temps à courir dans Paris, t'as pas envie de faire un break, et puis à quoi ça te sert tous ces autographes ? Remarque, le jour où tu

1. Procédé littéraire pour éviter la censure.

veux arrêter la Peste, pas de problème, tu vas à Drouot, ça te fait un joli pactole, c'est sûr. Nono il est pas content quand je lui dis ça, il dit qu'il fait pas ça pour l'argent, il dit que c'est pas une collection, d'abord, il dit que c'est de l'art, il dit que c'est pas plus con que de collectionner les timbres-peste. Mais Nono, t'emballe pas ! Je lui fais, j'ai jamais dit que c'était con, ton truc ! C'est juste que je suis curieuse de nature, tu me connais, j'aime bien sonder l'âme humaine, je m'intéresse. J'insiste pas trop, j'ai pas envie de lui faire de la peine à Nono, y'en a assez comme ça qui le prennent de haut… Une qui le prend de haut, c'est Patou-je-sais-tout, toujours fourrée dans son *Gala*. Jalouse, va ! Elle a demandé à Nono de l'emmener en virée avec lui, mais Nono il lui en veut à mort depuis qu'elle lui a dit qu'Indurain marchait à l'EPO. Elle est conne, aussi, Patou, elle pouvait pas la fermer ! Nono il adore Indurain, il a même été bouffer à l'ambassade d'Espagne pour fêter sa victoire dans le Tour, c'est pas des conneries, j'ai vu les photos avec les parents à Indurain, Nono qui trinque avec le grand serin, et tout, ah, c'est un crack, Nono, il pourrait passer à la télé s'il voulait…

Et Monique Toudic, tu vas me dire, qu'est-ce qu'elle vient faire là-dedans ? Beuh, attends un peu… Ah ben, tu me poses une colle, là, je sais plus… Ah, si ! je suis conne, ça me revient ! Monique Toudic, la vraie, pas la lesbienne d'avant, *qu'est-ce que t'es bon public mon chéri, c'est un plaisir de te faire marcher…* Celle que ce salaud d'Étienne a poussée dans la Seine, Nono il la connaissait, il avait bossé dans le même bureau de Peste, Nono il a pleuré quand il a appris qu'elle était morte. Et moi aussi quand j'ai reçu la carte postale du pont Alexandre III avec juste une flèche sur le parapet, la date et Monique Toudic écrit au dos, parce que j'aurais pas cru ce salaud capable d'assassiner une femme, il faut vraiment avoir une mauvaise mentalité d'assassin pour faire des horreurs pareilles…

Aussitôt j'ai essayé d'appeler Étienne mais j'ai pas pu l'avoir. Il avait donné des ordres à ses collègues du ministère, leur avait dit qu'une folle furieuse lui courait après depuis des années, qu'il était malheureux comme tout pour elle mais que c'était vraiment plus possible, qu'elle s'était déjà suicidée trois fois pour lui, l'eau, le gaz, le rasoir, qu'elle avait fait du scandale jusque chez sa maman qui avait failli mourir des suites de la commotion, qu'il en avait par-dessus la tête, qu'il ne voulait plus entendre parler d'elle, tout ça je l'ai su par les cousins, ils étaient désolés pour moi, les cousins. Il avait tout prévu, ce fumier. Chez lui, ça répondait pas, il avait fait couper son téléphone pour être tranquille. J'ai failli prévenir les flics mais je me suis retenue, Simone elle aime pas cette engeance, et puis je suis pas une donneuse, mes problèmes je les règle moi-même. Jean-Benoît il se dégonflait, il me disait on n'arrivera jamais à se débarrasser de cette raclure tout seuls, pourquoi t'engages pas un tueur, tu sais, pour cinquante mille balles t'as des mecs très sérieux qui ne salopent pas le travail, ils te trouvent un alibi, et tout, et l'autre il cessera de te gâcher la vie, il te foutra la paix… J'ai dit à Jean-Benoît que j'allais réfléchir, c'est pas con ton idée, ça se discute, mais tu sais cinquante mille balles c'est une somme. Jean-Benoît il a répondu avec tout l'argent que t'as mis à gauche, c'est pas ça qui va te ruiner. Et puis le temps a passé. Étienne ne donnait plus signe de vie. J'ai su par les cousins qu'il avait pris trois ans de dispo en

1988. En 89 j'ai reçu un magnifique coucher de soleil sous les cocotiers de Martinique avec ces mots :

Je t'ai un peu oubliée ces derniers temps mais ne t'inquiète pas, tu la reverras ta Normandie, je te fais un gros smack, ma Simone.

Merci bien, mais si c'est pour la revoir trois pieds sous terre je suis pas pressée. En 90 j'ai reçu trois ou quatre cartes postales d'Amérique du Sud, je sais pas où il trouvait le pognon, mais au moins j'étais tranquille. Les amants ça défilait, ouh-la-la, je vais pas t'embêter avec ça, mon chéri… J'ai revu les cousins aussi. Avec les cousins je m'entendais bien, mais pas tous à la fois parce que ça c'était trop fatigant, c'était plus de mon âge. J'ai été tranquille comme ça jusqu'en 1991, et alors là, en 91 il m'est arrivé un truc pas croyable en 91, faut absolument que je te raconte ça…

Saint-Martin-des-Besaces, 16 heures 27.

— Brigadier ! Un quatrième fax ! cria Verdailhet.

— Encore une coupure de journal ? demanda Marielle d'une voix lasse.

— Non, deux. Deux articles de journaux.

L'Est républicain, *17 juillet 1980.*

Vandœuvre : un facteur écrasé par une voiture pendant sa tournée.

M. Jean-Lucien Caroubier, 48 ans, demeurant à Vandœuvre-lès-Nancy, a été écrasé par une voiture alors qu'il faisait sa tournée à pied. D'après un témoin, l'automobiliste aurait délibérément foncé sur le malheureux avant de prendre la fuite. La plaque du véhicule étant pleine de boue, le témoin n'a pu relever le numéro du véhicule. Cet accident a causé une vive émotion à Vandœuvre-lès-Nancy, où le postier était connu et estimé de tous. La gendarmerie a ouvert une enquête.

Sud-Ouest, *23 juin 1981*

Un agent des Postes se noie dans la Dordogne.

Monsieur Bruno Le Meur, 49 ans, préposé au Centre de recherches du courrier de Libourne s'est noyé dans la Dordogne hier matin. On ignore s'il s'agit d'un suicide ou d'un accident. Le malheureux ne savait pas nager.

Le brigadier était hors de lui.

— Mais qu'est-ce que c'est que cette liste à la con !

— Et si c'était un truc pour nous égarer ? demanda Courcière.

— Elle se fout ouvertement de notre poire, vous voulez dire !

— Dites, brigadier. Sans être indiscret… Vous n'avez pas eu un problème particulier, par le passé… avec Simone ?

— Mais tout le monde dans ce patelin a eu un problème particulier avec Simone ! Vous n'allez pas vous y mettre !

— Vous la croyez capable d'avoir monté toute cette histoire rien que…

— Rien que pour me faire chier ? Et comment ! Elle est capable de tout, mon vieux ! Le jour du mariage du fils Lhermite, elle a fait un strip-tease à la sortie de l'église devant toute la famille. Tout ça parce qu'elle était amoureuse du marié. Cette fille est totalement désinhibée et de ce fait, complètement incontrôlable !

— Désinhibée ?

— Oui, enfin… elle n'a aucun tabou, si vous préférez…

— Ah.

— Tabou, c'est un mot que vous comprenez, Chambrier ?

Chambrier baissa piteusement les yeux.

— Alors arrêtez de prendre cet air de chien battu ! Un peu de tenue, que diable ! Nous sommes des militaires !

Le brigadier fit quelques pas vers le portail de la maison.

— Bon, assez ri comme ça. On ne va pas rester indéfiniment les bras ballants. On y va... Courcière et Chambrier, allez jeter un œil derrière la maison...

— Vous n'essayez pas de rappeler votre épouse ? demanda craintivement le gendarme Verdailhet. On ne sait jamais...

— Pourquoi voudriez-vous que je rappelle ma femme ? Ça fait au moins vingt fois que j'essaie depuis qu'on a été coupés ! Elle n'a pas rebranché son portable.

— Moi ce que j'en disais...

Le brigadier tendit son portable à Verdailhet.

— Tenez, vous voulez essayer ? Vous n'avez qu'à appuyer sur *bis*.

Verdailhet ne broncha pas.

— Allez-y, mon vieux, essayez !

Verdailhet pressa la touche bis du bout du pouce.

— Ça sonne, chef... Ça décroche, même... Allô ? Madame Marielle ? Ici le maréchal des logis Verd...

Le gendarme éloigna brusquement le portable de son oreille.

— Qu'est-ce qui se passe, Verdailhet ?

— On entend des trains qui passent, brigadier... Tenez, je vous le passe... Ça fait un de ces boucans !

Le brigadier s'empara de l'appareil.

— Allô ? Catherine ?

— Tu vois que je te raconte pas de conneries ! hurla la voix de Simone. Alors tu me crois, maintenant, quand je te dis que ta bonne femme est entre mes mains ? Ta femme, plus le ministre.

— Mais qu'est-ce que tu veux, nom de Dieu ! hurla le brigadier.

— JE VEUX QUE TU CRÈVES DE TROUILLE MARIELLE !

— Mais pourquoi !

— PARCE QUE JE PEUX PAS TE PIFFER MARIELLE ! J'AI JAMAIS PU TE PIFFER ET C'EST PAS AUJOURD'HUI QUE JE VAIS COMMENCER...

— C'est pas une raison pour t'en prendre à Catherine !

— SI, C'EST UNE RAISON !

— Mais elle t'a rien fait, Catherine !

— LE BOURGUIGNON HIER SOIR IL ÉTAIT VRAIMENT DÉGUEULASSE, MARIELLE... J'AIME PAS QU'ON SE FOUTE DE MA GUEULE ! SURVEILLE TON FAX MON JOLI, ÇA VA DÉFILER LES CADAVRES...

Simone raccrocha. La sonnerie du portable de Marielle retentit quelques secondes plus tard.

— Encore une chose, Marielle : n'essaie plus jamais de composer le numéro du portable de ta femme ! Dorénavant, c'est moi qui appelle... Entendu ?

Le brigadier hocha la tête en serrant les poings. Il tendit le portable à Verdailhet et se dirigea lentement vers la fourgonnette. Les trois gendarmes et le jeune appelé du contingent le regardèrent s'éloigner dans un silence de mort.

SIX...

Patrice Gascon (1991)

Alors là, il m'est arrivé un truc pas croyable en 91. J'ai reçu la visite des flics, figure-toi ! Deux types en blouson de cuir. Un balourd et un nerveux. Quand je les ai vus débarquer dans mon jardinet, j'ai cru que c'était des truands à la solde du maire, vu que ma maison était frappée d'alignement, tout ça parce que cet enfoiré il veut construire un immeuble neuf pour les grilleurs de merguez de la police municipale et que ça fait des années que je lui mets des bâtons dans les roues, j'ai eu assez de mal à la trouver ma bicoque, je vais pas me laisser dépouiller comme ça ! J'ai écrit au Conseil général, au Conseil d'État, au Premier ministre, tout ça, même qu'ils m'ont répondu, ils sont obligés de répondre, c'est la loi, ils sont coincés ! Remarque, heureusement que je suis bien avec madame Badinter qui est vraiment une femme très bien, et puis, Badinter c'est quand même lui qui a aboli la peine de mort, bendis-donc ! Les gens ils croient que c'est Mitterrand qui a aboli la peine de mort mais ils se trompent, les gens, si y'avait eu que Mitterrand, tu peux toujours courir ! Mitterrand, qu'est-ce qu'il faisait pendant la guerre d'Algérie quand il était ministre de la Justice, Mitterrand ? Ils en zigouillaient à la pelle, des gens, et qui c'est qu'a levé le petit doigt pour les sauver… c'est Mitterrand?… C'est Mitterrand!?! *Ho! je te pose une question, mon chéri! C'est Mitterrand ou c'est pas Mitterrand?!*

Aïe! Mais arrête de me taper dessus comme ça! Comment veux-tu que je réponde à tes questions si tu m'enlèves pas mon bâillon, espèce de folle! J'étouffe, là-dessous, j'en ai marre… J'EN AI ASSEZ À LA FIN!… *Non, c'est pas Mitterrand, Simone… C'est Gengis Khan, c'est Kennedy, c'est Jésus-Christ, c'est Johnny Hallyday, tout ce que tu veux, Simone, mais pas Mitterrand… Voilà! Contente? T'es contente, Simona?*

Et comment que je suis contente! Quand t'as un chez-toi coquet, t'as pas envie de t'enfermer dans une cage à lapins! Mais c'est sûr que si madame Badinter m'avait pas aidée, je serais à la rue, et l'autre vieux débris il aurait construit son immeuble pour les grilleurs de merguez. J'en connais une à la Peste, elle prend le thé avec la mère Tiberi, moi, je le prends avec madame Badinter, c'est quand même plus classe! Les filles, elles peuvent dire ce qu'elles veulent, Simona elle a de la morale…

Quand les types m'ont présenté leur cocarde tricolore, j'ai pensé, à tous les coups c'est un coup de la Bénimachair. À force de recevoir des saloperies par la peste, elle a craqué, la pouffe! Faut dire que ces derniers temps, j'avais poussé le bouchon un peu loin, je lui avais commandé une tondeuse à gazon, une bétonneuse et une palette de sacs de ciment… Dieu merci, je suis méticuleuse, quand j'ai fini mes petits découpages, je planque tout dans un placard aménagé dans la cheminée…

Les keufs, ils enquêtaient sur des personnes agressées pour des trois, quatre mille balles, cinq à tout casser. Les agressions avaient toujours eu lieu après le passage du facteur, alors qu'elles venaient de toucher un mandat, pas du fric qu'on leur envoyait par la Peste, non, des mandats de retrait, du fric qu'elles retiraient elles-mêmes de leur CCP, et comme par hasard, toutes les victimes ont un compte à la Peste, qu'est-ce que vous dites de ça, madame Dubois !

— J'en dis que c'est bien triste, mais le rapport avec Simone ?

— Vous avez entendu parler de la procédure RT12, madame Dubois ?

— Il me prend pour sa nœud-nœud, celui-ci ! je lui réponds au flic. Depuis le temps que je fais les GV, ça serait malheureux si je connaissais pas le RT12 !

— Après vérification des vingt-deux avis de débits des chèques incriminés, il se trouve que tous, je dis bien *tous*, comportent la trace du même numéro de matricule…

— Ça s'appelle un visa, je lui fais au flic.

— Si vous voulez… Le visa, donc, numéro D128…

— Ou la griffe, si tu préfères…

— Bon, bon, griffe, cachet, ça va ! Et ce numéro, madame Dubois, est celui qui vous a été attribué à votre arrivée au centre de Bourseul le 11 mai 81… Ce qui signifie que toutes ces opérations ont été traitées par *vous*, madame Dubois…

Bon, t'as l'air de nager, alors je t'explique, Dominique… Quand t'as un compte à la Peste et que tu veux retirer du pognon sans mettre le nez dehors, tu remplis un chèque à ton ordre, tu mets ton adresse pour recevoir le fric, tu l'envoies à ton Centre, et trois quatre jours après, miracle : le facteur t'apporte le pognon !

Les p'tits vieux, c'est pratique pour eux, et puis c'est gratuit, ils sont contents les vieux, ils disent bravo la Peste ! Et qui c'est qui se ramasse le pourboire, à ton avis ? La Simone des GV ? Ben-tiens, c'est le facteur ! Et qui c'est qui vérifie la signature du chèque, donne un coup de tampon et écrit RT12 ? C'est le facteur, peut-être ! Bon, le pourliche, moi je m'en fous, mais qui c'est qui ramasse les ennuis quand des voyous se procurent la liste des petits vieux pour leur piquer le pognon ? C'est Simona, ben-tiens ! Y'a de quoi enrager, j'te jure ! Le flic, il me lâchait plus, t'aurais vu comment il s'acharnait sur Simona, ce niqué d'sa race !

— Les agresseurs n'ont pas frappé au hasard, madame Dubois. Ils savaient que leurs victimes allaient recevoir au jour dit une somme d'argent en liquide des mains du facteur. Ils avaient un complice à Paris Bourseul. Une seule personne pouvait les informer avec autant de précision : la détentrice du visa nº D128… En l'occurrence, vous, madame Dubois. *Veuillez nous suivre, madame Dubois !*

Je vais te dire une chose, Dominique : quand le flic m'a prise par le bras, il était fier comme s'il venait d'embarquer Xavière Tiberi. Il en avait plein les dents de son autorité, ce pauvre débile ! S'en prendre à une pauvre petite chéquarde qu'a même pas l'adresse d'un avocat, si faut pas être dégueulasse ! Mais moi je me suis pas démontée, beuh qu'est-ce-tu-crois ! C'est pas un flic qui va me faire peur ! Un flic c'est jamais qu'une paire de couilles sous un képi, non-mais-dis-donc !

— Non je vous suivrai pas ! je lui dis au flic. J'ai rien fait ! C'est une erreur judiciaire, faut pas pousser… Le visa D128, ça fait au moins huit ans que je l'ai plus, on me l'a piqué ! T'as qu'à vérifier à la

Peste, j'ai fait une déclaration ! C'en est qui veulent me causer du tort qu'ont fait ça, les salauds !

Bon, je te passe les détails, mon chéri. Ils m'ont emmenée au commissariat, je gueulais, je gueulais. J'ai été interrogée par des types de la brigade financière. Je leur ai dit je suis une honnête femme, j'ai jamais volé un bonbon, mon père m'aurait tuée, et puis vous savez pas où vous mettez les pieds, j'ai des relations, je connais madame Badinter, ça va vous coûter cher de l'heure cette garde à vue ! Et puis mon visa, ça fait huit ans qu'on me l'a piqué, c'est téléguidé tout ça, c'est encore un coup de Mitterrand contre les fonctionnaires, oh, mais je vais pas me laisser faire, ce serait trop facile… J'ai tellement hurlé qu'ils m'ont foutue dehors au bout de trois heures… Le soir, j'ai été voir Jean-Benoît, je lui ai tout raconté. Il a dit mais t'es complètement cinglée d'avoir utilisé ton vieux visa, tu nous avais dit que tu t'en étais fait faire un bidon, c'est un coup à se faire gauler… Je lui ai dit plains-toi pas, mon Jean-Benoît, si j'avais craqué tu serais en taule à présent.

Beuh, fais pas cette tête, mon chéri ! Ben oui, c'est moi qui avais monté le coup avec Jean-Benoît. Et alors, faut prendre l'argent où il est ! Tu sais où ils créchaient les p'tits vieux ? Passy, Neuilly, Saint-Cloud, Saint-Maurice, Charenton, rien que des bidonvilles… En plus, les potes à Benoît c'était pas comme Thierry Paulin, c'était des non-violents, ils prenaient le fric sur la table, fastoche, le facteur venait juste de passer, et basta ! Ça f'sait longtemps que ça me trottait dans la tête, cette idée, à force de traiter les RT12 aux GV, de voir passer les mandats à cinq mille balles pour Adeline Pébroc de Courtaye, Ladislas de Latronche-en-Biais ou Guylain du Plessis-Glace, je me suis dit

Simone, si tu mettais ton mouchoir sur ta prestation de serment ? J'ai dit à Jean-Benoît écoute, Benoît, c'est indécent, tout ce pognon il serait quand même mieux dans la poche de gens qu'en ont besoin, toi qui nous bassines avec la reprise individuelle, la lutte des classes, c'est le moment de mettre tes actes en accord avec tes idées, mon chéri, si tu passais à l'acte ? C'est vrai, quoi, Jean-Benoît, il en avait plein la bouche de ses belles théories révolutionnaires, et son schmilblick de l'entropie que Simone elle y entravait que pouic. Un coup, devant les surgelés à la coopé, il m'a même pris la tête avec la valeur d'échange et la valeur d'usage, au secours ! J'étais partie chercher des esquimaux pour Marlène qui fêtait ses fiançailles, j'ai vu le coup que j'allais arriver après la bague au doigt... Enfin, bref, je lui ai exposé l'affaire, Jean-Benoît il a dit banco, on va s'amuser, ça tombe bien, j'ai mes potes de la CNT qui cherchent du pognon pour aider des insoumis, quand est-ce qu'on commence ?...

Bon, on s'est organisés. Je choisissais les cibles, il se démerdait avec ses potes, j'ai jamais palpé un sou si tu veux savoir. Je faisais ça pour la beauté du geste ! Dans un sens ça valait mieux, parce que les flics ils se sont pas gênés pour éplucher mes relevés de compte, mais Simone l'argent elle s'en fout, c'est ça qui m'a sauvée... Après ça, j'ai été convoquée au ministère avec le chef de Centre et des apparatchiks de la Peste. Moi j'avais qu'une trouille, c'était de rencontrer Étienne dans un couloir... Ils m'ont posé des tas de questions perfides mais je leur ai pas dit ça[1]. Jean-Benoît, il a pas été inquiété, lui. Ces salauds, ils m'ont dit madame Dubois, nous vous soupçonnons forte-

1. Claquement de la bouche avec le doigt.

ment, mais sans preuves nous ne pouvons rien contre vous, vous êtes maline, mais vous ne pouvez pas rester à Bourseul dans l'état actuel des choses, écoutez, la Cellule Monétique de la Peste recrute des agents par fiche de poste, vous postulez, vous passez deux ou trois ans là-bas, le temps qu'on oublie cette affaire, madame Dubois, naturellement, pendant ce temps vos fiches de vœux continuent à courir, vous demandez le Calvados, je crois, le retour au pays, je comprends, écoutez, si vous êtes d'accord, vous signez là, vous voyez, vous vous en tirez bien... Simone elle a signé, pas le choix.

La CMP, rue de Vouillé, dans le XVe, c'était peinard. La CMP c'était un secteur de pointe, alors forcément on était quasiment en guerre avec les banques, et les banques elles prenaient la Peste de haut. La chef, elle s'appelait Éléonore Cravena, une sacrée bonne femme, autoritaire, avec un sourire carnassier, un peu sadique sur les bords, quand elle te fusillait du regard par-dessus ses lunettes en attendant que tu raccroches le téléphone, tu pissais pas de rire. Remarque, dans un sens je la comprends, une femme qui commande, si elle met pas le paquet, les mecs la taillent en pièces, ils supportent pas d'être commandés par une femme, ces chiens. Éléonore elle était galbée comme un gladiateur, cheveux courts, un peu destroy, mais la classe qu'elle avait ! Les mecs, à la pause, c'était chaud, ils passaient leur temps à fantasmer sur Éléonore, cuir, fouet, domination SM, forcément avec son nom de danseuse du Crazy Horse, ça y allait. Enfin moi, je peux pas t'en parler, je l'ai guère connue, Éléonore, j'ai surtout connu son successeur, alors lui par contre, c'était vraiment une pourriture... Comme les Endives nous foutaient la paix, je me plaignais pas. Bon, c'est sûr, ça fait drôle de changer de boutique, mais à part Renée, Marlène, Luigi et Jean-Benoît, j'avais pas vraiment de copines à Bourseul, je m'en foutais… Comme dit Renée, c'est sûr, sans la Simone Dubois, ça leur fait des vacances avant les CA ! Y'en a qui respirent, depuis que t'as mis les bouts, ma Simona ! Ben-dis-donc, ma Renée, t'as les mots qu'il faut pour faire plaisir aux copines, toi ! Qu'est-ce tu veux, mon chéri, Renée, c'est une militante, elle est nature.

Le premier jour à la CMP, qui je vois à la photocopieuse ? *Étienne !* Pas étonnant que je l'aie pas croisé au ministère ! Ouh-la-la, ça sent le coup fourré, tout ça… Voyons, les apparatchiks ont tout deviné, depuis le début ils sont au courant pour ta petite liste, le carnet d'Étienne avec les coupures de presse, c'est des cracks, ces mecs-là, tu peux rien leur cacher. Le coup des RT12, c'est de la daube, c'est un truc pour te muter ici, et quand tu revois Étienne, t'en peux plus, tu craques, tu te mets à table, ils te cueillent comme un fruit mûr, et en route pour le quartier des femmes de Fleury-Mérogis, oh putain, Simona, dans quel guêpier tu t'es fourrée… Peut-être que les RG sont dans le coup aussi, c'est eux qui tirent les ficelles, c'est sûr, c'est la guerre, Simona, ils ont reçu des ordres, les empêcheuses de poster en rond comme toi, on liquide ! tout ça, ça vient de là-haut, de très haut, de la Direction… Peut-être même du ministère… *Du ministère, tu crois ?* Oh que oui ma Simona, ET PEUT-ÊTRE MÊME DE PLUS HAUT ENCORE ! De plus haut ! *Mais c'est impossible ! Plus haut, c'est... Mitterrand !* Ah ça, Simone, ça te pendait au nez, à force de t'entendre pester contre lui, il en aura eu marre, Mitterrand, tu sais pas qu'il a toujours une oreille qui traîne, faudrait peut-être te mettre au courant, il paye des gens pour écouter, il veut savoir tout qu'est-ce qui se raconte sur lui dans toute la France, Mitterrand, tu savais pas ça Simona? *Toi tu savais, Dominique, t'es bien placé pour le savoir, euh-dis-donc!*

Oh, là, Simone, doucement... J'ai jamais trempé là-dedans, moi...

TA GUEULE! Tu vas la taire ta gueule, monsieur le ministre?... Tu l'as vue, celle-là? Elle ferait pas mal sur ta petite gueule de bourge... Mitterrand, il s'est dit *bon, ça suffit, qu'est-ce que c'est que cette petite postière à la noix qu'arrête pas de râler après moi toute la sainte journée! Dès que j'ai le dos tourné, hop, bzzzzz-bzzzzz-bzzzzz... Elle veut ma place, peut-être? Ah, c'est comme ça! On complote!... Dites, monsieur le bourreau, un cédédé, ça vous dirait? Vous reprendriez du service? Alors, allez donc me chercher cette peste de Simone Dubois, qu'on en finisse, et pas un mot à Badinter, il ferait tout foirer, allez, exécution!* Ouh-la-la! J'entendais *Sa* voix qui me sonnait les cloches, j'étais dans un état, je te dis pas... J'ai fait trois pas dans la pièce et je me suis dit ils attendent que *ça*, que tu t'effondres, là, devant Étienne, ils l'ont mis là pour ça, ils *savent... Ou alors...* Ou alors c'est lui qui s'est arrangé pour se faire muter ici, avec ses combines au ministère, il va plus te lâcher, et quand t'auras le dos tourné, paf, il te fait la peau dans un coin, et il te coiffe au poteau pour Saint-Martin... Bon, l'un dans l'autre, ça se vaut, c'est pas joyeux. Du courage, de la dignité, vas-y, ma Simona, fonce! Et je lui mets une grande claque dans le dos, au type à la photocopieuse, je lui dis *eh ben, ça alors qu'est-ce tu fais là Étienne ! T'as été muté, Éti...*

Étienne il se retourne, et c'était pas Étienne. Fallait vraiment que je sois dans la ouate pour les confondre parce qu'il lui ressemblait pas du tout. Bon, de dos, j'avais des excuses, grand, sec, cheveux courts, et question fringues les mêmes goûts de chiotte que mon fou furieux. Sa petite veste en pied-de-poule toute élimée, t'aurais dit qu'il la portait depuis sa première communion tellement elle paraissait crade.

— Je ne m'appelle pas Étienne, madame, il me fait en prenant un air tout triste.

— Moi, c'est Simone Dubois, excuse-moi de dos j'ai cru que… Comment tu t'appelles, toi ?

— Aymar Petit, madame, il répond en piquant son fard.

— Aimar comme Lucien Aimar ?

Aymar Petit a balbutié qu'il ne connaissait pas Lucien Aimar en ramassant furtivement son paquet de photocopes comme si c'était des photos pornos, et il s'est barré en serrant contre lui un attaché-case. Simona elle avait retrouvé ses couleurs, Mitterrand il pouvait toujours courir, il me faisait plus peur. Et c'est ce pauvre gars qui en a fait les frais, ça partait pas d'un mauvais sentiment, je voulais juste le mettre à l'aise. Mais pour décoincer Aymar Petit, fallait se lever tôt. Déjà le prénom, c'était un programme. Drôle de type, ce type. Il avait l'air tout perdu dans sa veste cracra et son pantalon tergal de curé. Et puis il suait tout le temps, moi ça me gêne les types qui suent, tu sais pas c'qu'ils pensent. Pour tout dire, il faisait pas franc, Petit, il avait la tête de quelqu'un qui a quelque chose à se reprocher. Et pourquoi un attaché-case, d'abord ? Même les inspecteurs ils en ont pas à la Peste. Qu'est-ce qu'il pouvait bien planquer dans son attaché-case, le docteur Petiot ? En plus, il s'en séparait jamais, il l'emportait avec lui partout, même aux chiottes il le prenait, tu vas pas me dire que c'est un comportement normal, ça ! Moi, un jour, je lui ai dit à Aymar *écoute, ma chérie, si c'est pour tes règles, essaie le vanity, c'est plus discret !* Bon, d'accord, ça te fait pas rire... *On n'est pas du même milieu, Dominique*, qu'est-ce que tu veux... Lui non plus ça l'a pas fait rire. Forcément, il venait de Neuilly, il vivait chez papa-maman, il était pas gêné aux entournures, un jour j'ai fait ISOL pour voir, dis donc, il avait douze briques sur son CCP ! N'empêche, ça m'a turlupinée pendant des mois, cette histoire : *Qu'est-ce qu'il peut bien planquer dans son attaché-case, le docteur ? Des valeurs qu'il aurait subtilisées à ses malheureuses victimes ?* Parce qu'en plus, il l'ouvrait jamais, son vanity, jamais-jamais. Moi ça me rongeait. Je me disais bon, il a pas une tête de sadique... Et alors, les sadiques ils ont pas toujours une tête de sadique, regarde, Étienne, quand tu le vois tu dirais jamais qu'il a assassiné neuf personnes ! Et Dutroux, alors, il a une tête de brave commerçant, Dutroux ! Peut-être qu'il cache bien son jeu, le docteur Petiot...

Ouais, c'était vraiment un type bizarre, le docteur. Tiens, un jour de grève, je me pointe... bon, Simona elle fait pas grève, combien de fois je me suis engueulée avec Renée, elle me traite de jaune, j'ai beau lui dire que les jours de grève j'en fous pas la ramée, que je débranche tous les téléphones et que je m'enferme aux toilettes avec mon *Détective*, elle me traite de jaune, et moi je lui réponds écoute, Renée, le jour où la cégète préconisera la séquestration des apparatchiks, je te suis... Même en mai 1968 j'ai pas fait grève, alors tu parles ! Bon... je me pointe à la Peste, et je vois Petiot à la photocopieuse, suant comme un buffle, le docteur il était toujours scotché à la photocope, et pour voir ce qu'il photocopiait, accroche-toi Jeannot... Je lui fais, dis donc, Aymar t'as oublié de signer la feuille de présence, ce serait trop con de te faire sucrer un trentième !

— Non, non, je n'ai pas oublié, il me répond en s'épongeant le front.

Ouh-la-la, mais il me fait un syndrome de Sarkozy, celui-ci ! Je lui mets la feuille de présence sous le nez avec le blanc en face de son blaze :

— Y'a pas de quoi en faire une maladie, mais tu vois bien qu't'as pas signé, Aymar !

— Je sais bien que je n'ai pas signé, Simone, vous m'embêtez, à la fin !

— Mais tu sais qu't'es mignon quand tu t'énerves ! Tiens, prends...

Et je lui mets mon bic dans sa main qui sue.

Et tu sais c'qu'il me répond, l'Auteuil-Passy d'Neuilly ?

— Je n'ai pas signé *parce que je suis gréviste*, Simone.

Alors là, putain, tous les anges du ciel se sont donné rendez-vous devant le pif de Simone. J'étais scotchée à la moquette.

— Ben alors qu'est-ce tu fous là ? T'as oublié ton attaché-case !

— Je suis gréviste, je vous dis.

— T'es gréviste et tu viens bosser !

— M... moui.

— Allez, tu peux l'dire à Simone, t'es venu faire des photocopes perso en douce ! Dis, tu me ferais voir ce que tu transportes dans ton vanity, mon chéri ! Tu fais pas dans le porno, quand même !

— Mais puisque je vous dis que *je suis gréviste !*

— T'es gréviste et tu viens bosser, tu m'prends pour la graine des pommes, Aymar ?

Le docteur, il ramasse ses photocopes sur sa mallette, en les retournant pour pas que je voie, et il m'explique *qu'il fait la grève par solidarité mais qu'il vient bosser parce qu'il a des restes, que ça l'empêche de dormir et que de toute façon, qu'est-ce qu'il ferait chez lui et c'est aussi bien comme ça !*[1]

J'étais tellement secouée que j'ai pas vu partir le docteur. Et là-dessus est arrivé Brossot, le remplaçant de madame Éléonore. Aussi petit et bancal que madame Éléonore était grande et proportionnelle. Toujours à se dandiner d'un pied sur l'autre, à se frotter les mains, à se pincer les lèvres et à s'écouter parler, qu'est-ce que ça énervait Simona ! Alors lui, au top 50 de la saleté, avec la mère Sadique il arrive ex-aequo, je peux pas le voir en peinture. C'est pas compliqué, à cause de lui j'ai eu de l'eczéma pendant trois ans, aux États-Unis, je lui collais un procès aux fesses ! Brossot, c'est une teigne, un tic, un pou, une mygale, un cafard, un poulpe, une méduse, un comédon, un cor au pied, tout c'que tu veux mais pas un homme. Ou si c'est ça un homme, moi je m'inscris à la Gay Pride des phoques avec Luigi ! Et avec ça, tellement bouffi par l'ambition qu'il serait foutu de tuer sa mère s'il la trouvait en travers de son chemin, il a une gueule de tueur, ça, il pourrait jouer dans *le Parrain*. En plus de ça, il te respecte pas, Brossot, quand Jenny Lamotte est morte du sida, il a même pas

1. Archi-authentique. Je le jure sur la tête de Simone. *(N.d.A.)*

envoyé une gerbe ! Ah c'est sûr, comme ça il a l'air gentil, il te met en confiance avec son accent toulousain tout miel, et toc, crache ton venin :

— Madame Dubois, que je sache, on ne vous a pas mutée ici pour lire *la Lettre de Lutte ouvrière* ! Si vous n'êtes pas gréviste, qu'est-ce que vous attendez pour vous mettre au travail ?

— Mais je ne lis pas *la Lettre de LO*, monsieur Brossot, je réplique en lui mettant la feuille de présence sous le nez, je disais au docteur Petiot qu'il avait oublié de signer, cet idiot il fait grève et il oublie de signer, il est con ou quoi…

Mais Brossot, le docteur Petiot il connaissait pas, et comme ça faisait cinq minutes qu'Aymar avait mis les bouts, il m'a invectivée, comme quoi on n'avait pas besoin de filles comme moi à la Peste, qu'on avait déjà été bien gentil de me donner une seconde chance, que si ça tenait qu'à lui, je serais déjà à la porte, que bientôt c'en serait fini des fonctionnaires *happy few*, ça le british, c'était son truc à Brossot, il pouvait pas faire une phrase sans dire un mot d'anglais, et tu sais combien Simona elle vomit les beefs ! Oh-la-la, qu'est-ce qu'il me portait sur le système avec ses expressions, son *turn-over*, son *cash-flow*, son *feed-back*, son *new-deal*, son *brain-storming*, son *mailing*, son *cash-advance*, et la *dead-line* qu'il fallait surtout pas dépasser… Tiens, une fois, tu sais c'qu'il a dit à une fille qui s'était pointée avec les cheveux teints en vert ?

— Mademoiselle, vous êtes une *fashion-victim*.

Et il la draguait, ce fumier, parce qu'en plus il était chaud de la braguette, le Brossot, sa femme elle avait intérêt à accommoder les restes ! Violette elle s'est pas démontée, elle lui a répondu :

— Je préfère être une *fashion-victim* qu'un *has been*, espèce de naze !

Elle s'est ramassé un PV mais ça fait du bien de se libérer… Brossot, je lui mets la feuille de présence dans les pattes, *t'as qu'à la remettre sur la table, je suis pas ton chien*, il a commencé à suer le burnous, et j'ai sorti la dernière *Lettre de LO* de ma manche, je lui aurais bien fait bouffer, la vache ! *La Lettre de LO*, c'est des copines à Arlette Laguiller, Arlette, elle leur mène la vie dure, elle veut pas de femmes mariées chez les militantes, elle veut pas d'histoires, ça rigole pas avec Arlette… Un coup, Anita Rascoin elle m'a demandé si je voulais pas entrer dans la bande, elle me dit Simone, toi qu'as pas de vie de couple, pas de mouflet, tu serais une recrue de choc… Moi, j'ai dit si c'est pour taper sur la Mère Sadique dans ton bulletin, je demande pas mieux, mais pas question de me priver de bonshommes, tu m'as vue ! Les filles elles racontent tous les trucs moches qui se passent à la Peste, tu t'ennuies pas, elles se gênent pas, elles ont pas peur des chefs, alors Brossot, tu penses, il adore ! Quand je le croise, je sors *la Lettre*, j'en ai toujours une sur moi, et je me lèche les babines parce que ce pauvre naze il se tord le cou, il fait comme s'il me voyait pas…

Avec tout ça, j'ai oublié de te dire comment ce salaud d'Étienne avait liquidé sa cinquième victime… Patrice Gascon, il est mort aux sports d'hiver, il a glissé dans un ravin. Mais je l'ai appris longtemps après. La carte postale a mis trois mois à m'arriver, je sais pas ce qui s'est passé.

SEPT...
Éric Blin (1993)

Simone elle a pas attendu trois ans pour quitter la CMP, comme ils avaient dit les apparatchiks. Je me suis fait virer avant, au bout d'un an et demi. Et pas à cause de Brossot. À cause d'une autruche, je me suis fait virer. À cause de Dany. Mais je lui en veux pas à Dany, on s'est trop marrés... Dany, c'était un clown, il déconnait tout le temps, il avait tout le temps des idées pas possibles. Comme les autruches.

Un jour il vient me voir au bureau, mon boulot c'était de lister les cartes récupérées dans les distributeurs, je charcutais tout ça aux ciseaux pour pas qu'elles resservent, c'était passionnant, il me dit, on n'a pas tellement eu l'occasion de parler, mais j'ai un pote de Bourseul qui m'a parlé de toi, Jean-Benoît il s'appelle. Je peux te parler deux secondes, j'ai besoin de ton aide...

— T'es un pote à Jean-Benoît ? je lui fais.

— Ben oui...

— Prouve-le.

Tu comprends, je me méfiais. Je me disais, ça fait pas deux ans que je suis à la CMP, Mitterrand il est capable de tout, il a vu que les écoutes avec moi ça marchait pas, muette comme une carpe, Simona, qui te dit que Dany c'est pas une taupe des apparatchiks ? Dany il se penche vers moi, il murmure :

— Je suis un partisan de l'entropie et du bordel généralisé…

— Mouais, ça vaut pas. Jean-Benoît il arrête pas de causer de l'entropie…

— J'ai vu une toile où tu fumes un joint d'une façon un peu… spéciale…

— Le salaud ! il devait la montrer à personne !… Bon, ça va… C'est quoi, ton truc ?

— Voilà. Mon rêve, c'est d'organiser une course d'autruches. J'ai un ami qui a un élevage en Seine-et-Marne, pas de problème. Tous les collègues sont hyper partants, les filles feraient des crumbles et des gâteaux au chocolat, on ferait griller des chipos, on pourrait prendre des paris, le truc cool, pas de lézard, ça spliterait bien, non ? Seulement, tu comprends, j'aimerais bien en faire profiter plus de monde… Il paraît que t'es assez liée avec le type qui fait le bookmaker à Bourseul, Luigi, tu pourrais pas le mettre sur ce coup-là ?

— Et tu vas la faire où, la course ?

— Ici.

— À la CMP, mais t'es malade !

— À la salle de conférence, y'a tranquille la place si on vire les fauteuils. On fait ça un vendredi soir, après le départ des femmes de ménage. T'inquiète pas, tout est prévu…

Au début, je le croyais pas, Dany. Je lui ai dit que ce serait quand même plus simple de faire ça à la campagne, mais il voulait pas, il disait qu'à la Peste, ce serait beaucoup plus fun, que la CMP c'était trop top-mortel comme boîte, qu'il fallait mettre de la vie dans ce lieu, sinon on allait mourir, que tout ça, ça faisait partie du truc global de l'entropie, il me jouait son

Jean-Benoît, Dany… Et puis il m'a emmenée voir ses autruches près de la Ferme du Buisson, il avait le chic pour leur parler, il leur faisait faire ce qu'il voulait, aux bêtes, entre nous, Dominique, une autruche, c'est pas plus con qu'une poule, suffit de savoir s'y prendre…

J'en ai parlé à Luigi qu'était pas chaud. Depuis l'histoire des RT12, il avait mis ses activités en veilleuse, y'avait trop de types bizarres qui rôdaient au Centre. Luigi, il disait ces types-là, je les sens pas, y'a du mouchard dans l'air… Quand je lui ai dit que ça aurait pas lieu à Bourseul et que je me chargeais de faire l'intermédiaire, il a dit oui, mais c'est bien parce que c'est toi, Simona. Et on a organisé la course. Dany était super content, il m'avait confié la billetterie. La salle de conférences était pleine à craquer, on faisait payer cent balles l'entrée, une boisson comprise, et une part de gâteau, et en prime t'avais le droit de rouler une pelle à l'autruche de ton choix, y'a pas plus zen comme animal. Y'avait même une délégation de Lille Chèques, des collègues qui en avaient marre des courses de clébards ringardos et qui sont repartis ravis, même qu'ils voulaient créer une section course d'autruches à l'ASPTT, mais le ministère a dit non, on a tout misé sur le VTT, si on se lance dans l'autruche, de quoi on a l'air ! Et puis l'hirondelle de la Peste elle serait pas contente du tout ! Des arguments à la con, tu parles. Je te raconte pas comment on s'est marrés, j'avais emmené Marlène et Renée, Marlène est venue avec son fiancé, on a fumé de l'herbe, on s'est super éclaté ! Jamais vu une fiesta pareille à la Peste.

Les pauvres bêtes... tout de même...

Tiens, tu t'réveilles, mon chéri... Oh-dis-donc ! faut pas déconner, on les torture pas, les autruches c'est pas comme la corrida, on leur fait même pas de mal... D'ailleurs ça s'est super bien passé. Luigi avait fait un super boulot, avec six équipes de deux. On a terminé à deux heures du matin. Le seul truc, c'est qu'à la sortie, on est tombés sur une patrouille de flics pendant qu'on ramassait les autruches dans le van. Va expliquer aux flics que tu fais pisser ton autruche à deux heures du matin, toi ! Dany il a lancé deux ou trois autruches contre les keufs, et quand ils ont vu qu'on était une bonne centaine, ils ont pas insisté... Heureusement que Dany avait salopé les plaques. Mais tout ça, c'est remonté jusqu'à Brossot, je sais pas comment il a su, ce niqué d'sa mère, remarque, la salle de conférences elle a pué l'autruche pendant un mois, sans compter l'odeur de graillon, mais quand même, devait y avoir un indicateur dans la salle... En tout cas il en a profité pour se débarrasser de Simona. *On ne veut plus de vous ici, madame Dubois, vous retournez à Bourseul...* Moi qui m'étais juré de découvrir le secret de l'attaché-case du docteur Petiot, j'étais fumasse. Sans compter qu'avec Dany et les garçons de la Liste Noire, on s'entendait super bien. Remarque, je l'ai su, ce qu'il trimbalait dans son attaché-case, mais longtemps après, je l'ai su par Dany qui avait réussi à lui subtiliser un jour qu'il l'avait oublié en allant aux chiottes. Tu sais ce qu'il trimbalait ? Je te le donne en mille... Il photocopiait tous les dossiers qu'il traitait dans la journée. Pas parce qu'il avait la trouille de faire des bêtises, non, il faisait ça pour son abruti de père, un militaire. Bon d'accord, les militaires, ils ont pas inventé la sauce blanche, mais lui, il était déjà abruti avant d'être militaire. Il avait jamais accepté qu'Aymar loupe son entrée à Polytechnique, mais qu'il se rabatte sur la Peste, alors, là, ça l'avait détruit… Alors le docteur il photocopiait tout ce qui lui passait entre les mains, et le soir, son père relisait ses dossiers pour voir s'il s'était pas gouré. C'est pour ça qu'il se planquait quand on s'approchait de la photocopieuse, il avait honte, tu comprends. C'est pas comme le mélopétomane, alors lui, il avait aucun amour-propre…

Le lendemain de mon savon avec Brossot, je tombe sur la grande Judith dans le métro. Elle commence à me faire chier avec un jeu à la con dans *Femme actuelle*, elle me pose des tas de questions débiles, style qui a écrit *l'Adagio d'Albinoni*, c'est Verdi ou Puccini ? Et tout à coup, elle me fait :

— À propos de musique, j'ai revu le mélopétomane au métro Charonne, il vendait des fleurs, il se bastonnait avec un Pakistanais qui voulait l'empêcher de s'installer à côté de son étal…

Le mélopétomane, il a fait un passage éclair dans les services il y a cinq, six ans. Tout petit, un drôle d'énergumène, il tenait pas en place. Il pianotait la table à coups de règles en faisant badim-badam, ploum-ploum-plim, tralala-lalère, et il gueulait des ROCK, des YEAP et des FUCK YOU. Les filles en pouvaient plus. C'est Judith qui l'a fait décamper, pour une fois qu'elle se rend utile, un jour qu'il s'était mis à roter en série, non-mais tu vois le tableau, t'es en train de téléphoner à un client, et à côté y'a un maboule qui fait ses gammes ! Judith elle a sifflé entre ses dents. Eh, Mick Jagger, t'es né gros dégueulasse ou t'as pris des cours du soir? Crois-tu qu'il s'est démonté? Penses-tu ! Il a répondu *Je peux péter si vous voulez. C'est pas un problème !* Judith non plus elle s'est pas démontée. Elle s'est levée et lui a collé un aller-retour, crois-moi, ça l'a calmé... Judith ça lui a fourni un prétexte pour appeler sa mère en province et lui raconter son exploit, et allez, envoyez le feu d'artifice, varices, vergetures, verrues, c'coup-ci elle en avait après la lettre V, et qui c'est qui paie à ton avis ? le contribuab'e, ben-tiens ! N'empêche que le lendemain, on a pas revu le mélopétomane. Il s'était tiré pour de bon.

Judith elle voulait me payer un coup, mais j'ai dit non, je t'ai assez vue, greluche. J'aurais peut-être mieux fait vu que j'avais une lettre d'Étienne dans ma boîte avec un article de *Ouest-France*. Il venait de liquider Éric Blin, l'ordure...

Saint-Martin-des-Besaces, 16 heures 56.

La Voix du Nord, *4 mars 1984*

Faches-Thumesnil : chute mortelle du quatrième étage.

M. Gilbert Mazeau, 47 ans, préposé au Centre de tri postal de Lille, a fait une chute mortelle en tombant du quatrième étage de son immeuble à Faches-Thumesnil. Il semblerait qu'il ait perdu l'équilibre en voulant attraper un linge qui séchait sur son balcon et s'était envolé sur le balcon voisin. Le malheureux a été tué sur le coup. M. Mazeau, connu et apprécié de tous dans sa commune où il était sapeur-pompier volontaire, laisse une femme et quatre enfants.

Le Parisien, *12 novembre 1987*

Suicide sur le pont Alexandre III.

Mme Monique Toudic, 52 ans, guichetière dans un bureau de poste du 15e arrondissement, s'est suicidée hier matin à Paris en se jetant du haut du pont

Alexandre III. Un passant qui se trouvait sur les lieux, M. Étienne Lerochereuil, lui aussi postier, a tenté de raisonner la malheureuse, en vain. Se précipitant à son secours alors qu'elle se jetait à l'eau, le courageux passant est arrivé quelques secondes trop tard et n'a pas pu empêcher la désespérée de franchir le parapet du pont. Le passant, légèrement commotionné, a été admis en observation à l'Hôtel-Dieu.

— Alors, Marielle, tu t'y retrouves dans mes petits papiers ?

— Que veux-tu prouver avec tes postiers ?

— T'as remarqué que c'était des postiers, c'est déjà ça ! Tu veux que je t'explique ?

— J'aimerais bien, murmura Marielle.

— Qu'est-ce que tu dis ?

— J'ai dit : j'aimerais bien !

— Dans le journal, c'est des faits divers, mais tu sais bien qu'ils disent pas la vérité, les journaux. Tous ces pauvres gens ils sont morts à cause de la Peste, Marielle. C'est ça la vérité...

— À cause de la peste ?

— Oui. C'est pour ça que j'ai kidnappé le ministre.

— Quel ministre ?

— Le ministre de la Peste...

— Tu m'as pas fait annuler mon voyage à Strasbourg pour me raconter ce genre de conneries, Simone !

— Conneries toi-même ! Va bien falloir qu'il dise la vérité, le ministre ! Ça peut plus durer tous ces mensonges...

— Mais y'a plus de ministre de la Poste, ma pauvre Simone ! Il a été supprimé par Jospin, tu savais pas ça ?

— Si tu te remues pas le cul, c'est moi qui vais le

supprimer, le ministre, ça va pas êt'e long ! J'ai pas besoin de Jospin, moi !

— Bon, bon, admettons ! Mais pourquoi tu t'en prends à ma femme ? Elle a rien à voir avec la Poste ! C'est quand même pas pour le bourguignon !

— J'en ai rien à faire de son bœuf bourguignon ! C'est pour être certaine que tu me fais pas faux bond, peau d'bête !

— Je veux lui parler, Simone.

— Pleure pas mon chéri. Je vais te passer ta meuf. Comme ça tu peux lui demander…

— Lui demander *quoi ?*

— Que j'ai kidnappé le ministre ! T'es bouché à l'émeri ou quoi ?… Je te la passe. Trente secondes, Marielle ! Trente secondes…

Le brigadier patienta une dizaine de secondes avant d'avoir sa femme en ligne.

— Allô ! Catherine ? Tu vas bien ?

— *Je vais bien mon chéri…*

— Tu es sûre que tout va bien ?

— *Ça va, oui.*

— Tu as une toute petite voix… Elle ne t'a pas fait de mal au moins ?

— *J'ai un peu froid à la tête mais ça va…*

— Comment ça, tu as froid à la tête !

— *C'est Simone, elle m'a coupé… coupé les cheveux…*

— Comment ça, elle t'a coupé les cheveux ? !

— *Oui… Enfin, juste des mèches…*

— Mais ça va pas la tête ! POURQUOI T'AS FAIT ÇA SIMONE ?

— Elle avait plein de poux dans la tête, ta femme ! Je croyais qu'on avait plus d'hygiène chez les gendarmes !

— T'es complètement malade, Simone !

— Plus que dix secondes, Marielle… Demande-lui pour l'otage.

— Il… il y a vraiment un autre otage, Catherine ?

— *Oui. Il y a un type, dans un fauteuil roulant… Je l'ai vu ce matin… Mais je ne suis pas dans la même pièce que lui…*

— Tu sais qui c'est ?

— *Ben… Je crois bien que c'est un ministre…*

— Tu crois ou t'es certaine ?

— *Mais je ne sais pas moi ! Je l'ai déjà vu à la télé en tout cas. Simone l'appelle Dominique, il ressemble au mari d'Anne Sinclair…*

— Est-ce que tu lui as parlé ?

— Les vingt secondes sont écoulées, Marielle. Tu me crois maintenant ?

Le brigadier n'eut pas le temps de répondre. Simone avait coupé.

— Alors, brigadier ? enchaîna Courcière.

— Ma femme est aux mains de Simone, ça ne fait plus aucun doute. Elle m'a dit qu'elle avait un autre otage, un type qui s'appelle Dominique… Qui s'occupe des PTT au gouvernement ?

— Dominique Strauss-Kahn, dit Verdailhet. Le ministre de l'Économie.

— Elle prétend que son otage est le ministre, dit le brigadier. Et ma femme dit qu'elle a vu un type qui lui ressemble. Vous ne trouvez pas cela troublant ?

— Et avant, c'était le receveur ! s'exclama Chambrier. Mais elle ment comme elle respire ! Elle est zinzin, cette fille ! Je me demande vraiment ce qu'on attend pour investir la place…

— CHAMBRIER !

— À vos ordres, brigadier !

Malgré les circonstances, Marielle admira le salut magistral de son subordonné. C'est à des petites choses comme ça qu'on reconnaît la grandeur d'une Nation, songeait-il en détaillant la perfection du garde-à-vous. La main levée impeccable, le port altier sans être trop rigide, le coude juste là où il faut, équidistant de la clavicule et de la tempe, le menton volontaire, la poitrine gonflée mais sans excès. Dans les heures terribles qu'il était en train de vivre, ce n'était pas un mince réconfort. Il s'arrêta à quelques millimètres de la forte tête et la fixa droit dans les yeux.

— Mon petit Chambrier… Elle est peut-être zinzin, Simone, mais je vous rappelle qu'elle détient ma femme en otage. Et je tiens énormément à ma femme. Alors, s'il vous plaît, conformez-vous au règlement… On n'est pas chez les débraillés, ici. Si vous voulez retourner à la vie civile, on ne vous retient pas.

— Dieu m'en garde, brigadier.

— Il ne fallait pas louper le concours de commissaire, mon petit vieux ! Est-ce que je me suis bien fait comprendre, maréchal des logis ?

— Haut et clair ! cria le gendarme.

— REPOS CHAMBRIER ! On investira la place quand je l'aurai décidé. Et j'ai le plaisir de vous apprendre que vous serez en première ligne… Je vais faire un tour. J'ai besoin de réfléchir…

Le brigadier Marielle s'éloigna en direction de la fourgonnette puis il continua jusqu'au bout du chemin, suivi des yeux par ses subordonnés effarés de le voir tourner à gauche dans le chemin, en direction du hameau de la Vacquerie.

— Qu'est-ce qu'on fait, les gars ? demanda Verdailhet.

— Qu'est-ce que tu veux qu'on fasse ! s'étonna Courcière.

— On va quand même pas le laisser partir comme ça !

— C'est une sacrée tuile pour lui, constata Chambrier. Vous avez entendu. Il a besoin de réfléchir.

— C'est lui qui commande, de toute façon, nota Courcière.

— On n'a plus qu'à attendre, dit Chambrier.

— Et si la folle appelle ? demanda Verdailhet.

— Elle n'appellera pas, assura Courcière. Pas pendant son absence.

— Qu'est-ce que t'en sais ?

— Sais pas. Un pressentiment.

— Dites, les gars, elle est si terrible que ça, cette Simone ? fit le sapeur Jaffrelot qui n'avait pas ouvert la bouche depuis le début de la crise.

— Qu'est-ce qu'il imagine, le bleu bite ! répliqua Verdailhet. Y'a pas qu'en ville que les gens souffrent. La vie est rude à la campagne, bonhomme ! Simone Dubois, elle a eu sa part de malheur.

Les gendarmes hochèrent la tête de conserve, et le sapeur Jaffrelot se sentit tout à coup très con.

HUIT…

René Dussidour (1994)

Trois mois après, retour à Bourseul. Le DRH me reçoit dans son château, il me fait vous avez vraiment de la chance d'être fonctionnaire, madame Dubois, si ça ne tenait qu'à moi… Non-mais, t'aurais dit un clone de Brossot ! Je prends ma mine d'enfant battue en croisant mes doigts sur ma jupe plissée, je le laisse blablater et avant de sortir je lui fais *si t'es pas heureux, va te plaindre auprès de madame Badinter, c'est le même prix !* Ils sont pas couillons quand je leur parle de madame Badinter, ces affreux… J'ai fait la tournée des popotes. Pas pu m'empêcher d'écraser une petite larme, les filles étaient babas, je sais bien, c'est lamentable, je suis trop sentimentale.

Marie-Paule toujours aussi gaffeuse, qui m'a lancé en piaillant alors Monette, les oreilles t'ont pas trop soufflé ?

Patou qui m'a dit tu sais pas, Mitterrand consulte une voyante, c'est pas des conneries, une ancienne actrice de porno, paraît même qu'il aurait eu un enfant avec elle, tu t'rends compte, ça va faire du bruit ! Je lui ai dit t'es bien gentille, Patou, mais pour les potins j'ai mon fournisseur agréé, tu permets ?

Nono qui venait de prendre un Irish coffee avec

Lova Moor au café de Flore, il en avait encore les yeux qui brillaient, il m'a confirmé qu'il était au courant depuis un bail pour Tonton et Élisabeth, mais pour l'enfant, la Patou elle délire ! Par contre, un jour que t'as du temps, je pourrais t'en apprendre de bien bonnes sur les parties fines du G7 avec Bush-Thatcher-Mitterrand, les sherpas, les voyantes et les call-girls à cinq mille dollars, ils s'emmerdent pas les cocos !

Lucienne qui venait de prendre sa carte au FN, alors elle, je l'ai soignée ! Si tu veux pas finir comme le landau du *Cuirassé Potemkine*, je te conseille pas de descendre l'escalier devant moi, et en prime, je te crève un œil, comme ça t'auras la voix de ton maître, Eva Braun !

Ma Renée qui venait de larguer son amant, et son mari ça allait pas fort, et la Peste elle en avait sa claque, et elle se faisait du souci pour Mitterrand, je lui ai dit ma Renée, quel âge ça lui fait maintenant, ton fils que t'as eu avec le président ? Deux jours à me faire la gueule, oh, ça va bien, elle commence à faire suer, ma Renée !

Marlène qui parlait de prendre une dispo vu que son fiancé friqué voulait lui payer une boutique de lingerie à Versailles, ah, Marlène, j'ai toujours su qu'elle finirait par s'en sortir.

Florence qui râlait, et qui va me prêter une petite culotte quand je vais pisser de rire ? Et aussitôt, allez, un petit pipi, hi-hi-hi-hi, non mais faudrait qu'elle se soigne, Florence !

Amadeus qui en avait assez de toute cette médiocrité, il parlait de se retirer dans un monastère aux Antilles, il voulait m'emmener avec lui, oh-la-la, ça allait pas du tout, Amadeus.

Luigi qui venait de tomber amoureux d'une fille, il me dit Jérôme est malheureux comme tout, Simone, que ferais-tu à ma place ? Je lui ai répondu que la seule femme qu'il pouvait aimer, c'était moi, que j'étais prête, que je l'attendais, il a ri, il a promené sa main au-dessus de mes seins, sans les toucher, et je me suis frottée contre lui comme une bête, tout ça devant la Bénimachair qui a crié *la bête est revenue, Seigneur !* Moi je lui fais la Mère Sadique on t'a pas sonné, retourne dans ta chambre de torture ! Vu que je venais de lui commander un collier à clous retournés avec sa laisse de la boutique Cruella 2000, elle a fait une drôle de tête, la bourrique !

Jean-Benoît qui venait de se castagner avec un chef, cinq points de suture, une armoire bousillée, un avertissement, il avait de la rancœur contre toute la terre, il avait envie de tout foutre en l'air, l'entropie, ça lui suffisait plus, lui fallait du concret, et il avait commencé en bousillant la moitié de ses toiles, mais pas celles avec Simone.

Judith qui me fait t'as grossi, Sim', tout juste si elle ajoute pas boudin, je lui ai répondu toi par contre, t'as perdu du poids, mais c'est la cervelle qui a morflé, pas de chance !

Nelly qui se met à pleurnicher dès qu'elle me voit, elle me dit allez je te paie un caoua, Simone, et devant la machine à café elle me sort c'est pas que je croie plus en Dieu, mais tout de même, qu'est-ce qu'il attend pour arrêter toute cette misère, il pourrait au moins faire un geste… Je l'ai branchée sur Amadeus, mais bon…

Berthine qui a craché par terre méchamment et s'est fait incendier par l'Endive, obligée de briquer le sol avec son mouchoir, et Simona elle fait mine de lui écraser la main avec son pied, depuis le temps que ça me démange, sale pouffe !

Martine toujours aussi dépressive, virée des Jéhovah parce qu'elle ramenait pas assez de brebis égarées au boxon, pour se venger, elle s'est tailladé les veines et elle a pas dit non à la transfusion, du coup : fâchée avec Étiennette qui la prend pour Satan.

Étiennette pimpante dans sa petite robe en jersey, qui passait la peau de chamois sur l'écran de MARS[1] en tirant la langue, vas-y ma grande, frotte, Jéhovichnou, là-haut, il aime ça, qu'on l'astique !

Sophie Leloing qui sortait de deux mois de maladie, en super forme, enceinte du quatrième, vachement contente de revoir Simona, elle me dit t'en parles à personne j'en suis qu'à la cinquième semaine, ah, Sophie c'est une bonne petite, quel dommage qu'elle ne tienne pas un homme !

Marcel Grosse-Tête le bouliste, qui se pointe tous les jours depuis dix-sept ans sur le coup de neuf heures avec ses paquets de chèques de débit en criant : *débit' ! qui veut des bites ?*

Bon, je vais pas te faire le tour du propriétaire, mais c'était bizarre comme ambiance. Les brocs du ministère s'apprêtaient à foutre Paris Chèques en l'air avec leur plan Truc-Bidule[2], quand même, ça fait un choc. J'étais nonaf, j'ai retrouvé les GV, mais pas question de toucher au débit, à cause des RT12, je faisais plus que le pointage.

Et les Endives, alors !

1. Fichier informatique des signatures des titulaires de CCP.

2. Simone ne raconte pas que des bêtises : le Centre de Chèques Postaux de Paris Montparnasse a définitivement fermé ses portes en juin 1998. Celui de Bourseul devrait en faire autant d'ici quelques années. De nombreux GEG ont déjà été démantelés.

— Alors Simone, racontez-nous, comment ça se passe à la CMP, il paraît que le chef de Centre n'est pas facile !

Moi, j'ai juste dit Brossot, c'est une pine d'ours qui voudrait bien se la jouer mammouth, il tuerait sa mère pour y arriver. J'ai fait ma gentille petite fille, j'ai mis de la bonne volonté, je leur ai raconté le docteur Petiot et les autruches, les filles étaient gondolées. D'habitude personne me croit vu que j'arrête pas de mentir, j'ai pas de honte à ça, j'aime ça, mentir, c'est ma seule passion, c'est comme ça que j'arrive à pas devenir dingue, mais là, Marlène et Renée elles étaient témoins. Pendant une semaine, je suis sortie tous les soirs. Marlène m'a présenté son petit fiancé, un juif du Sentier très attentionné qui la faisait pas chier avec la religion, et avec du pognon plein les poches. J'ai été danser à la Coupole avec eux et Ghislaine qui s'était fait piquer son amant par une fille des TO, après on a été au salon de l'Érotisme et j'en ai profité pour renouveler le stock d'accessoires à la Mère Sadique. J'ai accompagné Renée au parc Astérix avec ses mômes, ils voulaient aller à Disneyland mais j'ai dit taratata, vous voulez devenir gogols ou quoi ! J'ai été prendre l'apéritif chez Enrico Macias avec Nono, on a chanté *Enfants de tous pays*, c'était super. Je me disais Simone, t'es pas heureuse, là, avec toutes les filles ? T'es presque redevenue *normale*, ma fille… Tu recommences même à prendre la pause à la cafèt', comme jadis. Elle te tient chaud, la Peste, dis pas le contraire ! Et si tu t'sens pas bien, fais comme les autruches, plonge-toi la tête dans le sable, va voir Jean-Benoît, il a du bon hakik, y'a rien de tel pour oublier la Mère Sadique…

Et puis au bout de trois semaines, il m'est arrivé un truc moche : j'ai revu Étienne, à la cantine. Enfin,

Étienne, un type qui lui ressemblait, un peu le genre docteur Petiot. Tiens, à propos, tu sais ce qui lui est arrivé, à Aymar Petit ? Il en a eu marre d'être humilié par son père, il lui a piqué son arme de service et il a abattu ses parents pendant leur sommeil, et après il s'est tiré une balle dans la tête en se jetant du sixième étage pour être sûr de pas se louper, y'a pas à dire, ils s'amusent bien les jeunes chez Sarkozy… Le mieux, c'est qu'il avait fait un testament, et tu sais qui héritait ? La Peste, mon vieux, il a tout légué aux orphelins d'Arcueil de la Peste, alors là, chapeau… Mais bon, c'coup-ci, le type il avait la même voix qu'Étienne, ça m'a foutu le bourdon. Le lendemain, je retombe sur lui à la cantine, et comme une conne je le re-reprends pour Étienne. J'ai pas eu l'air conne, j'te jure. Après j'arrêtais plus de le croiser. Ça me foutait hors de moi. J'ai fini par aller le voir chez Pierrot, je lui ai dit t'as pas bientôt fini de me marcher dans les guêtres, j'en ai marre de toujours te croiser, tas de glu ! Il m'a pas laissé terminer, il a dit oh, toi la détrousseuse de petits vieux, la ferme ! Pan, deux baffes dans la choucroute ! Non-mais, pauvre crotte, je vais t'apprendre le caniveau, moi, embêter une pauvre femme qui déprime, t'as pas honte ! Alors là, je l'ai pas loupé celui-ci ! La deuxième, c'était plutôt un coup de poing, d'ailleurs, avec la chevalière en appui, comme ça…

Ne me faites pas de mal… s'il v…

Ça fait mal, hein !

Mais je n'y suis pour rien…

J'étais toute contente, après ça. Pierrot il m'a fait signe de me barrer avant que l'autre revienne à lui, vu qu'il était bien sonné, ah, mon Pierrot, c'est un chou ! Je suis sortie dans la rue à toute blinde, et à ce moment-là il m'est arrivé un autre truc bizarre, je sais pas si ça t'est déjà arrivé, mon chéri, mais *j'arrivais plus à me souvenir de la tête d'Étienne.* Pas le type que je venais d'allonger, non, le *vrai* Étienne. Celui qui m'avait couru après. Celui à qui j'avais raconté toutes ces conneries. Celui qui me persécutait, qui prétendait faire mon bonheur en tuant tous ces gens pour moi. Impossible de me souvenir des traits de son visage ! Je ferme les yeux, je les rouvre, rien à faire ! J'ai cru que j'allais devenir folle. Et puis je me suis dit… *Et s'il avait jamais existé, Étienne ?* Si c'était une pure invention, Simona ? T'as tellement souffert de ta solitude, ma pauvre fille… T'en as tellement bavé de courir après un homme qui te comprendrait, avec cette mijaurée de Monique toujours à l'affût des bons coups. Peut-être que t'as rêvé, après tout. *Et si t'avais rêvé, Simona ?* Tout ça, ça me rendait mélancolique. Si tu te laisses aller, t'es foutue Simona. J'ai essayé de me rappeler combien de fois je l'avais vu, Étienne. Voyons, un coup à Paris… Un coup à Rouen… Un autre coup à Paris… Ça fait trois en tout. T'aurais pu en avoir rêvé pendant une de tes crises, après tout, ce serait pas la première fois, Simone. Ouais, sauf que la première fois, y'avait Lucette, Géraldine et leur copine. Et puis il y a les putains de lettres qu'il t'a envoyées, les putains de coups de fil, les putains de coupures de journaux, tout ce que t'as collé dans le carnet, il est dans ton sac à main, le carnet ! Sans oublier les cousins, eux, ils l'ont vu, Étienne, ils *savent* qu'il existe. Ils ont des *preuves*. C'est ça qui compte, Simone. Des preuves. Des preuves que t'es pas *tout à fait* dérangée, ma fille. Que t'as encore de beaux jours devant toi, que tu vas encore pouvoir frayer avec l'amour, et tant pis si le prince charmant s'arrête jamais dans ton plumard… Tu vas encore pouvoir coucher avec tous les cousins dont t'as envie, parce que ça, c'est chouette, ça, tu t'en lasseras jamais ma Simona, hein ? Du coup, ça m'a remontée à bloc. Je suis allée voir les cousins. J'ai trouvé Louison. Je lui ai dit Louison, faut qu'on baise, faut *absolument* qu'on baise sinon je me tue, j'ai froid à mon p'tit corps, Louison, mais avant j'ai un truc à te demander… Louison il a dit le cousin il préfère baiser avant et après on parle ! Ah, les cousins, c'est pas des lumières, mais bon, ils sont pas là pour tenir la chandelle. On a fait tout ça, dans quel ordre, je sais plus exactement. Louison il me dit mais oui ma Simona, Étienne existe, c'est pas un fantôme, mais tu peux pas le voir, il a été muté en province, dans un bidule informatique à Montpellier, il a vendu son âme à France Telecom, je pourrais te trouver l'adresse si tu veux, que lui veux-tu exactement à ce grand roseau pensant ? J'ai dit rien, t'inquiète. J'étais super-contente. Ça y est, me voilà enfin débarrassée de cet assassin sans mentalité !

J'ai été tranquille cinq six mois, et puis un beau matin, badaboum, coup de fil du monstre pour m'apprendre que j'avais encore gagné quatre places au tableau des mutations. Et qu'avec la mort de René Dussidour, ça en faisait une de plus, rang 7. Et qu'il me suivait de près, fallait pas que *je m'inquiète pour lui*, non-mais-tu-t'rends-compte, quel culot ! J'ai eu le temps de rien, il a ricané et raccroché comme un voleur. Par contre, du temps pour pleurer j'en ai eu, je pouvais plus m'arrêter après ça. J'arrivais pas à croire qu'il était revenu, ce débile, j'avais l'impression de devenir zinzin. Pour le coup, sa gueule d'aliéné m'a de nouveau pris la tête, c'est pas compliqué, je le voyais partout, dans la rue, le métro, ça défilait, j'en pouvais plus... J'en parle à Jean-Benoît, il me dit j'ai l'antidote à ton cauchemar, on se fait un film d'horreur, un truc qui fout les super-chocottes, comme ça au moins t'auras une bonne raison d'avoir peur, et l'autre tache il te fout la paix... Il a toujours des idées géniales Jean-Benoît ! Bon, on se voit *La revanche de Freddy* au Brady, j'ai hurlé pendant tout le film, c'était superexcitant... À la sortie, j'ai un petit creux, je vais m'acheter un pain au raisin, je paie, je commence à bouloter, j'avais super la dalle, le vendeur me rend la monnaie, il me dit : *Elle en a zigouillé combien aujourd'hui, Simone ?* Je le regarde. Hein, quoi ? Et là, boum, l'horreur absolue : le type me fait un clin d'œil avec un sourire mauvais, *le vendeur c'était Étienne Lerochereuil !* Je suis sortie de la boulangerie en criant *au secours, au secours, il est revenu !* Jean-Benoît il croyait que je voulais parler de Freddy, il me serre dans ses bras, il me dit c'est fini, Simona, c'est fini on est sortis du film, regarde comme il fait beau... J'ai commencé à avoir des spasmes, je toussais, je pouvais plus respirer, je voulais mourir, j'ai dit à Benoît :

— Je suis foutue, c'est comme avec Freddy, « il » me rattrape quand il veut. Mais tu vas bien crever, charogne !

Benoît il était très mal, il me dit :

— Bon, on a pas été très futés, on aurait pu trouver un autre film...

— « On »... on ! mais c'est toi qui m'as emmenée voir ce film ! Tu serais pas de mèche avec ce salopard, des fois ?

— Allez, Simone, on rentre, je t'emmène chez moi, on va se fumer un méga-pétard, je vais te masser le dos…

— Bon, d'accord, si tu me prends par les sentiments…

On part vers le métro bras dessus bras dessous, j'avais des sueurs froides, on passe devant la boutique de farces et attrapes à côté du Brady, y'avait des jeunes qui essayaient des masques dans les bacs, on passe sans les voir, et là, je sais pas pourquoi je me suis retournée, j'en ai rien à cirer de ces branleurs, mais qu'est-ce que tu veux, maman elle m'a toujours dit *et tu réponds quand on te parle, Simone !* Il y en a qui a crié *madame !* alors moi, je suis polie, je me suis retournée, *j'ai bien fait, hein m'man, que j'ai bien fait ? Monique elle aurait continué en se tortillant, cette peste, elle s'en fout pas mal des autres, Monique...* Mon Dieu, quand je les ai vus tous les trois en rang d'oignons, me faisant coucou de la main, j'ai cru défaillir, je me suis accrochée à Benoît, j'ai regardé le bout de mes souliers, et j'ai entendu la voix de maman qui disait *et on ne baisse pas la tête quand on parle aux gens, Simone !* Alors voilà, je l'ai levée, ma tête, je suis une bonne petite, mais je pouvais pas soutenir un truc pareil, oh mon chéri, je crois bien que j'avais jamais vu une horreur pareille, les masques hideux, Freddy à côté c'était de la rigolade. ILS AVAIENT TOUS LES TROIS LA TÊTE VÉROLÉE D'ÉTIENNE ! Et ils ont commencé à marcher vers moi en se dandinant comme dans *La nuit des morts vivants*, oh, mon Dieu quel malheur, non, pas ça ! *pas la truelle !* je veux pas ! S'il vous plaît, laissez-moi tranquille, messieurs, je le ferai plus, j'ai pas fait exprès, LAISSEZ-MOAAAAAAAHHHH... J'ai entendu cette peste de Monique qui hurlait *vas-y, Simona, tue la bête ! tue-les tous les trois si t'es cap' !* Et j'ai foncé dans le tas en rugissant, Jean-Benoît il a essayé de me retenir mais je lui ai mordu le bras, fallait pas m'emmener voir *Freddy*, chéri. Après je sais plus ce qui s'est passé, j'ai pété les plombs, j'ai tout oublié, je me souviens juste de la voix aigrelette de Monique qui disait *non mais vous avez vu, monsieur, quelle furie, elle est complètement à la masse, on aurait dû la tuer à la naissance, cette fille !* Et après… tombée dans les pommes… tu peux pas savoir comme j'étais malheureuse d'entendre une horreur pareille !

Quand je suis revenue à moi, il y avait cette vieille folle qui disait *j'ai tout vu m'sieur l'agent elle a foncé sur les gosses, si c'est pas malheureux, l'HP c'est pas fait pour les chiens !* Et puis j'ai vu les trois monstres penchés sur moi avec leurs masques de Mitterrand, oh non, manquait plus que lui, pitié ! Étienne et Tonton Vichy, bouh, caca Pétain, c'est la fin, Simona, si tu réagis pas c'est la fin, *aleeeeerte !* J'ai essayé de me lever mais la tête me tournait. J'ai compris que c'était foutu quand j'ai vu l'ambulance, police-secours, machin, un pompier faire une piqûre à Jean-Benoît, putain, ils emploient les grands moyens ces salopards, j'ai hurlé, hurlé, hurlé, on s'est retrouvés à Saint-Louis, trois jours en observation, j'ai pas ouvert la bouche du séjour, je passais mon temps à pleurer, j'avais envie de plus vivre, saleté de peste, *mais je suis forte, maman, j'ai donné un coup de poing à René Mortier qui voulait soulever ma jupe*, je… Qu'est-ce que j'raconte, moi… Ben je sais plus… Je me suis tirée en douce, oui c'est ça… Et qu'est-ce que tu veux mon pauvre chéri, je suis retombée entre les mains des psys, bien obligée… Neuf en trois mois,

Simona elle demande à comparer... J'ai fait Sainte-Anne, Saint-Antoine et la Pitié, et puis des cabinets en ville pour mon carnet perso, ça me coûtait les yeux de la tête, bourrée de neuroleptiques de la tête aux ongles, Simona elle marchait plus droit, elle en voulait à la Peste entière, et puis un beau jour elle en a eu marre d'entendre les mêmes conneries, Simona, délire de persécution, confusion mentale, paranoïa autodestructrice, machin, on peut pas dire qu'ils renouvellent leur stock de gros mots, les *psychâtres*, ils se la coulent douce... Beuh, je dis ça mais ça doit pas être marrant comme boulot, tu crois pas, dis ! Évidemment, toi tu t'en tapes, t'as toujours ta cuillère en argent bien en bouche ! Si t'en avais un peu bavé dans la vie, tu ferais moins le fanfaron ! Pauv'e type, va ! Je m'demande pourquoi j'm'esquinte les amygdales à t'raconter ma vie...

Ma cuillère en argent, mais...

Oh, ta goule ! Ça suffit comme ça, mon chéri !

Mais pourquoi vous me battez, Simone, je ne vous ai rien fait, moi !

Ça suffit comme ça, j'te dis, fais pas l'innocent... T'as rien fait pour Simona et tu t'en vantes, encore, c'est bien la peine d'être aussi intelligent pour être aussi bêta...

S'il te plaît, Simone, arrête de parler comme maman, je t'en supplie !

Non, mais elle va la fermer celle-ci ! On était tranquilles, c'était trop beau ! Dis-donc, la Monique, ça t'va bien de jouer les donzelles au grand cœur... Qui c'est qui s'en est occupé de maman quand elle a eu son hémiplégie, hein, qui c'est !... Et quand elle est tombée dans l'escalier pendant que tous les petits rigolos étaient partis voir le tour de France à Bagnoles-de-l'Orne, hein ! ! ! QUI C'EST ???

Mon Dieu ! Je...

Mais arrête de t'défiler, tu vas répondre à la fin !

Je ne... suis pas Mo... Je ne suis pas... votre sœur...

T'es-pas-ma-sœur... T'es-pas-ma-sœur, ha-ha-ha... Ben-dis-donc, ça f'sait longtemps qu'on l'avait pas entendue celle-ci, pah... *Moi je sais madame Dupleix, moi je sais ! Chassez le naturel, il revient au galop...* Bravo ma petite Simone, bravo ! T'as toujours eu honte de moi, pas vrai, la peste ! T'en f'sais une gueule quand j'avais un bon point, ma sœur ! T'étais moins fière, là !... Tu t'crois meilleure parce que tu coupes les tifs sur les planches à toutes ces pouffiasses, ben-dis-donc, t'es pas fière, ma Monique ! C'est pas parce que tu coupes les ch'veux à madame d'Ornano qu'il faut te croire tout permis... Les poux, beuuuhhh, elles en ont aussi les femmes de ministre, ç'arrive même à des gens *très très* bien... Bon, d'accord, y'a l'hygiène, je dis pas... Mais tu peux les attraper tout bêtement chez le coiffeur, les sales bêtes, ah-bah-tiens... Avec toutes ces souillons qu'ont leur CAP dans les tirettes surprises... *Hein que j'te fais honte !* Tu leur dis pas à tes dames de Deauville que t'as une sœur à la Peste ! Mais dis-le donc, bourrique... Dis-le-Monique ! Dis-Monique ! *Dis-monique-nique-niq'...*

Et elle chante... elle a l'air heureuse...

Ah-non-c'est-pas-ça... *Dominique-nique, niq'...* DIS-LE DONC À LA FIN ! DOMINIQUE-NIQUE-NIQUEUH, M'OBLIGE PAS À T'BATTRE ! M'OBLIGE SURTOUT PAS, HEIN ! FAUT PAS LE DIRE DEUX FOIS À SIMONA, ELLE A LA MAIN LESTE SIMONA...

Aïe... Aïe-aïe-aïe... Oh que ça fait... mal...

Ça blesse la peau, hein !

Oui ça blesse... J'en peux plus, madame, je vous en supplie arrêtez de me tordre la joue comme ça, ça fait trop mal... Et puis j'ai la tête qui... le cannabis... ç't'à cause du cannabis...

Je veux que ça fait mal, Dominique ! T'aimes mieux quand je tape avec la chevalière ? Réponds, imbécile, sois franche !

Non, pas la chevalière, pas ça... Qu'est-ce que vous me voulez, qu'est-ce que vous me...

Oh-et-puis-merde ! Je suis trop conne à la fin, tiens, attrape, espèce de catin !

Vwouhhhh... Sim... ourquoiqu... saigne... du sang... m'chatouille...

Et rattrape encore ! T'es p'us fière du tout, ma pauv'e tite mère...

Vwouh... heuk.   je..

Et voilà ! Simon' elle a la paix. Comme ça au moins tu vas m'foutre la paix, là !

Saint-Martin-des-Besaces, 17 heures 30.

Le brigadier Marielle s'était absenté pendant exactement vingt-quatre minutes. Dès qu'il fut de retour parmi eux, les gendarmes comprirent à quel point leur chef était éprouvé. Il n'y avait qu'à le voir se gratter le bout du nez pour s'en convaincre. Même avec une dizaine d'anisettes sous la casquette, il se tenait droit. Ça ne lui ressemblait pas.

— Ça va, monsieur ? fayota le sapeur Jaffrelot.

— Vous n'avez pas plus subtil en magasin, Jaffrelot ?

— Ben…

— Pas de nouvelles de la folle ?

— Juste ça, fit Courcière.

— Faites voir un peu.

Courcière lui tendit le dernier fax. Deux coupures de presse de très mauvaise qualité. Le brigadier les lut en diagonale.

Le Dauphiné libéré, *18 février 1991.*

Un randonneur a fait une chute mortelle de cinquante mètres hier après-midi en glissant sur un rocher alors qu'il se promenait près du lac Lauvitel, dans le massif des Écrins. Pierre Gascon, 32 ans, postier à Dijon, était en vacances au centre UCPA de Vénosc. Le malheureux est mort sur le coup.

Ouest-France, *9 juin 1993.*

Deux jours après la mort de la petite Noémie, emportée par une vague sur le Sillon, un homme s'est noyé dans le port de plaisance de Saint-Malo. M. Éric Blin, 45 ans, informaticien au ministère des PTT, demeurant à Bobigny, a glissé sur la passerelle d'un bateau. Alertés par des promeneurs, les marins-pompiers ont repêché le corps sans vie du noyé une heure après.

— Toujours les mêmes conneries… « Le corps sans vie du noyé » ! Elle en est réduite à découper des faits divers dans les journaux… On ferait mieux de débrancher le fax !

— Vous croyez que tout ça n'est que du vent ?

— Mais bien entendu que c'est du vent ! Autrefois, c'était une maniaque des cahiers. Elle découpait tout et n'importe quoi… Elle n'a pas téléphoné ?

— Non.

— Je m'inquiète pour Catherine. Vous vous rendez compte ? Lui couper les cheveux !

— Si elle lui a vraiment coupé les cheveux.

— Oh, ça, je lui fais confiance, elle en est capable... J'ai réfléchi, messieurs. J'ai bien réfléchi.

— Vous avez pris une décision ?

Le brigadier hocha gravement la tête.

— Je connais bien Simone. Je sais très bien ce qu'elle veut. Vous savez ce qu'elle veut, Simone ?

Verdailhet eut une mimique dubitative.

— Elle veut ma peau, Verdailhet. C'est à *moi* qu'elle en veut.

— Et pourquoi elle vous en voudrait ?

— On a eu un petit différend, jadis. Je ne peux pas vous en dire plus. Disons que c'est assez... personnel ! Une petite vengeance mesquine de femme, si vous voyez...

— Mais tout à l'heure vous nous avez dit...

— Tout à l'heure c'était tout à l'heure, nom de Dieu ! Il n'y a que les imbéciles qui ne changent pas d'avis. Elle veut m'attirer dans cette foutue baraque... Elle a tout goupillé. Sinon elle ne m'aurait pas téléphoné alors que j'étais dans le train pour Strasbourg.

— Comment savait-elle que vous étiez dans le train, au fait ? s'étonna Chambrier.

— Mais c'est moi qui lui ai dit hier soir, elle a dîné à la maison, je vous l'ai déjà dit ! Bon sang, vous écoutez quand on vous parle, mon petit vieux !

Chambrier éluda la mise en boîte en palpant son angiome sous le menton.

— Et quelle est votre décision, brigadier ? enchaîna Courcière.

— Vous allez être content, Chambrier ! On passe à l'attaque. Et cette fois on ne se laisse pas distraire par le téléphone. On va employer les grands moyens. Pas de quartier.

— Vous ne croyez pas qu'on pourrait faire appel au GIGN ?

— Vous n'allez pas remettre ça, Courcière ! Je vais même me passer du substitut. Je vais pas me laisser marcher sur les pieds à trois mois de la retraite, quand même !

— Elle a quand même votre femme en otage.

— Elle n'osera rien faire contre elle. On va régler ça entre nous, messieurs. Vous allez voir un peu de quel bois ça se chauffe, un Besaçois de souche... Jaffrelot, vous êtes gentil. Filez à la SOCOTEC et dites à Roger Laubier de me retrouver ici avec Jean-Baptiste. Et deux engins de terrassement. Dites-lui que c'est urgent. On va avoir besoin de ses services.

Le sapeur Jaffrelot claqua des talons comme si c'était la guerre.

NEUF...

Régis Toucan (1995)

La paix... Fffouhh c'est bon la paix...

Hein mon chéri que c'est bon la paix ?

Pffouh, un peu de silence, c'est pas du luxe... Quelle conne tu fais, dis Monique, ah mais quelle CONNE cette fille !

Évidemment, comme par hasard, quand Simona perd la boule, y'a plus personne... Luigi : à ramasser à la petite cuillère depuis son aventure avec sa fille, il veut pas admettre qu'il est bi, le pauvre, mais y'a pas d'mal, Luigi, tout le monde est bi à présent, et Mitterrand alors, avec Attali, t'as pas vu comment il le couve Attali ! Marlène : tout le temps fourrée avec son juif du Sentier... Nono : à l'hôpital, les gardes du corps de Richard Gere ont fini par lui péter la gueule, fracture du crâne, il est passé pas loin, Nono. Ghislaine : mutée à Nice. Renée : tout le temps dans ses AG, à cause des grèves, je te parle de ça, c'était en décembre 1995, avec le grand serin qui jouit quand il dégraisse... Renée elle arrêtait pas de s'engueuler avec les traîtres de la CFDT qu'ont voté la réforme pour faire plaisir aux socialos, alors ceux-là elle peut pas les encadrer, c'est comme la dinde Notat ! Moi je lui dis, hep, ma Renée, quand ils ont voté la réforme, le patron, c'était pas ton chouchou, des fois? Alors là plus de Renée! Remarque, la mère Notat, elle a pas intérêt à mettre les pieds aux Chèques, vu que la CFDT elle s'est fait bouffer tout cru par SUD, ils sont tous à moitié trotskystes, à SUD, alors elle crâne pas, la mère Notat, c'est pas comme quand elle serre la louche à Juppé! Ben dis donc! Le pire, c'est Jean-Benoît. Un coup, à l'AG du matin dans le hall de la Peste, il se prend la tête avec les délégués, il leur dit la grève c'est bien gentil mais on va encore se faire baiser, faut fonder un module terroriste, qui serait partant pour séquestrer le gratin de l'avenue de Ségur? Benoît il s'est fait traiter de tous les noms. Même les copines d'Arlette ça les faisait pas rigoler. N'empêche, il se fendait bien la pêche Benoît... Jean-Benoît il me dit c'est pas tout à fait l'entropie, Simona, mais ça commence à y ressembler, encore un mois ou deux comme ça on fout le feu à la Bourse et tout le monde applaudit... Bon, moi je fais pas grève mais je réponds au téléphone, je leur dis :

— Mais c'est fini la Peste, madame! Vous le reverrez plus jamais vot'e pognon! On vient juste de fout'e le feu au ministère et demain on attaque Matignon, z'êtes pas au courant, mais faut écouter la radio, enfin!...

Bref, c'est bien gentil cette affaire, comme je dis, mais y'a plus personne pour s'occuper de Simone. Parce que les cousins, eux, sortis de la baise et de la rigolade, on peut pas dire qu'ils me respectent les cousins...

Oh dis, arrête de chialer, Simone, tu m'énerves à chialer comme ça, j'ai envie de te fiche des claques, ça m'démange, tiens...

Eh ben te gêne surtout pas, Monique!

Arrête donc, ça nous fera des vacances ! Et puis tu vois pas que t'embêtes le monsieur avec tes histoires !

T'es vraiment nouille quand tu t'y mets ma pauv'e fille, tu vois pas qu'il dort, notre ami… Bref, les grèves de décembre, c'était bien joli, mais elles tombaient pas bien pour moi. Et l'autre débile d'Étienne il a choisi ce moment-là pour ressusciter. Déjà que Noël ça me fout les boules partout sauf dans le sapin, à cause que je suis sans famille, parce que Monique, franchement…

Ben elle se fait pas chier celle-là !

Fous-moi la paix Monique… Étienne il me téléphonait tous les soirs. Il voulait qu'on réveillonne ensemble, il était tout miel. Du coup, son faciès m'est revenu en pleine poire. J'avais envie d'en finir avec ce dément, mais j'ai fait celle qui était aux abois, je le suppliais de me laisser tranquille… Alors là, changement de ton, il me dit que la reconnaissance m'étouffe pas, il devient vulgaire, j'ose même pas te répéter les horreurs que j'ai entendues… Le 1er janvier, j'ai débranché mon téléphone, mais il m'a coincée à la Peste le 3.

— Où est-ce que j'ai la tête, ma Simone, j'ai oublié de te dire, j'ai encore dégagé la route. Régis Toucan, je l'ai tué la semaine dernière au Havre, il était complètement bourré et c'était un type vraiment pas sympa si ça peut te rassurer. RANG 4 ! ON APPROCHE SIMONE, ON APPROCHE !

On aurait dit qu'il parlait d'une mouche, ce salaud. Pas un poil de mentalité, surtout ! Et il a raccroché en disant *bonne année, ma puce*. Non, mais il se fout de ma gueule en plus !

À ce moment-là je me suis dit ou tu te fous en l'air, ou tu le flingues ! Mais avant de prendre une décision, j'ai eu une idée de génie, j'avais vraiment été conne de pas y penser avant. J'ai été voir Amadeus, je savais qu'il fricotait avec toute une bande de sorciers des îles, des encraudeurs, des exorcistes, il était question de messes noires au Père-Lachaise, je lui explique que je suis persécutée, tu pourrais pas me concocter un procédé pour anéantir mon bourreau… Amadeus il était dans son spleen gourou, il recrutait pour son monastère aux Antilles, style : ma chère et douce enfant, si tu veux en finir avec la vie dépravée, j'ai la solution à ton problème, faisons un pacte, je t'emmène avec moi à la Martinique, tu m'épouses et tu deviens la mère supérieure de mon église, sœur Simona, avec ton bagou on fera un malheur, et ton bourreau il sera bien attrapé…

Moi je lui dis une fille indigne comme moi avec un saint comme toi, ça marchera pas, le bon Dieu sera pas dupe, tu sais, j'ai un passé chargé, Amadeus… Simona, les cousins elle les prend deux par deux, je suis une moins que rien, j'ai du sang vaurien dans les veines, un arrière-grand-père communard, j'arrête pas de blasphémer, je suis grossière, en plus de ça j'adore médire des gens, remarque, à la Peste je suis pas la seule, avec toutes les tailleuses de costard qui te chient dessus dès que tu prends la pause, t'as pas intérêt à partir en congé bonifié au pays, sinon quand tu reviens tu peux refaire ta garde-robe !

Amadeus il me dit tu sais bien que tout ça n'est qu'une façade, Simona, sous ton air bravache tu caches un cœur d'or, tu es la bonté même, je suis sérieux, réfléchis ! Et il s'en va en poussant son chariot de relevés de compte, sérieux comme s'il convoyait le veau d'or. Quel faux-cul, quand même, Amadeus. Mais ça, c'est les mystiques ! Bon, tant pis, je me débrouillerai toute seule avec la bête…

Remarque, il a pas tout à fait tort, Amadeus, Simona elle a pas un cœur de pierre. Quand j'en ai marre de faire ma mauvaise tête, je fais ma BA, je prends une petite sous ma coupe et je fais le chaperon. La dernière en date, c'était la petite Odile qui a sa mère receveuse à Hénin-Liétard… Ben quoi, t'en as marre de mes histoires ! Ben-dis-donc, qui c'est qui commande ici ! Allez, je te fais Odile et après je te fous la paix avec mes chéquardes… Celle-ci, je l'ai tout de suite repérée. Elle est trop fragile, avec sa peau douce toute diaphane, ses nattes et ses taches de rousseur. J'aime bien toucher sa peau douce, à Odile. Odile, c'est le bébé que j'ai jamais eu… Et celui que j'ai jamais été, *à cause de cette pouffe de Monique*. Un jour, le coup où elle est tombée dans les pommes parce qu'elle avait rien avalé depuis la veille, j'ai touché son ventre à Odile. C'était si doux que j'y croyais pas, t'aurais dit un bébé. Odile, les hommes lui font horreur et les femmes lui font peur, elle me l'a pas dit mais je le sais, c'est un truc que tu devines, un truc de femme. Les hommes c'est pas parcil, c'cst dcs chiens, ils pensent qu'à baiser, ils te prennent pour un trou, tu parles d'une mentalité… J'ai bien vu quand j'ai posé la main sur son ventre, elle s'est contractée comme si c'était un serpent. Et puis ça se voit sur elle, elle est paumée, elle plane à quinze mille, tout le temps barrée yoga, taï-chi, méditation, sophrologie, si encore elle fumait un p'tit joint de temps en temps je dis pas ! Et c'est pas le coup de fil quotidien de sa maman sur le coup d'onze heures qui l'aidera à jouir de la vie. Sa mère, c'est elle qui l'a mise dans tous ces coups-là. C'est comme si elles étaient reliées par un fil et qu'elle lui suçait la moelle, c'est pas humain, ça, ça en devient obscène, faudrait la placer à la DASS des adultes, la mère d'Odile. Sa mère elle lui dit fais ci, Odile elle fait ci. Elle lui dit fais pas ça, Odile elle le fait pas. Odile, un coup je lui dis *si un jour ta maman venait à mourir, j'aimerais bien t'adopter, toute seule tu survivrais pas, je m'occuperais de toi, je te foutrai la paix, tu verras...* Je sais pas pourquoi je lui sors ça, c'est pas finaud, je sais, mais c'est parti tout seul. Elle a très mal pris la chose, elle m'a traitée de tous les noms. Le lendemain elle est venue s'installer à côté de moi à la cantine et elle s'est excusée :

— Je suis sous pression avec ma mère en ce moment, elle me fait chier comme c'est pas permis, elle est jalouse de moi, elle me trouve trop belle, c'est plus possible, elle a essayé de me faucher mon copain, et ce con-là a marché, il a failli coucher avec elle, tu te rends compte ?

Odile, je lui ai pincé tendrement la joue, et je lui ai dit *si tu veux, Odile, je peux te trouver des mecs bien, qui te donneront du plaisir.* Faut-il que je sois cinglée pour faire des sorties pareilles ! Au lieu de me balancer son plateau dans la gueule, elle s'est penchée et m'a glissé à l'oreille : *Va t'faire sauter par tes gigolos, pauvre cloche !* Et elle est partie en tortillant du cul, je m'étais jamais rendu compte qu'elle tortillait du cul à ce point-là, Odile, elle fait ça pour m'emmerder ou quoi ! d'ailleurs ça lui allait pas du tout, ça faisait vulgaire, c'est pas comme Marlène, alors elle, depuis que son juif libanais lui paye de la haute couture, c'est Lili Marlène !... Depuis, on se parle plus, avec Odile. Quand elle me croise dans un couloir, elle gobe les mouches ou elle fait demi-tour, et là, elle oublie de tortiller. Mais j'arrive pas à lui en vouloir, après tout, c'est qu'une gamine... Dans un sens elle me fait un peu penser à Cécile, Odile...

Tu te souviens de Cécile? DIS, TU TE SOUVIENS DE CÉCILE?

Gwonk...

Ouais, bon, il est complètement parti, le pauvre. Dors mon chéri, ça te fera du bien. Moi aussi dans un sens, ça me fera du bien un peu de silence. C'est vrai, quoi, il a beau avoir un pansement sur le bec, il est bavard comme une pie, l'illustre! C'est qu'il commençait à me fatiguer les yeux avec son regard d'innocent professionnel!

T'avais qu'à lui bander les yeux, 'spèce de cruche!

Non-mais regardez moi qui voilà!... Mais c'est pas bête, ça, ma p'tite Monique, c'est pas bête du tout! T'as trouvé ça toute seule!

Ah! tu vois qu'tu penses pas à tout! T'es bien contente de me trouver, kanmêm'!

Mais tu pouvais pas l'dire plus tôt, pauvre nouille!

Meuh-dis-donc, toi! Je peux pas en placer une! À chaque fois, Simone elle me file des coups de coude dans les côtes, j'ai plein de bleus, c'est pas juste à la fin... j'en ai marre moi!

Bon, ça va, ça va...

Beuh-oui-mais-kanmêm'!

Remarque il est pas trop tard... Ça te ferait plaisir si on lui bandait les yeux, 'tite sœur? Ça te ferait vraiment plaisir?

OH OUI SIM'! ON LUI BANDE LES YEUX À L'ILLUSTRE COMME ÇA QUAND IL SE RÉVEILLERA IL AURA ENCORE PLUS LA TROUILLE! ON POURRAIT LUI COLLER LES PAUPIÈRES AVEC DE LA COLLE À RUSTINES AUSSI, ÇA SERAIT DRÔLEMENT RIGOLO!

Bon, ça suffit Monique! C'est pas un oiseau, le

monsieur ! C'est le ministre de la Peste, un peu de respect, mince ! Et puis j'ai encore besoin de lui, moi. Si ça t'amuse je veux bien lui bander les yeux avec ma culotte comme on avait fait avec Patrick Lhermite…

Oh oui, Simone ! Comme avec Patrick Lhermite ! Et tu fais un peu pipi dessus pour que ça lui pique les yeux…

Ah ça, par contre, je suis assez pour ! Il avait qu'à se conduire un peu mieux, après tout ! On en serait pas là…

Mmpppfff, la tête qu'il va faire quand il va se réveiller !

Voilà, comme ça… Je vais lui mettre du scotch autour de la tête sinon ça tiendra jamais… *Voi-là…* Ça, c'est sûr, si t'en avais un peu plus bavé dans la vie, tu te serais conduit un peu mieux. Parce que là, mon pauvre chéri, t'as été lamentable, excuse-moi d'être aussi franche, *la-men-tab'e…* C'est bien la peine d'être aussi intelligent pour être aussi bête !

Et voilà, c'est reparti ! Mais t'en as pas marre de tout le temps singer maman, Simone ?

Oh, toi, la ferme ! Parce que tu te crois originale, peut-être ? Mais tu t'es vue, ma pauvre Monique, tu t'es vue ? !

Méchante, Simone ! Je te déteste, Simone ! Je te déteste…

DIX...

Jean-Paul Bousquet (1996)

Ma pauvre fille... Tu sais que t'es une comique dans ton genre ! Tu sais à qui tu me fais penser avec tes *je te déteste* ? Tu me fais penser à Cécile Portier le jour qu'elle a bousillé la robe à Ghislaine ! *Je vais mourir, elle me l'avait bien dit, je vais mourir...* Oh la crise... N'empêche, Cécile, pppfffftttttt... plus de nouvelles. Même ses parents ils ont pas eu de nouvelles, la Peste a fini par la rayer des cadres, Cécile Portier, fallait pas déserter ma vieille. En tout cas, moi je sais de qui elle parlait quand elle hurlait *elle me l'avait bien dit, je vais mourir...* Beuh qu'est-ce que tu crois, elle parlait de sa voyante, Cécile !

Mais tu me l'as racontée cent fois, l'histoire de la voyante à Cécile... Tu radotes !

Toi la ferme ! Je te parle pas...

Mais tu vois pas qu'il dort, Simone !

Dis donc, la pouffe, c'est pas bientôt fini ! Est-ce que je te dérange quand tu coupes les tifs à Edern Hallier, moi ! C'est quand même incroyable d'avoir aussi peu de respect pour sa sœur aînée !

T'es pas mon aînée, Simone, T'ES PAS MON AÎNÉE DU TOUT !

Bon, ça suffit maintenant, Monique ! Je suis ta

tutrice, ça revient au même… Et si t'es pas contente, c'est le même prix !

Elle s'en fout de moi, elle en a que pour son Illustre, cette pute…

Tu pourrais répéter, là ? !

PARFAITEMENT UNE PUTE ! Je parie que tu comptais t'le faire, le ministre ! Ah mais, ce s'rait trop facile, tu te pointes, la bouche en cœur, et hop… Tu t'prends pour une reine, peut-être !

Parce que tu crois que j'ai qu'ça à faire ! Mais t'es vraiment à la masse, ma pauvre frangine ! Tu t'rends peut-être pas compte mais t'es vraiment à la masse…

'toute façon, après c'que t'as fait, ça m'étonnerait qu'il couche avec toi, l'Illustre ! Ha-ha ! Je t'ai bien eue, ha-ha !

Continue comme ça et tu finiras à l'asile. Comme Cécile Portier… Ben oui, mon chéri…

Mais il est dans les vapes, ton chéri, pauvre conne !

Toi la coiffeuse pour riches, je t'écoute même plus…

T'es une conne et une méchante !

Tiens, prends ça !

A-aïe-yeuh…

Tu l'as pas volée celle-là, sale petite morveuse…

JE TE DÉTESTE SIMONE !

J'ai vraiment l'impression d'entendre Cécile… La pauvre Cécile, elle a fini par atterrir dans un nachepé… Remarque, ça lui pendait au nez ! Quand tu vas voir ta voyante tous les quinze jours, à force de voir à ta place, la voyante elle finit par t'éblouir, et un beau jour tu te retrouves dans le noir complet… Cécile elle était complètement barrée tarots, boule de cristal, elle voyait madame Cynthia tous les quinze jours… À l'époque de Ghislaine, j'avais pas fait le rapprochement avec madame Cynthia, je savais que Cécile était portée sur l'astrologie, mais bon, j'étais loin…

… de me douter que c'était à ce point-là…

… qu'elle s'en remettait complètement à sa voyante, qu'elle faisait rien d'important dans la vie…

… sans en parler à madame Cynthia avant…

ÇA SUFFIT MAINTENANT, MONIQUE !

Oh-dis-donc, si on peut plus s'amuser…

OUVRE-LA ENCORE UNE SEULE FOIS ET JE T'ÉCRASE COMME UN INSECTE !

Maman, maman, y'a la Simone qui me fait des misères !

« Ah non, Monique ! Tu t'es assez amusée comme ça… Allez, arrête d'embêter ta sœur, laisse-la raconter son histoire à monsieur le ministre… »

Oui, maman ! Je dis plus rien, maman ! Puisque c'est comme ça je dis plus rien. Puisque c'est comme ça je dirai plus JAMAIS rien…

C'est ça, ça nous fera des vacances… Bon, j'espère que t'as compris, ce coup-ci… Cécile, elle était tout le temps fourrée dans les jupes de madame Cynthia, elle lui demandait conseil pour tout, elle faisait rien sans son avis, c'était comme une drogue, par le fait. L'autre elle lui déroulait le tapis rouge, tu parles, une cliente comme elle, quatre cents balles la séance, une patate par an, c'est une rente ! Un jour, madame Cynthia elle lui sort :

— Vous n'auriez pas eu, tout récemment, un petit différend avec une jeune femme blonde dont le prénom commence, voyons, 1, 2, 3, 4, 5, 6, 7… par un « G » ?

Comme la veille elle s'était un peu pris la tête avec Ghislaine pour une histoire de mec, Cécile elle a l'œil qui s'allume, elle lui avait jamais parlé de Ghislaine, elle en revenait pas.

— Comment vous savez ça!?! elle lui fait cette gourde.

— Ça c'est mon métier, mon p'tit. À votre place, je me méfierais d'elle. À première vue elle a l'air très avenante avec vous, mais en fait, ça va peut-être vous surprendre mais c'est ainsi, cette attitude débonnaire cache quelque chose de très ambigu. Elle est terriblement jalouse de vous, de votre charme, de votre beauté, et je me demande même si... ouh-la-la, ça va loin... j'ai bien peur que... Tirez une autre carte pour voir...

— Alors? Alors?

— La dame de pic, eh bé, c'est notre journée! Pardonnez-moi d'être aussi brutale, mais je ne suis pas tranquille pour vous. Dites-moi, ma petite Cécile, vous n'avez jamais eu de relations, euh, je dirais, charnelles... avec cette fille?

L'autre, elle frisait la syncope.

— Non mais ça va pas, je suis pas gouin'euh!

— Allons, ne vous formalisez pas, je suis obligée d'envisager toutes les éventualités, une belle fille comme vous, les occasions ne doivent pas manquer! Elle ne vous a jamais fait, comment dire, d'avances?

— Y manquerait plus que ça! Beuh, ça me dégoûte!

— Bon. Tirez une autre carte.

— Alors? Alors?

— Encore une s'il vous plaît...

— Ouh-la-la, ça craint, ça...

— Laissez-moi faire mon travail, voulez-vous... C'est bien ce que je craignais, mon petit. Cette fille est éprise de vous, mais pas d'un point de vue sexuel, entendons-nous bien. Elle est amoureuse de votre image, de votre physique, de votre magnétisme, qui est grand, je vous l'ai déjà dit ma petite Cécile, vous le savez. C'est une sorte de, oui, de vénération, qui va se transformer peu à peu en mimétisme, probablement inconscient, mais ça ne le rend que plus envahissant. Vous êtes un peu une idole pour elle…

— Une idole !

— Mimétisme, idole, fétichisme, la boucle est bouclée, mon petit ! Elle va tout faire pour essayer de vous ressembler. On en reparlera, Cécile !

— Mais qu'est-ce que je dois faire, madame Cynthia ?

— Que faire ! Mais rien, mon p'tit. Ne changez surtout pas d'attitude, il ne faut surtout pas briser le miroir que vous constituez pour elle. Bon, j'ai quand même envie d'essayer… Dites un chiffre entre un et neuf…

— Sept.

— Un, deux, trois, quatre, cinq, six… et sept… *Oh mon Dieu !*

— Quoi, qu'est-ce qui se passe !

— Oh mon Dieu-mon Dieu !

— Meuh…

— Oh mon Dieu que je n'aime pas ça ! ! !

— MADAME CYNTHIA, QU'EST-CE QUI SE PASSE ?

— CÉCILE, FAITES-MOI LE PLAISIR DE CESSER IMMÉDIATEMENT TOUTE RELATION AVEC CETTE CRÉATURE ! Cette fille est terriblement dangereuse, elle ne vous lâchera plus. Elle veut votre perte. Elle est prête à utiliser les méthodes les plus pernicieuses pour parvenir à ses fins… Je serais vous, j'éviterais même de croiser son regard, vous allez accumuler les boules de stress, les décharges d'adrénaline, elle n'est pas sotte, elle sait que chacune de vos petites faiblesses fortifiera encore plus son influx maléfique…

— Mais madame Cynthia, on travaille *dans le*

même bureau FACE À FACE ! Elle prend la pause en même temps que moi rien que pour me faire chier… Et quand j'arrive chez moi le soir je trouve des messages sur le répondeur, elle me souhaite bonne nuit en jouissant…

— Alors là, mon petit, changez de service, je ne vois pas d'autre solution…

— J'ai demandé, figurez-vous ! L'inspecteur a refusé. Quand il me croise il ricane. Je suis sûr qu'ils couchent ensemble, avec l'autre catin ! *Oh mon Dieu, je vais mourir, je vais mourir…*

— Avant de mourir vous allez d'abord partir en vacances, mon p'tit. Votre santé psychique en dépend. Vous êtes *encore très fragile*, ne l'oubliez pas, ma petite Cécile…

Et voilà ! Emballez c'est pesé ! Cécile elle était remontée à mort contre Ghislaine. Et après ça a dégénéré. Surtout que Ghislaine avait tout pigé, elle lui faisait des clins d'œil langoureux, elle lui envoyait des baisers fripons, et à chaque fois l'autre elle se planquait derrière son mur de Berlin pour repousser les ions négatifs. Quand Cécile l'a vue débarquer avec la même robe qu'elle, en plus de ça elle s'était teint les cheveux en blond comme elle, alors là, le monde s'est écroulé, Cécile elle s'est dit, cette fois c'est foutu, elle a fini par avoir ma peau… Et elle a complètement disjoncté, la pauvre petiote…

Tout ça c'est bien gentil, mais elle dit pas comment elle a appris tout ça, la mère Simone !

Pauvre cloche, va… Je l'ai su par madame Cynthia, y'a pas de honte à ça. Cécile m'avait donné son adresse avant qu'on se crêpe le chignon. Comme Benoît et Amadeus ils étaient pas fichus de retrouver Étienne, je suis allée la voir. L'astrologie, les tarots, machin, je suis pas débile, j'y crois pas, mais qui n'essaie rien n'a rien... Quand je lui ai parlé de persécution, elle m'a dit qu'elle avait une cliente dans mon cas, une petite collègue à vous, justement, il y a longtemps que je ne l'ai pas revue, je me demande ce qu'elle est devenue, elle a peut-être obtenu sa mutation... J'ai pas appris grand-chose sur Étienne, je sais pas pourquoi, mais madame Cynthia, elle le sentait pas, elle arrivait pas à le *voir* dans mon jeu... Elle me disait c'est bizarre, c'est comme s'il était inexistant! Mais pour Cécile, j'étais assez contente de lui avoir tiré les vers du nez à la voyante! Quand j'ai raconté ça au 36!... Remarque, des nouvelles d'Étienne, j'ai pas attendu longtemps pour en avoir... Ce salopard m'a envoyé une carte postale de Charenton, ce salaud il venait chasser sur mes terres, et en plus il m'avait mis une vue du monument aux morts. Il venait encore de commettre un meurtre, pour une fois il avait pas attendu longtemps entre deux horreurs. Le type s'appelait Jean-Paul Bousquet, et comme un fait exprès il est mort presque en même temps que Mitterrand, tu vas pas me dire que ce salaud d'Étienne avait pas préparé son coup... Quand Patou nous a annoncé *Mitterrand est mort, il va retrouver son ami Bousquet, c'est Simone qui va être contente*, je me suis trouvée conne, je me suis précipitée sur mon sac à main, je me suis dit si cette greluche m'a piqué la carte postale de Charenton avec la preuve que le dernier de la liste s'appelait Bousquet, je suis pas claire... Les filles me regardaient comme une bête curieuse, je te jure que j'étais pas fière. À ce moment-là, cette conne de Judith m'a passé un kleenex, elle me fait tiens Monette, sèche tes larmes, et là, tu vas pas me croire, j'ai éclaté en sanglots... Et l'autre jument, elle a crié dans tout le GEG, *eh les filles, y'a Simone qui pleure Mitterrand ! mais c'est qu'elle l'aimait son tonton, la mère Simone !* j'te jure, la honte !

Quoi ?... Bousquet ? Mitterrand ? Où est-ce que je suis, là ?

Saint-Martin-des-Besaces, 18 heures 05.

— Simone ? Marielle à l'appareil…

— Je t'avais dit de ne pas m'appeler, enfoiré !

— Tu commençais à me manquer, Simone. Fallait pas décrocher si tu voulais pas me parler !

— J'attends un coup de fil important, Marielle. Je te préviens, je vais raccrocher !

— Avant de raccrocher, jette un coup d'œil par la fenêtre, tu vas avoir une jolie surprise, ma chère… On t'a préparé une jolie réception…

— Me prends pas pour une conne…

— T'entends pas le bruit des moteurs ?

— Qu'est ce tu m'as préparé, enfoiré ?

— Je te préviens, Simone… Si tu n'as pas libéré ma femme dans une demi-heure, on va passer à l'assaut.

— Et l'autre otage ? Tu t'en fous de l'autre otage ?

— Mais t'as pas d'autre otage !

— Tu veux que je t'envoie un Polaroïd, espèce de nœud ?

— C'est ça, envoie !

— Je vais mettre une photo de ta pétasse aussi. Tu

vas voir comment elle est mignonne avec la boule à zéro !

— …

— Tu dis plus rien, mon joli cœur ? Fais gaffe à pas sauter sur une mine en entrant dans le jardin !

— J'ignore de quel armement tu disposes, pauvre tarée, mais à mon avis, à part le vieux fusil de ton père, ça doit pas aller bien loin !

— C'est c'que tu crois, Marielle ! Tu te rappelles de mon pote Johnny Boxeur ?

— Le fou furieux ?

— Ouais, c'est ça… Le légionnaire que tu voulais foutre en cabane, mon salaud ! Je l'ai embauché pour ma petite sauterie, figure-toi.

— Je croyais qu'il était à Djibouti.

— Il a déserté, figure-toi. Maintenant il bosse au service de Simone. Je te préviens, Marielle, le jardin est miné !

— Et moi je te préviens que j'ai deux bulldozers avec un blindage en acier qui attendent devant la maison. Roger Laubier, il s'est pas fait prier, crois-moi !

— Ce crétin de Laubier… Ouais, eh ben moi, je lui ai rasé le crâne à ta pétasse, et ça me gênerait pas de lui raser autre chose…

— Tu passes du coq à l'âne, Simone… Elle m'a raccroché au nez, fit le brigadier en déconnectant le portable.

— Vous n'y êtes pas allé un peu fort ? demanda Courcière. Toutes ces insultes…

— C'est le seul moyen de la pousser à l'erreur. Et puis elle aime vraiment ça. Vous avez vu comment elle s'exprime ?

— Vous la connaissez mieux que moi, brigadier.

— Exactement, Courcière ! Et en plus, c'est moi le patron… Roger ?

Un gros homme dégarni en salopette caca d'oie s'avança vers le brigadier, mégot maïs aux lèvres.

— Oui, mon brigadier ?

— J'ai pas envie de rire, Roger.

— Mais je rigole pas du tout… Si tu crois que ça m'amuse de faire joujou avec mes bulls… C'est bien pour te rendre service, tu sais.

— T'es un brave, Roger. Tout est prêt ?

— Tout est prêt, comme tu vois. T'as qu'un mot à dire et je lance mes gars à l'attaque.

— Très bien. Il est… 18 heures 08… Dans trente minutes on passe à l'attaque. Je lui laisse jusqu'à moins vingt. Elle va voir de quel bois je me chauffe, la mère Simone… Je vais t'en donner du Johnny Boxeur, moi !

— T'as pas peur pour ta femme ? insista l'entrepreneur de travaux publics.

— J'ai pas le choix, Roger. C'est ça ou le GIGN, et moi, tu vois, les cow-boys de Paris, j'en veux pas ici !

— J'te reconnais bien, là, brigadier. Tu changeras jamais, hein ?

— On ne se refait pas, Roger.

QUATRIÈME PARTIE

DÉLIVREZ-NOUS DU MÂLE

Ton père a repris la belote avec ses copains de stalag, il est radieux. Moi je tricote, mais ma vue baisse. Viendras-tu à Noël ? Ça te ferait du bien, non, enfin tu as l'air de tenir le coup malgré toutes ces épreuves. Il faudrait peut-être que tu envisages de te recaser, non ? Mais ça ne me regarde pas. Bon, je vais te laisser car j'ai madame Dupré à dîner je vais lui faire du bourguignon elle adore ça. Nous t'embrassons bien fort.

Ta maman.

Suzanne Viguier
chèque de 912 francs
à l'ordre de Adèle Viguier-Rohan

Étienne Lerochereuil (1997)

... Où est-ce que je suis, nom de Dieu ?...

Mais on dirait qu'il se réveille, notre ami ! Alors, t'as fait de beaux rêves ! Je parie qu'il faisait des rêves cochons, le vilain garçon !

Eh ben, elle perd pas de temps, la mère Simone ! Tu prépares le terrain ! Mais n'oublie pas, sœurette, je suis là ! Je vois tout. Je te vois...

Monique ! ÇA SUFFIT !

Je me tais, Simone... Je me tais mais je reste pas loin, si t'as besoin de moi, tu sais où me trouver...

Oh mon Dieu... mais... on dirait bien... mais elle est REVENUE ! *Mais oui,* ELLES SONT DEUX ! *Mais quelle... qu'est-ce qui m'arrive !... Je ne vois plus rien... Je n'arrive plus à ouvrir les yeux... mais c'est pas... possible, ça... je... ça pique... c'est insupportable... Et cette odeur... C'est vraiment épouvantable... Pouah... on dirait... Qu'est-ce qu'elle m'a fait, la vache !* SIMONE !!!! *Où êtes-vous Simone ?*

Je suis là, mon loup ! À côté de toi ! Tu sens pas ma main sur ta joue comme elle est douce... Ben mon chéri, t'es une petite nature… C'est la drogue qui te fait cet effet !

Qu'avez-vous fait à mes yeux, Simone...

Simone elle t'a crevé les yeux ! Ça t'apprendra à être naïf, pauvre cloche !

ÇA SUFFIT MONIQUE !

Moi j'étais plutôt partante pour te crever les tympans, mais Simone elle a dit on va d'abord lui crever les yeux à ce sale oiseau...

ÇA SUFFIT ESPÈCE DE FOLLE !

T'as vu comment elle me traite, cette salope ? Elle me traite comme une chienne...

TU VAS LA FERMER À LA FIN !

Arrête de m'battre, Simone !

MAIS TU VAS LA FERMER PETITE PESTE...

ARRÊTE... S'il te plaît, arrête... ARRRRRÊÊÊÊÊTTTT-TEEEEE...

Simone... Qu'est-ce que vous faites ? Qui est cette femme ? Pourquoi la battez-vous ? Simone... Vous m'entendez, Simone... Vous m'entendez, n'est-ce pas ? Quand je pense à quelque chose de précis, vous arrivez à lire en moi... Alors je vous en supplie, dites-le-moi... QUI EST CETTE FEMME ?

Mais c'est ma sœur, mon chéri, c'est ma petite sœur Monique… Je t'en ai parlé de ma sœur Monique que j'aime tant ! Faut qu'elle me suive partout cette garce… Alors, forcément, j'ai été obligée de l'attacher. Je vais être obligée de lui faire une petite piqûre à *elle aussi...*

Simone, où êtes-vous ? Je ne peux plus vous voir, c'est horrible...

Je fais la piqûre à cette peste de Monique qu'arrête pas de m'embêter… Dans deux minutes elle sera dans les vapes, elle va nous foutre une paix royale la frangine..

SIMONA... Qu'avez-vous fait à mes yeux, Simona ? Ma chère Simona... Ne m'abandonnez pas... Oh mon Dieu...

Dis donc, mon chéri, tu vas pas me jouer l'air de l'acrobate, c'est pas le mont des Oliviers ici ! T'abandonner, moi, quelle idée ! Un si joli garçon, avec de si jolis yeux… Mon pauvre Dominique, c'est Anne qui va en faire une tête quand elle va te voir dans cet état ! Ah elle va pas être contente du tout, Anne…

Qu'avez-vous fait à mes yeux ! PAR PITIÉ ! RÉPONDEZ-MOI...

Une petite piqûre de rien du tout, allez, tiens-toi tranquille, tu vas pas en mourir… Et maintenant tu vas me faire le plaisir de me foutre un peu la paix, parce qu'il faut que je finisse mon histoire, moi, on est presque arrivés au bout, je commence à saturer, mon bonhomme… Ce matin, quand je t'ai dit que Jean-Paul Bousquet était le dernier avant toi, eh ben, je t'ai menti, parce qu'entre vous deux, il y a eu *Étienne*. Mais ça compte pas, Étienne, il est hors catégorie. Je vais te dire une chose, Dominique : Étienne, c'est le seul homme que j'ai *réellement* tué de toute ma chienne de vie, mon pauvre chéri, je te jure que c'est vrai ! Sur la tête de ma sœur Monique que j'aime tant, je le jure !

C'est pour ça qu'elle me fait des piqûres ! Elle m'aime tant qu'elle me fait des piqûres... Elle est incapable d'aimer. La croyez pas monsieur, surtout la croyez pas ! Elle raconte que des bobards... Elle en a tué plein d'autres avant Étienne... Elle s'arrêtera jamais...

J'en suis pas fière, tu sais, mais j'avais pas le choix. C'était lui ou moi, tu comprends. Si je ne l'avais pas tué, il m'aurait pas laissée en vie...

Des hommes qu'étaient bons comme le pain... Et après elle met ça sur le dos de la Peste... Ma sœur elle est mauvaise comme la gale, c'est une sale menteuse, la croyez pas... Toute sa vie elle a fait le mal ! Elle a commencé par tuer des bêtes, elle pouvait pas piffer les bêtes, elle faisait du mal aux oiseaux, elle leur coupait les ailes, elle a tué ma lapine Dolla, et puis les chats des voisins... Même qu'un jour elle a crevé la panse de la chèvre d'Olga Binet...

C'est ça, braille, ma Monique, avec la dose que je t'ai mise, tu vas vite te fatiguer, parole...

Et quand elle en a eu assez des bêtes, elle a poussé Martial Legoupil à l'eau pendant le concours de pêche de Caumont-l'Éventé... Elle a dit que c'était un accident, la méchante...

Le lendemain de la mort de Mitterrand, coup de fil d'Étienne, il me dit t'as reçu ma carte, je suis passé dans ton patelin l'autre jour, j'ai pensé que ça te ferait plaisir, c'est la dernière ligne droite avant Saint-Martin-des-Besaces, on va bientôt se retrouver...

Après... après... elle a voulu empoisonner Patrick Lhermite le fils du receveur avec de la mort aux rats, elle disait qu'elle voulait venger maman, elle voulait me mettre dans l'coup...

Je lui dis tu pourrais passer me voir au lieu de téléphoner, c'est plus une vie que je mène, chaque fois que ça sonne, j'ai peur que tu m'annonces un meurtre, j'ose pas décrocher. Ça peut plus durer, Étienne...

... mais moi j'ai dit non. Alors Simona elle m'a enfermée toute la nuit à la cave... avec les rats...

Il me dit justement, je suis en déplacement à Paris, tu m'invites à dîner dans ton petit pavillon cossu de Charenton ? Fous-toi de moi ! je lui fais, mon pavillon il ressemble plus à grand-chose, ils ont abattu les immeubles autour pour construire des logements de standing...

... pffouhhh les sales rats...

Simona elle peut crever, le maire, tout ce qu'il veut c'est que je me décourage, que je vende pour une bouchée de pain, mais avec madame Badinter qui me soutient il peut toujours courir...

... les... les... les rats...

Deux minutes montre en main, qu'est-ce que je disais, Dominique ! Dors ma grande, dors donc, laisse-moi seule avec mon p'tit amant d'Paris... Étienne il me dit l'idéal ce serait que tu me fasses un bœuf bourguignon, ma mère en faisait jamais, elle détestait les viandes filandreuses... Moi le bourguignon, j'adore ça, mais un bourguignon pour moi toute seule, avec mon appétit d'oiseau ça me fait la semaine et faut pas abuser sinon tu perds le goût, c'est comme l'amour, à force de trop baiser avec le même type tu satures... Je lui fais oui Étienne c'est l'idéal, le bourguignon... C'est vrai, quoi, *pour faire passer le goût du poison, le bourguignon, c'est vraiment l'idéal...* Parce qu'il ne venait pas à Charenton pour conter fleurette à Simona, il venait me faire la peau, pardi ! L'occasion idéale pour le tuer, la *dernière*.

Quand il est arrivé le lendemain midi, avec sa chapka et sa barbiche Lénine, je l'ai pas reconnu. Il avait forci, il s'était embourgeoisé, il devait bien gagner aux Télécoms. Même qu'il s'était fendu d'un joli bouquet, vingt-neuf roses jaunes, la fleur préférée de Simona s'il vous plaît ! Ça allait à ravir avec ma petite robe jaune en lin, et avec le nœud rouge dans mes cheveux, c'était très gai, très printanier. J'étais mignonne comme tout, je dis pas ça pour me vanter. Au début il était tout empoté, Étienne, il savait pas quoi faire de ses mains. Moi je les surveillais, ses mains, je savais bien que la mort viendrait de là… J'avais à peine arrangé les roses dans les vases qu'il se jette sur moi, il m'attrape la main. Simone, consens-tu à m'épouser ? il me demande. Le coup de la diversion, ah-ah, vieux comme le monde ! J'ai dit *ça demande à réfléchir, on a tout notre temps, mais d'abord on passe à table, je t'ai fait un bourguignon aux petits oignons qui te vengera des privations de ta vilaine maman, tu vas adorer…* Tu parles ! J'avais posé un jour de RC[1] pour le préparer, mon bourguignon funeste, j'avais tellement la trouille de me mélanger les pinceaux dans les doses de poison, et surtout l'antidote que j'avais avalé pour le mettre en confiance, ça rigolait vraiment pas…

Quel genre de poison, Simone ?

Dis, mon chéri, c'est pas marqué Agatha Christie ! Tu veux pas que je te livre mes secrets non plus… On

1. Repos compensateur.

cause, on cause, moi de mes misères, lui de son boulot à Montpellier, la barbe ! J'avais du mal à croire que c'était ce freluquet qui avait assassiné dix collègues par amour pour Simona, mais bon, si les assassins avaient tous des têtes d'assassin, y'aurait plus besoin de gendarmes… Et on finit par passer à table, il reprend trois fois du bourguignon, il en pleurait presque tellement il le trouvait bon, c'était servi sur un lit de petites carottes et on faisait glisser avec un petit bourgogne aligoté, c'était délicieux. Et à la fin, il me prend la main par-dessus la table, il me regarde d'un air langoureux et il me lance t'es un vrai cordon bleu.

— Alors, t'es content de toi, Étienne ? je lui fais.

— Si je suis content, ma Simone ! J'avais tellement peur de ne plus pouvoir t'attraper.

— Ben-tiens, t'es arrivé à tes fins ! Et pour me rattraper, on peut savoir combien t'en as liquidés pour me rattraper ?

Étienne il a fait celui qui comprend pas, sa bouche s'est barrée en cul-de-poule, il a eu un rire nerveux, le venin et le vin commençaient à plus faire tellement bon ménage.

— Mais qu'est-ce que tu racontes !

— Dis donc, tu me prends vraiment pour une innocente ! La prochaine sur la liste, c'est moi, c'est bien ça que t'es venu me dire ?

— Mais Simone, puisque je te jure que t'es la première…

— Écoute, Étienne, laisse tomber les cucuteries. Je vais pas te cacher la vérité plus longtemps : j'ai mis du poison dans le bourguignon, il va bientôt faire son effet… Tu vois Étienne, tu voulais me tuer, mais t'auras même pas besoin de t'en donner la peine, on va partir ensemble tous les deux, tu devrais être content... Mais avant j'aimerais bien que tu me dises comment tu comptais t'y prendre...

— Simone, tu plaisantes...

— *Comment tu comptais me tuer, Étienne ?*

— Mais voyons, Simone, c'est des bêtises tout ça, j'ai tué personne, c'est pas maintenant que je vais commencer...

— Prouve-le, mon chéri, j'ai juste dit.

Il a eu un moment de doute, et puis il a regardé ses mains sous toutes les coutures, il les a retournées plusieurs fois très vite, il les a frottées très fort, et puis il les a secouées aussitôt comme si elles étaient pleines de braise, comme Monique quand elle fait ses crises d'épilepsie, il les fixait avec des yeux de dément, *comme si c'était la faute de tes mains, andouille !*

— Ah, j'ai compris, tu voulais... *m'étrangler*, c'est ça !

— MAIS JE NE VEUX PAS TE TUER, SIMONE, QU'EST-CE QUE C'EST QUE CE DÉLIRE ! TU PEUX PAS ME FAIRE ÇA !

Il a essayé de se lever. Il a réussi qu'à s'étaler sur le carrelage, entre nous... Je l'ai aidé à se relever mais il m'a repoussée, il voulait pas que je le touche. Il a eu un mal de chien à se remettre droit sur sa chaise et à poser ses coudes sur la table, et il s'est calmé. *T'as raison, Étienne, plus tu bouges et plus le poison galope dans ton sang.* Il respirait très fort, il salivait, ça commençait à devenir vilain cette affaire. Et puis il m'a fait tout un laïus. Il m'a sorti qu'il avait tué personne, que tout ça c'était que des conneries, les cartes postales, les coups de fil, les articles des journaux, c'était pour me faire marcher, pour passer le temps, il se faisait tellement suer à la Peste ; au ministère ils recevaient tous les journaux de province, dès qu'il voyait un fait divers avec un postier, il sortait les ciseaux, et hop, envoyez Simona... Il m'a sorti qu'il adorait faire des plaisanteries, qu'il adorait mentir, qu'avec sa gueule de pince-sans-rire ça loupait jamais, avec moi il s'était vraiment régalé, des naïves comme moi c'était du gâteau, la lettre d'amour à Simona et son pseudo-suicide c'était son chef-d'œuvre, il était fier, l'imbécile. Mais quand il a lu ma réponse, quand il a vu à quel point je le prenais pour un double nœud, alors là, chapeau ! il s'est dit qu'on était du même bois tous les deux, qu'on pourrait peut-être s'encanailler ensemble, alors il a voulu voir jusqu'où elle était fine la guêpe, il s'est dit fonce Alphonse, Simone Dubois, c'est du gâteau, tu la tiens, tu la lâches plus... Il m'a dit qu'il en avait rien à cirer de Saint-Martin-des-Besaces, il savait même pas où c'était ce trou, mais au cas où j'irais vérifier, il avait fait des fiches de vœux pour Saint-Martin, il s'était bidouillé une petite procédure de « dérogation santé » pour la province sur l'ordinateur du ministère, de toute façon il en avait ras-le-bol de cette ville de merde irrespirable remplie de pauv'es malades qui baisent avec leur portable et leur autoradio, et hop, huit ans de millésime de gagné d'un coup ! C'est comme ça qu'il a talonné Simona dans les rangs, Étienne, c'est un truc vieux comme la Peste ! Après il m'a réservé un petit traitement de faveur à moi aussi. Il m'a dit que sa mutation à Montpellier c'était du pipeau, il avait pas bougé de l'avenue de Ségur, il me « suivait » de loin, il venait souvent rôder à Charenton, il m'observait à la jumelle dans mon petit intérieur, il passait des heures à me regarder faire mes mots croisés en soutif dans ma cuisine. Moi je lui dis t'as rien compris mon chou, ça n'a rien à voir avec les mots croisés, j'ai horreur des mots croisés, c'était des bons de commande pour la mère Sadique... Étienne il était intrigué, il comprenait pas pourquoi une femme bien foutue comme moi vivait seule, et pourquoi je recevais jamais d'hommes, et plus le temps passait, plus il s'attachait à Simona. Il avait fini par tomber raide amoureux de moi, ça le frustrait de pas pouvoir me dire la vérité mais c'était plus fort que lui, ça faisait partie du jeu, il pouvait pas s'empêcher de continuer ses petites salades, et tout ça c'était à cause des plantons du ministère, il pouvait plus reculer sinon ils allaient le tuer avec leur saloperie de vaudou, ils étaient dans le coup eux aussi, ils s'étaient servis d'Étienne pour séduire cette dinde de Simona, ils m'avaient bien fait marcher, ils avaient eu de la chair fraîche pour pas cher les cousins. Et maintenant il regrette, Étienne, parce qu'il m'a dans la peau et qu'il a vraiment envie de m'épouser, pas marié à son âge au pays il passe pour quoi ! Il se dit qu'on pourrait faire des trucs vachement marrants tous les deux, on pourrait faire accroire à Micheline Besnard qu'on a pris le petit-déj' à Castelgondolfo avec Jean-Paul II qu'arrête pas de raconter des histoires belges, ça lui ferait oublier son cancer la pauvre, ou faire accroire à Jean-Benoît qu'on a fumé un chilom avec le sous-commandant Marcos, ça le secouerait un peu, hi-hi-hi... Mais il voit bien que c'est pas possible, Étienne, parce qu'il a la bave aux lèvres, on les voit même plus ses lèvres, il a mal à la tête, et sa tête elle enfle, on voit plus qu'elle, il a envie de vomir le bon bourguignon de sa chère Simona mais il peut pas, il en a plus la force, il sait qu'il en a plus pour très longtemps Étienne, il sent bien que c'est foutu, que tout a marché de travers, quel terrible malentendu, mais il pouvait pas deviner que Simona était aussi naïve, et Étienne il me dit qu'il regrette, il me prend la main tout doucement, il a plus peur de moi à présent, il me fait mal tellement il serre, il me dit ô ma Simona comme t'as la peau douce, si tu savais comme je t'aime, et il a des larmes qui lui coulent sur les joues, et tout ça c'est de la souffrance, et je suis triste, mon Dieu si je suis triste, et tout ce que je trouve à lui dire, c'est vraiment qu'un tissu d'âneries…

Je lui dis je te crois pas, tu dis ça pour me faire marcher, tu me prends pour une conne comme tous les autres, les hommes c'est que des chiens, ils pensent qu'à faire des horreurs, tu me respectes pas Étienne, tu vois que tu vas crever alors t'essaies de partir sur un bon souvenir mais tu me respectes pas, t'es pas plus juste qu'un autre, comme c'est triste tout ça parce que moi je t'ai vraiment aimé mon chéri, tu ressemblais pas aux autres salopards de chiens de la Peste que j'ai connus, t'avais l'air si fragile, t'avais l'air d'un petit animal, bon, c'est sûr, quand tu prends ton air Philippe de Villiers ça fout un peu la trouille, c'est comme le docteur Petiot avec sa petite valise, mais c'est pas ta faute mon chéri, c'est la faute de ta mère, ta mère ça devait être une pas-grand-chose pour refuser de faire du bourguignon à son petit garçon, et puis le bon Dieu non plus il doit pas être très net dans cette affaire… Mais faut pas m'en vouloir mon n'Étienne, je pouvais pas deviner que tout ça c'était des menteries, je croyais que t'étais devenu un méchant n'assassin sans mentalité à cause de cette peste de Simona, quel comédien tu fais mon chéri ! C'est c'qui y'a d'bien avec toi, quand tu mens, ça se voit pas, c'est pas comme Simona elle a le nez qui lui bouffe la figure, maman elle disait ma petite Simone ça finira par te jouer des tours tes menteries, ah, elle doit être bien contente là-haut, maman, parce qu'à cause de mon vice j'ai perdu l'amour de ma vie…

Alors Étienne il a souri, il me dit si tu m'aimes tant que ça, c'est pas grave mon amour, on va mourir ensemble, Simona, dis, t'as remarqué, amour, mourir, c'est des mots qui se ressemblent, c'est la même famille ou quoi ? C'est parce que la mort ça commence par un acte d'amour, hein mon cœur ?… Je lui dis oui mon chéri, qu'est-ce que tu parles bien, t'es un vrai poète, qu'est-ce que tu fais dans les ordinateurs mon chou ! Allez, on va faire la route ensemble, beuh je vais pas te laisser tout seul…

Elle est lâche, Simona, elle lui dit pas qu'elle a avalé l'antidote avant de passer à table, elle se dit si c'est pour le faire souffrir c'est pas la peine, laisse courir. De toute façon il est trop faible, il comprend plus rien Étienne, il a le visage tout bleu tout crispé, il se tord de douleur sur le canapé clic-clac de Simona, et Simona elle a intérêt à faire fissa si elle veut lui dire son secret parce que la mocheté de Peste elle est là qui ricane, et derrière il y a tous les animaux malades de la peste qui attendent leur tour, elle commence à lui tailler des croupières cette saleté. Alors je lui glisse à l'oreille *mon chéri mon chéri les cousins aussi c'est des sacrés menteurs j'ai jamais fait l'amour avec les cousins j'te jure, tu m'crois, hein !* Et pour que ça irrigue mieux son cerveau je lui serre la main très fort. Étienne il sourit, il crache le sang, il a compris. Il secoue la tête, il me croit pas l'enfoiré. Il croit que je dis ça pour lui faire plaisir. Simona elle colle ses lèvres sur son oreille, elle murmure *attends mon chéri c'est pas fini attends…* Et elle lui dit des mots qu'elle avait encore jamais dits à personne, il est parti avec ça, il est mort dans mes bras en sifflant un paquet de sang par la bouche et les oreilles, je m'en suis pris plein la bouche, je me suis dit t'aurais jamais dû lui dire ça, tu l'as tué une deuxième fois, pauvre petit bonhomme, j'ai ajouté *pardonne-moi* mais c'était trop tard, et quand j'ai vu tout ce sang sur ma belle petite robe jaune, j'ai crié et j'ai été vomir. Vomir, y'a rien de tel pour retrouver ses esprits. Simona elle a du caractère, elle s'est pas démontée, elle a enveloppé Étienne dans une couverture et elle l'a veillé en sifflant le bon calvados du père Lemorton. Ça me dérangeait pas qu'il soit à côté de moi mais je voulais pas voir son visage. Et puis je l'ai l'enterré à la cave, il faisait nuit depuis une heure au moins. J'avais creusé le trou la veille, c'est pour ça que j'avais posé un RC qu'est-ce que tu crois, que je vais poser un RC rien que pour préparer un plat aussi tarte ! J'ai rebouché le trou et puis j'ai fait un peu de mortier, je tenais plus debout, j'étais soûle. Je suis restée à la cave à fixer comme une conne mes étagères de bocaux de confiture et j'ai pleuré pendant des heures. J'arrivais pas à sortir de cette putain de cave. Je me demandais si Étienne m'avait crue quand je lui avais dit mon secret. *Après tout ce que je lui avais raconté, il pouvait pas croire un truc pareil*, et puis c'est quand même moi qui l'avais tué, merde ! Dire ça à l'homme que tu viens de tuer, faut pas manquer d'air, Simona. Ça me torturait. J'aurais bien aimé avoir quelqu'un à qui parler à ce moment-là, mais j'avais que ces putains de bocaux d'abricots avec le mot « le Parfait » qui me faisait de l'œil ! Ça c'est sûr, pour devenir marteau, tailler le bout de gras avec un bocal, c'est parfait ! Sur le coup de minuit, j'ai eu un petit creux. J'ai liquidé deux bocaux d'abricots avec les doigts. J'en avais jusque dans les cheveux de la confiture, ça plus ma robe pleine de sang coagulé, j'étais belle à voir ! Je me suis endormie sur un vieux matelas bouffé par les rats, et *cette salope de Simone* m'a réveillée en pleine nuit, elle portait même pas de culotte cette peste...

Simone ?...

Je lui dis c'est pas vrai, t'étais encore fourrée chez le receveur, espèce de catin ! Elle me dit tu peux parler toi, t'es à moitié à poil ! T'as encore fait tes cochonneries ! Et elle commence à me taper dessus, la bique ! Et à ce moment-là je me suis réveillée, j'étais sur le canapé de Renée, avec deux de ses mômes dans les bras, il y avait Renée qui pleurait devant sa télé, ça coulait mon vieux, elle me montre l'écran, elle me dit tu te rends compte, c'est beau, réunir sa femme et sa maîtresse un jour pareil, c'est pas beaucoup de Français qui feraient ça, c'est pas à moi que ça arriverait, j'arrive plus à les tenir mes hommes, je suis plus bonne à rien, ah quand même il est cador Mitterrand...

Moi j'ai rigolé mais c'était nerveux, après tout qu'est-ce qu'il t'a fait Mitterrand, tu peux pas le laisser mourir en paix ?... J'ai dit à Renée tu veux que je te dise un secret, ma Renée ? Renée elle a dit non, je regarde la télé, je sais bien que t'aimes pas Mitterrand mais c'est pas une raison, si ça peut te faire plaisir, après je t'embêterai plus avec lui... Renée, elle est bien comme les autres, elle s'intéresse qu'à son cul !

— J'ai tué un monsieur, Renée, je lui fais.

— Écoute Monique, tu veux pas changer de disque un peu !

Monique ! Elle a bien dit... Mo... nique...

— J'ai tué un monsieur, je te dis !

— Si tu savais c'que j'en ai marre de t'entendre raconter les mêmes sempiternelles conneries, ma pauvre fille. T'as tué un homme, bon, et alors ? Tu veux que j'applaudisse ? Bravo Monique, c'est bien, t'es une bonne petite, continue comme ça…

Seigneur, qu'est-ce qui se passe ! Qu'est-ce que c'est que ce délire ! Mon Dieu ! Et dire que je ne peux même pas voir…

— Oui mais c'coup-ci c'est vrai, Renée.

— Tu dis ça à chaque fois, Monique.

— Oui mais c'coup-ci c'est la vraie vérité. Il s'appelle Étienne et c'est un vrai dégoûtant.

— Ça suffit maintenant, Monique !

— T'es méchante, Renée ! Je l'dirai à Simone !

— C'est ça, dis-le à Simone…

— Parfaitement que je le dirai à Simone. Et elle te prêtera plus ses amoureux !

Je me suis levée et je suis allée bouder dans ma chambre. Ensuite j'ai allumé ma petite télé mais y'en avait que pour ce grand dadais de Mitterrand, alors j'ai fait pipi sur le poste et je suis redescendue en douce. J'ai entendu Renée qui disait *écoute, Patrick c'est vraiment plus possible avec Monique, on a fait tout ce qu'on a pu mais là c'est plus possible. Y'a des moments, j'te jure, j'ai envie d'la tuer ! Elle déconne de plus en plus, ça peut vraiment plus durer. Et comme un fait exprès, faut qu'elle me fasse chier pendant la messe d'enterrement de Tonton, non, mais c'est un démon cette fille ! Faut vraiment qu'on fasse le point, Patrick…*

Je suis remontée aussi sec, j'avais envie de pleurer. À chaque fois c'est pareil, c'est moi qui prends tout, Simone c'est une sainte, ça a toujours été comme ça, y'en a marre à la fin ! MONIQUE ELLE EXISTE RENÉE ! ELLE VEUT VIVRE MONIQUE ! Tu crois pas que j'ai raison, mon chéri ? Tu crois pas, dis…

Mais Simo… Moni… Mais qui êtes-vous, bon sang…

Hein que j'ai raison, mon chéri ! Hein que j'ai raison… Renée elle est pire que la peste, elle me déteste, eh ben, si c'est ça, je lui dirai jamais mon secret, y'a qu'Étienne qui connaît mon secret… Mais il est mort, Étienne, je l'ai zigouillé, dis donc ! Pan, un coup de fusil dans le ventre, tu l'as vu mon beau fusil, c'était le Lebel de mon papa… C'est avec ça qu'il a tué maman en rentrant du stalag quand il a appris que ma vilaine maman elle avait fauté avec des hommes pendant la guerre…

Oh mon Dieu… Non… elle a ramené le fusil…

Monique elle peut pas vivre toute seule avec son secret. Y'a bien Simone, mais si je lui dis mon secret elle va le répéter partout, et toute la Peste sera au courant…

Monique elle peut pas vivre toute seule avec son secret. Tu veux bien que je te dise mon secret, mon chéri, ça me soulagerait tellement, tu sais… Je vais te dire mon secret, mon chéri, et comme t'as été gentil je vais t'enlever le sparadrap que cette pouffe de Simone t'a collé sur la bouche comme ça on pourra parler tous les deux… *Simone elle voulait pas que tu parles à*

Monique ! Elle voulait te garder pour elle toute seule Simone ! Elle voulait pas que je reste avec toi toute seule, elle avait peur que tu me fasses du mal ! Simone elle dit telle que je te connais, tu serais fichue de faire de l'œil à notre Illustre, et les hommes c'est des chiens concupiscents, ils sont pas de bois, et je veux pas être tata, moi, j'ai assez à faire avec ma sœur… Simone elle s'est dit je vais lui faire une piqûre à cette petite dévergondée, comme ça j'aurai la paix ! Mais moi j'ai pas peur mon chéri, j'ai pas peur du tout, j'ai le fusil de Simone… Ah-ah, moi je l'ai bien eue, Simona, je lui ai piqué la seringue pendant qu'elle te caressait la joue mon chéri, et je lui ai fait la piqûre à ma place, *kchittt, dans le cou...* Ben-dis-donc, il était temps que j'arrive parce qu'après la joue, elle allait pas s'arrêter là… Elle pense qu'à s'amuser avec les messieurs, cette salope… TU-L'AU-RAS-PAS-HEU ! TU-L'AURAS-PAS-HEU ! Tu verrais comment elle dort cette pouffe, pfffouh, elle est pas près de se réveiller… Et si elle se réveille, moi je lui refais une piqûre aussi sec, *kchittt !* Et si elle est pas contente, moi je la zigouille, la mère Simone ! JE LA NESTHÉSIE ! Je sais comment on fait je l'ai lu dans *Serial victime...* Non mais qui c'est qui commande ici, ah ! *C'est Monique qui commande !* C'EST-MO-NIQUEUH-EUH... Chacun son tour, dis-donc ! Elle a bien le droit de s'amuser avec les messieurs Monique ! Beuh, dans un sens t'as de la chance, mon chéri, Monique elle est beaucoup plus'e gentille que Simone, elle va t'enlever le sparadrap sur la bouche, c'est honteux comme elle te traite, mon pauvre chéri… Elle voulait pas que Monique elle t'embrasse sur la bouche, c'est pour ça qu'elle a mis le sparadrap je parie… Attends mon chéri, bouge pas, je t'enlève le sparadrap… Ça va tirer sur la barbe je te préviens… ET VOILÀ ! QU'EST-CE QU'ON DIT À MONIQUE ? !

— *Mééé... merci...*

— ET QUI C'EST LA PLUS GENTILLE DES DEUX ?

— *C'est... C'est Monique... Je... j'ai soif, j'ai terriblement soif... Est-ce que... s'il vous plaît...*

— Meuh bien sûr que je vais te donner à boire…

— *Si vous aviez autre chose que du Coca-Cola... Je... je n'y tiens pas...*

— C'est encore un coup de Simone, le Coca ! Attends, je vais te donner de l'eau, mon chéri…

— *Et en plus, elle m'a fait fumer des trucs, je ne sais pas ce que c'était mais, ffffouh, c'était fort... J'ai mal au crâne. Mais c'est surtout mes yeux...*

— Ben-tiens, cherche pas, c'est du cannabis ! C'est Jean-Benoît qui lui file toute cette drogue. Il va la chercher à Amsterdam, il va voir Van Gogh, et tac, de la drogue plein le coffre !

— *Vous ne voulez pas m'enlever ce bandeau des yeux... s'il vous plaît...*

— Ah non, d'abord le secret !

— *S'il vous plaît...*

— Dis, te plains pas ! Tu peux causer, c'est déjà pas mal…

— *Qu'avez-vous fait à mes yeux ?*

— Je vais te le dire dans le creux de l'oreille, mon secret, approche, je veux pas que ce dragon de Simone entende parce qu'alors là elle me tue… *Tu sais mon chéri, Simone, bzzzz-bzzzz-bzzzz-bzzzz-bzzzz-bzzzz-bzzzz...*

— *Mon Dieu, qu'est-ce que vous me dites là, c'est pas vrai... Après tout ce que vous... après tout ce qu'elle m'a raconté...*

— Mais elle fait rien qu'mentir, Simone ! Elle a jamais fait l'amour avec un homme cette vantarde ! Elle leur court après mais y veulent pas… Elle est obligée de les droguer et de les attacher sinon ils restent pas, elle est trop méchante avec les messieurs… Elle leur tape dessus et après elle dit c'est la faute à Monique, et les hommes ils me regardent comme une bête sauvage, ils me respectent pas ces animals… Et après elle me dit t'as vu comment ils te regardent ces chiens, tape-les Monique, tape-les Monique ! Et moi je tape, je suis bien obligée…

— *ARRÊTEZ ! Je vais devenir fou...*

— Tu verrais la vie que je mène ! C'est pas une vie qu'je mène… Tout le temps enfermée… Simone elle dit que j'ai la peste…

— *Qui... Qui êtes-vous, Monique ?*

— Tu peux me dire tu, tu sais… Je suis un pauvre petit ange abandonné, et Simone elle me garde prisonnière… Dis mon chéri, j'ai une faveur à te demander…

— *Vous voulez pas m'enlever le bandeau des yeux, Sim... Monique ?*

— J'te préviens, si t'es pas gentil je te fais la piqûre comme à Simone !

— *Une piqûre !...*

— Tu me crois pas que je fais les piqûres ? Tiens, tu la sens pas sur ton nez l'aiguille qui pique ? Ça pique, hi-hi-hi ! Arrête de bouger comme ça, imbécile, si ça se trouve Simone elle a le sida, faut faire très très attention !

— *Bon Dieu... Hum-hum... C'est quoi ta faveur ?*

— Je voudrais t'embrasser… sur la bouche.

— *Comment cela... m'embrasser...*

— Comment cela, mais t'es bête ou quoi ! Sur la

bouche avec la langue, un baiser d'escargot comme les amoureux !

— *Mais... On ne se connaît pas... Et puis... je ne sais même pas qui tu es... J'y vois rien avec ce bandeau...*

— Tu préfères je te remets le sparadrap sur la bouche peut-être ?

— *Non, non... Mais j'aimerais bien... voir... ton visage...*

— Y'a pas besoin des yeux pour s'embrasser, qu'est-ce que tu racontes ! Les amoureux ils ferment les yeux, tu sais bien !

— *Bon, si tu veux...*

— Ben-dis-donc, cache ta joie, l'Illustre !

— *L'Illustre ? Pourquoi tu m'appelles comme ça...*

— Mais parce que t'es un homme illustre, peau d'bête !

— *Comment ça un homme illustre ?*

— Un homme illustre, c'est quelqu'un haut placé.

— *Qui t'a raconté ça ?*

— C'est Simone qui me l'a dit ! Elle dit que t'es un ingénieur de la Maréchaussée, avec des relations à Caen, et tout ça, même que tu fais des saloperies avec la femme du préfet à Notre-Dame de la Gloriette, et que tu cours après une danseuse du Crazy Horse, des qui sont tout le temps à poil, Nono il me l'a dit il les connaît… Et pis… et pis… elle dit les enfants à l'Illustre ils traînent tout le temps, ils sont mal polis et avec ça tout le temps un doigt dans le nez… Mais moi je sais qui t'es, Dominique ! T'es le ministre de la Peste, Simone elle me l'a dit, d'abord ! Et puis ça se voit que t'es un Illustre… Alors tu peux bien m'embrasser, dis, tu fais pas tant de chichi avec la pouffe du Crazy Horse…

— *Mais je la connais pas la...*

— Je te préviens, si tu m'embrasses pas c'est la nesthésie, et tu peux toujours courir pour que j'enlève la culotte sur tes yeux…

— *La… culotte…*

— Remue pas la tête comme ça… Ben oui la culotte ! C'est ça qui te bande les yeux, c'est Simone qu'a eu l'idée, elle dit comme ça, ça va lui faire les pieds à l'Illustre ! Même qu'elle m'a forcée à faire pipi dedans, c'est plus rigolo…

Oh mon Dieu, c'est pas vrai ! Où je suis tombé…

— *Mais qu'est-ce que tu fais Monique ?*

— Ben je m'assois sur tes genoux pour t'embrasser ! Je veux pas glisser, moi !

— *Mmmmmpppppfffff…*

— C'est pas du jeu, tu fermes la bouche !

— *Mais non, mais…*

— Si. Tu fermes la bouche ! Je suis pas assez bien pour toi peut-être ? Dis-le tout de suite si je suis pas assez bien pour toi ! C'est pas parce que je suis une coiffeuse ! Tu préfères quand c'est cette coureuse de Simone, espèce de dégoûtant !

— *C'est pas ça, Monique, mais… Je… j'ai soif… j'ai terriblement soif… je peux pas t'embrasser tellement j'ai la gorge… tu veux pas…*

— Oh, mon pauv'e chéri, j'ai complètement oublié d'aller te chercher de l'eau, attends, j'y vais, je reviens, bouge pas…

— *Ça, ça risque pas !*

— Beuh je te charrie, je sais bien que tu peux pas ! Faut voir comment qu'elle t'a ficelé Simone… Si t'es gentil, après je te détache un bras comme ça tu peux me caresser les cheveux c'est Rita qui me coupe les cheveux, tu verrais comment qu'elle s'y prend… Je reviens !

Saint-Martin-des-Besaces, 18 heures 39.

— Verdailhet, viens voir…

— Qu'y a-t-il, Jaffrelot ?

— La folle vient d'envoyer un fax. Les photos ne sont pas de très bonne qualité, mais regarde ça un peu…

— Oh merde !

— Qui c'est cette femme ?

— Catherine, la femme du brigadier.

— La vache, elle l'a pas loupée !

— On dirait un skinhead.

— Oui. Sauf la choupette sur le côté gauche…

— Et le type, t'as vu la tronche !

— C'est pas le ministre, en tout cas.

— Parce que tu en doutais encore ?

— J'en sais rien, moi ! Avec les tarés, faut s'attendre à tout… En tout cas, il est salement amoché. T'as vu, il lui manque carrément une oreille.

— Refais voir ça un peu…

Verdailhet s'empara de la feuille de papier.

— Drôle de gueule, en effet. Bizarre comme photo, tu trouves pas ?

— T'as raison, ça ressemble à une peinture.

— Tu sais qui c'est, ce mec, Jaffrelot ?

— Ben, l'otage...

— Pauv'e con ! C'est Van Gogh...

— Tu l'connais ?

— Imbécile ! C'est l'homme à l'oreille coupée de Van Gogh.

— Tu crois vraiment ?

— Mais si, regarde ! Tu vois bien que c'est de la peinture !

— Moi tu sais, la peinture...

— Va porter ça au brigadier, ça va peut-être lui refroidir la tête.

— Vas-y, toi !

— Exécution, sapeur Jaffrelot !

— Bon, bon, j'y vais...

— Tiens, passe-moi le portable de Marielle, faut que je passe un coup de fil à ma femme...

Le brigadier Marielle allait donner le top aux conducteurs d'engins lorsque le sapeur Jaffrelot, tremblant comme une feuille, lui apporta le dernier fax. À la vue de sa femme ratiboisée ficelée sur une chaise, le gradé sentit un grand froid tomber sur ses épaules et décida de s'octroyer un délai supplémentaire.

Il avait besoin de réfléchir avant de se lancer à l'assaut de la maison.

Il sentait que ça n'allait pas être du gâteau.

Il avait diablement raison.

L'otage

Me détacher un bras ! C'est quoi un bras ? C'est le truc qui pendouille aux épaules ? Je les sens même plus mes bras... Bon sang qu'est-ce qu'elle fiche, ça fait au moins cinq minutes qu'elle est partie ! Elle la tire à la pompe ou quoi ? Qu'est-ce que c'est que ces bruits bizarres ? On dirait qu'elle traîne quelque chose de lourd sur le plancher, genre fauteuil roulant. C'est quoi par terre déjà ? Du parquet je crois. Oui, il y a une roulette qui grince. Ah, j'ai compris, ça doit être un caddie. Si ça se trouve elle est allée acheter un pack de Volvic au Coccinelle du coin... Je dis ça mais je sais même pas où on est. J'ai pas l'impression qu'on soit à Saint-Martin. J'ai jamais mis les pieds dans cette maison en tout cas, y'en a quand même pas des tonnes à Saint-Martin... Bordel, ça fait combien de temps que je suis ici. Sept, huit heures ? Plus que ça ? Qu'est-ce qu'elle me soûle avec ses conneries, j'ai l'impression qu'elle pourrait parler des jours sans s'arrêter. Je sais pas comment elle fait mais elle retombe tout le temps sur ses pieds. J'ai un peu froid... C'est d'avoir autant fumé, j'ai perdu l'habitude. Surtout que j'ai rien mangé depuis hier soir. La vache, comment je me suis fait avoir, quand même, elle est vraiment diabolique. Est-ce qu'elle m'a choisi par hasard ? Je ne sais pas si elle sait qui je suis. Il vaudrait mieux pas. T'ES CON OU QUOI, VIEUX, ELLE SAIT FORCÉMENT QUI TU ES ! *Ah, la voilà qui approche... Si seulement elle pouvait mettre un bémol à ses lubies. Pourquoi faut-il qu'elle me passe toujours la main sur la joue comme ça, c'est pénible à la fin. C'est bizarre elle a une main très douce et l'autre qui est rugueuse. En plus on peut pas dire qu'elle sente la rose... Putain, quand je pense que j'ai les yeux pleins de pisse, c'est top-délire... Pauvre femme, c'est vraiment navrant. Bon, je vais pas m'apitoyer... Et merde, elle s'assoit sur mes genoux ! Pouhhh, elle est pas lourde... Je sais pas pourquoi mais j'ai l'impression qu'elle était* PLUS LOURDE *tout à l'heure, avant que... Peut-être qu'elle a suivi un régime avant sa...* TRANSFORMATION... *Arrête, merde, c'est vraiment pas drôle ! Bon, faut bien détendre un peu l'atmosphère...* HO VIEUX, C'EST CONTAGIEUX LA FOLIE... TU VAS PAS T'Y METTRE À TON TOUR ! *Folie, folie, moi je veux bien, mais elle est surtout très attardée... Ouais, t'as raison... Le mieux c'est encore de la fermer, de lui obéir... J'ai pas le choix de toute façon. Hum, de l'eau !* ENFIN DE L'EAU... *Une chance que la corvée d'eau soit pas tombée sur la première, elle aurait été foutue de m'apporter un flacon d'urine... Bon sang que ça fait du bien ! Et merde, je m'en fous partout... Bof, au point où j'en suis... Merci, Monique, ça va comme ça, j'ai assez bu... J'ai assez bu j'te dis !*

*

— T'avais la pépie, dis !
— *Voui, 'erci... A voua womme ça...*

— Encore mon chéri… Si tu bois pas d'eau t'auras une haleine fétide, c'est pas comme ça qu'tu vas séduire les filles…

— *Voui, Moni…*

— Allez, bois…

— *Ça va, je vous…*

— Faut finir la bouteille ! FAUT FINIR LA BOUTEILLE ELLE A DIT MONIQUE ! Allez !

— *Bon, je bois, je bois…*

Merde, elle exagère quand même ! Elle m'en met partout…

— Gros bêta, t'es tout inondé ! T'en as partout de l'eau, on dirait que t'as fait pipi dans ta culotte !

— *Je… Monique…*

— T'es vraiment dégoûtant Patrick ! Je vais le dire à Simone qu'est-ce que t'as fait, tu vas voir elle va pas être contente du tout, elle voudra plus sortir avec toi tu seras bien avancé ! SIM' ! SIM' ! C'EST CE GRAND DÉGUEULASSE DE PATRICK ! IL A LA TÊTE QUI SENT LE PIPI ET IL ME FORCE À L'EMBRASSER SUR LA BOUCHE, SIM' ! SIM' ! ME LAISSE PAS TOUTE SEULE AVEC LUI S'IL TE PLAÎT ! SI-MO-NA… OH T'EN VA PAS DIS MONA… J'AI PEUR DANS LE NOIR TOUTE SEULE ET Y'A L'AUT'E MÉCHANT RECEVEUR DE LA PESTE QUI ME TRIPOTE JE VEUX P'US METTRE LES PIEDS À LA PESTE, SIMONA…

— Allez, allez, c'est rien, ma petite Monique, je suis là. Qu'est-ce qu'il y a encore, ma p'tite mère ?

— C'est *lui*, Sim' !

— Qu'est-ce que tu fiches ici, toi ! Je t'avais prévenu, Patrick : si tu continues à embêter Monique, je vais en parler à madame Dupleix…

— *Je… je ne m'appelle pas Patrick… Je ne la*

connais pas, Mo... Monique... Je... JE CONNAIS PAS D'MONIQUE JE VOUS JURE !

— T'entends Sim', il dit qu'il me connaît pas, il manque pas d'air ! Il me court après tout pendant la kermesse et il dit qu'il me connaît pas ! C'EST UN SALE MENTEUR SIMONE ! Et en plus il dit partout je suis sinoque !

— Mais oui ma Monique c'est un menteur Patrick, mais tu sais, il a d'qui t'nir !

— Ah, tu vois ! *T'es un menteur !* T'ES-UN-MENTEU'-REUH !

J'hallucine... J'HAL-LU-CINE !...

— Qu'est-ce tu veux, il a ça dans l'sang... *Et qu'est-ce qu'on fait aux menteurs, Monique ?*

— On les punit les menteurs ! ON-LES-PU-NIT-EUH !

— Et comment qu'on les punit les menteurs ? Comment qu'on les punit, Monique ?

— Ben, je sais pas moi...

— Mais si tu sais.

— Je sais p'us !

— Allez, un petit effort... On leur...

— Donne des coups de pied !

— Non, Monique, ça, c'est bon pour les pouffes qui te bousculent dans la cour de récréation. On leur...

— Crève les yeux !

— *Tuttt-tuttt-tuttt-tuttt.* On leur...

— Arrache les dents ! *Mmmenteur-comme-un-arracheur-de-dents-Patrick !*

— Tu brûles Monique, mais ça, c'est le travail du dentiste, si tu lui enlèves le pain de la bouche, monsieur Mortaise il va pas êt'e content du tout, il va te charcuter le palais...

— Oh oui ! Comme le méchant zigouilleur de *Serial victime* !

— Je veux plus que tu lises ces horreurs, Monique ! Allez, fais pas la folle... On leur...

— Coupe le zizi ! Comme Séraphine la fille de sang !

— JE VEUX PLUS QUE TU LISES CES HORREURS TU M'ENTENDS !

— C'est pas des horreurs, Sim', c'est très beau *Fille de sang !* Séraphine elle tue *que les méchants !* Elle est drôlement courageuse, Séraphine, c'est une vraie lionne. C'est pas comme Patrick... TIENS ! UN COUP DE PIED, POUR LA PEINE !

— *AÏE ! Mais ça va p...*

— Non-mais-dis-donc !

— Tu t'amuseras avec l'Illustre après avoir répondu à ma question ! J'attends, Monique !

— Je trouve pas, Sim' ! Je suis z'une bonne à rien !

— Réfléchis un peu ! Avec quoi ils mentent les menteurs ?

— Avec des menteries !

— Des menteries qu'ils disent avec ?...

— Beuh-euh...

— Avec la... lllll-llllll-lllll-llllll...

— ÇA Y'EST J'AI TROUVÉ, SIM' ! J'AI TROUVÉ !

— Je t'écoute, mon trésor...

— ON LEUR COUPE LA LANGUE AUX MENTEURS ! COMME ÇA ILS PEUVENT P'US DIRE DE MENTERIES...

— Tu vois qu'tu savais...

— Dis ma Simone...

— Toi, tu veux m'demander que'qu'chose !

— Vi...

— Eh ben, vas-y mon trésor !

— Tu vas pas me disputer ?

— Meuh non...

— On a le droit de lui couper la langue à Patrick ?
— Ça te ferait plaisir, ma petite Monique ?
— OH OUI SIM' ! DRÔLEMENT PLAISIR !
— Beuh il est t'à toi... Voyons, comment qu'on va bien s'y prendre ?
— J'ai une idée, Sim' ! J'AI-UNE-N'IDÉE-EUH !
— Bravo Monique. Et c'est quoi ton idée ?
— Avec les dents ! Je l'embrasse avec la langue et TAC, je lui mords la langue, je tire, et après, CLAC, je coupe ! Ça lui apprendra à vouloir m'embrasser ce gros vilain !
— Parce qu'il a encore essayé de t'embrasser ce p'tit rat d'égout ! Ah le saligaud... C'est très bien, Monique, elle est très bonne ton idée... Comme ça il sera puni deux fois... Tu vois quand tu veux, t'as de la jugeote !
— Sim'... *T'es pas gentille !*
— ...
— Simona ?
— ...
— Simona, où t'es Simona ? MONA ! ME LAISSE PAS TOUTE SEULE AVEC CE RAT DÉGOÛTANT !
— ...
— Simone, S'IL TE PLAÎT ! T'es *pas du tout* gentille...
— *Écoute-moi Monique...*
— C'est toi qui as parlé, Patrick ?... PATRICK !
— *Oui, c'est moi, tu vois bien... Enfin... je ne m'appelle pas Patrick... Mais c'est moi, oui... si tu veux...*
— Si tu t'appelles pas Patrick, je remets le sparadrap. JE PARLE QU'À PATRICK ! Maman elle me dit de pas parler aux inconnus...
— *Bon, d'accord, d'accord, je m'appelle Patrick, admettons... Monique, écoute-moi... Je veux parler à Simone... C'est très important...*

— Tu vois pas qu'elle est partie Simone, pauvre imbécile !

— *Je sais qu'elle est partie... Mais* IL FAUT ABSOLUMENT QUE JE LUI PARLE. *Je... tu pourrais... aller la chercher ? Monique, s'il te plaît... Tu peux faire ça pour moi, pas vrai ?*

— Tu l'as dit bouffi : PAS VRAI ! Je peux pas !

— *Je sais que tu peux faire ça pour moi Monique. Je sais que tu peux aller la chercher...* DANS TA TÊTE... *S'il te plaît...*

— Je veux plus lui parler à cette vilaine qui m'abandonne...

— *Mais tu n'es pas obligée de lui parler ! C'est MOI qui lui parlerai.*

— Tu m'énerves à remuer comme ça... Je vais glisser moi !

— *TU ME L'AMÈNES ET JE ME DÉBROUILLE AVEC ELLE... TU POURRAS ÉCOUTER SI TU VEUX, C'EST PAS POUR TE FAIRE DE CACHOTTERIES...*

— Je te préviens, si tu continues à gueuler, je remets le sparadrap ! Pourquoi tu veux lui parler, d'abord ?

— *Tu trouves pas... QU'ELLE POUSSE UN PEU AVEC TOI SIMONE ?*

— Ouais, essaie pas de m'emberlificoter... Bon, je veux bien lui faire la commission quand je la vois mais d'abord tu m'embrasses... Ma bouche elle est juste en face de la tienne.

— *Bon... D'accord.*

(...)[1]

— Beuh c'est pas un baiser, ça ! Recommence !

(...)[2]

1. Baiser rapide sur la joue.
2. Baiser appuyé sur les lèvres.

— T'as avalé… TA LANGUE mon chéri !

— *Monique… Pour… Pourquoi es-tu aussi… aussi cruelle avec moi ?*

— Ah mais j'ai compris ! Tu veux j'aille chercher Simone pour l'embrasser *elle* ! Avec elle tu dis pas non… Tu me trouves pas assez bien pour toi ? JE SUIS PAS ASSEZ BELLE POUR TOI ?

— *Comment veux-tu que je te dise avec ÇA sur les yeux, Monique ? En plus j'ai les yeux qui piquent…*

— T'avais pas la culotte avant ! Tu me voyais…

— *Mais avant… CE N'ÉTAIT PAS TOI MONIQUE !*

— Bouh-ouh, je suis qu'une pauvre idiote qui pense à rien…

— *Mais non, Monique, il faut pas dire ça… T'es un peu… perturbée…*

— Si ! Je suis une idiote. J'ai pas la tête sur les épaules. Maman elle dit :

t'as une tête de linotte
pas un poil de jugeote
ma pauvre petiote
pas comme Sim' qu'est loin d'être sotte !

Allez mon chéri, arrête de gesticuler, on s'embrasse, et après je t'enlève le machin, aie pas peur mon Patrick, c'était des idioties tout à l'heure, je vais pas te couper la langue, c'est Simone qui est une méchante, c'est à cause d'elle tout ça, moi je voulais pas, c'est pas gentil d'arroser la tête des garçons avec du pipi… Allez, approche tes lèvres…

— *Simone… VOUS ÊTES LÀ SIMONE ?*

— Mais t'es vraiment bête, toi, tu vois pas qu'elle dort Simone ! Je l'ai nesthésiée moi, qu'est-ce que tu crois ! ÇA SERT À QUOI D'AVOIR UNE PETITE SŒUR SI ELLE EST PLUS GRANDE QUE TOI ET S'IL FAUT TOUJOURS LUI OBÉIR !

— *Simone... Aidez-moi, s'il vous plaît...*

— T'as fini ton chichi ! Puisque je te dis je l'ai nesthésiée Simone ! Je vais te montrer comment, mais avant faut qu'on s'embrasse sinon je peux pas te faire confiance. Tu vois, elles sont douces mes lèvres...

— *Non... Non...*

— Mais si. Elles sont très douces. Allez, arrête de gigoter, tu vois bien que Monique elle veut t'embrasser !

— *J'ai... j'ai peur...*

— Non mais t'es complètement idiot ! Tu préfères la piqûre ?

— NOOOOOOOOOOOOONNNN...

(...)[1] *Mince... On dirait qu'elle a fait ça toute sa vie...*

— Alors ça t'a plu, mon chéri ?

— *Heu... Oui... Qui... qui est-ce qui t'a appris à embrasser comme ça, Mo... Monique ?*

— ELLE T'A TAPÉ DANS L'ŒIL MA SŒUR, ON DIRAIT ! Heureusement qu'elle a le sommeil léger, Simone !

— *OH NON ! ! !*

— Tu sais que t'embrasses pas mal du tout, mon chéri ! C'est pas comme ce faux-cul d'Étienne... Alors lui, raide comme du bois !

(...)[2]

— BEN-DIS-DONC MON CHÉRI, T'AS PAS L'AIR TRÈS CONTENT DE RETROUVER TA PETITE SIMONE ? !

— *Euh, si... si...*

— T'avais plus de cœur à l'ouvrage tout à l'heure, mon salaud...

1. Long baiser comme les amoureux.
2. Bref baiser farouche par surprise.

Qu'est-ce qui se passe...
Ah, elle se lève, ouf...
Non, elle se rassoit...
Qu'est-ce qu'elle fait, qu'est-ce que c'est que ce grattement...

— Alors comme ça, tu trouves que Simone ELLE POUSSE UN PEU ?

— *Je... C'est une façon de parler...*

— Mais Monique elle a dix ans d'âge mental, t'as pas encore compris ! Faut toujours être après elle sinon elle fait les pires bêtises... Faut toujours qu'elle invente des trucs idiots ! T'as bien vu ce qu'elle t'a collé sur les yeux... Dis donc, Monique, ça t'arracherait le bras de me donner un coup de main !

— *Mais qu'est-ce que* VOUS *faites ?*

— Je t'enlève la culotte, crétin ! T'as pas honte, Monique... T'es plus une petite fille Monique !

— Alors pourquoi tu veux pas que j'embrasse les garçons !

— TAIS-TOI PETITE GOURDE ! Ou je te remets en pension chez la tante Renée... Tu rigoles moins chez la tante Renée !

— Méchante ! Méchante Simona !

— *Ah, merci, merci... Ouh-la, ça fait du bien !*

— J'ai à faire avec Patrick, Monique, laisse-nous un peu, tu veux... TU PEUX OUVRIR LES YEUX MON CHÉRI !

— *Aoutche... Ça pique...*

— Forcément, t'as de l'urine plein les yeux. Attends, je vais te nettoyer ça... Une petite piqûre de collyre et ça ira mieux.

— Non, pas la piqûre ! Te laisse pas faire, Patrick ! ELLE VA TE FAIRE LA NESTHÉSIE !

— L'écoute donc pas, c'est juste pour désinfecter ! C'est du vrai détergent le pipi à Monique, vaut mieux s'en occuper. Donne-moi le flacon de collyre, Monique ! Et fais-moi le plaisir de jeter cette petite culotte, et puis quoi encore !

— Simone, s'il te plaît, lui fais pas de mal !

— Voyons mon trésor, tu sais bien qu'il sentira rien !

— LE TUE PAS, SIM'...

— Et comment on fait d'habitude ? On peut pas le relâcher vivant avec tout ce qu'il sait... *T'as envie qu'il aille tout raconter à la Peste ?*

— FAIS PAS DE MAL À MON JOUET !

— Je t'en trouverai un autre, mon trésor, c'est pas ce qui manque les auto-stoppeurs !

— Mais lui c'est pas pareil ! Je le trouvais gentil, il répond bien aux questions, et puis il me tripote pas avec ses sales pattes comme les autres...

— Parce que je l'ai attaché, andouille !

— Je veux jouer avec lui encore un peu.

— Tu joueras avec lui APRÈS !

— Après la nesthésie c'est p'us pareil... Y bougent plus...

— ÇA SUFFIT MAINTENANT MONIQUE ! Donne-moi la seringue !

— Tiens la v'là ta seringue pétasse... PUISQUE C'EST ÇA J'VAIS LUI DIRE TON SECRET SIMONA !

— J'ai aucun secret pour mon Patrick...

— ET CELUI QUE T'AS DIT À ÉTIENNE ALORS ! Avant de le zigouiller ce pauvre garçon ! ASSASSIN !

— Comment tu sais ça, toi !

— TU-ME-L'AS-DIT-EUH... T'ÉTAIS-BOURRÉE-EUH !

— MONIQUE !

— SI TU LE NESTHÉSIES JE DIS LE SECRET SIMONA !

— Qu'est-ce que j'en ai à faire, pauvre cruche, je vais lui faire la peau à ce pauvre débile !

— Patrick… Patrick… Simone elle a…

— ÇA SUFFIT MONIQUE !

— … jamais fait l'amour avec un garçon !

— TU L'AURAS VOULU MONIQUE !

— Monique c'est une gouine ! C'EST-UNE-GOUI-N'EUH !

— L'écoute pas cette menteuse Patrick ! Elle raconte que des horreurs… C'est à cause de ses saloperies de polars, elle est tout le temps fourrée dedans… Ça la rend maboule…

Mon Dieu, la seringue ! Qu'est-ce qu'elle fait avec… la seringue ! ELLE VA ME… ELLE… Non, elle me regarde pas… On dirait qu'elle… qu'elle va… Oh mon Dieu ces yeux ! Quelle horreur…

— MO-NIQUE-TOUDIC-EUH ! C'EST-SA-COPI-N'EUH !

— ÇA SUFFIT PETITE ROULURE !

Elle va se la planter dans le bras bon Dieu !

— *MONIQUE ! ATTENTION !*

— J'AI-DES-PHOTOS-EUH !

— ÇA SUFFIIIIIIIIT…

Oh mon Dieu c'est pas vrai ! Elle s'est… planté la seringue dans le bras oh nom de Dieu…

— Mo… Mona… Pourquoi tu m'as fait la… nesthésie…

— Pardonne-moi Monique… Je suis obligée…

Simone, me regarde pas comme ça... J'ai peur... Appuie sur le piston bon Dieu... APPUIE SUR LE PISTON SIMONE !

— *Simone...*
— Oui mon p'tit chéri ?
— *Je...*

Oh nom de Dieu... elle retire la seringue de son bras et elle... ELLE A MÊME PAS APPUYÉ SUR LE PISTON BORDEL DE MERDE !

— Tu vois, je l'ai pas tuée ma Monique, je suis pas un monstre... Je l'ai juste nesthésiée... Elle va se réveiller tout à l'heure... Elle se rappellera plus de rien... Mais toi tu seras plus là mon pauvre... Pardonne-moi Patrick mais je peux pas faire autrement... T'en sais trop à présent...
— *Mais qu'est-ce que vous racontez Simone je ne sais rien du tout moi ! J'en ai rien à foutre de vos histoires, je m'en fous, j'ai rien à voir avec tout ça !*
— Tu te fous du malheur des autres...
— *Mais non...*
— Meuh si ! Et ça m'étonne pas de toi Patrick...
— *VOUS NE SAVEZ MÊME PAS QUI JE SUIS ! JE NE M'APPELLE PAS PATRICK JE M'APPELLE DENIS BOUVIER ! JE SUIS INNOCENT !*
— Meuh te fatigue donc pas, ils disent tous ça mon pauvre chéri ! Chaque fois que je lui amène un homme c'est pareil. Pas de chance je tombe que sur des chiens concupiscents... Je les laisse tous les deux et quand je reviens de la Peste je la retrouve en train de le nesthésier, c'est plus fort qu'elle tu com-

prends, elle peut pas s'empêcher de jouer avec les hommes, elle les prend pour des jouets, elle dit qu'ils ont essayé de lui faire du mal, que c'est pas de sa faute, qu'elle s'est défendue… ET QUAND ELLE PEUT PLUS S'AMUSER AVEC EUX MONIQUE ELLE LES NESTHÉSIE… Oh non, t'es loin d'être innocent mon pauvre chéri… TU LA VOIS LA BELLE SERINGUE PATRICK ?…

Oui je la vois tu parles… Elle va pas me la planter dans… dans… dans le… ventre ! Oh non… ELLE M'A PIQUÉ L'AIGUILLE DANS LE VENTRE NOM DE DIEU… Ouille… Ça fait mal… Ouille-ouille… Mais qu'est-ce qu'elle fout là… Où elle va ? Elle va quand même pas partir ! ELLE VA QUAND MÊME PAS ME LAISSER TOUT SEUL AVEC CETTE PUTAIN DE SERINGUE PLANTÉE DANS LE BIDE ! Putain, qu'est-ce que c'est que ce liquide jaune… Anne, elle saurait peut-être, elle… Anne ? ANNE…

— *Mon Dieu… NON… C'EST PAS VRAI…*

— Mais si c'est vrai mon chou… Regarde le dernier, regarde Étienne, dans quel état elle l'a mis Monique… Attends, je vais le chercher…

— Simona… Lui montre pas… Pas à lui… Mon pauvre Patrick… Il voudra… plus me fréquenter si tu lui montres Étienne…

— LA FERME MONIQUE ! Je vais te faire une faveur mon petit Patrick… Je vais te dire pourquoi tu n'es pas innocent, et après je te montrerai ce pauvre Étienne… Je vais te le dire tout bas, à l'oreille, je veux pas que cette gourde de Monique entende, elle est pas encore endormie tu sais, elle résiste… Écoute,

Patrick… *BZZZZZ-BZZZZZ-BZZZZZ-BZZZZZ-BZZZZZ-BZZZZZ-BZZZZZ-BZZZZZ-BZZZZZ-BZZZZZ-BZZZZZ…* [1]
Oh mon Dieu… Oh non… C'est pas vrai… Mais moi j'ai…

— Allons, allons…
— *MAIS SIMONE MOI J'AI JAMAIS RIEN… OUT-CHIIIIIII…*
— BON VOYAGE PATRICK !

Mais… mais elle a… APPUYÉ sur le… piston… Non… NONNNNNNN !

— Regarde Patrick, regarde ce qu'elle a fait d'Étienne… REGARDE ! ! ! !
— *J… GGGGGhhhhhhheur…*

*

Après avoir appuyé sur la pompe de la seringue, Simone passa derrière le prisonnier et poussa devant lui un fauteuil roulant. L'homme voulut crier mais l'air restait comprimé dans sa cage thoracique. Il avait terriblement mal à l'aine. La douleur irradiait toute sa hanche. Dès qu'il avait reconnu le grincement caractéristique de la chaise roulante, il avait fermé les yeux. Il ne voulait pas voir cela. Il garda les yeux clos pendant une trentaine de secondes et finit par les rouvrir. Ce qu'il vit[2] *était si horrible qu'il réussit enfin à pousser le cri. Un cri abominable venu*

1. Saura-t-on jamais ce que Simone a dit à l'otage ? Patience, cher lecteur, patience !
2. Saura-t-on jamais ce qu'il a vu ? Patience, patience…

des tréfonds de ses entrailles. Il mourut quelques secondes plus tard dans une effroyable convulsion. Il n'entendit ni le rire ni les pleurs[1] *qui montèrent de la pièce, entrecoupés de cris brefs et aigus. Puis ce furent des sanglots, une rivière de sanglots semblait s'échapper de la bouche de la créature, et au bout de quelques minutes d'une intarissable loghorrée, une voix de petite fille qui reniflait, séchait ses larmes et se frottait les yeux en répétant inlassablement le même prénom, avant de le psalmodier à l'infini... Séraphine, Séraphine, Séraphine, Séraphine, Séraphine, Séraphine, Séraphine, Séraphine, Séraphine, Séraphine, Séraphine, Séraphine, Séraphine, Séraphine, Séraphine, Séraphine...* SÉRAPHINNNNNE !!!!

1. Poussés... par Simone ou par Monique ? Nul ne le saura jamais.

Saint-Martin-des-Besaces, 19 heures 17.

Le brigadier Marielle avait assez réfléchi. Qu'avait-il à perdre ? Le portable de Catherine sonnait occupé depuis un quart d'heure. Il fallait y aller. Il donna le top à 19 heures 06 en pensant à son instructeur de l'école de Gendarmerie, le capitaine Mourier. Vingt-six minutes de retard sur le programme, pas de quoi être fier. Mais après tout, c'était son premier Fort-Chabrol.

Aussitôt, les deux bulldozers de la SOCOPEC entrèrent simultanément en action. Le premier, piloté par le patron, renversa le portail et traversa la cour sans rencontrer de résistance, les dents de la fourche raclant le sol en éclaireur au cas improbable où la cinglée aurait miné le jardin, une plaque d'acier pare-balles bricolée sur le devant de la cabine assurait la sécurité du conducteur. Marielle et Courcière étaient montés à bord. À deux mètres du mur, Roger Laubier éleva la pelle de l'engin et l'abattit à l'aveuglette. L'huisserie de la porte d'entrée céda en quelques secondes, entraînant une partie du mur dans sa chute. Laubier donna encore quelques coups de boutoir et la moitié de son engin s'engouffra dans la baraque. Le second bulldozer, piloté par son employé Jean-Baptiste, manifestement ravi de participer à une opération commando, attaqua par l'arrière et défonça la fenêtre murée. Chambrier était monté à bord. Un coup d'accélérateur et le mur céda. Dans un grand fracas, les deux engins se retrouvèrent face à face dans la grande pièce dévastée, envahie par un nuage de poussière. Ordre fut donné aux conducteurs de se mettre à l'abri sur la gauche, entre leur engin et la cloison. Les trois gendarmes mirent pied à terre, l'arme au poing. Une odeur de rance et de pourriture leur chatouilla les narines. Chambrier éternua par trois fois. Vu le barouf qu'ils avaient occasionné, la discrétion n'était plus de mise. L'assaut n'avait pas été très orthodoxe mais au moins ils étaient dans la place. Verdailhet et le sapeur Jaffrelot étaient restés sur la route, en couverture.

La pièce dans laquelle ils avaient échoué était une grande salle à manger-cuisine recouverte de terre battue. Le bulldozer de Roger Laubier avait éventré la grande table de chêne campagnarde. Sur le mur de droite, une grande cheminée à laquelle pendait une marmite à une crémaillère. Marielle se dirigea vers la cheminée et l'éclaira à l'aide d'une puissante lampe Maglitte. Deux mètres plus loin, sur la gauche, une porte en bois.

— C'est là que ça se passe, fit-il.

Il tourna lentement la clenche, pistolet en main. La porte s'ouvrit. Le brigadier avait la trouille.

*

Lorsque les gendarmes pénétrèrent dans la pièce qui se trouvait derrière la porte, celle-ci était en partie plongée dans l'obscurité, et le sacrifice était depuis peu consommé. La pièce était faiblement éclairée, par une lampe à crémaillère pendant du plafond qui venait quasiment buter sur le dossier d'une chaise de paille située au centre, on ne distinguait rien d'autre que cette chaise de paille. Tout ce qui se trouvait au fond était plongé dans l'obscurité. Sur la chaise était assise une créature, prostrée, les genoux croisés. La créature portait des mules à pompon très abîmées, une jupe en tergal beige, un pull jacquard en grosses mailles et, par-dessus, une blouse de coiffeuse bleu ciel déboutonnée sur le haut et dont le col était taché de sang. Des deux poches dépassait un fourre-tout d'objets. La créature avait les yeux cernés, les cheveux en bataille, tout ébouriffés, comme coupés par un coiffeur ivre, avec des reflets roux qui, pris dans le halo de lumière, lui donnaient une allure de lionne. La créature portait des traces sanguinolentes de griffures aux joues ; de ses lèvres s'échappait une traînée de sang qui coulait sur le côté droit du menton jusque dans le cou. Elle mastiquait lentement, âprement, elle mâchait quelque chose qui lui donnait du mal, tout en serrant contre sa poitrine une peluche. Une lionne, en piteux état, à moitié démantibulée.

Le brigadier s'avança vers elle.

— Où est ma femme, Simone ? murmura-t-il. Qui est-ce qui t'a mise dans cet état... laissa-t-il tomber sans réaliser l'énormité de sa remarque.

La créature secoua la tête et plaqua sa poupée contre ses poumons. Elle poussa un puissant rugissement léonin et expectora un peu de sang à la commissure de ses lèvres. Les trois militaires — les deux gendarmes étaient restés près de la porte — sursautèrent. Le brigadier retint son souffle. Il lui sembla qu'elle ne leur prêtait aucune attention.

— Où est ma femme, Simone ? répéta-t-il. Qu'est-ce que t'as fait de Catherine, saloperie…

Aucune réaction.

Le brigadier, négligeant la plus élémentaire des prudences, attrapa la créature par les épaules.

— OÙ EST-CE QU'ELLE EST NOM DE DIEU !

La créature se dégagea en rugissant et lui décocha un regard haineux. Elle déglutit, secoua encore la tête et cracha à ses pieds ce qui semblait être un morceau de viande fraîche. Le brigadier recula instinctivement. La créature bondit sur ses pieds et donna un violent coup de poing dans l'abat-jour de la lampe à crémaillère, provoquant l'élévation de la poulie d'un bon demi-mètre. L'ampoule se balança, éclairant tour à tour la pièce de gauche à droite. La créature fonça en ricanant vers le fond de la pièce resté dans l'obscurité. Bruit d'anneaux qu'on tire sur une tringle à rideaux. Puis qu'on repousse. Elle revint dix secondes plus tard en tirant derrière elle un fauteuil roulant brinquebalant. La lampe, à présent, s'était à peu près stabilisée. On ne distinguait que le dossier du fauteuil mais les gendarmes purent constater qu'un être humain y était assis, les mains attachées dans le dos.

Le brigadier se prit la tête entre les mains et ferma les yeux.

— Non, non…

Il entendit le cri hystérique de la créature et le grincement des roues du fauteuil opérant une volte-face à 180°. À présent le prisonnier faisait face aux trois hommes. Marielle crispa les maxillaires, serra les poings.

— Ce n'est pas votre femme, brigadier, prévint Courcière d'une voix qui se voulait rassurante. C'est un homme… Enfin, ce qu'il en reste…

Le brigadier rouvrit les yeux, les referma aussitôt, abasourdi par le monstrueux spectacle qui s'offrait à lui. Puis les rouvrit. S'agissait pas de flancher devant les deux petits jeunes. L'homme dans le fauteuil roulant, les mains attachées dans le dos, était solidement ficelé par plusieurs épaisseurs de corde qui lui passaient sous les bras. Ses yeux étaient grands ouverts. Le gradé avait eu son lot de cadavres dans sa carrière, il avait déjà eu l'occasion de croiser le regard exorbité et insoutenable de pendus — à la campagne, pensez —, mais jamais il n'avait vu une telle expression de terreur dans le regard d'un mort. Il comprit pourquoi en baissant les yeux de cinq centimètres. Jamais non plus il n'avait vu une bouche réduite à pareille bouillie. C'est à peine si on distinguait la trace des lèvres tant on avait mis d'acharnement à martyriser les chairs. Une vraie boucherie. Avec quoi avait-elle fait ça ? Au couteau ? Le reste du visage, paradoxalement, avait été épargné, de même que le torse, encore revêtu d'une chemise blanche au col imbibé de rouge. Le reste du corps avait également été épargné. Jusqu'à la ceinture. Car le bas-ventre du supplicié n'était qu'une plaie sanguinolente. La braguette du pantalon était ouverte en grand, ceinture défaite, et il ne restait plus rien du pénis ni des génitoires.

Marielle détourna instinctivement la tête. Le gendarme Chambrier vomissait près de la porte. Courcière tenait provisoirement le coup. Et lui-même, le grand chef, avait bien de la peine à rester digne.

« Il ne méritait pas ça... » fit une voix dans son dos.

Douce et claire, la voix.

Le brigadier n'osait pas se retourner.

CE N'ÉTAIT PAS LA VOIX DE SIMONE !

Allez, Jean-Pierre, un peu de courage, ce n'est pas

en restant les bras croisés que tu vas retrouver Catherine…

Il se retourna enfin.

« Il ne méritait pas ça du tout du tout », insista la voix.

Voix d'enfant qui joue à la marchande, presque indolente.

Marielle se pétrifia. Ce n'était pas la voix de Simone, mais c'était bien elle qui parlait, les mots sortaient de sa bouche à elle !

« Il a eu ce qu'il méritait », repartit la créature sans la moindre agressivité.

Et cette fois, pas de doute, c'était bien la voix de Simone Dubois. Celle qu'ils avaient eue à dîner la veille au soir, qui avait fait la moue devant le bœuf bourguignon mais avait joyeusement descendu deux bouteilles de beaujolais en fumant ses détestables Menthol. Et était repartie pompette en faisant une quadruple bise à Cath… NOM DE DIEU ! CATHERINE… Le brigadier ôta son képi et essuya la sueur qui perlait sur ses tempes. La créature était penchée sur sa lionne en peluche. Ne pas s'emballer. Surtout ne pas s'emballer. Un mot de travers pouvait tout fiche en l'air.

« Pourquoi tu fais toujours le mal aux animaux, Séraphine ? » se plaignit la voix d'enfant, traînante et désabusée.

« Dis donc, toi, tu peux parler, avec ton grand couteau ! »

« Oui, mais moi, avant, je fais la nesthésie ! Toi tu arraches toujours la viande, et après Monique elle peut plus jouer avec… T'es vraiment pas gentille, Séraphine… Je suis plus ta copine… »

« Dis donc ! T'es bien contente de me trouver quand il faut enlever la graine pour pas que les animaux malades de la peste ils font des bébés à Monique ! »

« T'es jalous' Séraphine ! Jalouse que les messieurs ils se couchent pas sur Séraphine... T'es jalouse pire que Simona ! »

Le brigadier subissait, tétanisé, le dialogue hallucinant qui s'échappait de la bouche de Simone. Il se tourna vers les deux gendarmes. Chambrier reprenait des couleurs. Courcière, se raclant la gorge, tenta une diversion :

— Heum, j'ai l'impression qu'on dérange.

— Vous vous croyez spirituel, peut-être ! cria Marielle, sincèrement ému. Vous pourriez au moins respecter la souffrance de cette femme !

« T'as entendu ce qu'il a dit le monsieur, Séraphine ? Monique, elle a de la souffrance dans le dedans. Faut pas l'embêter Monique sinon elle te fait la nesthésie. »

« Et Séraphine, alors, tu crois pas qu'elle souffre ? »

« Tais-toi, vilaine ! Je le dirai à Simona que tu arraches la viande à tous les animaux... Et Simona elle le dira à maman, nan ! »

« Mais elle est morte ta maman, ma pauv'e ! »

« C'est pas vrai ! C'est pas vrai du tout ! Elle est très vivante ma maman ! Pas comme la maman de Séraphine... »

— On dirait qu'elle fait les questions et les réponses, remarqua finement le gendarme Courcière. J'ai déjà vu ça dans un film d'Hitchcock.

— C'est comme les shampoings deux en un, compléta l'autre avec un rire nerveux.

— Qu'est-ce qu'on attend pour la choper, chef ?

« T'as vu, Séraphine ? Les messieurs ils vont t'attraper et après ils vont te mettre la graine dans la fente...

T'avais qu'à pas casser le jouet de Monique ! C'EST BIEN FAIT ! »

Marielle s'éclaircit la gorge.

— Là, je... Attendez, messieurs. Je... je vais essayer de lui parler.

— Lui parler !

— On voit bien que c'est pas votre femme qu'elle a prise en otage !

Puis s'adressant à la créature :

— Simone...

Sursaut. Repli.

Le brigadier Marielle hésita. On ne lui avait pas appris ce cas de figure à l'école de Gendarmerie.

— Tu m'entends Simone...

Léger feulement.

— Euh... tu me prêterais ta poupée ? insista Marielle, faisant pouffer ses deux subalternes.

Feulement appuyé, attente.

Et puis un flot de rage. La voix de Simone :

« ALORS COMME ÇA, T'EN AS PAS EU ASSEZ LA PREMIÈRE FOIS MON SALAUD ! FAUT ENCORE QUE TU VIENNES FAIRE DU MAL À MA PETITE SŒUR... »

Le brigadier recula d'un bon mètre.

« T'as vu, Séraphine... T'as vu comment elle leur parle aux poulets, Simona ! Elle a pas peur des poulets, Simona... »

« C'est pas un poulet, idiote, c'est un gendarme ! »

« Beuh, c'est quoi la différence ? »

« Combien de fois faudra-t-il te le répéter ! C'est pas du tout le même temps de cuisson ! Le gendarme, c'est de la vache, ça cuit moins vite que le poulet. Parce que c'est de la viande mi... Mi ?... »

« Mi... litaire ? »

« C'est ça ! Et les militaires c'est des durs à cuire...

Sauf la femelle, beaucoup plus tendre… C'est pour ça qu'on a attrapé sa femelle, et on va se RÉ-GA-LER… »

— Oh nom de Dieu de Dieu !…

« Ouh le mal embouché… »

— QU'EST-CE QUE T'AS FAIT DE MA FEMME ESPÈCE DE MONSTRE HYBRIDE???

« Simona, le méchant gendarme il me dispute ! »

« Ça, ma fille, je t'avais prévenue ! Tant que tu fais des misères aux animaux à viande, le gendarme il dit rien ! Mais si tu t'attaques à sa dame, forcément, il est pas content du tout ! »

— Ohhh de Dieu, c'est pas vraì ! s'exclama le brigadier en se frappant le front de la paume de la main. De Dieu de Dieu de Dieu, c'est pas vrai ! Je croyais que ça existait qu'à la télé, des trucs pareils ! Je… Bon, attendez, les gars, ne nous emballons pas… Que je réfléchisse… Bon, de toute façon, y'a vraiment pas moyen de dialoguer avec cette enragée… On va essayer de la neutraliser… Chambrier, contournez-la par…

« Séraphine, il veut me faire la piqûre comme un animal qu'a la peste… Séraphine la lionne, aide-moi à tuer les gendarmes ! SÉRAPHINE… »

« Bon, ça suffit maintenant ! J'en ai assez de cette poupée ! »

« C'est pas une poupée, Simona ! C'est une lionne ! »

« Mais elle est MORTE ta Séraphine ma pauv'e Monique ! Les gendarmes ils lui ont coupé la tête, nunuche… »

« Non elle est pas morte ! Elle est très courageuse… »

« Allez, à dégager ! SALE BESTIOLE… »

En quelques secondes se déroula sous le nez des gendarmes un ballet fulgurant et sidérant. Dédoublées dans la même enveloppe charnelle, les deux créatures luttèrent au corps à corps pour s'approprier la peluche, l'une tentant de la confisquer, l'autre de la garder. Coups de griffe sur les joues, cheveux tirés, feulements, moulinets frénétiques, torsades des bras, jusqu'à ce que la peluche, échappant aux mains de Monique, soit projetée en l'air par Simone, contre l'abat-jour, faisant remonter la crémaillère de trente centimètres, jusqu'au plafond, et retombe sur le parquet. L'ampoule éclaira entièrement la pièce, y compris, au fond, l'épais rideau grenat. La créature s'accroupit, ramassa l'animal en peluche disloqué, le porta à sa bouche et l'embrassa avec amour. Elle le glissa entre ses seins, sous le pull jacquard. Puis elle porta la main à la poche de blouse et…

— Chef ! Attention ! Elle a une seringue !

— Par terre ! Le couteau !

— Et le fusil ? Il est où le fusil ?

— Chef, regardez, au fond… Sous le rideau…

— Quoi donc, Courcière ?

— Un faut… IL Y A UN DEUXIÈME FAUTEUIL ROULANT AU FOND DE LA PIÈCE, BRIGADIER !

La créature s'immobilisa, fixa tour à tour les trois gendarmes, la seringue bien en main, elle recula vers le rideau. Elle empoigna le fauteuil roulant, le dégagea du rideau et le projeta en direction des militaires. L'engin, un modèle antédiluvien, pneumatiques déjantés, roula avec un grincement sinistre et buta contre les Rangers du brigadier qui ferma instinctivement les yeux.

— Oh bordel de merde ! MAIS QU'EST-CE QUE C'EST QUE CE TRUC ! ! !

— Vous pouvez rouvrir les yeux, brigadier, c'est pas votre épouse. Bon sang, mais on dirait… UNE MOMIE !

— Putain, chef, comme dans le film d'Hitch…

Marielle ouvrit les yeux, le front agité de convulsions.

— Qu'est-ce que vous racontez messieurs ? C'est pas une momie… C'est un écorché ! Vous avez jamais fait de sciences nat… Et Catherine ? *Qu'est-ce que t'as fait de ma femme, espèce de…* Oh, et puis merde, elle m'entend même pas… fit-il en jetant un regard plein de pitié à Simone Dubois qui venait de s'accroupir dans le coin gauche au fond de la pièce, contre l'épais rideau.

La pauvre créature échancra son chandail jusqu'à libérer une bonne partie de sa poitrine, elle dégagea un sein puis colla la peluche contre le mamelon.

— Quand je pense qu'hier soir à la même heure on prenait l'apéritif à la maison…

— Qu'est-ce qu'on fait, chef ?

— On la neutralise. Ça suffit la plaisanterie.

Le brigadier pointa le doigt vers le couteau en évidence entre les deux fauteuils roulants.

Chambrier hocha la tête. Message reçu.

— Contournez-la par la droite, faites attention, elle est dangereuse, vous avez vu ce qu'elle a fait à ce pauvre type… Courcière, couvrez-le. Je la prends par la gauche…

Chambrier libéra le cran de sûreté de son pistolet et, l'arme au poing, marcha sur le couteau et l'envoya dinguer vers la porte du bout de la chaussure. Il poursuivit sa progression vers le fond de la pièce et tira légèrement le rideau vers lui. Aucune réaction de la créature.

— Qu'y a-t-il derrière ce foutu rideau ? demanda Marielle.

— C'est un vrai bazar ici. Ça pue… Il y a des piles de vieux bouquins… Et des journaux. Putain, tous les journaux, y'en a jusqu'au plafond ! C'que ça pue l'renfermé... Et un vieux Lebel de la dernière guerre... Et merde, *encore un !*

— Encore un QUOI ?

— Il y a un troisième fauteuil roulant derrière le rideau, brigadier.

— Et qu'y a-t-il sur le fauteuil roulant ? demanda Marielle d'une voix cassée.

— Une... une...

— CHAMBRIER ! RÉPONDEZ-MOI ! QU'Y A-T-IL SUR CE PUTAIN DE FAUTEUIL ROULANT ?

En entendant les cris de Marielle, la créature se mit à rire et couvrit la réponse du gendarme Chambrier.

— Une... Une...

— Chambrier, répondez-moi !

— Une momie !

— Nom de Dieu !

C'est à ce moment précis que le maréchal des logis Verdailhet fit son entrée dans la pièce.

— Ah, Verdailhet, vous tombez à pic ! Vous avez mon portable ? Vous allez me biper Chesneau, le véto. Qu'il se pointe avec une seringue hypodermique, j'ai l'impression qu'on va avoir besoin de lui... Sur votre lancée, prévenez le substitut du procureur de la République...

— Attendez, brigadier, j'ai quelqu'un en ligne pour vous...

— Si c'est *Ouest-France* ou *Le Bonhomme*, c'est niet.

— Vous n'y êtes pas du tout, brigadier. C'est pas la presse...

— Qui c'est alors ?

Le maréchal des logis Verdailhet fit un pas dans la pièce, il était livide. Son regard alla de la créature prostrée au portable de Marielle qu'il considéra avec une expression de terreur.

— C'est… c'est… non, c'est pas possible… C'est pas possible…

— Accouchez, Verdailhet ! Qu'est-ce que vous avez à fixer cette malheureuse, elle ne va pas vous manger !

— C'est… c'est Simone…

— Bien entendu que c'est Simone, qui voulez-vous que ce soit ! Ça fait huit heures qu'elle nous tient en haleine, elle est en hypoglycémie, la pauvre fille, elle va nous claquer dans les mains si on s'occupe pas d'elle, vous n'auriez pas un morceau de sucre sur vous, mon petit Verdailhet ?

Le pauvre maréchal des logis tendit le portable au brigadier qui s'en saisit d'un air profondément agacé.

— Vous m'avez mal compris, monsieur. C'est Simone… au téléphone…

— Oh don de nieu, qu'est-ce que vous me chantez là ?

Le brigadier dyslexique fixa la créature que les deux gendarmes venaient de maîtriser et cala le téléphone modulaire contre sa joue, la sueur lui coulait dans le cou, il était bon pour le sauna et il avait horreur de ça.

— Nom de Dieu de Dieu de nom, ânonna-t-il.

CINQUIÈME PARTIE

LA PESTE SONNE TOUJOURS DEUX FOIS

... Exceptionnel ce week-end, on peut le dire ! La Pierrette, les gosses, le David et maintenant la neige. N'en jetez plus la cour sera bientôt pleine !

Amitiés.

Raymonde Martherin
chèque de 287,31 francs
à l'ordre de Ghislaine Berthie

Monique Dubois (1998)

Saint-Martin-des-Besaces, 19 heures 36.

— Marielle, c'est moi, Simone ! Arrête de jurer deux minutes, écoute-moi…

— Si… *Simone* ? ! C'est pas possib… elle… T'es… enfin… *elle* est en face de moi, Simone !

— T'as encore forcé sur le pastis, mon pauvre Marielle.

Le brigadier fixa la créature avec hébétude. La créature assise sur la chaise, entourée par les deux gendarmes qui n'en menaient pas large, poignets menottés, muette, immobile, figée, une vraie statue, la peluche serrée contre sa poitrine comme une terminaison de son corps à elle.

— Tu vas pas partir en syncope ! hurla la voix au téléphone. J'ai encore besoin de toi, mon petit chéri. Tu m'écoutes ?

— Simone, qu'est-ce qui se passe ? *Qui est cette femme ?*

— Si tu veux que je te le dise, faut que tu m'écoutes, gros malin ! Alors me coupe pas la chique tous les trois mots…

— Je t'écoute, balbutia le représentant de l'ordre.

Pas facile de se concentrer, avec la créature. Elle le fixait, avec un regard translucide, et ses yeux vairon, l'un noir l'autre bleu, ça il venait de le remarquer, et aussi qu'il lui manquait un doigt à la main gauche, l'auriculaire ou l'annulaire, quelle importance... Ce qui était important, c'était ce que racontait Simone, et là il était plus que temps de remettre les pieds sur terre car il avait un peu perdu le fil, et il lui fallut se concentrer pour s'y retrouver dans l'incroyable labyrinthe de Simone Dubois.

— Cette femme, c'est ma sœur Monique et c'est moi aussi, alors j'aime autant te prévenir, pas de gestes ni de paroles déplacés avec elle, tenez-vous bien les gendarmes, sinon ça chiera des bulles. Monique elle est sérieusement déglinguée de la tête, elle va pas bien du tout, elle a beaucoup souffert à cause d'un salopard de receveur des Pestes qui lui a causé du tort dans le temps...

— Quel genre de tort, Simone ?

— Comme si tu le savais pas Marielle !

— Comment ça, comme si...

— Monique et moi on se dit tout, quand je dis tout c'est une façon de parler vu qu'on n'a pas besoin de parler pour communiquer, quand j'ai mal elle souffre, quand je jouis elle crie, quand je parle des fois elle entend ce que je dis, même si elle est loin, et tout pareil dans les deux sens, tu peux pas comprendre, t'es qu'un pauvre gendarme. C'est un truc qui arrive qu'à des gens qu'ont connu les mêmes malheurs, une personne sur cent millions, et encore ! Je vais pas me faire chier à t'expliquer tout ça, Marielle, t'as qu'à lire *Science et Vie* au lieu de t'abîmer les yeux dans *Playboy*...

Le regard du brigadier revint se poser sur la créature qui à présent remuait les lèvres comme si elle était en train de parler. Il eut l'impression que c'était *elle* qui lui parlait, et pas Simone, ou du moins, que c'était *aussi* elle. Elle *était* Simone, oh nom de Dieu de nom de Dieu ! Le brigadier se sentit partir, il n'arrivait pas à croire une chose pareille, un coup à devenir frappadingue, et les autres qui ne comprenaient rien de ce qui se tramait, ils allaient être à genoux, les jeunes, pensez, un coup pareil, à trois mois de la retraite, ça risquait de rester dans les annales de la Gendarmerie nationale, il deviendrait aussi connu que son homonyme Jean-Pierre Marielle, le comédien, déjà qu'il lui ressemblait un peu physiquement…

— Monique, pour la distraire je lui raconte mes histoires de la Peste, et elle, elle apprend tout ça par cœur et elle répète tout après, elle a une mémoire incroyable. Quand on était petites, on jouait à la Peste enfantine, elle faisait la cliente et moi la guichetière, mais elle me piquait mes répliques pasqu'elle était jalouse que les messieurs me fassent des sourires, elle tenait pas en place derrière le guichet, et elle savait même pas rendre la monnaie… Elle imitait ma voix, elle me suivait partout en répétant tout ce que je disais… Et moi j'étais obligée de lui taper dessus pour qu'elle s'arrête… Mais là, quand elle pique ses crises, elle se mélange les pinceaux, elle passe d'un truc à l'autre, ça n'a ni queue ni tête. Elle s'amuse comme une gosse, tu comprends ? Et après, quand elle se « réveille », elle retombe dans son délire, et quand je vais la voir, des fois elle me prend pour quelqu'un d'autre, elle me raconte tout ça, et moi, pour pas la contrarier, je lui raconte d'autres histoires, et ça n'en finit pas, mon chéri. Et alors moi je craque… C'est pour ça que je t'ai envoyé chez elle, Marielle…

— Que tu m'as envoyé chez elle… Mais…

— Je veux plus être toute seule à m'occuper d'elle, tu comprends...

— Mais qu'est-ce que tu veux que j'en fasse, moi ! Je suis pas une assistante sociale, moi !

— Oh-dis-donc, si les gendarmes peuvent pas s'occuper d'une pauvre handicapée !

— Mais pour *qui* elle te prend, Simone ?

La réponse tomba de la bouche de la créature.

« C'est ma maman, monsieur, c'est ma maman qui parle, tu l'entends ma maman ! Elle va rentrer ! »

— Elle me prend pour notre mère qui est morte il y a quarante ans, confirma Simone. Tu vois le délire !

« Maman, quand est-ce que tu rentres ? »

— Elle est persuadée qu'elle est toujours vivante, c'est sa putain de poupée qui lui monte le bourrichon avec ça, tu comprends... D'avoir lu tous ces bouquins malsains, ça l'a complètement ravagée, la pauvre...

— Quels bouquins malsains ! ?

— Elle en a plein son placard, t'as qu'à regarder... C'est à cause de ça qu'elle arrête pas de jouer avec sa lionne et ses foutues seringues...

— De *jouer !* Mais... elle a torturé un homme, Simone !

— Mais pour elle c'est qu'un jeu, mon pauvre, un jeu innocent... Elle pense pas à mal, j'te jure...

— Oh mon Dieu...

« Maman... »

— Et la momie, c'est un jeu aussi ?

— La momie, c'est un secret, Marielle. Ça te regarde pas !

— Tu te fous de moi Simone ?

— Je respecte trop les militaires mon adjudant.

— Tu vas te foutre de nous encore longtemps, Simone ! Complicité de meurtre, complicité de recel de cadavre… Qui sont ces gens, nom de Dieu !

— Il a pas un portefeuille, le jeune…

— Ah non ! Me parle pas de portefeuille !

— Dis donc, tu pourrais être aimable !

— OÙ EST MA FEMME SIMONE ?

« Papa ! Papa ! Arrête de crier papa ! Arrête de faire du mal à maman… »

— EMBARQUEZ-MOI CETTE DÉMENTE ! hurla le brigadier.

La créature se tassa sur son siège en sanglotant.

« Maman ! Maman… »

— Je te préviens Marielle : si tu fais du mal à ma sœur je fais du mal à ta femme. N'oublie pas : œil pour œil…

— C'est peut-être plus sage d'attendre le véto, suggéra un gendarme.

— Oui, c'est ça, on attend… Je suis à bout, Simone… Où est ma femme ?

— Avec les cousins. T'inquiète pas pour elle, ils vont la dorloter, ta Catherine.

— Les cousins ?

— T'inquiète pas je te dis.

— Qui c'est ça, les cousins ?

— Des amis à moi.

— Pourquoi tu m'as fais croire que tu étais dans ta maison ?

— Je te l'ai dit… J'en ai marre de m'occuper toute seule de Monique. Et puis pour voir ta réaction. Je voulais voir si tu allais tenir parole…

— Tu vois, j'ai été réglo, Simone. J'ai même pas appelé le parquet…

— C'est bien mon chéri, c'est très bien. Va falloir

continuer à être réglo si tu veux revoir ta Catherine vivante.

— Pourquoi tu t'en prends à moi, Simone ?

— Parce que Henri Sannier c'est un pote à toi…

— Henri Sannier ?

— Meuh-oui ! Quand il bossait à *FR3 Normandie*, tu faisais du vélo avec lui, me raconte pas de craques, Nono il me l'a dit…

— Mais qu'est-ce qu'il vient faire là-dedans Henri ? Qui c'est Nono ?

— Henri Sannier il est connu à la télé. Et Nono il connaît tous les gens de la télé.

— Je… je vois pas le rapport.

— Je veux passer à la télé, Marielle. C'est pour ça que j'ai enlevé ta femme… Sannier il va nous aider.

— Et qu'est-ce que tu veux foutre à la télé ?

— J'ai des choses à demander au ministre. Ces salauds-là, ils ont supprimé le bureau de Peste de Saint-Martin la semaine dernière, avec leur nouveau plan à la con, et moi je me retrouve gros-jean comme devant avec mon rang 1 pour Saint-Martin. Tu te rends compte, me faire souffler la place de receveur au dernier moment, c'est bien la peine de se casser la tête à passer des concours !

— Tu pouvais pas lui écrire au ministre, au lieu de faire une prise d'otages !

— Arrête ton char, Marielle ! Si t'obéis pas, il va arriver des bricoles à ta femme. Tu sais, les cousins, ils adorent baiser les femmes des gendarmes.

— T'es complètement cinglée ma pauvre Simone.

— Ouais, en attendant, je tiens ta bonne femme ! Je te rappelle dans une heure, Marielle.

— Où es-tu Simone ?

— Je me balade dans le camping-car des cousins.

Avec le portable de Catherine tu peux me joindre à toute heure, mais pour me retrouver, tu peux toujours courir. Les cousins, c'est des cracks pour brouiller les communications… *À tout à l'heure Marielle !*

— Bon sang, elle a raccroché.

« À tout à l'heure maman… »

— Appelez le vétérinaire, voulez-vous…

Marielle sortit de la pièce à reculons, fixant d'un air hagard la sanguinolente mise en scène, avec la créature qui semblait s'endormir entre les gendarmes Courcière et Chambrier. Puis il sortit de la maison en titubant, se cognant le genou contre la pelle du bulldozer qui bloquait la porte d'entrée dégondée. Il avait les larmes aux yeux, sa vue se brouillait. Il croisa le sapeur Jaffrelot qui venait aux nouvelles. Il ne répondit pas à son salut servile, pas plus qu'aux questions d'usage du conducteur du bulldozer.

Le gendarme Verdailhet le retrouva au beau milieu du chemin.

— J'ai appelé le véto, brigadier !

— C'est bien, mon gars, laissa tomber Marielle.

Il n'avait qu'une hâte, notre brigadier. Que le grand couillon méridional lui foute la paix. Et boire un pastis, aussi. Se soûler la gueule. Il avait très soif. Après il penserait à Catherine. Mais Verdailhet ne bougeait pas.

— Qu'est-ce que vous attendez bordel de merde ! s'énerva le brigadier.

— Je… j'ai trouvé ça… C'était coincé entre le genou du type et le fauteuil roulant…

Verdailhet tendit au brigadier un cahier à spirale dont la couverture gondolée était rougie par le sang.

— Qu'est-ce que c'est que ce truc ?

— C'est très étrange… Il y a des pages et des pages de liste. Au moins une centaine…

Le brigadier se saisit sans précaution du carnet. Il ouvrit une page au hasard et lut ceci :

« 12 décembre 1996

« Une perceuse électrique à percussion Black & Decker, une demande de souscription à l'Encyclopaedia Universalis, un hors-série Prier avec Jean-Paul II (48 F), un hors-série Saints et Saintes de France (48 F), un abonnement à Prier (240 F) »

Il revint quelques pages en arrière, sous l'œil consterné de Verdailhet liquéfié, et parcourut des yeux quelques lignes :

« 28 mars 1995

« Une doc sur la Chaîne thermale du soleil, 8 blocs de foie gras (148 F), un catalogue VPC Bexley (50 F), une étude personnalisée AMF automobile/habitation, une brochure catalogue Yvert & Tellier... »

— Qu'est-ce que c'est qu'ce charabia, nom d'une pipe !

— C'est une pièce à conviction... balbutia le gendarme.

— Une quoi ?

— Une pièce... à conviction...

— Une pièce à conviction, *ça !*

— Je...

Marielle sauta quelques pages et reprit sa lecture :

— Vous êtes sûr de ne pas confondre avec la liste de commissions, Verdailhet ! hurla Marielle.

— Je...

— Non mais, écoutez-moi ça : 3 juillet 1994, *un abonnement à Marie-Claire, 12 assiettes en faïence de Quimper + 12 tasses et soucoupes, un lot de 24 couverts Guy Degrenne, un catalogue Françoise Saget (linge de maison), un catalogue Cyrillus (habille les petites et les grandes tribus), un abonnement à Pif Gadget...*

Verdailhet baissa piteusement la tête.

— Vous voyez bien, Verdailhet ! ajouta Marielle en se dirigeant vers la fourgonnette de gendarmerie. Vous voyez bien, allons !

Puis il s'installa au volant, sans démarrer, et poursuivit le décryptage du carnet. Il y en avait au moins une centaine de pages comme ça, remplies par la petite écriture appliquée de...

De Simone ?

Ou de la créature ?

— Va savoir, marmonna le brigadier, replongeant dans le carnet.

Et il se força à lire plusieurs pages d'affilée, sans sauter une ligne, en suivant avec son index.

– un modèle réduit 2CV Citroën 1951 (390 F)

– un téléphone portable Motorola

– une doc sur les randonnées Alaïka (ça te fera les pieds, ma pouffe !)

– quatre catalogues (Nouvelles Frontières, Sun International, Traveltour et Air Asie)

– une doc sur « L'art de vivre Fermoba »

– un abonnement à Mon jardin & ma maison

– une demande de doc sur « Les fontaines du Val de Loire »

– un chauffe-plat (Club MJMM) à 305 F

– une lanterne de jardin (Club MJMM) à 175 F

– un panier compartimenté + 6 bougies (Club MJMM) à 260 F

– un catalogue David Austin Roses Ltd

– « Le livre de la fenêtre » VEKA (gratuit)

– un catalogue de plantes « Jacques Briant »

– un catalogue Matin Vert (en couleurs)

– une doc sur les tondeuses à gazon Carroy Giraudon

– le catalogue Automne 92 Delbard

– une doc sur les Balustrades Weser

– le guide Dremel Multi (100 possibilités de travaux, mieux que le couteau suisse, ma vieille !)

– une doc sur les tondeuses Toro-Solvert

– une doc Bradstone, les pierres de l'imagination

– une doc sur les débroussailleuses-faucheuses Kiva

– un nain de jardin Fidèle sentinelle à 160 F

– un catalogue sur les cuves à compost Graf

– une doc sur les motoculteurs Vert Import

– une doc sur les clôtures Rothe Fermetures

– une doc sur les cheminées Philippe

– un système électronique antitartre Krystal-Remedia (1 295 F, payé avec le n° CB de Postillon-Rutabaga)

– le guide de l'épuration biologique Eau-Plus

– une doc sur les piscines Piscinelle

– un catalogue n° 86 des Iris Cayeux

– un guide « Le Potager fleuri » Or Brun

– une doc Hillhout France (décoration bois)

– un catalogue Provinces de France (fontes)

– un système d'alarme sans fil Selectronic à 2 495 F + une doc sur le système d'alarme Daitem D14000

– le catalogue des graines Caillard

– un tuyau d'arrosage Tricoflex

– une doc sur les cuisinières Godin

– le livret-recettes Marius Bernard

– un catalogue Tectona (bois de Teck) + le Cèdre Rouge + Tricomfort (meubles de jardin)

– une brochure « hydromasseurs Jacuzzi »

– *une doc « Les Jardins de Babylone »*
– *une brochure sur les 700 îles des Bahamas*
– *un abonnement à Plaisirs du point de croix*
– *une demande de prêt Sofinco (25 000 F)*
– *une doc Ecotherm*

— Elle a fait ses provisions pour l'hiver ou quoi ! meugla le brigadier en sautant une dizaine de pages.

Plus loin, à la date du 18 avril 1992, comme il commençait à piquer du nez, il tomba sur ceci :

– *un collier à clous retournés avec sa laisse + un fouet (Cruella 2000)*
– *un bustier en cuir*
– *un abonnement à Panther's Club International*
– *un vibromasseur + un godemiché en verre + une poupée gonflable (commandés au nom de monsieur et madame, bonne scène de ménage, les Pouffe !)*
– *quatre cassettes vidéo collection Penthouse...*

Tout ça le maintint éveillé quelques secondes, on n'était pas de bois dans la gendarmerie, mais le brigadier repiqua très vite du nez. Il referma le cahier à spirale, abasourdi par le tourbillon des pattes de mouche, le posa sur le siège passager du véhicule et, faisant une niche avec ses bras, il posa sa tête contre le volant. Quelques secondes plus tard, il dormait.

Il se réveilla en sursaut dix minutes plus tard, alors qu'il rêvait de sa femme. Catherine cognait à la vitre, le visage en sang, à moitié nue, elle était poursuivie par deux molosses antillais en bermuda et débardeur qui avaient le fou rire.

Seulement, ce n'était pas Catherine qui frappait à la vitre.

C'était le substitut du procureur, Baudou, avec sa gueule de fouine.

Un enfoiré de première, celui-là. Le genre gauchiste.

Le magistrat était accompagné de Lhermite, le receveur fraîchement retraité. Ce crétin de receveur ! Qu'est-ce qu'il fichait ici, celui-là !

Le brigadier leva la tête, prit son arme de service dans son étui, et…

Oh, et puis non, rien…

Il ne fit rien de spécial.

Il se fichait pas mal de tout ça, après tout.

Simplement, il baissa la vitre de la fourgonnette et soutint le regard du substitut qui lui signifiait son mécontentement.

— Qu'est-ce que vous foutez là, Baudou ?

— C'est à vous qu'il faut poser la question, brigadier Marielle.

— Je suis chez moi ici. Je fais c'que j'veux.

— Vous avez eu un problème, Marielle…

— Et l'autre crétin de Lhermite, on peut savoir pourquoi il vous suit comme un p'tit chien ?

— Monsieur Lhermite m'a prévenu qu'il se passait des choses pour le moins bizarres à Saint-Martin… Il semblerait que vous ne teniez plus votre brigade, gendarme.

— Te plains pas, connard, répondit Marielle. Je t'apporte une affaire sur un plateau… Je te préviens, c'est pas beau à voir là-dedans…

— Vous êtes ivre, Marielle !

— Ça m' ferait bien mal aux seins ! J'ai pas bu un verre depuis hier soir ! Pauvre imbécile, va…

Libération, *20 octobre 1997*

Pour la première fois en France, deux écrivains sont poursuivis par la famille d'une victime pour avoir « inspiré un homicide ». D'après maître Zoum, avocat de la partie civile, l'assassin présumé de Denis Bouvier, Monique Dubois, une femme de 56 ans atteinte de troubles psychiatriques graves, se serait directement inspirée de deux romans policiers, *Fille de sang* de Michel Chevron, dans laquelle un homme est émasculé, et *Serial victime* de Sylvie Picard[1], dans lequel le tueur « anesthésie » ses victimes avec une piqûre létale, avant de les défigurer à l'aide d'un couteau. L'avocat estime que ces deux livres sont directement responsables de la folie meurtrière de Monique Dubois, qui se serait pleinement identifiée aux tueurs de *Fille de sang* et de *Serial victime*. Le Syndicat des écrivains de langue française s'est déclaré scandalisé par cette mesure coercitive et a lancé une pétition nationale de soutien à ces deux écrivains, estimant

1. Ces deux romans ont paru aux éditions Baleine dans la collection Canaille/Revolver.

qu'il s'agit là d'une atteinte fondamentale à la liberté d'expression et d'un retour à un ordre moral rappelant les heures noires du régime de Vichy.

Rappelons que Monique Dubois est accusée d'avoir torturé et assassiné dans des conditions particulièrement horribles Denis Bouvier, un jeune Caennais de 28 ans qui faisait de l'auto-stop après être tombé en panne d'essence près de Saint-Martin-des-Besaces (Calvados). La police recherche toujours la sœur de Monique Dubois, Simone Dubois, l'employée des Postes soupçonnée d'avoir assassiné Catherine Marielle, l'épouse du brigadier de Saint-Martin-des-Besaces, dont le corps a été découvert il y a trois jours dans un terrain vague de Charenton-le-Pont, près de Paris. Le mobile de ce second meurtre reste pour l'instant très mystérieux. D'après le brigadier Marielle, Simone Dubois, qu'il connaît depuis plus de cinquante ans, souffrait à son endroit d'un complexe de persécution. Les enquêteurs soupçonnent également Simone Dubois d'avoir enlevé Denis Bouvier et de l'avoir « livré » en pâture à sa sœur, atteinte de démence profonde.

*

Libération, *21 octobre 1997*

Michel Chevron et Sylvie Picard, les deux auteurs de romans noirs arrêtés hier dans le cadre de l'enquête sur l'assassinat de Denis Bouvier (voir *Libé* du 20 octobre) ont été relâchés après douze heures de garde à vue et présentés au parquet. Le juge Robert Clément leur a notifié leur mise en examen pour complicité d'homicide par suggestion et propagation d'idées homicides. Appréciation totalement arbitraire, estime la Ligue des Droits de l'homme, qui rappelle que ce délit ne figure pas dans le Code pénal.

Libération publiera demain la liste des 500 premiers signataires de la pétition de soutien à ces deux écrivains.

*

Libération, *3 novembre 1997*

Le juge Robert Clément, enlevé hier matin à son domicile parisien par trois inconnus, a été relâché quatre heures plus tard devant l'entrée du zoo de Vincennes, nu, le corps entièrement recouvert de plumes et de goudron, un écriteau autour du cou, sur lequel était écrit LA PESTE SONNE TOUJOURS DEUX FOIS ! Le magistrat avait auparavant été amputé de l'index droit. L'attentat a été revendiqué par le groupe Simone Dubois de l'Internationale Anarcho-Entropiste, inconnu des services de police.

FIN [1]

1. Enfin, presque...

SIXIÈME PARTIE

LE CACHET DE LA PESTE FAISANT FOI

J'ai eu une de ces crises de foie affreuse ce tantôt 27/04/93 dont les brûlures par la bile m'ont occasionnées que je n'avais connu de ma vie. Mais ma mémé me donnant tant de caresses qu'elle est un grand remède contre mes vomissements.

Mélanie Dumas
chèque de 200 francs
à l'ordre de Florence Dumas

Simone Dubois (1998)

Paris, VIe arrondissement, quelques mois plus tard...

— Madame Dubois ? Ah bonjour madame, asseyez-vous, je vous en prie… Ainsi, c'est donc vous l'auteur de *La Peste sonne toujours deux fois...* Bravo, bravo, félicitations… On n'a pas souvent l'occasion de lire des manuscrits écrits par des postières… Et puis vous avez mis le paquet dites donc ! 500 pages ! Ça nous change un peu des manuscrits de 120 pages !

— Vous… vous allez le publier alors ? Ben ça j'en reviens pas !

— Je… je me suis mal fait comprendre, chère madame… On ne peut pas publier *ça* en l'état, madame Dubois, c'est beaucoup trop tiré par les cheveux, personne ne croira une seconde à votre histoire…

— Ah bon ?

— Tous ces entrelacs, tous ces passages d'un personnage à l'autre… C'est beaucoup trop délirant…

— Elle vous branche pas ma Simone, c'est ça ? Elle est trop vulgaire peut-être ?

— Si, si, je vous assure. Votre manuscrit a été lu par quatre lecteurs, c'est dire l'intérêt que nous lui avons témoigné... Nous sommes prêts à le prendre, simplement... il faudra un peu le retravailler...

— Ah mais ça me dérange pas du tout monsieur. Peuh ! J'y ai passé quinze ans alors vous pensez ! Jean-Benoît il va me filer un coup de main, c'est pas un problème. Qu'est-ce qu'il faudrait retravailler ?

— Tout.

— Ouh-la-la ! ! !

— La durée tout d'abord. Il y a au moins cent pages en trop.

— Ouh-la-la.

— C'est un jeu d'enfant, vous savez... Il suffit de supprimer la moitié des anecdotes sur les Chèques Postaux, certes amusantes, mais tout de même un peu répétitives, à la fin... Et puis franchement, vos personnages sont parfois un peu, comment dire... caricaturaux...

— Eh ben, on voit bien qu'il a jamais mis les pieds à la Peste celui-ci !

— Et puis il y a ce, comment s'appelle-t-il déjà... zut, son nom m'échappe... ce type qui peint des trucs invraisemblables...

— Jean-Benoît ?

— Jean-Benoît !

— Il vous plaît pas Jean-Benoît ?

— Personnellement il me plaît, si... Mais tout de même, tout ce délire sur l'entropie, vous ne craignez pas que ça fasse un peu trop, comment dire, intellectuel...

— Bon... Jean-Benoît il sera pas content, mais si vous y tenez...

— Ah, parce qu'il existe vraiment, ce...

— Oui, c'est lui qui m'a demandé de le mettre dans mon roman !

— Comme c'est très frais tout cela voyez-vous...

Ah oui, autre chose ! Toutes ces attaques sur Mitterrand. Personnellement ça m'a beaucoup fait rire, mais on ne peut pas garder.

— Zut…

— Je ne tiens pas à avoir un référé de la famille, moi ! Depuis *le Grand Secret*, ils épluchent tout !

— Vous allez pas me couper l'histoire du Nono avec les ortolans, quand même ! Il va être furieux, Nono, c'est du vécu…

— Ah bon, c'est… Vous connaissez vraiment un Nono qui…

— Ben oui. Même qu'il connaît très bien Mazarine, Nono. Alors si tu veux référer à la famille, cherche pas !

— Tout de même ! Les ortolans !

— Vous allez pas me couper ça ! Quel salaud quand même ce Mitterrand ! Bouffer des ortolans ! Et avec les boyaux, en plus ! Ah, il nous aura fait cocu celui-ci !

— Bon, on verra ça au cas par cas avec nos juristes… Même chose avec vos deux auteurs de polar, Michel Chevron et Sylvie…

— Picard.

— Sylvie Picard, c'est ça… Cette histoire de plainte devant les tribunaux, ils pourraient très mal le prendre…

— Jean-Benoît, il les connaît. Il m'a dit que c'était des anarchistes partisans de l'entropie, tout ça, alors ils vont pas porter plainte…

— Si Jean-Benoît l'a dit… Autre chose : les aventures amoureuses de Simone Dubois… Mais au fait, vous avez donné votre nom à l'héroïne ?

— Beuh oui, c'est plus facile pour se mettre dans la peau du personnage.

— Dites donc, c'est plus un roman, c'est une autobiographie !

— Ah mais attention, vous méprenez pas, y'a des choses inventées, quand même !

— Ah mais j'espère bien chère madame ! Parce que franchement, votre Simone, on aimerait pas trop la rencontrer…

— Ça c'est sûr, elle a son caractère !

— Je disais donc… que, euh… toutes les aventures amoureuses de Simone, euh… Duchemin…

— Dubois.

— Oui, enfin, vous m'avez compris madame Dubois !

— J'y tiens beaucoup vous savez. DUBOIS… C'est très important les patronymes !

— Que toutes ces considérations sur la vie sexuelle et les obsessions de Simone Dubois, ça se répète un peu. Tenez, je prends une fiche de lecture au hasard… *« Il en va de l'amour comme des plaisanteries, les plus courtes sont souvent les meilleures. »*

— Ben-dis-donc, quel dégueulasse ! Il est pas futefute celui-ci ! Je peux la voir la fiche s'il vous plaît ?

— Ah non, c'est déontologiquement interdit.

— Bouh, elle va pas être contente du tout Simone !

— Je vous demande pardon ?

— Ça l'aurait aidée à retravailler.

— Écoutez madame Duparc, je veux bien vous aider à retravailler votre roman, je suis là pour ça, mais je vous préviens — et c'est ce que je dis à tous les auteurs de premiers romans, c'est diversement apprécié — dans ce genre d'exercice, il faut en rabattre sur l'amour-propre ! Alors de grâce, ne prenez pas les choses avec autant de passion…

— Ben c'est que j'y ai passé tellement de temps,

vous savez. Je l'ai écrit tous les jours pendant la pause chez Pierrot. Le soir je suis trop crevée, l'après-midi m'en parlez pas je fais la sieste, la brigade c'est crevant, et le week-end j'ai ma sœur à m'occuper… Elle est handicapée, et je suis sa seule famille, alors…

— Bien entendu, bien entendu… Ah oui ! Un détail qui a chiffonné tous les lecteurs, moi y compris… Voyons… À la fin de la prise d'otage, vous laissez entendre que le prisonnier de Simone-Monique a quelque chose à se reprocher vis-à-vis de son bourreau…

— Bourreau, bourreau… Faut quand même pas exagérer ! Elle l'a pas torturé vivant quand même !

— Oui, enfin…

— Il lui avait quand même fait un sale coup à Monique, cet enfoiré…

— Sans doute, sans doute, mais c'est justement là que le bât blesse, madame Duparc…

— Dubois, pas Duparc.

— … c'est que vous n'en dites rien à la fin du livre. Si vous ne dites pas ce qui a valu à ce garçon, cet auto-stoppeur…

— Patrick !

— … Patrick, c'est cela, de se retrouver entre les griffes de Simone, le lecteur va être terriblement frustré !

— Je vous arrête, monsieur. Monique, pas Simone, attention !

— Oui, bon… Même si votre roman s'éloigne des romans de détection classiques, c'est une question de déontologie, vous comprenez…

— Mais il est obsédé par la déontologie celui-ci !

— Si vous voulez faire carrière dans le roman policier, il faudra mettre de l'eau dans votre vin, madame

Dubois ! On ne peut pas tout se permettre, vous comprenez…

— Oh, moi vous savez, les romans policiers ! C'est surtout Monique… Elle fait que ça à longueur de journée, lire des polars ! Vous avez vu où ça la mène !

— Bien entendu, je… En tout cas, il faut absolument préciser les raisons pour lesquelles ce Patrick se retrouve otage de, euh, Monique…

— Oh, mais c'est tout vu. C'est ce salopard de Patrick, le fils du receveur de Saint-Martin.

— Mais que ne le dites-vous dans votre roman, madame Dubois !

— Vous allez pas vous fâcher ?

— Vous entretenez le suspense jusqu'au bout.

— C'est Jean-Benoît qui m'a trouvé le truc…

— Je crains de ne pas vous suivre.

— Oui, le truc ! Le truc pour voir si les lecteurs de l'édition ont lu mon manuscrit jusqu'au bout. J'enlève un chapitre, comme ça…

— Ah, ah ! Astucieux ! Très astucieux ! Mais vous savez, les éditions[1]   sont une maison sérieuse. Du moment que ce n'est pas raciste, fascisant ou franchement écrit, euh, avec les pieds, si je puis m'exprimer ainsi, nous allons jusqu'au bout… Ce n'est pas comme chez[2]   , soit dit en passant. Eh bien, il reste à ajouter un passage expliquant pourquoi l'otage se retrouve otage…

— Ce salopard ! Y'a que l'embarras du choix !

— Parfait, parfait. Et que lui avez-vous trouvé de beau ?

— De *beau !* Ben vous avez d'ces mots ! Il a violé

1. Censuré.
2. Idem.

Monique quand elle avait treize ans ce fumier, elle s'en est jamais remise... Seulement comme le père Lhermite était receveur et qu'il avait des relations plein les poches, il a épousé la fille d'un ministre, vous pensez, les gendarmes ont pas enregistré la plainte... Et s'il y avait que ça... Le fils Lhermite il était pas tout seul... Ils étaient deux après ma pauvre Monique. Lhermite et un deuxième salopard. Et l'autre... Tu sais qui c'était, l'autre ? L'autre c'était...

— La momie ?

— Mais non ! Pas la momie !

— Approchez, je vais vous le dire à l'oreille...

— Si vous y tenez...

— (...)[1]

— Lui ?!

— T'avais pas deviné ?!

— Ah, je vois, c'est donc pour ça...

— Que j'ai liquidé sa femme à la fin du bouquin. T'as tout compris mon chéri ! Ça lui fait les pieds à Marielle ! Vous comprenez, plutôt que de le liquider, j'ai préféré zigouiller sa bonne femme, ça le fait réfléchir... C'est comme dans le film avec James Mason, tu sais, le Hollandais ramant sur son bateau...

— On peut dire que vous prenez votre travail à cœur, vous ! Et la momie, alors ? Vous ne dites pas qui c'est, la momie ?

— Oh-dis-donc ! Il va pas me refaire le coup de la déontologie, celui-ci !

— C'est important, tout de même. Vous ne pouvez pas laisser le lecteur sur sa faim...

— Je te le dirai *après*, la momie.

1. Saura-t-on jamais l'identité de cet ignoble individu ? Meuh-oui, te fais pas de bile mon chéri, trois lignes plus bas...

— Comment cela, après ?

— Ben oui, tiens ! Quand j'aurai signé le contrat. Pas folle, la Simone, qu'est-ce que tu crois !

— Vous pensez décidément à tout.

— Remarque, moi, au début, je *voulais* le liquider, Marielle ! L'enlèvement de sa femme, c'était un truc pour l'attirer dans la maison de Monique. Je croyais que Monique allait le reconnaître, ce fumier, qu'elle allait le saigner comme elle a fait avec Patrick. Mais je sais pas pourquoi, ça a pas marché... Si elle avait pas été bouffée par cette satanée Séraphine et cet enfoiré d'anesthésiste aussi... C'est pour ça que ça a pas marché ! C'est à cause de Chevron et Picard que tout a foiré, bah-tiens ! Je les retiens ces deux-là... Y z'ont pas intérêt à me faire un enfant dans l'dos !

— Mais rien ne vous empêche de reprendre la fin, madame Dubois. Quand le brigadier arrive devant elle et l'attrape par les épaules, au lieu de rugir stupidement, il suffit que Monique le tue, et le tour est joué...

— Ben non, justement !

— Comment ça, voyons !

— Ce salopard de Marielle il s'est installé à la Réunion après la mort de sa femme ! J'ai pas les moyens de me payer le voyage, moi ! Sauf si mon bouquin est un beste-sélair, évidemment !

— C'est tout le mal que je nous souhaite, madame Dubois !

— Dites, sans indiscrétion, ça gagne combien, un beste-sélair ? Parce que moi, si je fais beste-sélair, y'a pas à tortiller, je dis adieu à la Peste ! Parce que tu comprends, c'est plein de gens *très très* bizarres à la Peste...

— Vraiment ?

— Et puis comme ça je pourrais prendre des parts

dans la communauté que mon copain Amadeus il a montée en Martinique, il voudrait que je fasse gourou mais moi l'humanité elle me débecte, alors tu sais…

— Bien entendu, bien entendu…

— Mais je me fais pas de souci ! Marielle, il finira bien par revenir en métropole un jour ou l'autre, vous inquiétez pas…

— Oui, c'est évident.

— Tiens, son fils qui a vingt-huit ans ! Il pourrait avoir un petit accident de voiture, Simone elle sait y faire, vous savez ! Marielle il rentre pour l'enterrement, et hop, je lui fais sa fête ! C'est ma Monique qui serait contente. Elle m'a jamais pardonné de pas l'avoir zigouillé, ce salaud de militaire…

— Eh bien, chère madame Dupin, je crois que nous nous sommes tout dit… Je vous rends votre manuscrit, vous le relisez tranquillement en pensant à toutes mes remarques, je vous ai noté tout ça par écrit, ça sera plus facile, et on se revoit, dans, disons… trois semaines… Ça ira ?

— Beuh comment que ça ira ! Alors, vous me le prenez mon manuscrit finalement !

— Mais bien entendu, chère madame ! Je vous fais préparer un contrat immédiatement, vous le prendrez à l'accueil en passant, ce sera l'affaire de dix minutes…

— Alors au revoir monsieur l'éditeur. J'suis vraiment heureuse…

— Mais le plaisir est partagé, chère madame, le plaisir est partagé… Allez, au rev…

— Oh vous savez c'est pas tellement pour moi, c'est plutôt pour Monique, je sais bien que ça lui ramènera pas toute sa tête, mais bon…

— Eh bien, au revoir chère madame… Au plaisir. Et… toutes mes félicitations !

— Et puis c'est pour ma mère aussi. Je peux lui mettre la dédicace ?

— Mais naturellement.

— La pauvre, elle est morte quand j'avais douze ans. Elle s'est noyée à Houlgate en voulant rattraper mon bateau-canard qui se tirait chez les beefs…

— Comme c'est amusant, j'ai un cousin qui s'est noyé à Ouistreham !

— Ah ?

— Euh, pardonnez-moi, je ne sais pas ce qui m'a pris…

— Vous êtes tout excusé, mon pauvre monsieur. D'ailleurs, ma mère elle s'est pas noyée… Mais c'est tellement horrible c'qui lui est arrivé, j'ai un peu de mal à en parler… Faut toujours que j'invente des trucs pas possibles…

— Que lui est-il arrivé à sa pauvre maman ?

— C'est que, c'est assez délicat…

— Écrivez-le si vous ne pouvez pas en parler ! Faites un livre…

— Un livre sur ma maman qui ramenait des hommes à la maison et qu'a été assassinée par un d'ces voyous ! Ça je pourrais pas…

— Mais de nos jours, c'est ce qui se vend, chère madame ! On vous torche un pseudo iranien ou américain, et l'affaire est dans le sac…

— Ah non ! Ce serait pas convenable ! Simone elle a de la mentalité…

— Mais je n'en doute pas une seconde, chère madame Dubois… Cela fut un plaisir, véritablement… N'oubliez surtout pas de m'appeler dès que vous avez terminé les corrections !

— Je vais dire à Jean-Benoît qu'il se dépêche. Pasque lui, avec son haschisch, ouh-la-la ! Surtout en ce moment il fume comme un sapeur… Il est très angoissé à cause qu'il prépare une expo de ses toiles à la cantine de la Peste…

— Au revoir, madame, je suis désolé, il faut que je…

— Même qu'il met celle où Simona elle fume un pétard par où tu sais… Il en a fait une aussi où c'est Jésus qui mange avec les apôtres, sauf que les apôtres c'est des Endives et elles sont à moitié à poil ! Il est incroyab'e, Jean-Benoît ! Faudra que je te le présente quand le livre sortira mon chéri…

— Mais j'y compte bien ! Mais j'y compte bien ! Allez, allez chercher votre contrat à l'accueil…

*

— Domitille ? Jean-Luc Romarin. Dites, mon p'tit, une dame d'une soixantaine d'années va passer pour prendre un contrat, elle sort de mon bureau. Vous ne pouvez pas la louper avec sa dégaine, elle a une minijupe jaune, un ciré rouge et un sac à main en croco… Ah, elle porte aussi des gants blancs… Débrouillez-vous pour la retenir le plus longtemps possible. Vous ne devriez pas avoir de mal, elle est pipelette comme c'est pas permis.

— Ah oui ! La postière !

— Comment vous savez…

— Elle m'a tenu la jambe pendant cinq minutes. Impossible de s'en dépêtrer. Qu'est-ce que vous lui voulez à cette femme ?

— C'est assez compliqué, mais je crois bien, enfin je me demande si elle ne nous aurait pas écrit un petit polar autobiographique…

— Mais c'est merveilleux ça mon cher Jean-Luc !

Une petite dame des Postes ! Vous allez pouvoir faire un joli coup !

— C'est que ça zigouille beaucoup dans son bouquin, alors je préfère prendre mes précautions... Vous comprenez. J'ai un ami qui travaille à la PJ, je vais faire ma petite enquête...

— Vous pouvez compter sur moi, Jean-Luc.

*

— Dis donc espèce de délateur, c'est comme ça qu'on traite les auteurs aux éditions [1] ? Puisque c'est comme ça, je reprends mon manuscrit, j'irai voir ailleurs...

— Mais madame Dubois...

— Y'a pas de madame Dubois mon chéri ! Tiens, prends ça, ça te fera les pieds...

— Aaarrgghhhh...

Jean-Luc Romarin se tassa sur son fauteuil. La balle lui arracha l'oreille gauche et une partie de la joue mais elle n'était pas mortelle.

Simone Dubois contourna le bureau et s'accroupit à côté de l'infortuné éditeur.

— Attends, mon chéri, je vais te dire qui c'était la momie, y'a pas d'raison...

— Arglurps... Qu'est-ce que vous...

— Je vais te le dire tout bas, parce que les murs ont des oreilles ici...

Simone Dubois tendit le bras et récupéra l'oreille ensanglantée qui traînait sur la moquette. Elle porta l'organe auditif à ses lèvres puis se ravisa.

1. Censuré. On vous l'a déjà dit, non ?

— Que je suis conne, moi ! Ça c'est sûr, tu vas rien comprendre si je parle dans ce machin-là !

Simone Dubois se pencha sur le côté droit du malheureux, plaqua ses lèvres sur son oreille valide et murmura quelques mots. Au même instant, elle lui tira un second coup de feu, en plein cœur. Jean-Luc Romarin se détendit et retomba en avant sur le bureau. Il n'entendit que le début de la phrase :

— La momie, c'était... [1]

La suite se perdit dans le néant et la déflagration.

Simone Dubois jeta l'oreille ensanglantée sur le bureau de l'éditeur et rangea son pistolet dans son sac à main.

Puis elle sortit du bureau, son manuscrit sous le bras.

1. Dis donc, Simone, t'aurais pu attendre un peu pour tirer ! Et la déontologie ?

SEPTIÈME PARTIE

PESTE-SCRIPTUM

Naître est un immense malheur
Tant est affreux le sort de l'homme
Depuis cette histoire de pomme
Qui nous plonge tous dans l'horreur
Je le regrette ce néant
Qu'une nuit par un froid très grand
On me contraignit à quitter
Malgré moi, homme j'étais né.

Bon courage à vous et vos protégés

Léonce Vuybert
chèque de 120 francs
à l'ordre de la Pastorale du Cœur de Jésus

Libération, *20 février 1998*

QUI VEUT LA PEAU DES ÉDITEURS PARISIENS ?

Le monde de l'édition est de nouveau en deuil. Le corps de Jean-Luc Romarin, PDG des éditions [1], spécialisées dans le roman policier, a été retrouvé dans son bureau hier après-midi, tué de deux balles de pistolet. Après le meurtre de Louis Mazier, directeur de la collection Coup de sang, la semaine dernière (*Libé* du 13 février), et celui de René Privat, directeur de la collection Assassins, le 2 février dernier (*Libé* du 3 février), c'est le troisième éditeur de romans policiers assassiné en moins de deux semaines à Paris. Auteur au manuscrit refusé pris d'un coup de folie ? C'est l'hypothèse la plus vraisemblable mais la police ne néglige aucune autre piste. La brigade criminelle chargée de l'enquête épluche attentivement la longue liste des auteurs ayant envoyé un manuscrit à ces trois éditeurs depuis un an. Les enquêteurs recherchent

1. Pour plus de détails, se reporter au journal. (Et puis quoi encore !)

activement une femme d'une soixantaine d'années présente dans le bureau de M. Romarin peu avant sa mort. Des mesures de sécurité exceptionnelles ont été prises afin de protéger les autres éditeurs du genre policier.

*

Le Parisien, *9 mars 1998*

LE TUEUR DES ÉDITEURS ÉTAIT UNE TUEUSE !

Après avoir vérifié les alibis de 467 auteurs de romans policiers, la police vient d'arrêter le meurtrier présumé de MM. Louis Mazier, René Privat et Jean-Luc Romarin, les trois éditeurs parisiens assassinés en février. Il s'agit d'une femme de 54 ans, Mme Simone Dubois, employée aux Chèques Postaux de Paris, célibataire, demeurant à Charenton (Val-de-Marne). Simone Dubois avait envoyé son manuscrit par la poste à ces trois éditeurs. C'était, semble-t-il, son premier roman. Elle s'est laissé arrêter sans opposer de résistance et a avoué les crimes en déclarant : « J'ai tué ces trois chiens, de toute façon c'était des animaux malades. Ils étaient foutus. Ils avaient la peste. » Contrairement à ce qu'on aurait pu croire, le manuscrit de Simone Dubois venait d'être accepté par ces trois éditeurs. Devant les explications extrêmement confuses de la meurtrière, les policiers vont maintenant lire le manuscrit et les notes de lecture retrouvées chez les éditeurs. Ils espèrent ainsi être en mesure de déterminer le mobile des meurtres. Ils seront assistés dans cette tâche particulièrement ardue par Mme Michèle Witta, bibliothécaire à la BILIPO (Bibliothèque des littératures policières de Paris), spécialiste du roman policier de renommée mondiale, qui a été réquisitionnée par le juge Bouzouk. Selon cette dernière, c'est la première fois à sa connaissance qu'un auteur de polar passe du meurtre fictionnel au meurtre réel, *a fortiori* sur la personne de son éditeur.

*

Le Parisien, *10 mars 1998*

LA MAISON DE L'HORREUR DE CHARENTON

Consternation à Charenton où les hommes de la Brigade criminelle viennent de découvrir un charnier dans la cave de la villa de Simone Dubois, l'assassin des trois éditeurs parisiens, que l'on appelle déjà « la tueuse de Saint-Germain ». Pour l'instant, les restes de huit personnes ont été mis au jour. Il s'agirait de nourrissons. Interrogée sur la présence de ces ossements dans sa cave, Simone Dubois a déclaré qu'elle détestait les chiens, qu'elle empoisonnait tous ceux qui entraient dans son jardin et qu'elle les enterrait dans sa cave. Elle a ensuite affirmé qu'il s'agissait de ses enfants morts en bas âge.

Les enquêteurs, qui avaient relevé certains détails troublants dans le manuscrit de Simone Dubois *La Peste sonne toujours deux fois* (*Le Parisien* du 9 mars) ont découvert dans une pièce isolée de sa villa une femme d'une soixantaine d'années vivant dans un état de prostration proche de la catatonie. C'est ainsi qu'ils ont fait cette macabre découverte. La police ignore l'identité de cette femme. Selon Simone Dubois, il s'agirait de sa sœur Monique. Aucun papier d'identité à ce nom n'a été trouvé dans la maison. Inconnue des services de la Mairie, Monique Dubois ne figure pas non plus sur le fichier de la Sécurité sociale. Simone Dubois a déclaré que sa sœur, handicapée mentale, n'était pas sortie de la maison depuis leur arrivée à Charenton en 1971. Simone Dubois ne recevait jamais personne. Elle était fâchée avec la plupart de ses voisins, essentiellement des retraités, qui la décrivent comme asociale, malpolie, détestant les animaux et les enfants. Aucun d'eux, en 27 ans, n'avait jamais rencontré Monique Dubois.

Pourquoi Simone Dubois, postière sans histoire, a-t-elle jeté sur le papier une histoire aussi horrible, qui risque de lui valoir de finir ses jours en prison ? Imprudence ? Inconscience ? Les enquêteurs se perdent en conjectures. D'après Michèle Wytta, bibliothécaire à la BILIPO, spécialiste de renommée mondiale du roman policier, c'est la première fois que la lecture d'un roman policier — qui plus est à l'état de manuscrit — permet de mettre à jour une affaire criminelle. Les enquêteurs n'écartent pas l'hypothèse selon laquelle la résolution de cette horrible affaire pourrait se trouver dans le manuscrit même et continuent à le décrypter. Fort de cet éclairage inédit, le juge Bouzouk chargé de l'enquête a décidé de reprendre toutes les affaires de meurtres de postiers non élucidés depuis vingt ans.

*

Le Parisien, *12 mars 1998*

REBONDISSEMENT DANS L'AFFAIRE DE LA MAISON DE L'HORREUR

Sur la demande du juge Bouzouk, Simone Dubois, qui prétendait être la mère des huit bébés enterrés dans la maison de l'horreur, a été soumise à un examen gynécologique, qui a révélé qu'elle n'avait jamais eu d'enfants. L'examen a, de plus, également conclu à sa virginité. Il pourrait s'agir des enfants de la présumée Monique Dubois. Le juge Bouzouk va maintenant tenter de déterminer l'identité du ou des pères des enfants. Sa tâche ne sera pas simple quand on sait que Monique Dubois, hospitalisée à l'hôpital psychiatrique de Charenton-Saint-Maurice, vit dans un état neuro-végétatif profond. Selon le laboratoire de la police scientifique, les décès des huit bébés s'étaleraient sur une vingtaine d'années, le dernier remontant à plus de cinq ans. Cette affaire suscite un profond émoi à Charenton. Colère et consternation à Saint-Martin-des-Besaces, le village natal de Simone Dubois, dans le Calvados, où l'état civil ne fait état d'aucune Monique Dubois. Simone, née le 28 octobre 1944, était fille unique. Sa mère était décédée en 1957, alors que Simone avait douze ans. À Saint-Étienne-du-Rouvray (Seine-Maritime), la police n'a pas pu fouiller le jardin et la maison où Simone Dubois a vécu de 1965 à 1971, détruite il y a plusieurs années pour construire un supermarché.

*

Le Parisien, *14 mars 1998*

Après les révélations du juge Bouzouk selon lesquelles Simone Dubois était vierge, son avocat, maître Jacques Vitalis, a porté plainte contre le juge Bouzouk pour violation du secret de l'instruction, atteinte à la présomption d'innocence et divulgation d'informations portant atteinte à la vie privée et à l'intégrité de sa cliente. Prétextant sa mythomanie chronique, maître Vitalis a demandé sa libération conditionnelle. Simone Dubois est écrouée au quartier des femmes de Fleury-Mérogis.

*

Le Parisien, *18 mars 1998*

Un quatrième éditeur de romans policiers victime d'une tentative d'assassinat.

Sidoine Degroix-Kerlech', directeur des éditions Cachalot, spécialisées dans le roman policier, a été sauvagement agressé par un individu cagoulé dans son bureau de la rue Froissart. Ses jours ne sont pas en danger. L'agresseur a emporté le manuscrit de Simone Dubois *La Peste sonne toujours deux fois*, que les éditions Cachalot s'apprêtaient à accepter. Depuis l'incarcération de Simone Dubois, qui a avoué les trois premiers homicides de la série, le dispositif de protection des éditeurs de romans policiers avait été levé. Jacques Vitalis, l'avocat de Simone Dubois, a de nouveau réclamé sa libération.

La police recherche activement un certain Jean-

Benoît Pêcheux, employé des Chèques Postaux bien connu des Renseignements Généraux, fondateur de l'Internationale Anarcho-Entropiste, militant du Comité pour la Dépénalisation du Cannabis, soupçonné d'être le nègre de Simone Dubois.

Madame Michèle Witta, qu'on ne présente plus, a déclaré que cette série s'inscrivait dans le droit fil du roman de Stanislas-André Steeman *l'Assassin habite au 21*, adapté à l'écran par H.-G. Clouzot, ce qui laisserait supputer, ajoute notre éminente spécialiste, qu'un troisième larron pourrait être en liberté. Cet individu serait un des personnages de *La Peste sonne toujours deux fois*. Il pourrait s'agir de Bruno Duthilleul, le postier chasseur d'autographes qui s'était fait remarquer en août 1997 en se faisant prendre en photo à l'Élysée en compagnie de Jacques Chirac et de Jean-Paul II.

*

AFP, 20 mars 1998, 16 heures 10

Les écrivains Sylvie Picard et Michel Chevron, auteurs de *Serial victime* et de *Fille de sang*, deux romans noirs abondamment cités dans le roman de Simone Dubois *La Peste sonne toujours deux fois*, ont été entendus pendant quatre heures par le juge Bouzouk chargé de l'enquête sur le « tueur de Saint-Germain ». Ils ont été mis hors de cause. Dans un communiqué, Michèle Witta, réquisitionnée par le juge Bouzouk pour les besoins de l'enquête, s'est déclarée choquée par ces interpellations dignes d'un État policier. Invoquant la clause de conscience, Mme Witta a décidé d'interrompre sa collaboration avec le juge Bouzouk, qui a aussitôt décidé de porter plainte contre elle pour diffamation et entrave à l'exercice de la justice. Le syndicat SUD-bibliothèques a lancé une pétition de soutien à Michèle Witta.

*

AFP, 23 mars 1998, 16 heures 30

Toujours aucune nouvelle de Jean-Benoît Pêcheux et Bruno Duthilleul, les deux employés des Chèques postaux, complices présumés de Simone Dubois, disparus depuis le 17 mars.

Dans une interview au journal *Le Nouveau Détective*, Simone Dubois, la désormais célèbre postière, auteur de *La Peste sonne toujours deux fois*, a révélé que les éditions[1] lui avaient proposé un à-valoir de un million de francs pour la publication de son roman. L'éditeur en question a opposé un démenti catégorique.

*

AFP, 27 mars 1998, 12 heures

Dans une interview au quotidien *le Parisien*, Simone Dubois a déclaré que Steven Spielberg avait pris une option sur les droits de son roman *La Peste sonne toujours deux fois*[2], dont le premier chapitre doit prochainement paraître dans l'hebdomadaire *Paris Match*.

1. Nous tairons le nom de cet éditeur. On sait ce que vaut la parole de Simone Dubois. *(N.d.É.)*

2. N'importe quoi !

*

Le Film français, *6 avril 1998*

La postière Simone Dubois aurait été pressentie pour jouer son propre rôle[1] dans l'adaptation de son propre roman *La Peste sonne toujours deux fois*, prochainement adapté par Steven Spielberg. Jack Nicholson, pressenti pour jouer le premier rôle masculin a décliné l'offre en déclarant *« Thanks for the gift but first, I've already played Le Facteur and two, I don't want to be emasculated by this hysterical frenchie ! I read french papers, you know ! »*[2] Simone Dubois a porté plainte contre Jack Nicholson.

*

AFP, 7 avril 1998, 8 heures 25

Le juge Bouzouk a porté plainte contre *Paris Match* pour violation du secret d'instruction et demandé en référé la saisie des exemplaires du numéro de l'hebdomadaire publiant le premier chapitre du roman de Simone Dubois *La Peste sonne toujours deux fois*, au motif que le manuscrit de ce roman inédit est une pièce du dossier d'instruction.

*

1. Ça va les chevilles ?
2. Merci du cadeau. mais j'ai déjà donné dans le postman et je ne tiens pas à être émasculé par cette frenchie hystérique ! Je lis la presse française, figurez-vous !

AFP, 8 avril 1998, 13 heures

Le tribunal des référés a débouté le juge Bouzouk de sa demande de saisie du numéro de *Paris Match* contenant le premier chapitre du roman de Simone Dubois *La Peste sonne toujours deux fois*, estimant que le manuscrit circulait librement dans les maisons d'édition. Devant le succès rencontré par le premier chapitre, l'hebdomadaire annonce qu'il publiera le deuxième chapitre dans son prochain numéro.

*

AFP, 14 avril 1998, 16 heures

La guerre autour du manuscrit du mystérieux roman de Simone Dubois *La Peste sonne toujours deux fois* fait rage. Alors que *Paris Match* publie le deuxième chapitre du roman, la police vient d'arrêter en flagrant délit un homme qui venait de dérober un manuscrit de *La Peste sonne toujours deux fois* dans les bureaux d'un éditeur parisien dont le nom n'a pas été cité. Après avoir fait croire aux policiers qu'il venait récupérer un manuscrit, l'homme, dont l'identité n'a pas été révélée[1], a déclaré qu'il travaillait pour le compte des éditions La Loupiote, une petite maison d'édition vendéenne spécialisée dans le roman policier, dont le directeur, François Braud, est activement recherché[2]. Le juge Bouzouk devra maintenant déterminer si ces deux individus sont impliqués dans les

1. On sait depuis qu'il s'agissait d'un certain Jacques Jamet.
2. Il court toujours, à l'heure qu'il est. (Quelle époque !)

meurtres des éditeurs Louis Mazier, René Privat et Jean-Luc Romarin, ou s'il s'agit d'une tentative d'appropriation frauduleuse du célèbre manuscrit. L'avocat de Simone Dubois a demandé pour la quatrième fois sa libération.

*

Elle, *20 avril 1998*

Extraits de l'interview accordée
par Simone Dubois à Dorothée Werner.

« Simone, le juge Bouzouk vient de refuser pour la quatrième fois votre demande de libération conditionnelle. Comment ressentez-vous cet acharnement ? »

« Tout ça, c'est à cause de la peste… »

« Vous pouvez vous expliquer, Simone ? »

« Ben oui, c'est à cause des animaux malades de la peste. »

« Les animaux malades de la peste ! ? »

« Ben oui, la fable de La Fontaine, *les Animaux malades de la peste*. C'est écrit à la fin. »

« Et que dit-elle, cette fable, Simone ? »

« Eh bien, elle dit : *Selon que vous serez puissant ou misérable, les jugements de cour vous rendront blanc ou noir*. C'est ça qu'elle dit, la fable, tu l'as jamais lue ? Tu comprends pourquoi il veut pas me libérer, ce gros sac. J'ai pas le bras long, moi, je suis qu'une pauvre petite postière… »

PESTFACE A

Voici ma petite offrande pour le toit. Je prie pour que vous gardiez bien fidèlement la pure doctrine de l'Église et qu'avec les moines vous restiez une lumière pour votre région.

Louise de Pardieu
chèque de 100 francs
à l'ordre de la Congrégation du Cœur de Jésus

25 avril 1998, 9 heures 27

— Allô ! Je voudrais parler à Anne Sinclair s'il vous plaît !

— Oui, c'est pour quel sujet ?

— C'est personnel.

— On ne parle pas à madame Sinclair aussi facile, vous ne croyez pas !

— Écoute-moi bien, ma biche : je veux parler à madame Sinclair à propos de son mari que je tiens en otage…

— En otage !

— Oui, otage, kidnapping !

— Qu'est-ce que vous racontez !

— T'as parfaitement pigé, Jennifer ! Va me chercher ta patronne !

— Mais… comment savez-vous je m'appelle Jennifer ?

— Écoute, ma biche, ça fait trois mois qu'on surveille tes patrons, on sait tout sur toi… Je peux même te dire la couleur de ta culotte si tu veux…

— Je… je vais voir si je peux déranger.

— Y'a plutôt intérêt, ma biche. Allez, magne-toi le popotin…

— Qu'est-ce que c'est *popotin* ?

— *It's your ass, Jennifer*[1]... T'as mis ta petite salopette moutarde aujourd'hui ?

— *Oh, my god...*

— Tu sais qu't'es très mignonne dans ta salopette !

— Je... je vais chercher...

— Je raccroche. Je rappelle dans une minute.

9 heures 29

— Jennifer ?

— Je... c'est encore you ?

— Oui ma biche. Tu me passes la patronne ?

— Ne quitte pas... Je vais voir...

— T'es un ange...

— ...

— Allô, madame Sinclair ?

— Elle-même. Qui êtes-vous ? Que voulez-vous ? Comment avez-vous obtenu mon numéro, euh ?

— Mon nom ne vous dirait rien, madame Sinclair. Voilà, nous sommes un petit groupe de postiers et...

— De postiers ? Mais...

— C'est exact. Vous êtes bien l'épouse de monsieur Dominique Strauss-Kahn, ministre de l'Industrie ?

— Oui, mais je ne vois pas en q...

— Votre époux est notre ministre de tutelle, madame Sinclair. Nous l'avons enlevé hier midi après le Conseil des ministres...

— Si c'est une plaisanterie elle est de très mauvais goût, euh...

1. Est-il vraiment nécessaire de vous infliger la traduction d'une repartie aussi triviale !

— Ce n'est pas une plaisanterie, chère madame.

— Mon mari est actuellement à Strasbourg !

— Votre mari n'est pas à Strasbourg, il est entre nos mains. Vérifiez, si vous voulez...

— Où l'avez-vous emmené ?

— Très drôle, Anne. On ne lui veut aucun mal, mais si vous ne faites pas ce qu'on vous demande...

— Euh... qu'est-ce qui me prouve que vous l'avez enlevé ?

— Dans le hall de votre immeuble, il y a un colis à votre nom avec deux vidéocassettes. Demandez à Jennifer d'aller le chercher. La preuve est dans la cassette n° 1. Vous avez un magnétoscope, madame Sinclair ?

— Évidemment !

— Je vous rappelle dans exactement dix minutes, madame.

9 heures 40

— Vous avez regardé la vidéo, madame Sinclair ?

— Qu'est-ce que vous lui avez fait prendre, espèce de...

— Mettons qu'on ait fumé le calumet de la paix...

— Euh... Que voulez-vous monsieur ?

— Que la vidéo n° 2 soit diffusée dans son intégralité au 20 heures de France 2 de ce soir dès l'ouverture du journal.

— Mais je ne travaille pas à France 2 ! Je ne travaille même plus à TF1.

— C'est tout à votre honneur, madame Sinclair. Mais vous ne manquez pas de relations sur la 2...

— Ce n'est pas aussi simple que cela, vous savez !

— Pour vous, ce sera un jeu d'enfant, madame Sinclair.

— Et si la chaîne refuse de la passer ?

— Eh bien, on continuera à fumer le calumet de la paix avec votre mari…

— Vous n'avez pas honte !

— Remarquez, c'est sans importance, il n'y a aucune accoutumance au cannabis. Je vous rappelle à 14 heures précises, madame Sinclair. Et je vous déconseille fortement de prévenir la police si vous ne voulez pas que votre mari passe aux drogues dures…

— Mon Dieu…

— Comme vous dites. Vous avez une jeune fille au pair très sympathique, madame Sinclair…

PESTFACE B

Entouré de ses porte-coton
Le grand mamamouchi nous fourre
À nous faire exploser l'oignon.

François Béranger
Aux bouffons

Quelque part en France,
26 avril 1998, 9 heures 48

Bon, ça va, t'es pas trop mal installé, monsieur le ministre ? Tu m'excuses de ne pas t'enlever le bandeau, Dominique, mais si tu vois mon visage t'es un homme mort, alors vaut mieux rester dans le noir... Excuse la familiarité mais tu sais, nous à la Peste on fait pas de chichi, tout le monde se tutoie... Je viens d'avoir ta femme au téléphone, elle va bien, te fais pas de souci, c'est une femme solide. Et très intelligente, avec ça, elle a accepté de faire l'intermédiaire avec la télé. La cassette va être diffusée ce soir à vingt heures tapantes sur France 2. On la regardera ensemble si tu veux. Je mettrai ma cagoule, t'inquiète pas. Et après, si tout va bien, on te relâche... T'as pas à te faire de mouron, tu sais, on n'est pas des assassins. Bon, il est neuf heures du matin, ça nous laisse du temps... Tu sais ce qu'on va faire ? Je vais te raconter une histoire... Une très belle histoire. Je vais te raconter l'histoire de ma copine Simone Dubois, tu sais, celle qui est en taule ? Tu vas voir, c'est très rigolo comme histoire ! *La Peste sonne toujours deux fois*, ça s'appelle. T'as dû lire le début dans *Paris Match*, non ? La seule chose, c'est que c'est très long et très compliqué, alors je vais te la lire, ça sera plus pratique. Surtout que l'avocat de Simone vient de m'envoyer le bouquin, t'as de la chance, il sort que demain en librairie ! Le temps de rouler un petit joint et je suis à toi… Je sens qu'on va bien s'entendre tous les deux, Dominique… Y'a pas de raison, hein ! À propos, je m'appelle Juliette, enfin, Juliette c'est pas mon vrai prénom, parce que si je te dis mon prénom, les autres vont me remonter les bretelles, mais bon, tu peux m'appeler Juliette, y'a pas de lézard, c'est joli Juliette, non ? Ça te dérange pas si je t'appelle Roméo, Dominique ? Beuh il est mignon comme tout notre ministre, il a d'bonnes joues, pas vrai…

ÉPILOGUE[1]

1. Si vous souhaitez vraiment tenir compagnie à monsieur le ministre, rien ne vous empêche de relire *La Peste sonne toujours deux fois*, personne ne vous accusera de fayotage. Si vous êtes vraiment tatillon, vous pouvez même demander à un proche de vous ficeler sur une chaise, de vous bander les yeux et de vous le lire à haute voix. Vous pouvez aussi directement lire ce qui suit, il vous sera beaucoup pardonné. Quoi qu'il en soit, chère lectrice, cher lecteur, Renée, Jean-Benoît et Nono vous remercient de votre attention.

Assis côte à côte à une table recouverte d'une nappe blanche en papier qui leur cache les pieds, quatre individus font face à la caméra fixe.

Derrière eux, collés sur un mur blanc, les agrandissements de la une des journaux du jour Libération, le Parisien *et* l'Humanité.

Les trois premières personnes sur la droite (deux hommes, un grand et un petit, et une femme de taille moyenne, assez robuste) portent des anoraks bleu marine avec un liséré jaune de la Poste.

Ils ont le visage dissimulé sous un passe-montagne noir, à la façon des combattants zzpattistes du Chiapas. Ils se tiennent bien droit, les coudes sur la table, comme de vrais prolétaires qui n'ont pas appris les bonnes manières.

L'image est moyenne mais on reconnaît aisément à l'extrême gauche le ministre de l'Industrie, Dominique Strauss-Kahn, en polo Lacoste, l'air très fatigué, très soucieux, pas rasé, accoudé à la table, les mains jointes sous le menton.

Vingt secondes de silence, puis le plus grand des encagoulés prend la parole et récite d'une voix puissante, sans aucune note.

Mesdames et messieurs, bonsoir.

Aujourd'hui, 25 avril 1998, nous, membres-fondateurs du GLAPO, le Groupe de Libération Anarchiste de la Poste, émanation de l'Internationale Anarcho-Entropique, déclarons avoir enlevé le ministre de l'Économie, des Finances et de l'Industrie, monsieur Dominique Strauss-Kahn, ici présent, afin de faire aboutir les revendications suivantes :

Nous exigeons la titularisation et l'incorporation immédiate aux effectifs de la Poste des 87 000 contractuels actuellement embauchés sous forme de contrat à durée déterminée de trois mois.

Nous exigeons la fin de la précarisation de l'emploi à la Poste et le rétablissement du recrutement par concours externes qui redonnera leur dignité aux agents.

Nous exigeons le rétablissement d'un ministère des PTT indépendant, comme ce fut le cas jusqu'à la formation du gouvernement Jospin, et que soient mis fin à la tutelle et au diktat du ministère de l'Industrie sur l'administration centrale de la Poste, préfiguration d'une privatisation de la Poste.

Nous exigeons la libération immédiate et sans condition de notre consœur Simone Dubois, arrêtée pour des meurtres qu'elle n'a pas commis et qu'elle a reconnus dans le seul but de se donner de l'importance.

Nous exigeons la révocation du juge Bouzouk, qui a été incapable de diagnostiquer la mythomanie chronique de Simone Dubois, innocente victime de la Justice de classe de la bourgeoisie française…

Nous…

Applaudissements frénétiques de la femme encagoulée.

Nous demandons par ailleurs à monsieur le

ministre de surseoir à la fermeture du bureau de Poste de Saint-Martin-des-Besaces, dans le Calvados, afin que Simone Dubois retrouve son poste de receveuse jusqu'à sa retraite.

Nous appelons tous les syndicats de la Poste à se libérer du carcan de la légitimité en approuvant et en soutenant notre action directe.

Nous appelons tous les postiers déterminés à faire bouger les choses à manifester leur solidarité avec notre action en faisant une grève sans préavis et illimitée à partir de demain matin, mardi 27 avril 1998.

Nous n'avons pas l'intention d'attenter aux jours de monsieur Strauss-Kahn, mais nous sommes déterminés à le garder prisonnier jusqu'à l'aboutissement total et irréversible de nos revendications.

Enfin, en tant que membres du Comité pour la dépénalisation du Cannabis, nous demandons que soit mis un terme à l'hypocrisie et l'imbécillité française concernant la législation sur les drogues douces. Nous demandons, avec le soutien de monsieur Dominique Strauss-Kahn ici présent, grand fumeur de cannabis devant l'éternel…

L'orateur marque un temps d'arrêt, glisse une énorme cigarette conique entre ses lèvres, l'allume avec un briquet et passe le joint au ministre qui tire quelques bouffées en toussant, avant de le repasser à son voisin.

Applaudissements nourris des encagoulés.

L'orateur les apaise et reprend :

Nous demandons la dépénalisation du cannabis et des drogues douces !

Le ministre croise les bras et secoue lentement la tête, effondré.

L'orateur tend un livre devant la caméra.

Et si je peux me permettre une entorse à la déontologie, laissez-moi faire un peu de pub… N'oubliez pas que demain sort en librairie le roman de Simone Dubois, *La Peste sonne toujours deux fois…*

Vive le martyre de Simone Dubois !

Vive la Poste libre !

Vive la Dignité des femmes et des hommes !

Vive la Grève !

Vive la Vie !

Vive l'Amour !

Vive la Liberté !

Vive la Solidarité !

Vive l'Anarchie !

Vive l'Entropie !

Vive le Cannabis libre !

À bas l'Exploitation !

À bas le Caporalisme !

À bas les Chefs complices !

À bas les Journalistes aux ordres !

À bas les Chiens de garde du Capital !

À bas l'Horreur Économique !

À bas les Patrons esclavagistes !

À bas la Pauvreté !

À bas le Socialisme mou !

À bas le Capital !

À bas les Petits porteurs complices !

À bas la Bourse !

À bas l'Internationale des Spéculateurs !

VOUS NOUS FAITES VRAIMENT CHIER BANDE DE SALOPARDS !

VOUS L'EMPORTEREZ PAS AVEC VOUS, VOTRE POGNON !

NOUS VOULONS VIVRE !

NE VOUS LAISSEZ PLUS FAIRE CITOYENS !

RÉVOLTEZ-VOUS !

ALLEZ METTRE LE FEU À LA BOURSE AVEC VOS MÉGOTS DE PÉTARD ! ! ! !

L'orateur lève le poing.

Applaudissements forcenés des encagoulés.

Applaudissements timides du ministre, félicité par son voisin qui lui serre la main et lui donne l'accolade...

Arrêt sur image pendant vingt secondes.

Cut.

Puis apparaît le visage congestionné du présentateur du journal télévisé.

Etc.

*

Au quartier des femmes de Fleury-Mérogis, Simone Dubois triomphait devant la télé.

— T'as vu un peu le ministre, Maryse ! Il est complètement stone le pauvre chéri... Eh ben, mes aminches, vous êtes pas prêts de remettre les pieds à la Peste !

FIN

Charenton-le-Pont, Saint-Broladre
février-septembre 1997

DU MÊME AUTEUR

Aux Éditions Canaille

PAIN PERDU CHEZ LES VILAINS, 1992.

MR. SMITH N'AIME PAS LES ASPERGES, 1993.

Aux Éditions Baleine

LA CERISE SUR LE GÂTEUX, Le Poulpe, 1996.

LE MASSACRE DES INNOCENTS, Instantanés de polar, 1995 (Folio Policier nº 129).

FONDU AU NOIR, Instantanés de polar, 1997.

POSTE MORTEM, Instantanés de polar, 1998.

Aux Éditions Librio

LA CERISE SUR LE GÂTEUX, 1998.

Aux Éditions de l'Aube

POUR L'AMOUR DE PÉNÉLOPE, Moulard, 2000.

Aux Éditions Flammarion

C'EST À CAUSE DES POULES, 2000.

Impression Société Nouvelle Firmin-Didot
à Mesnil-sur-l'Estrée, le 25 janvier 2000.
Dépôt légal : janvier 2000.
Numéro d'imprimeur : 49752.

ISBN 2-07-040965-1/Imprimé en France.

90590